Née en 1991, Sally Rooney est devenue, en l'espace de trois romans, la nouvelle star des lettres anglo-saxonnes. *Conversations entre amis* a connu dès sa publication en 2017 un accueil critique et public extraordinaire et a été traduit dans plus d'une douzaine de langues. Un an plus tard, *Normal People,* nommé pour de nombreux prix littéraires et adapté en série, a confirmé le talent de son auteure. Son dernier roman, *Où es-tu, monde admirable*, a paru aux Éditions de l'Olivier en 2022.

DE LA MÊME AUTEURE

Conversations entre amis
Éditions de l'Olivier, 2019
Points, nº P5324

Normal People
Éditions de l'Olivier, 2021
Points, nº P5575

Sally Rooney

OÙ ES-TU, MONDE ADMIRABLE

Traduit de l'anglais (Irlande)
par Laetitia Devaux

Éditions de l'Olivier

Les personnages, lieux et situations décrits dans ce livre sont imaginaires ou utilisés de manière fictive : toute ressemblance avec des personnages ou des événements existants ou ayant existé ne serait que pure coïncidence.

TITRE ORIGINAL
Beautiful World, Where Are You

ÉDITEUR ORIGINAL
Faber & Faber, 2021

ISBN 978-2-7578-9960-1

« Lorsque j'écris quelque chose, d'habitude, je crois que c'est très important, et que je suis un très grand écrivain. Je pense que cela arrive à tout le monde. Mais il y a un coin dans ma tête où je sais parfaitement ce que je suis, c'est-à-dire un petit, un tout petit écrivain. Je jure que je le sais. Mais cela importe peu. »

Natalia Ginzburg, « Mon métier[1] »

1. Natalia Ginzburg, *Les Petites Vertus*, traduit de l'italien par Adriana R. Salem, Paris, Ypsilon éditeur, 2018. *(Toutes les notes sont de la traductrice.)*

1

Dans un bar d'hôtel, une femme assise à une table surveillait la porte d'entrée. Elle avait une apparence soignée : chemisier blanc, cheveux blonds coincés derrière les oreilles. Elle a jeté un coup d'œil à ses messages sur son téléphone puis a de nouveau dirigé son regard vers l'entrée. En cette fin mars, le bar n'était guère fréquenté. Par la fenêtre de droite, le soleil amorçait sa descente sur l'Atlantique. Dix-neuf heures quatre, puis cinq, puis six. Elle a examiné ses ongles sans vraiment s'y intéresser. À dix-neuf heures huit, un homme a franchi le seuil. Mince, brun, visage étroit. Il a promené son regard sur les clients et a sorti son téléphone pour vérifier quelque chose. La femme près de la fenêtre l'a vu mais n'a rien fait pour attirer son attention. Ils paraissaient avoir le même âge, la fin de la vingtaine ou le début de la trentaine. Elle l'a laissé planté là jusqu'à ce qu'il remarque sa présence et s'approche.

Tu es Alice ? a-t-il demandé.

C'est moi.

Felix. Désolé pour le retard.

Pas grave, a-t-elle répondu sans amertume.

Après s'être enquis de ce qu'elle prendrait, il est allé au bar. La barmaid lui a demandé comment il allait. Bien, et toi ? lui a-t-il répondu. Il lui a commandé une vodka tonic et une pinte de blonde. Au lieu de rapporter le soda à table, il l'a versé directement dans le verre d'un geste habile du poignet. La femme attendait en tapotant un sous-bock du bout des doigts. Elle avait l'air plus vive et plus alerte depuis l'arrivée du type. Elle observait le coucher de soleil comme si ça l'intéressait alors qu'elle ne lui avait jusqu'alors pas prêté attention. Quand il est revenu et qu'il a posé leurs boissons sur la table, un peu de bière a débordé, qu'elle a regardée dégouliner le long du verre.

Alors comme ça, tu viens d'emménager dans le coin, a-t-il dit. C'est ça ?

Elle a acquiescé, bu une gorgée et s'est passé la langue sur la lèvre supérieure.

Et pourquoi ? a-t-il demandé.

Qu'est-ce que tu veux dire ?

C'est rare que des gens viennent habiter ici. En général, les gens partent. T'es pas là pour le travail, si ?

Non. Pas vraiment.

Un échange de regards a paru confirmer qu'il espérait davantage d'explications. Plusieurs expressions ont traversé le visage de la jeune femme comme si elle cherchait une réponse, puis elle a esquissé un petit sourire d'un air presque conspirateur.

Je me demandais où aller et on m'a parlé d'une maison ici, à l'extérieur du village, a-t-elle dit. Un ami connaît les propriétaires. Apparemment, ils essaient de la vendre depuis des siècles et ils ont fini par chercher quelqu'un pour l'habiter en attendant. Je me suis dit que ça serait agréable de vivre au bord de la mer. Ça s'est fait sur un coup de tête, voilà tout.

Il buvait sa bière en l'écoutant. Une fois ses explications terminées, elle a paru un peu nerveuse, ce qui se voyait à sa respiration saccadée et à sa mine, comme si elle se moquait d'elle-même. Il l'a regardée sans réagir puis il a posé son verre.

OK. Et avant, tu vivais à Dublin, c'est ça ?

J'ai vécu dans plusieurs endroits. J'ai passé un peu de temps à New York. Je suis originaire de Dublin, ça, je crois que je te l'avais dit. Mais jusqu'à l'année dernière, j'habitais à New York.

Et qu'est-ce que tu vas faire ici ? Chercher du boulot, un truc comme ça ?

Elle n'a pas répondu. Il a souri en s'adossant à son siège sans la quitter des yeux.

Désolé pour l'interrogatoire. Je crois que je n'ai pas bien saisi toute l'histoire.

Ça ne fait rien. Mais comme tu peux t'en rendre compte, je ne suis pas très douée pour fournir des réponses.

Et qu'est-ce que tu fais comme boulot ? Ce sera ma dernière question.

Elle a souri à son tour, d'un air crispé.

Je suis écrivain. Et si tu me racontais ce que tu fais, toi ?

Oh, rien d'aussi original. Je me demande bien ce que tu écris mais je ne te poserai pas la question. Je bosse dans un entrepôt en dehors de la ville.

À faire quoi ?

À faire quoi ? a-t-il répété sur un ton philosophe. À récupérer des articles sur des rayons, à les mettre sur un chariot et à les rapporter pour les faire emballer. Rien de bien passionnant.

Et ça ne te plaît pas ?

Putain, non. Je déteste ça. Mais on ne me paierait pas pour faire quelque chose que j'aime, si ? C'est ça, le truc, avec le boulot. Si c'était agréable, on bosserait gratos.

Elle a acquiescé en souriant. Par la fenêtre, le ciel s'était assombri et des lumières apparaissaient dans le camping pour caravanes : le rougeoiement auréolé de sel des éclairages publics et des lampes d'un jaune plus chaleureux derrière les vitres. La barmaid avait quitté son comptoir pour nettoyer les tables non occupées avec un chiffon. La jeune femme, qui s'appelait Alice, l'a observée quelques secondes puis s'est de nouveau tournée vers l'homme.

Et comment est-ce que les gens se divertissent dans le coin ?

Comme partout ailleurs. Il y a quelques pubs. Une boîte de nuit à Ballina, à une vingtaine de minutes en voiture. Il y a aussi la salle de jeux, mais c'est surtout pour les gamins. J'imagine que tu n'as pas d'amis dans le coin, si ?

Tu es sans doute la première personne avec qui j'ai une discussion depuis mon arrivée.

Il a haussé les sourcils.

Tu es timide ? a-t-il demandé.

À toi de me le dire.

Ils se sont dévisagés. Elle avait cessé de paraître nerveuse, mais son visage prenait une expression plus secrète tandis qu'il l'observait attentivement, comme à la recherche d'un indice. Au bout d'une seconde ou deux, il n'a pas eu l'air de considérer y être parvenu.

Peut-être, a-t-il dit.

Elle lui a demandé où il habitait. Il a répondu qu'il louait une maison avec des amis pas très loin. En regardant par la fenêtre, il a dit que le lotissement était presque visible depuis leur table, qu'il se trouvait juste derrière le camping. Il s'est penché sur la table pour lui montrer, mais s'est rendu compte qu'il faisait trop noir. Bref, c'est par là-bas, a-t-il conclu. Il était toujours penché vers elle et leurs regards se sont croisés. Elle a baissé les yeux sur ses genoux et il a semblé réprimer un sourire en se redressant. Elle lui a demandé si ses parents vivaient toujours dans les parages. Il lui a appris que sa mère était morte un an plus tôt et que son père était « Dieu sait où ».

En fait, il est sans doute à Galway ou un coin comme ça, a-t-il ajouté. On ne va pas le retrouver, genre, en Argentine. Je ne l'ai pas vu depuis des années.

Je suis désolée pour ta mère, a-t-elle dit.

Ouais, merci.

Moi non plus, je n'ai pas vu mon père depuis longtemps. Il… n'est pas très fiable.

Felix a levé les yeux de son verre.

Ah ouais ? Il boit ?

Mouais. Et il… raconte des histoires.

Felix a acquiescé.

Je croyais que c'était ton boulot, a-t-il dit.

Elle est devenue toute rouge. Il a paru étonné, voire inquiet.

Très drôle, a-t-elle commenté. Bon. Tu veux un autre verre ?

Ils en ont pris un deuxième puis un troisième. Il lui a demandé si elle avait des frères et sœurs, et elle a répondu qu'elle n'avait qu'un frère plus jeune. Il a dit que lui aussi, il avait un frère. Au bout du troisième verre, Alice avait le visage rose, le regard perdu et brillant. Felix était exactement comme à son arrivée. Il n'avait changé ni d'attitude ni de ton. Mais alors qu'elle tournait plus souvent le regard vers la salle, exprimant un intérêt diffus pour son environnement, il lui portait une attention plus marquée et plus intense. Elle a agité les glaçons dans son verre vide pour s'amuser.

Tu veux voir la maison ? a-t-elle proposé. Ça fait un

moment que j'ai envie de frimer, mais je ne savais pas qui faire venir. Bien sûr, je vais inviter mes amis. Sauf qu'ils vivent tous ailleurs.

À New York.

À Dublin, surtout.

Où est ta maison ? a-t-il demandé. On peut y aller à pied ?

Sans problème. En fait, on va même être obligés d'y aller à pied parce que je ne conduis pas. Et toi ?

Pas dans cet état. En tout cas, je prends pas le risque. Mais oui, j'ai le permis.

Dis donc, c'est romantique, a-t-elle murmuré. Tu veux prendre un autre verre ou on y va ?

À cette remarque, à la façon dont elle avait été prononcée, à l'utilisation du mot « romantique », il a eu l'air un peu surpris. La tête baissée, elle cherchait quelque chose dans son sac.

D'accord, on y va, a-t-il dit.

Elle s'est levée et elle a enfilé son manteau, un imperméable beige avec une unique rangée de boutons. Il l'a regardée retrousser une manche à l'identique de l'autre. Debout, il était à peine plus grand qu'elle.

C'est loin ? a-t-il demandé.

Elle lui a adressé un sourire espiègle.

Tu es en train de changer d'avis ? Si tu en as marre de marcher, tu pourras toujours me laisser en plan et rebrousser chemin, j'ai l'habitude. L'habitude de marcher seule, pas d'être laissée en plan. Quoique, ça aussi, je pourrais m'y faire, mais ce n'est pas le genre de chose que je confierais à un inconnu.

Il a gardé le silence et s'est contenté de hocher la tête d'un air presque patient, comme si cet aspect de sa personnalité, cette tendance à être « spirituelle » et prolixe, était, après une ou deux heures de conversation, une caractéristique qu'il avait remarquée mais décidé d'ignorer. En partant, il a salué la barmaid. Le geste a surpris Alice. Elle a jeté un coup d'œil par-dessus son épaule comme pour lancer un dernier regard à la jeune femme. Dehors, elle lui a demandé s'il la connaissait. Dans leur dos, il y avait le bruit apaisant des vagues qui se brisaient. L'air était frais.

La fille qui bosse ici ? a dit Felix. Sinead. Ouais, je la connais. Pourquoi ?

Elle doit se demander ce que tu fabriques avec moi.

D'un ton égal, Felix a répondu : À mon avis, elle a très bien compris. C'est par où ?

Alice a glissé les mains dans les poches de son imperméable et elle est partie à l'assaut de la colline. Comme s'il venait de la défier, voire de la rabrouer, mais que loin de l'avoir effrayée, ç'avait au contraire renforcé sa détermination.

Pourquoi, tu donnes souvent rendez-vous ici ? a-t-elle demandé.

Il devait hâter le pas pour se maintenir à sa hauteur.

C'est une question bizarre, a-t-il répondu.

Ah bon ? Je suis sans doute une fille bizarre.

En quoi ça te regarde si je rencontre d'autres gens dans ce bar ? a-t-il demandé.

Rien de ce qui te concerne ne me regarde. Ça m'intriguait, c'est tout.

Il a paru réfléchir et, dans le même temps, il a répété d'une voix plus basse, moins affirmée : Ouais, mais je vois pas en quoi ça te regarde. Au bout de quelques secondes, il a ajouté : C'est toi qui as proposé un rendez-vous à l'hôtel, je te rappelle. Je n'y vais jamais sinon. Donc non, je n'ai pas l'habitude d'y filer des rencards. OK ?

OK. Mais ça a piqué ma curiosité que tu dises que

la fille du bar avait « très bien compris » ce qu'on faisait là.

Je pense qu'elle a deviné que c'était un date. Faut pas chercher plus loin.

Sans pour autant le regarder, Alice a eu l'air plus amusée, ou amusée par autre chose.

Ça ne te dérange pas que des gens de ta connaissance te voient filer des dates à des inconnues ? a-t-elle demandé.

Parce que c'est bizarre, ou un truc comme ça ? Non, ça me dérange pas.

Pendant le reste de la marche le long de la route côtière en direction de la maison d'Alice, ils ont discuté de la vie sociale de Felix ou, plutôt, Alice posait les questions et lui réfléchissait avant de répondre en parlant fort à cause du bruit de la mer. Il n'a pas exprimé de surprise à ses interrogations et il y a répondu, toutefois sans vraiment s'étendre ni lui donner plus d'informations que nécessaire. Il lui a expliqué qu'il fréquentait surtout les gens qu'il connaissait depuis le lycée et ses collègues du boulot. Que ces deux cercles se recoupaient un peu, mais pas plus que ça. Il ne lui a rien demandé en retour, peut-être échaudé par les réponses embarrassées aux questions qu'il avait posées plus tôt, ou parce que ça ne l'intéressait plus.

C'est là, a-t-elle annoncé.

Où ça ?

Elle a soulevé le loquet d'un petit portail blanc et elle a dit : Ici.

Il s'est arrêté face à la maison qui se dressait au fond d'un jardin vert et pentu. Aucune fenêtre n'était éclairée, les détails de la façade n'étaient pas visibles, mais à sa tête, on voyait qu'il la connaissait.

Tu habites le presbytère ? a-t-il demandé.

Je n'ai pas pensé que tu pouvais connaître. Sinon, je te l'aurais dit au bar. Je ne cherchais pas à faire de mystère.

Elle lui tenait le portail. Sans quitter des yeux la maison qui faisait face à la mer, il lui a emboîté le pas. Le jardin plongé dans l'obscurité était balayé par le vent. Elle a remonté rapidement l'allée et s'est mise à chercher les clefs dans son sac. Le bruit du trousseau était audible, mais elle ne parvenait pas à le localiser. Il a attendu sans un mot. Elle s'est excusée du temps que ça prenait et elle a fini par allumer la lampe de son téléphone pour éclairer l'intérieur de son sac, projetant une lumière froide et grise sur les marches du perron. Il avait les mains dans les poches.

Les voilà, a-t-elle annoncé.

Puis elle a ouvert la porte.

À l'intérieur, il y avait un vaste hall au sol carrelé de rouge et de noir. Un lustre en pâte de verre au plafond et, contre le mur, une longue table aux pieds ouvragés sur laquelle trônait une loutre en bois sculpté. Elle a lâché ses clefs sur la table et s'est observée un instant dans le miroir sombre et piqueté accroché au-dessus.

Tu loues cet endroit pour toi toute seule ? a-t-il demandé.

Je sais, a-t-elle répondu. C'est évidemment trop grand. Et je dépense des fortunes en chauffage. Mais c'est beau, non ? En plus, ils ne me demandent pas de loyer. On va à la cuisine ? Je vais remettre la chaudière en route.

Il l'a suivie dans le couloir jusqu'à une grande cuisine avec des placards le long d'un mur et une table de l'autre côté. Au-dessus de l'évier, une fenêtre donnait sur le jardin à l'arrière de la maison. Il a attendu sur le seuil pendant qu'elle farfouillait dans l'un des placards. Elle s'est tournée vers lui.

Tu peux t'asseoir, si tu veux. Mais reste debout si tu préfères. Tu veux un verre de vin ? C'est le seul alcool que j'ai ici, c'est plus raisonnable. Moi, je vais d'abord prendre de l'eau.

Quel genre de trucs tu écris ? Si tu es écrivain.

Elle s'est à nouveau retournée avec un air amusé.

Si je suis écrivain ? Tu n'as tout de même pas imaginé que je mentais ? J'aurais trouvé mieux, comme bobard. Je suis romancière. J'écris des romans.

Et tu te fais de l'argent avec ça ?

Comme si elle percevait un sous-entendu dans cette question, elle l'a observé en se servant un verre d'eau.

Oui, a-t-elle répondu.

Il s'est assis sans la quitter des yeux. Le rembourrage brun-rouge des chaises était fendillé. Tout paraissait très propre. Il a frotté la nappe lisse du bout de l'index. Elle a posé un verre d'eau devant lui et s'est assise à son tour.

Tu étais déjà venu ici ? a-t-elle demandé. Tu connaissais.

Je connais parce que j'ai grandi dans le coin. J'ai jamais su qui habitait là.

Je connais à peine ces gens moi-même. Un couple de personnes âgées. La femme est artiste, je crois.

Il a acquiescé en silence.

Je peux te faire visiter, si tu veux, a-t-elle ajouté.

Il a continué à garder le silence, cette fois sans même hocher la tête. Ça n'a pas eu l'air de la gêner, un peu comme si ça confirmait les soupçons qu'elle avait. Quand elle a repris la parole, c'était du même ton sec, presque sardonique.

Tu dois te dire que je suis cinglée de vivre ici toute seule.

Sans payer de loyer ? Tu serais cinglée de ne pas le faire.

Il a bâillé sans gêne et regardé par la fenêtre, ou plutôt vers la fenêtre, car il faisait nuit et que la vitre reflétait l'intérieur de la pièce.

Juste par curiosité, il y a combien de chambres ? a-t-il demandé.

Quatre.

Où est la tienne ?

Elle est restée immobile, continuant à fixer son verre quelques instants avant de le regarder droit dans les yeux.

À l'étage, a-t-elle répondu. Toutes les chambres sont à l'étage. Tu veux que je te montre ?

Pourquoi pas.

Ils se sont levés de table.

Il y avait un tapis persan à pompons gris sur le palier à l'étage. Alice a ouvert la porte de sa chambre et allumé un petit lampadaire. Sur la gauche se trouvait un grand lit double. Le parquet était nu et le long d'un mur, il y avait une cheminée carrelée couleur de jade. Sur la droite, une grande fenêtre à guillotine qui donnait sur la mer plongée dans les ténèbres. Felix s'est approché pour ne voir que sa silhouette assombrir le reflet de la lampe.

Il doit y avoir une belle vue dans la journée, a-t-il dit.

Alice était toujours près de la porte.

Oui, magnifique, a-t-elle dit. Et encore plus belle le soir, en fait.

Il s'est retourné et il a scruté le mobilier comme pour le jauger pendant qu'Alice l'observait.

Très joli, a-t-il conclu. Très jolie chambre. Et tu vas écrire un livre ici ?

Je vais essayer.

De quoi parlent tes livres ?

Je ne sais pas trop. Des gens.

C'est vague. Sur quel genre de gens tu écris, des gens comme toi ?

Elle l'a regardé sans s'énerver, comme pour lui signifier quelque chose ; qu'elle comprenait son petit jeu, peut-être, et qu'elle pourrait même le laisser gagner, tant qu'il se comportait gentiment.

Quel genre de personne crois-tu que je suis ? a-t-elle demandé.

Elle l'a regardé d'un œil froid. Felix a paru désarçonné puis il a émis un petit rire, comme un jappement.

On se connaît que depuis quelques heures, a-t-il dit, alors je me suis pas encore fait une opinion.

Quand ce sera le cas, j'espère que tu m'en feras part.

Peut-être.

Elle est restée au même endroit tandis qu'il continuait à arpenter la chambre en faisant mine d'observer certains objets. Ils savaient très bien ce qui allait se passer, même si aucun d'eux n'aurait pu dire comment ils le savaient. Elle a attendu qu'il poursuive sa visite jusqu'à ce que finalement, peut-être à court d'énergie pour repousser plus longtemps l'inévitable, il l'a remerciée et a quitté la chambre. Elle l'a raccompagné mais s'est arrêtée dans l'escalier. Elle se tenait encore sur les marches quand il a franchi la porte. C'était ainsi. Après coup, tous les deux se sentiraient mal, ni l'un ni l'autre ne sachant vraiment pourquoi cette soirée avait tourné au fiasco. Seule sur les marches, elle a tourné la tête en direction du palier. Suivez ce regard et remarquez la porte de la chambre ouverte, un pan de mur blanc visible à travers les barreaux de la rampe.

2

Ma chère Eileen,

Cela fait si longtemps que j'attends ta réponse à mon dernier mail que je prends les devants et t'écris de nouveau. Il faut dire que j'ai accumulé beaucoup de matière alors, à force de t'attendre, je vais finir par oublier des détails. Tu dois savoir que nos échanges me permettent de me raccrocher à la vie, d'y être attentive, et préservent ainsi quelque chose de ma presque inutile – voire totalement inutile – existence sur cette planète en dégénérescence accélérée… Ce paragraphe sert surtout à te culpabiliser de ne pas m'avoir encore répondu, et à m'assurer cette fois un retour plus rapide. Qu'est-ce que tu fabriques, puisque tu n'es pas en train de m'écrire un mail ? Ne me raconte pas que tu travailles.

Quand je pense à ton loyer à Dublin, ça me rend dingue. Tu sais qu'ils sont maintenant plus élevés qu'à Paris ? Et, pardon, mais Paris possède ce que Dublin n'a pas. L'un des problèmes de Dublin, c'est que la ville est – je parle au sens littéral et topographique – plate, et qu'en conséquence, tout s'y déroule sur le même plan. Certaines villes ont un métro, ce qui leur donne de la profondeur, ou alors des collines très pentues, ou des gratte-ciel qui donnent un sentiment de hauteur, mais à Dublin, il n'y a que des bâtiments bas, rectangulaires et gris, et des rues parcourues de trams. Cette ville est dépourvue de petites cours et de jardins sur les toits, contrairement au continent, où ils rompent l'uniformité, sinon verticalement, du moins conceptuellement. Tu y avais déjà pensé ? Si ça n'est pas le cas, tu as bien dû le remarquer inconsciemment. À Dublin, on ne peut ni monter très haut ni tomber très bas, et c'est difficile de se perdre ou de perdre des gens, de retrouver le sens de la perspective. On pourrait croire qu'il s'agit d'une organisation démocratique, une ville où tout se passe en face-à-face, c'est-à-dire sur un pied d'égalité. Certes, personne ne te regarde de haut. Mais ça donne au ciel une position de domination absolue. Le ciel n'est jamais interrompu ni ponctué par quoi que ce soit de significatif. Tu vas peut-être m'opposer le Spire. Je te concède le Spire, quoique ce soit la rupture la plus fine possible, posée comme une règle attestant de la taille ridicule des bâtiments alentour. À Dublin, rien ne bloque la vue. « Souviens-toi que tu vas mourir », semble nous dire constamment la ville. J'aimerais que quelqu'un y creuse un terrier pour toi.

Depuis quelque temps, je réfléchis à la politique de la droite (n'est-ce pas notre cas à tous ?), et à la façon dont le conservatisme (la force sociale) s'associe au bout du compte à un capitalisme de marché vorace. Cette alliance n'est pas évidente, en tout cas pas pour moi, car les marchés ne conservent rien, ils digèrent tous les aspects du paysage social pour ensuite les excréter, vides de sens et de souvenirs, sous forme de transactions. Qu'y a-t-il de « conservateur » dans un tel processus ? Mais le plus frappant, c'est que le concept même de « conservatisme » est faux parce que rien ne se conserve tel quel – le temps ne va que dans une seule direction. Cette idée est tellement basique que lorsque je l'ai eue, je me suis sentie brillante, puis je me suis demandé si j'étais stupide. Est-ce que ça te parle ? Rien ne se conserve, encore moins les relations sociales, sans que leur nature soit altérée et sans que ça arrête de façon artificielle une part de leur interaction avec le temps. Regarde par exemple ce que le conservatisme fait à l'environnement : son idée de la conservation, c'est d'extraire, de piller et de détruire au nom du « on a toujours fait ça » mais, précisément à cause de cela, la terre à qui on inflige un tel traitement a changé. Tu te dis sans doute que ces idées sont simplistes, que je vais peut-être même à l'encontre de la dialectique. Mais ce sont celles que j'ai eues, que j'avais besoin de mettre par écrit, et dont tu te trouves être (bon gré mal gré) la récipiendaire.

Aujourd'hui, je suis allée m'acheter à manger à la supérette et là, j'ai eu tout à coup la plus étrange des sensations, une brusque prise de conscience de l'improbabilité de cette vie. Je me suis mise à penser au reste de la population sur Terre qui vit pour sa grande majorité dans ce que toi et moi considérerions comme une pauvreté abjecte, qui n'a jamais vu ou n'a jamais mis les pieds dans ce genre de magasin. Alors que, précisément, ce magasin existe grâce à leur labeur ! Ce sont eux qui créent ce mode de vie pour des gens comme nous ! Les marques de sodas en bouteilles plastique, tous ces plats préparés et ces confiseries sous sachets scellés, ces viennoiseries cuites sur place, sont le point culminant du labeur sur terre, toute cette matière fossile consumée, ce travail de forçat dans des fermes de café et des plantations de canne à sucre. Tout ça pour ça ! Une supérette remplie de produits manufacturés ! À cette idée, j'ai été prise de vertiges. Je me sentais mal. Comme si je me rendais soudain compte que ma vie était comparable à une émission de télévision où, chaque jour, des gens mouraient au cours de sa préparation, qu'ils étaient voués à une mort des plus atroces – des enfants, des femmes – pour m'offrir le choix, en matière de déjeuner, entre plusieurs produits enveloppés dans diverses couches de plastique à usage unique. Ils mouraient pour ça, c'était ça, la grande expérience. J'ai cru que j'allais vomir. Bien sûr, ce genre de sentiment ne dure pas. Peut-être que je me sentirai mal le reste de la journée, voire le reste de la semaine, et alors ? Je dois bien continuer à acheter de quoi me nourrir. Et au cas où tu t'inquiètes pour moi, rassure-toi, j'ai finalement bel et bien mangé.

Quelques nouvelles de ma vie rurale et j'en resterai là. La maison est démesurément grande, j'ai l'impression qu'elle continue à me dévoiler des pièces dont j'ignorais l'existence. Elle est froide, et par endroits humide. Je suis à vingt minutes à pied de la supérette susmentionnée, et j'ai l'impression de passer le plus clair de mon temps à aller chercher les articles oubliés la fois précédente. Ça forge sans doute le caractère et, quand on se reverra, j'aurai une personnalité formidable. Il y a dix jours, j'ai eu un rencard avec un type qui travaille dans un entrepôt et qui n'a eu que du mépris pour moi. Franchement (je suis toujours franche), je pense avoir oublié comment me comporter en société. J'ai peur d'imaginer les grimaces que j'ai dû faire pour avoir l'air d'une personne qui a régulièrement des échanges avec autrui. Même en rédigeant ce mail, je me sens perdue et dissociative. Un poème de Rilke se termine par : « Qui maintenant est seul le restera longtemps / à lire et à veiller, à longuement écrire / et à errer, inquiet, de par les allées quand tombent les feuilles[1]. » On ne peut

1. Rainer Maria Rilke, *Le Livre d'images*, dans *Œuvres 2 : poésie*, traduit de l'allemand par Jacques Legrand, Paris, Seuil, 1972.

imaginer meilleure description de mon état, mis à part le fait que nous sommes en avril et que les feuilles ne tombent pas. Bon, pardonne cette « longue missive ». J'espère que tu viendras vite me voir.

Avec amour, amour, amour toujours,

Alice

3

À midi vingt, un mercredi, une femme parcourait un texte sur un écran dans un open space du centre de Dublin. Elle avait des cheveux brun foncé retenus par une pince en écaille et elle portait un pull gris glissé dans un pantalon cigarette noir. Elle faisait défiler le document avec la roulette lisse et graisseuse de sa souris, ses yeux allant et venant sur d'étroites colonnes. Parfois, elle s'arrêtait et cliquait pour ajouter ou effacer quelques caractères. Le plus souvent, elle insérait deux points dans WH Auden pour unifier en W.H. Auden. Une fois arrivée à la fin du document, elle a appuyé sur Rechercher et tapé WH dans la barre. Il n'y avait aucune correspondance. Elle est remontée tout en haut du document, les mots et les paragraphes filant à une vitesse telle qu'ils en devenaient abscons, puis, apparemment satisfaite, elle a sauvegardé le document et l'a fermé.

À treize heures, elle a annoncé à ses collègues qu'elle sortait déjeuner. Ils lui ont adressé un sourire et un signe de la main derrière leurs écrans. Après avoir enfilé une veste, elle a gagné un café non loin de là, où elle s'est installée près de la fenêtre avec un sandwich dans une main et un exemplaire des *Frères Karamazov* dans l'autre. Elle posait de temps en temps son livre pour s'essuyer les mains et la bouche avec une serviette en papier puis jetait un coup d'œil dans la salle, comme pour voir si quelqu'un la regardait, et reprenait son livre. À deux heures moins vingt, en relevant la tête, elle a aperçu un homme blond qui entrait. Il portait un costume et une cravate ainsi qu'un badge en plastique autour du cou, et il parlait au téléphone : Oui, j'ai dit mardi mais je vais rappeler pour vérifier. En apercevant la femme assise près de la fenêtre, son expression a changé et il a levé la main en articulant silencieusement un « Salut ». Puis il a continué : Non, je ne crois pas que tu étais en copie. Il a désigné le téléphone à la femme d'un geste impatient en faisant mine de blablater avec sa main. Elle a souri en triturant le coin d'une page de son livre. Bon, bon, a dit l'homme. Écoute, je ne suis pas au bureau pour le moment mais je m'en occupe à mon retour. Ouais. Oui, oui, tu as bien fait de m'appeler.

Il a mis fin à son appel et s'est approché de la table. En l'examinant des pieds à la tête, elle a dit : Oh Simon, tu as l'air si important, j'ai peur que quelqu'un cherche à t'assassiner. Il a saisi son badge et l'a observé d'un air sceptique. C'est à cause de ce truc, a-t-il dit. Je ne suis pas loin de penser que c'est tout ce que je mériterais. Je peux t'offrir un café ? Elle lui a répondu qu'elle devait retourner au travail. Bon, alors, je peux t'offrir un café à emporter et te raccompagner à ton bureau ? J'ai besoin de ton avis. Elle a accepté et refermé son livre. Pendant qu'il se dirigeait vers le comptoir, elle s'est levée et a chassé les miettes de sandwich tombées sur ses genoux. Il a commandé deux cafés, l'un avec du lait, l'autre sans, et a glissé quelques pièces dans le bocal des pourboires. En le rejoignant, elle a retiré la pince de ses cheveux et l'a remise. Alors comment s'est passée la séance d'essayage de Lola ? a-t-il demandé. Elle a relevé la tête, croisé son regard et lâché un étrange petit son étouffé. Oh, bien. Tu sais que ma mère est en ville ? On se retrouve toutes les trois demain pour chercher une tenue de mariage.

Il a fait un petit sourire en suivant des yeux la préparation de leurs cafés derrière le comptoir.

C'est drôle, a-t-il dit, j'ai fait un cauchemar l'autre nuit, j'ai rêvé que tu te mariais.

En quoi c'était un cauchemar ?

Tu épousais un autre que moi.

Elle a éclaté de rire.

C'est ce que tu dis aux femmes à ton boulot ?

Il s'est tourné vers elle et a répondu d'un air amusé : Oh non, j'aurais de gros ennuis. Et ce serait bien normal. Je ne drague jamais au boulot. S'il y a drague, c'est toujours dans l'autre sens.

J'imagine qu'elles ont toutes au moins cinquante ans et qu'elles aimeraient que tu épouses leur fille.

Je déplore la mauvaise image dont souffrent les femmes de cinquante ans dans notre culture. De toutes les tranches démographiques, je pense que c'est celle que je préfère.

C'est quoi le problème avec les jeunes femmes ?

C'est juste qu'elles sont…

Il a agité la main d'un côté et de l'autre, un geste qui pouvait tout autant signifier des frictions, de l'incertitude, une alchimie, de l'indécision, ou peut-être bien de la médiocrité.

Tu n'as jamais eu de petite amie de cinquante ans, a fait remarquer la jeune femme.

Je n'ai pas encore atteint cet âge, tu remarqueras.

En sortant du café, il lui a tenu la porte et elle a fait comme si c'était normal. Qu'est-ce que tu voulais me demander ? a-t-elle dit. En marchant sur le trottoir qui la ramenait à son bureau, il lui a dit qu'il avait besoin d'un conseil concernant deux de ses amis, qu'elle semblait connaître. Au début, ils étaient colocataires, puis ils avaient entamé une relation sexuellement ambiguë. Au bout de quelque temps, l'un d'eux s'était mis à fréquenter quelqu'un, et à présent l'autre, encore célibataire, voulait quitter la coloc mais n'avait pas d'argent et nulle part où aller. C'est en fait plus un problème sentimental qu'un problème de logement, a-t-elle déclaré. Il l'a admis, mais il a ajouté : Je pense malgré tout qu'il vaut mieux qu'elle quitte cette coloc. Apparemment, elle les entend baiser la nuit, ce qui n'est pas génial. Ils avaient atteint les marches de l'immeuble. Tu pourrais lui prêter de l'argent, a-t-elle suggéré. Il a répondu qu'il le lui avait déjà proposé, mais qu'elle avait refusé. J'en ai été soulagé, en fait, a-t-il admis, parce que d'instinct, je sens qu'il ne faut pas trop que je m'implique dans cette histoire. Elle lui a demandé ce que l'autre avait à dire pour sa défense, et il a répondu qu'il n'avait pas l'impression de faire quoi que ce soit de mal, que cette précédente relation était arrivée à son terme, alors qu'est-ce qu'il devait faire, rester célibataire jusqu'à la fin de ses jours ? Elle a grimacé en disant : Oui, il faut vraiment qu'elle se tire de cette coloc. Je vais ouvrir l'œil. Ils sont restés quelques instants de plus sur les marches. Au fait, j'ai reçu mon invitation au mariage, a-t-il dit.

Ah oui. Elles sont parties cette semaine.

Tu savais qu'on me proposait de venir accompagné ?

Elle l'a regardé comme si elle se demandait s'il plaisantait, puis elle a haussé les sourcils.

C'est gentil, a-t-elle dit. Ce n'est pas mon cas, mais vu les circonstances, je suppose que ça aurait été indélicat.

Par solidarité, tu préfères que je vienne seul ?

Après un silence, elle lui a demandé : Pourquoi, tu songeais à amener quelqu'un ?

La fille que je fréquente, par exemple. Si ça te va.

Hum, a-t-elle dit avant d'ajouter : Je pense que tu voulais dire « la femme ».

Il a souri.

Un peu de bienveillance.

En mon absence, c'est ainsi que tu me décris ?

En aucun cas. Je ne parle pas de toi, un point c'est tout. Quand ton nom est cité, je perds mes moyens et je dois quitter la pièce.

Sans tenir compte de cette remarque, la femme a demandé : Vous sortez ensemble depuis quand ?

Oh, je ne sais pas. Environ six semaines.

Ce n'est pas encore une de ces Scandinaves de vingt et un ans, j'espère.

Non, elle n'est pas scandinave.

Avec une expression de grande lassitude, elle a jeté sa tasse de café dans la poubelle près de la porte de son bureau. En la regardant faire, l'homme a ajouté : Si tu préfères, je peux venir seul. Comme ça, on échangera des regards depuis chaque extrémité de la salle.

Arrête de me faire passer pour un cas désespéré, a-t-elle dit.

Mon Dieu, ce n'est pas du tout ce que je voulais dire.

Elle a gardé le silence quelques secondes, se contentant d'observer la circulation.

Elle était magnifique pendant les essayages. Je parle de Lola. Puisque tu as posé la question.

Sans cesser de la regarder, il a dit : J'imagine.

Merci pour le café.

Merci pour le conseil.

Pendant le reste de la journée, la femme a travaillé avec le même logiciel de traitement de texte, elle ouvrait des fichiers, déplaçait des apostrophes et supprimait des virgules. Après avoir fermé un fichier et avant d'en ouvrir un autre, elle jetait un coup d'œil à son fil d'actualité sur les réseaux sociaux. Son expression, sa posture ne variaient pas en fonction des informations qu'elle y découvrait : la nouvelle d'une catastrophe naturelle, la photo d'un animal de compagnie, une journaliste qui s'insurgeait contre des menaces de mort, une plaisanterie obscure qui nécessitait d'en avoir vu d'autres du même acabit sur Internet pour comprendre, une condamnation passionnée du suprématisme blanc, un post promotionnel pour vanter les mérites de compléments alimentaires pour femmes enceintes. Rien ne se modifiait dans son rapport au monde qui permette à un observateur de savoir ce qu'elle ressentait à propos de ce qu'elle voyait. Puis, au bout d'un moment, sans raison apparente, elle refermait l'onglet et reprenait son traitement de texte. Parfois, un collègue venait lui poser une question et elle lui répondait, ou alors un membre de l'équipe lançait une anecdote amusante et tous éclataient de rire, mais le plus souvent, leur travail se poursuivait en silence.

À dix-sept heures trente-quatre, elle a attrapé sa veste sur le portemanteau et salué ses collègues encore présents. Elle a défait les écouteurs enroulés autour de son téléphone et les a branchés, puis elle est partie à pied sur Kildare Street, en direction de Nassau Street, a tourné à gauche, vers l'ouest, et remonté plusieurs rues. Au bout de vingt-huit minutes de marche, elle s'est arrêtée face à un immeuble neuf sur les quais nord où elle est entrée, elle a monté deux volées de marches et déverrouillé une porte blanche écaillée. Il n'y avait personne dans l'appartement, mais la disposition et l'ameublement suggéraient qu'elle n'était pas la seule occupante des lieux. Un petit salon obscur avec une fenêtre qui donnait sur le fleuve mais était occultée par un rideau précédait une kitchenette équipée d'un four, d'un mini-frigo et d'un évier. La femme a sorti du frigo un bol recouvert de film plastique. Elle a retiré le film et glissé le bol dans le micro-ondes.

Après avoir dîné, elle est allée dans sa chambre. On apercevait la rue en bas par la fenêtre, ainsi que le lent écoulement du fleuve. Elle a retiré sa veste et ses chaussures, enlevé la pince dans ses cheveux et fermé les rideaux jaunes avec un motif de rectangles verts. Elle s'est débarrassée de son pull et extraite de son pantalon, les laissant en tas par terre. Le tissu du pantalon était un peu brillant. Puis elle a attrapé un sweat-shirt et un legging gris. Ses cheveux bruns, qui retombaient librement sur ses épaules, paraissaient propres et un peu secs. Elle s'est mise sur son lit et elle a attrapé son ordinateur. Un moment, elle a consulté les sites de plusieurs médias, parfois elle ouvrait et lisait en diagonale de longs articles sur des élections à l'étranger. Elle avait le visage tiré, les traits las. Deux personnes sont arrivées dans l'appartement et se sont demandé tout haut ce qu'elles allaient commander pour le dîner. Elles sont passées devant sa chambre, leurs ombres apparaissant brièvement par l'interstice sous la porte, puis ont gagné la cuisine. Après avoir ouvert un onglet de navigation privée, elle s'est connectée à un réseau social et a tapé « aidan lavin » dans la barre de recherche. Plusieurs résultats se sont affichés et, sans s'intéresser aux autres, elle a cliqué sur le troisième. Un profil s'est ouvert avec le nom Aidan Lavin sous la photo d'un buste d'homme pris de dos. Il avait d'épais cheveux bruns et portait une veste en jean. Sous la photo, cette légende : pauvre gars des rues. cerveau normal. allez voir mon soundcloud.

Le dernier post de l'utilisateur, publié trois heures plus tôt, montrait la photo d'un pigeon dans un caniveau, la tête plongée dans un paquet de chips. Légende : pareil. 127 likes. Depuis sa chambre, adossée à la tête de son lit défait, elle a cliqué dessus et lu les commentaires. L'une des réponses, qui provenait d'une certaine Actual Death Girl, disait : c'est tout toi. Aidan Lavin : tas raison, follement beau. Actual Death Girl avait liké la réponse. Elle a cliqué sur le profil d'Actual Death Girl. Après avoir passé trente-six minutes à examiner des profils associés au compte d'Aidan Lavin, elle a refermé son ordinateur et s'est allongée sur son lit.

Il était maintenant plus de vingt heures. Elle avait la tête sur l'oreiller et un poignet sur le front. Elle portait un mince jonc en or qui brillait faiblement à la lueur de sa lampe de chevet. Elle s'appelait Eileen Lydon. Elle avait vingt-neuf ans. Son père Pat possédait une ferme dans le comté de Galway et sa mère Mary était professeure de géographie. Elle avait une sœur, Lola, son aînée de trois ans. Enfant, Lola était énergique, courageuse et pleine de malice tandis qu'Eileen était anxieuse et souvent malade. Elles passaient leurs vacances à inventer des jeux complexes où elles endossaient le rôle de deux sœurs qui parvenaient à s'introduire dans des royaumes magiques. Lola élaborait presque toute l'intrigue tandis qu'Eileen se contentait de jouer. Des jeunes cousins, voisins et enfants d'amis de la famille, étaient parfois enrôlés pour incarner des personnages secondaires, notamment un garçon appelé Simon Costigan qui avait cinq ans de plus qu'Eileen et habitait de l'autre côté de la rivière dans ce qui était autrefois le manoir de la ville. C'était un enfant très poli, toujours vêtu de propre, qui disait merci aux adultes. Il faisait des crises d'épilepsie qui le conduisaient de temps en temps à l'hôpital, et même, un jour, en ambulance. Quand Lola ou Eileen se comportaient mal, leur mère leur demandait pourquoi elles ne ressemblaient pas davantage à Simon Costigan, qui non seulement était bien élevé mais qui avait aussi la décence de « ne jamais se plaindre ». À mesure que les deux sœurs avaient grandi, elles avaient cessé d'inclure Simon et d'autres enfants dans leurs jeux, elles restaient chez elles à dessiner des cartes imaginaires sur du papier à lettres, à inventer des alphabets mystérieux et à s'enregistrer sur des cassettes. Leurs parents observaient ces jeux de loin, ravis de leur fournir du papier, des crayons et des cassettes vierges, sans pour autant manifester le désir d'entendre parler des peuples imaginaires de ces pays de fiction.

À douze ans, Lola avait quitté la petite école primaire du village pour un établissement secondaire catholique réservé aux filles dans la ville voisine. Eileen, qui avait toujours été discrète à l'école, s'était encore plus repliée sur elle-même. Son institutrice disait à ses parents qu'elle était douée, alors on la conduisait dans une autre salle deux fois par semaine pour lui donner des cours d'anglais et de maths supplémentaires. Au collège, Lola s'était fait de nouvelles amies, lesquelles venaient parfois lui rendre visite à la ferme et restaient même dormir. Un jour, pour jouer un mauvais tour à Eileen, elles l'avaient enfermée dans les toilettes à l'étage pendant vingt minutes. Après ça, leur père, Pat, avait déclaré que les amies de Lola n'étaient plus les bienvenues, et Lola avait rejeté toute la faute sur Eileen. Quand Eileen a eu douze ans, elle a été envoyée dans le même établissement que Lola, qui se composait de plusieurs bâtiments et préfabriqués – il accueillait environ six cents élèves. La plupart habitaient en ville et se connaissaient depuis l'école primaire, d'où elles avaient importé de vieilles alliances et des allégeances qui excluaient Eileen. Lola et ses amies étaient alors assez grandes pour aller à pied déjeuner en ville tandis que, seule à la cafétéria, Eileen sortait de leur alu les sandwiches qu'elle avait apportés. Au cours de sa deuxième année de collège, une fille de sa classe a surgi derrière elle et lui a versé, par défi, une bouteille d'eau sur la tête. Par la suite, la principale adjointe de l'école a obligé la fille à écrire une lettre d'excuses à Eileen. À la maison, Lola a dit que ce ne serait pas arrivé si Eileen ne jouait pas toujours à l'enfant sauvage, à quoi Eileen a répondu : Je ne joue pas.

L'été de ses quinze ans, Simon, le fils des voisins, a donné un coup de main à la ferme de leur père. Il avait vingt ans et il étudiait la philosophie à Oxford. Lola venait de terminer le lycée et elle n'était presque jamais à la maison, mais quand Simon restait dîner, elle rentrait plus tôt et changeait même de sweat-shirt s'il était sale. Au lycée, Lola évitait systématiquement Eileen, mais en présence de Simon, elle se comportait en sœur aimante et indulgente, elle la recoiffait et mettait de l'ordre dans sa tenue, la traitait comme une enfant bien plus jeune. Simon n'adoptait pas ce comportement. Il était amical et respectueux envers Eileen. Il l'écoutait lorsqu'elle parlait, même quand Lola tentait de lui couper la parole, et il la regardait calmement quand elle disait des choses comme : Ah ! c'est très intéressant. En août, elle avait pris l'habitude de se lever tôt et de guetter par la fenêtre de sa chambre son arrivée à vélo. Là, elle descendait l'escalier en courant pour surgir à l'instant où il entrait par la porte de derrière. Pendant qu'il faisait bouillir de l'eau ou se lavait les mains, elle l'interrogeait sur certains livres, ses études à l'université, sa vie en Angleterre. Un jour, elle lui a demandé s'il faisait encore des crises et il a répondu en souriant que non, que ça faisait longtemps, qu'il était surpris qu'elle s'en souvienne. Ils bavardaient pendant dix ou vingt minutes, puis il partait travailler à la ferme et elle remontait s'allonger sur son lit. Certains matins, elle était heureuse à en avoir les joues rouges et les yeux brillants, mais d'autres la laissaient en larmes. Lola a dit à leur mère qu'Eileen devait arrêter son petit jeu. C'est une obsession, disait-elle. C'est gênant. Entre-temps, Lola avait appris par ses amies que Simon allait à la messe le dimanche, contrairement à ses parents, et elle ne rentrait plus dîner quand il était là. Mary avait commencé à s'attarder dans la cuisine le matin, elle prenait son petit déjeuner ou lisait le journal. Eileen descendait malgré tout et Simon la saluait de la même manière, mais elle répondait d'un air sombre puis se hâtait de regagner sa chambre. La veille du départ de Simon pour l'Angleterre, il est passé leur dire au revoir. Eileen était dans sa chambre, elle a refusé de descendre. Alors il est monté, et elle a donné un coup de pied dans une chaise en disant qu'il était la seule personne à qui elle pouvait parler. La seule de toute ma vie, a-t-elle ajouté. Ils m'ont empêchée de te parler et maintenant tu t'en vas. J'ai envie de mourir. Derrière lui, la porte était restée entrouverte. Il a tranquillement répondu : Eileen, ne dis pas des choses comme ça. Tout va bien se passer, je te le promets. Toi et moi, on sera amis pour le reste de notre vie.

À dix-huit ans, Eileen est partie étudier les lettres à Dublin. Au cours de sa première année, elle s'est liée d'amitié avec une fille qui s'appelait Alice Kelleher. L'année suivante, elles ont pris un appartement ensemble. Alice parlait très fort, elle s'habillait avec des vêtements d'occasion mal coupés et elle avait l'air de tout trouver drôle. Son père était mécanicien, il buvait, et elle avait eu une enfance compliquée. Elle avait du mal à se lier avec ses camarades et avait connu quelques soucis disciplinaires pour avoir traité un enseignant de « porc fasciste ». Eileen a passé ses études à lire assidûment tous les ouvrages qu'on lui indiquait, à rendre ses devoirs en temps et en heure et à préparer consciencieusement ses examens. Elle a obtenu presque toutes les récompenses universitaires existantes et même remporté un prix national pour une dissertation. Elle s'était fait des amis, elle allait en boîte, elle repoussait les avances de différents garçons et rentrait pour manger des toasts avec Alice dans leur salon. Alice disait qu'Eileen était un génie, une perle qui n'avait pas de prix, que même les gens qui l'appréciaient vraiment ne l'appréciaient pas à sa juste valeur. Eileen disait qu'Alice était un esprit iconoclaste, une véritable originale en avance sur son temps. Lola étudiait ailleurs en ville et ne voyait jamais Eileen, sauf quand elle la croisait par hasard dans la rue. Pendant la deuxième année d'études d'Eileen, Simon s'est installé à Dublin pour y passer le barreau. Eileen l'a invité chez elles un soir pour lui présenter Alice et il a apporté une magnifique boîte de chocolats avec une bouteille de vin blanc. Toute la soirée, Alice a été désagréable avec lui, traitant sa foi de « néfaste » et disant que sa montre était moche. Allez savoir pourquoi, Simon a paru trouver ce comportement amusant, et même touchant. Après cela, il venait souvent les voir et, le dos collé au radiateur, il débattait avec Alice au sujet de Dieu tout en critiquant joyeusement leur piètre talent de ménagères. Il disait qu'elles vivaient comme des souillons. Parfois, il faisait même la vaisselle avant de partir. Un soir, en l'absence d'Alice, Eileen lui a demandé s'il avait une petite amie et il a répondu en riant : Pourquoi tu me poses cette question ? Je suis un vieux sage, tu as oublié ? Eileen était étendue sur le canapé, et sans relever la tête, elle lui a lancé un coussin, qu'il a attrapé à deux mains. Juste vieux, a-t-elle rétorqué. Pas sage.

Quand Eileen a eu vingt ans, elle a fait l'amour pour la première fois avec un homme rencontré sur Internet. Puis elle est rentrée seule à pied chez elle. Il était tard, presque deux heures du matin, les rues étaient désertes. À son arrivée, Alice était sur le canapé, en train de taper sur le clavier de son ordinateur. Eileen s'est appuyée au montant de la porte du salon et a annoncé : Bon, ben, c'était bizarre. Alice s'est tournée vers elle. Tu as couché avec lui ? a-t-elle demandé. Eileen se frottait le haut du bras avec la paume de la main. Il m'a demandé de rester habillée, a-t-elle expliqué. Tout le temps. Alice la regardait fixement. Mais où est-ce que tu vas trouver ces gens ? lui a-t-elle demandé. Eileen a haussé les épaules en baissant les yeux. Alice s'est levée du canapé. Tu n'y es pour rien, a-t-elle dit. Ça n'a aucune importance. Ce n'est pas grave. Dans deux semaines, tu auras oublié. Eileen a posé la tête sur l'épaule mince d'Alice. En lui tapotant le dos, Alice a dit tout bas : Tu n'es pas comme moi. Tu seras heureuse. Simon allait travailler à Paris pour l'été au sein d'un groupe d'urgence sur le climat. Eileen est allée lui rendre visite, c'était la première fois qu'elle prenait seule l'avion. Il est venu l'attendre à l'aéroport et ils ont pris le train pour Paris. Ce soir-là, ils ont bu une bouteille de vin chez lui et elle lui a raconté comment elle avait perdu sa virginité. Il a ri puis s'est excusé de rire. Ils étaient couchés sur son lit dans sa chambre. Après un silence, Eileen a dit : Maintenant, je vais te demander comment, toi, tu as perdu ta virginité. Même si, pour ce que j'en sais, ce n'est pas encore arrivé. Il a souri. Et pourtant, si, a-t-il répondu. Elle est restée quelques secondes à regarder le plafond, elle se contentait de respirer. Mais tu es croyant. Ils étaient tout près l'un de l'autre, leurs épaules se touchaient presque. Oui, a-t-il confirmé. Tu sais ce que dit saint Augustin ? « Seigneur, offre-moi la chasteté, mais pas tout de suite. »

Après leur licence, Eileen a entamé un master de littérature irlandaise. Alice s'est dégoté un boulot de serveuse dans un café et s'est lancée dans l'écriture d'un roman. Elles habitaient toujours ensemble et, parfois le soir, Alice lui lisait des passages drôles pendant qu'Eileen préparait à dîner. En s'asseyant à la table de la cuisine et en repoussant les cheveux de son front, Alice disait : Écoute ça. Tu sais, le personnage dont je t'ai parlé. Eh ben, il reçoit un message de la sœur. À Paris, Simon avait emménagé avec sa petite amie, une Française qui s'appelait Natalie. Après son master, Eileen a trouvé un poste dans une librairie, elle poussait des chariots de livres pour regarnir les rayons et étiquetait les best-sellers. Entre-temps, à la ferme, ses parents avaient des soucis d'argent. Quand Eileen rentrait, son père était triste et anxieux, il faisait les cent pas dans la maison à des heures étranges, il allumait puis éteignait toutes les lumières. Au dîner, il parlait à peine et quittait souvent la table avant que les autres aient fini de manger. Dans le salon, un soir où elles étaient seules, sa mère lui a annoncé qu'il fallait que quelque chose change. Ça ne peut pas continuer comme ça, a-t-elle dit. Avec une expression inquiète, Eileen lui a demandé si elle parlait de la situation financière ou de son mariage. Mary a levé les mains au ciel d'un geste las, elle paraissait plus vieille qu'elle ne l'était. Tout, a-t-elle répondu. Je ne sais pas. Tu reviens ici pour te plaindre de ton travail, de ta vie. Et moi ? Qui s'occupe de moi ? Eileen avait vingt-trois ans et sa mère cinquante et un. Eileen a posé le bout des doigts sur une paupière et elle a dit : Parce que là, tu n'es pas en train de te plaindre de ta vie, peut-être ? Mary a fondu en larmes. Gênée, Eileen l'a regardée en disant : Je n'aime pas te savoir malheureuse. Mais je ne sais pas ce que tu veux que je fasse. Sa mère continuait de pleurer en se cachant le visage. Qu'est-ce que j'ai fait de mal ? a-t-elle protesté. Pourquoi est-ce que j'ai fait des filles si égoïstes ? Eileen s'était redressée dans le canapé comme si elle réfléchissait à la question. Qu'est-ce que tu attends de moi ? a-t-elle demandé. Je ne peux pas te donner de l'argent. Je ne peux pas remonter le temps et te faire épouser un autre homme. Tu veux que je t'écoute te plaindre ? Je peux t'écouter. J'écoute. Mais qu'est-ce qui te fait croire que ton malheur est plus important que le mien ? Mary a quitté la pièce.

Quand elles ont eu vingt-quatre ans, Alice a signé un contrat de deux cent cinquante mille dollars avec un éditeur américain. Elle a dit que dans l'industrie du livre, personne n'y connaissait rien à l'argent et que, s'ils étaient assez stupides pour lui proposer une telle somme, elle était assez cupide pour l'accepter. Eileen sortait avec un doctorant du nom de Kevin. Par son intermédiaire, elle avait trouvé un job mal payé mais intéressant comme assistante éditoriale pour une revue littéraire. Au début, elle ne faisait que de la correction, mais au bout de quelques mois, on l'avait autorisée à commander des articles, et à la fin de l'année, le rédacteur en chef lui avait proposé de signer ses propres textes. Eileen avait dit qu'elle allait y réfléchir. Lola bossait dans une boîte de conseil en management et elle avait un petit ami qui s'appelait Matthew. Elle a invité Eileen à dîner avec eux un soir en ville. Un jeudi, après le boulot, ils ont tous les trois attendu pendant quarante-cinq minutes dans une rue de plus en plus sombre et froide pour une table dans un nouveau restaurant de burgers que Lola voulait à tout prix essayer. Quand les burgers sont arrivés, ils n'avaient rien de fameux. Lola a posé des questions à Eileen sur son plan de carrière et Eileen a répondu qu'elle était heureuse de travailler pour cette revue. Pour l'instant, a dit Lola. Mais plus tard ? Eileen a répondu qu'elle ne savait pas. Lola a souri : Un jour, tu vas avoir envie de vivre dans le vrai monde. Eileen est rentrée à pied ce soir-là et elle a trouvé Alice qui travaillait à son livre sur le canapé. Alice, a-t-elle dit, je vais devoir vivre dans le vrai monde un jour ? Sans lever la tête, Alice a ricané en répondant : Mais non, pas du tout. Qui t'a raconté ça ?

Au mois de septembre suivant, Eileen a appris par sa mère que Simon et Natalie avaient rompu. Ils étaient restés quatre ans ensemble. Eileen a dit à Alice qu'elle croyait qu'ils allaient se marier. J'ai toujours pensé qu'ils allaient se marier, disait-elle. Et Alice répondait : Ouais, tu l'as déjà dit. Eileen a envoyé un e-mail à Simon pour prendre de ses nouvelles. Il a répondu : J'imagine que tu n'as aucune raison de passer par Paris prochainement. J'adorerais te voir. Elle lui a rendu visite pendant quelques jours au moment d'Halloween. Il avait trente ans et elle, vingt-cinq. L'après-midi, ils allaient au musée, ils parlaient d'art et de politique. Dès qu'elle lui posait des questions sur Natalie, il répondait de façon légère et distante puis changeait de sujet. Un jour, alors qu'ils étaient au musée d'Orsay, Eileen lui a dit : Tu sais tout de moi mais je ne sais rien sur toi. Avec un sourire peiné, il a répondu : Oh, tu parles comme Natalie. Puis il a ri et s'est excusé. Ç'a été la dernière fois qu'il a prononcé son nom. Le matin, il préparait le café et, la nuit, Eileen dormait dans son lit. Après l'amour, il aimait la serrer longuement dans ses bras. En rentrant à Dublin, elle a rompu avec son petit ami. Et n'a plus entendu parler de Simon jusqu'à ce qu'il passe chez ses parents à Noël pour boire un verre de cognac et admirer le sapin.

Le livre d'Alice a paru au printemps. Il a été l'objet d'une grande attention de la part de la presse, bienveillante au début, suivie de quelques mauvais articles en réaction aux premières louanges et autres flagorneries. Durant l'été, lors d'une fête dans l'appartement de leur amie Ciara, Eileen a rencontré Aidan. Il avait une épaisse chevelure brune, il portait un pantalon en lin et des tennis sales. Ce soir-là, ils sont restés tard tous les deux dans la cuisine à se raconter leur enfance. Dans ma famille, on ne parle pas, c'est comme ça, a dit Aidan. Tout reste sous la surface, il n'y a rien pour la briser. Tu veux un autre verre ? Eileen l'a regardé verser du vin rouge dans son verre. On ne parle pas vraiment dans ma famille non plus, a-t-elle dit. Parfois, j'ai l'impression qu'on essaie, mais qu'on ne sait pas comment s'y prendre. Au petit matin, Eileen et Aidan étaient repartis dans la même direction et il avait fait un crochet pour la raccompagner jusqu'à sa porte. Prends soin de toi, a-t-il dit quand ils se sont quittés. Quelques jours plus tard, ils sont allés boire un verre rien que tous les deux. Il était musicien et ingénieur du son. Il lui a parlé de son travail, de ses colocataires, de sa relation avec sa mère, de différentes choses qu'il aimait et détestait. Au cours de la discussion, Eileen riait beaucoup et elle avait l'air vive, elle portait ses doigts à sa bouche, elle se penchait en avant sur son siège. Quand elle est rentrée chez elle, ce soir-là, Aidan lui a envoyé un message : tu écoutes si bien ! et je parle tellement, désolé. on peut se revoir ?

Ils sont retournés prendre un verre la semaine suivante, puis un autre. Dans l'appartement d'Aidan, il y avait un entrelacs de câbles noirs par terre et il dormait sur un matelas à même le sol. À l'automne, ils sont allés passer quelques jours à Florence et ils ont arpenté la cathédrale fraîche. Un soir, alors qu'elle faisait un trait d'esprit au dîner, il a tellement ri qu'il a dû s'essuyer les yeux avec une serviette violette. Il lui a dit qu'il l'aimait. Tout dans la vie est incroyablement beau, a écrit Eileen à Alice. Je n'en reviens pas que ça soit possible d'être si heureuse. À cette époque, Simon est rentré à Dublin pour prendre un poste de conseiller politique dans un groupe parlementaire de gauche. Eileen le voyait parfois passer en bus ou traverser en enlaçant une belle femme ou une autre. Avant Noël, Eileen et Aidan se sont installés ensemble. En sortant les cartons de livres du coffre de sa voiture, il a fièrement dit : Le poids de ton cerveau. Alice a assisté à leur crémaillère, où elle a fait tomber une bouteille de vodka sur le carrelage de la cuisine et raconté une anecdote interminable sur leurs années de fac que seule Eileen et elle ont paru trouver vaguement drôle, puis elle est rentrée. La plupart des gens à la fête étaient les amis d'Aidan. Après coup, ivre, Eileen lui a demandé : Pourquoi je n'ai pas d'amis ? J'en ai deux, mais ils sont bizarres. Le reste, c'est surtout des connaissances. Il a passé la main dans ses cheveux et il a dit : Tu m'as, moi.

Pendant trois ans, Eileen et Aidan ont vécu dans un studio au sud de la ville. Ils téléchargeaient illégalement des films étrangers, se disputaient à cause du loyer, cuisinaient et faisaient la vaisselle chacun à leur tour. Lola et Matthew se sont fiancés. Alice a obtenu un prix littéraire accompagné d'une belle somme d'argent, elle est partie vivre à New York où elle a commencé à envoyer à Eileen des e-mails à n'importe quelle heure du jour et de la nuit. Puis elle a cessé d'écrire, elle a supprimé tous ses profils sur les réseaux sociaux, ignoré les messages d'Eileen. Un soir de décembre, Simon a appelé Eileen pour lui annoncer qu'Alice avait été admise dans un hôpital psychiatrique de Dublin. Eileen était assise sur son canapé, le téléphone à l'oreille, Aidan rinçait une assiette sous le robinet. Après sa conversation avec Simon, Eileen est restée avec le téléphone sans rien dire, lui aussi était silencieux. Bon, a-t-il finalement lâché, je vais te laisser y aller. Quelques semaines après, Eileen et Aidan se séparaient. Il lui a dit qu'il se passait trop de choses, qu'ils avaient tous les deux besoin de prendre du recul. Il est retourné vivre chez ses parents et elle a pris une chambre dans l'appartement d'un couple marié situé dans le nord plus pauvre de la ville. Lola et Matthew ont opté pour un mariage assez simple au début de l'été. Simon continuait de répondre tout de suite à ses messages, il déjeunait de temps en temps avec elle et n'évoquait jamais sa vie personnelle. C'était le mois d'avril, plusieurs amis d'Eileen avaient quitté Dublin ou s'apprêtaient à le faire. Elle assistait à des fêtes d'adieu dans sa robe vert foncé à boutons ou sa robe jaune avec une ceinture assortie. Dans des salons au plafond bas où étaient accrochées des suspensions en papier, les gens parlaient du marché de l'immobilier. Ma sœur se marie en juin, disait-elle. C'est génial, répondaient-ils. Tu dois être tellement heureuse pour elle. Ouais, c'est drôle, disait Eileen, mais non, pas du tout.

4

Alice,

Je pense avoir moi aussi vécu ce que tu as ressenti à la supérette. C'était comme si, en baissant les yeux, je m'apercevais pour la toute première fois que j'étais assise sur un minuscule rebord à une hauteur vertigineuse, et que la seule chose qui me soutenait, c'était la misère et la dégradation de presque tout sur terre. Et je me retrouve toujours à me dire : Je n'ai pas envie d'être là. Je n'ai pas besoin de tous ces vêtements bon marché et de ces aliments importés dans leur emballage plastique qui n'améliorent en rien ma vie. Ils créent des déchets et ne font que me rendre malheureuse. (Non que je compare mon absence de satisfaction à la misère de personnes véritablement opprimées, je dis simplement que le mode de vie que ces choses nous procurent ne nous satisfait même pas, à mon sens.) Les gens croient que le socialisme s'impose par la force, à coup d'expropriations, mais j'aimerais qu'on reconnaisse que le capitalisme est obtenu par la même force qui va dans la direction opposée, celle de la protection des propriétés existantes. Je sais que tu le sais. Je déteste avoir encore et encore les mêmes débats sur ces mauvais principes de base.

En ce moment, je réfléchis aussi au conservatisme politique et au temps, quoique de façon différente. Et je pense pouvoir affirmer que nous traversons une crise historique, une idée qui semble acceptée par le plus grand nombre. Ce que je veux dire par là, c'est que les symptômes de la crise, à savoir les changements majeurs et imprévus de politiques électorales, sont largement reconnus comme des phénomènes anormaux. Je pense plus ou moins que certains des symptômes structurels « mis sous le tapis », comme la noyade en masse des migrants et les catastrophes naturelles à répétition dues au changement climatique, commencent à être admis comme des manifestations de la crise politique. Il me semble que plusieurs études montrent qu'au cours de ces deux dernières années, les gens ont passé davantage de temps à lire les nouvelles et à se renseigner sur la marche du monde. Par exemple, il est devenu normal d'envoyer ce genre de message : tillerson viré MDRRRRR. Alors qu'en réalité, ça n'a absolument rien de normal. Bref, chaque jour est une unité informative nouvelle et unique qui supprime et remplace le monde informationnel de la veille. Et je me demande (certes de manière peu pertinente, pourrais-tu objecter) quelle en est la signification pour la culture et les arts. Autrement dit, nous sommes habitués à fréquenter des œuvres culturelles qui se déroulent « dans le présent ». Mais le sens du présent en tant que continuité a cessé d'être une caractéristique de nos vies. Le présent est devenu discontinu. Chaque jour, sinon chaque heure, remplace et rend caduc tout ce qui précède, les événements de nos vies n'ont de sens que si on les met en relation avec une chronologie qui s'actualise en permanence avec des contenus d'information. Si bien que lorsqu'on regarde les personnages d'un film qui dînent ou qui conduisent, qui s'apprêtent à commettre un meurtre ou qui ont des chagrins d'amour, on veut naturellement savoir quand, exactement, ils font tout ça par rapport aux événements historiques cataclysmiques qui structurent notre sens actuel de la réalité. Il n'y a plus aucun décor neutre. Tout est chronologie. J'ignore si ça donnera naissance à d'autres formes artistiques ou si ça impliquera la fin totale de l'art tel que nous le connaissons.

Ton paragraphe sur le temps me fait également penser à une découverte que j'ai récemment faite sur Internet. Apparemment, à la fin de l'âge du bronze, qui débute 1 500 ans avant notre ère, la région de la Méditerranée orientale se caractérisait par un système de palais gouvernementaux centralisés redistribuant l'argent et les biens via des économies urbaines complexes très spécialisées. J'ai lu ça sur Wikipédia. Les routes commerciales étaient très développées à l'époque et les langues écrites en train d'émerger. On produisait et on échangeait des produits de luxe sur de très grandes distances. Dans les années 1980, on a retrouvé un navire ayant coulé à cette période au large des côtes de la Turquie avec, dans ses cales, des bijoux égyptiens, des poteries grecques, du bois sombre du Soudan, du cuivre irlandais, des grenades et de l'ivoire. Puis, en l'espace de soixante-quinze ans, entre 1225 et 1150 avant J.-C., cette civilisation s'est effondrée. Les grandes villes de la Méditerranée orientale ont été détruites ou abandonnées. L'alphabétisation s'est éteinte, tout un système d'écriture a été perdu. On ne sait pas trop pourquoi. Wikipédia propose une théorie de « l'effondrement généralisé du système », selon laquelle « la centralisation, la spécialisation, la complexité et les structures politiques trop lourdes » ont rendu la civilisation de l'âge du bronze particulièrement vulnérable. Une autre théorie s'appelle plus simplement le « changement climatique ». Ce qui jette une lueur sinistre sur notre civilisation actuelle, tu ne trouves pas ? L'effondrement général de notre système n'était pas une chose que j'avais envisagée comme une éventualité. Bien sûr, je sais bien que tout ce qu'on se raconte sur la civilisation humaine est un mensonge. Mais imagine que ça s'applique vraiment à notre vie.

Sans transition, et par un virage à quatre-vingt-dix degrés par rapport à ce que je viens de dire, t'arrive-t-il de penser à ton horloge biologique ? Je ne prétends pas que tu dois le faire, je me demande simplement si tu le fais. Nous sommes encore assez jeunes. Mais avant, à notre âge, l'immense majorité des femmes avait déjà plusieurs enfants, non ? J'imagine qu'il n'y a aucun moyen évident de le vérifier. J'ignore même si tu veux avoir des enfants, en fait. Alors ? Peut-être que tout simplement, tu n'en sais rien. Adolescente, je me disais que je préférerais mourir plutôt qu'avoir un bébé ; vers vingt ans, je considérais que c'était quelque chose qui finirait bien par m'arriver ; et maintenant que je vais en avoir trente, je commence à me dire : Bon ? Inutile de préciser qu'il n'y a pas foule pour m'aider à honorer cette fonction biologique. Et puis, j'ai aussi l'étrange impression, sans qu'il y ait d'explication, que je ne suis peut-être pas fertile. J'en ai récemment parlé avec Simon en lui énumérant différentes inquiétudes médicales infondées, et il a dit que, selon lui, je n'avais pas à m'inquiéter, que j'avais « l'air fertile ». J'en ai ri pendant près d'une journée. Je ris encore en écrivant ce mail. Mais je suis curieuse de connaître ta position. Vu l'effondrement civilisationnel qui approche, peut-être te dis-tu que les enfants, c'est hors de question.

Je réfléchis sans doute à tout ça parce que j'ai croisé Aidan dans la rue l'autre jour, que j'ai fait une crise cardiaque et que je ne m'en suis toujours pas remise. Depuis, chaque heure est pire que la précédente. Ou est-ce uniquement parce que la douleur que je ressens est si forte qu'elle m'empêche de mesurer la souffrance éprouvée à l'époque ? Les souffrances telles qu'on se les rappelle ne sont jamais aussi terribles que celles qu'on a vécues sur le moment. On oublie parce que se rappeler, c'est moins fort que ressentir. Peut-être que c'est pour ça que les gens d'un certain âge s'imaginent que leurs idées et leurs émotions valent plus que celles des jeunes, parce qu'ils ne se souviennent que vaguement de ce qu'ils ont ressenti dans leur jeunesse et qu'ils laissent leurs expériences actuelles dominer leur horizon. Et pourtant, je suis persuadée que je vais plus mal aujourd'hui, deux jours après avoir croisé Aidan, qu'au moment où je l'ai vu. Je sais que notre histoire n'était qu'un événement, le symbole de rien du tout, quelque chose qui a eu lieu, point final, quelque chose qu'il a peut-être fait, et non la preuve irréfutable de mon échec dans la vie. Mais en le voyant, j'ai eu l'impression de repasser par chacune de ces étapes. Alice, j'ai vraiment l'impression d'être un échec ambulant et que ma vie ne vaut rien, que très peu de gens se soucient de ce qui s'y passe. C'est tellement dur d'y voir clair parfois, quand les choses que je croyais essentielles dans la vie se révèlent n'avoir aucune importance, que les gens qui sont censés m'aimer ne m'aiment pas. Les larmes me montent aux yeux en écrivant ce mail débile, alors que j'ai eu près de six mois pour surmonter cette épreuve. Je commence à me demander si j'y parviendrai un jour. Peut-être que certaines douleurs éprouvées à des stades fondamentaux de la vie s'impriment de façon définitive dans notre être. Le fait que je n'aie perdu ma virginité qu'à vingt ans, que ç'ait été un acte si pénible, si bizarre et si peu satisfaisant, implique que j'ai le sentiment d'être le genre de personne à qui ces choses arrivent, alors qu'avant, ce n'était pas le cas. Maintenant, j'ai l'impression d'être fatalement le genre de personne dont le compagnon cesse d'être amoureux au bout de plusieurs années.

Tu travailles à un nouveau projet, là où tu te trouves, au milieu de nulle part ? Ou est-ce que tu te contentes de sortir avec les mauvais garçons du coin ? Tu me manques !

Avec tout mon amour,

E.

5

Face aux réfrigérateurs dans une supérette, Felix regardait sans grand intérêt une série de plats préparés. C'était un jeudi à trois heures de l'après-midi, et les néons blancs bourdonnaient au plafond. Les portes du magasin se sont écartées mais il ne s'est pas retourné. Il a remis une barquette à sa place et sorti son téléphone. Pas de nouvelle notification. D'un air neutre, il l'a rangé dans sa poche, a attrapé une autre barquette au hasard, s'est rendu à la caisse et a payé. Au moment de sortir, il a fait halte devant l'étalage des fruits. Alice examinait des pommes en les soulevant l'une après l'autre, à la recherche de défauts. En la reconnaissant, il a pris une posture un peu différente, se redressant légèrement. Impossible de savoir s'il allait la saluer ou sortir sans un mot, lui-même l'ignorait. Son plat à la main, il a tapoté le côté de sa jambe d'un air absent. L'ayant peut-être entendu ou ayant perçu sa présence dans son champ de vision, elle s'est retournée, l'a vu, et a aussitôt coincé ses cheveux derrière ses oreilles.

Tiens, bonjour, a-t-elle dit.

Salut. Comment tu vas ?

Bien, merci.

Tu t'es fait des amis ? a-t-il demandé.

Pas du tout.

Il a souri, a de nouveau tapoté la barquette contre sa jambe et a jeté un coup d'œil en direction de la porte.

Mais qu'est-ce qu'on va faire de toi ? Tu vas devenir dingue là-haut toute seule.

Oh, je le suis déjà. Je l'étais peut-être même avant d'arriver ici.

Folle, tu veux dire ? Tu m'as pourtant l'air très normale.

Ce n'est pas un terme que j'entends souvent à mon propos, mais merci.

Ils se sont dévisagés jusqu'à ce qu'elle baisse les yeux et se passe la main dans les cheveux. Il a regardé une fois encore vers la porte par-dessus son épaule. Difficile de savoir s'il avait envie de la mettre mal à l'aise ou s'il avait pitié d'elle. Elle paraissait ne pas avoir d'autre choix que de rester là aussi longtemps qu'il voudrait lui parler.

Tu as renoncé à cette bonne vieille appli de rencontre ? a-t-il demandé.

Avec un sourire et en le regardant droit dans les yeux, elle a répondu : Oui, la dernière expérience n'a pas été un franc succès. Si tu me permets de dire ça.

Je t'ai définitivement dégoûtée des hommes ?

Oh, pas seulement des hommes. Du monde, en général.

Il a ri.

Je ne savais pas que j'avais été aussi nul.

Toi, non. Mais moi, si.

Mais non, tu étais très bien.

Il a fixé les légumes d'un air sérieux avant de reprendre la parole. Plus détendue maintenant, elle le regardait d'un air indifférent.

Tu peux passer à la maison ce soir si tu as envie de voir des gens, a-t-il proposé. Une partie de mes collègues de boulot seront là.

Tu fais une fête ?

Il a grimacé.

Pas vraiment, a-t-il dit. Mais il y aura quelques personnes. Une fête, appelle ça comme ça, si tu veux. En tout cas, rien de très important.

Elle a acquiescé et remué les lèvres sans montrer ses dents.

Ça a l'air sympa. Mais il va falloir que tu me rappelles où tu habites.

Je te tape l'adresse dans Google Maps si tu as l'appli, a-t-il proposé.

Elle a sorti son téléphone de sa poche et ouvert Maps. En lui tendant l'appareil, elle a demandé : Tu ne travailles pas, aujourd'hui ?

Il a entré son adresse dans la barre de recherche et répondu sans relever la tête : Nan. J'ai des horaires improbables cette semaine.

Il lui a tendu son téléphone. 16 Ocean Rise. L'écran affichait un réseau de rues blanches sur fond gris près d'une étendue bleue qui figurait la mer.

Des fois, on n'a pas du tout besoin de toi, a-t-il expliqué. Et puis, certaines semaines, tu bosses tous les jours. Ça me rend dingue.

Il a de nouveau regardé en direction de la caisse, quoique son humeur eût apparemment changé.

Tu viendras ce soir, alors ? a-t-il demandé.

Seulement si tu en as envie, a-t-elle répondu.

À toi de voir. Moi, je péterais un câble tout seul toute la journée là-haut. Mais peut-être que t'aimes ça.

Non, pas vraiment. Oui, ça me dit de venir, merci de m'avoir invitée.

Bah de rien. Il y aura un peu de monde. À plus tard, fais attention à toi.

Sans un regard de plus, il a tourné les talons et quitté

le magasin. Elle contemplait l'étalage de pommes comme si elle avait l'impression de ne plus pouvoir les examiner en détail, comme si la recherche de taches brunes était devenue ridicule, pour ne pas dire honteuse. Elle en a pris une et elle s'est dirigée vers les réfrigérateurs.

/

Le 16 Ocean Rise était une maison mitoyenne, la façade de gauche était en brique rouge et celle de droite peinte en blanc. Un muret séparait la cour de celle du voisin. Les rideaux aux fenêtres qui donnaient sur la rue étaient tirés, mais on apercevait de la lumière. Alice se tenait devant la porte, habillée comme dans la journée. Elle s'était poudré le visage si bien qu'on avait l'impression qu'elle avait la peau sèche, et elle avait apporté une bouteille de vin rouge. Elle a sonné. Au bout de quelques secondes, une femme de son âge est venue ouvrir. Derrière elle, le couloir était éclairé et bruyant.

Bonjour, a dit Alice. Je suis bien chez Felix ?

Oui, oui, entre.

La femme l'a fait entrer et a refermé la porte. Elle avait à la main un mug ébréché qui semblait contenir du cola. Je suis Danielle, a-t-elle annoncé. Les garçons sont là-bas. Dans la cuisine au bout du couloir, six hommes et deux femmes étaient assis autour d'une table dans diverses positions. Felix était, lui, installé sur le plan de travail près du grille-pain, il buvait à même une canette. Il ne s'est pas levé à l'arrivée d'Alice, se contentant de lui faire un signe de tête. Elle a suivi Danielle vers le frigo près duquel il se trouvait.

Salut, a-t-il dit.

Salut, a dit Alice.

Deux personnes s'étaient tournées vers elle tandis que les autres poursuivaient leur conversation. Danielle a demandé à Alice si elle voulait goûter le vin qu'elle avait apporté, et Alice a répondu : Volontiers. Pendant qu'elle cherchait un verre dans le placard, Danielle a demandé : Et comment vous vous êtes rencontrés, tous les deux ?

Sur Tinder, a répondu Felix.

Danielle s'est retournée avec un verre à vin propre.

C'est ça, votre idée d'un rendez-vous galant ?

On s'est déjà vus, a-t-il répondu. Elle m'a dit que ça l'avait dégoûtée à vie des hommes.

Alice a tenté de croiser les yeux de Felix, peut-être pour lui sourire, lui faire comprendre qu'elle trouvait ses répliques amusantes, mais il ne la regardait pas.

Comme je la comprends, a déclaré Danielle.

En posant la bouteille sur le plan de travail, Alice a examiné les CD alignés contre le mur.

Il y a beaucoup d'albums, a-t-elle dit.

Ouais, ils sont tous à moi, a répondu Felix.

Elle a passé le doigt sur le dos des boîtiers en plastique et en a sorti un pour qu'il dépasse comme une langue. Danielle discutait maintenant avec l'une des femmes assises à la table. Un homme s'était approché pour ouvrir le frigo.

En la désignant d'un geste, il a demandé à Felix : Qui c'est ?

Alice, a répondu Felix. Une romancière.

Qui est romancière ? a demandé Danielle.

La dame ici présente, a dit Felix. Elle gagne sa vie en écrivant des livres. En tout cas, c'est ce qu'elle prétend.

Comment tu t'appelles ? a demandé le type. Je vais chercher ton nom sur Google.

Alice observait la scène avec une indifférence forcée.

Alice Kelleher, a-t-elle répondu.

Felix ne la quittait pas des yeux. Le type s'est assis et a tapé quelque chose sur son téléphone. Alice buvait son verre de vin en promenant le regard sur la pièce, comme si ça ne l'intéressait pas. Toujours penché sur son téléphone, le type a lancé : Hé, mais elle est célèbre !

Alice a gardé le silence, elle n'a pas regardé Felix. Danielle s'est penchée sur l'écran pour voir.

Regardez, a-t-elle dit. Elle a sa page Wikipédia et tout.

Felix s'est laissé glisser du plan de travail et a pris le téléphone de la main de son ami. Il a ri, mais son amusement ne paraissait pas très sincère.

Œuvres romanesques, a-t-il lu à voix haute. Adaptations. Vie privée.

Cette section doit être brève, a fait remarquer Alice.

Pourquoi tu ne m'as pas dit que t'étais célèbre ? a-t-il demandé.

D'un ton dédaigneux, presque hautain, elle a répondu : Je t'ai dit que j'étais écrivaine.

Il lui a souri.

Un conseil pour la prochaine fois que tu files un rencard, a-t-il dit. Au cours de la conversation, tu glisses que t'es une célébrité.

Merci pour ce conseil de drague non sollicité. Je ne manquerai pas de ne surtout pas l'appliquer.

Quoi, ça t'ennuie qu'on te trouve sur Internet ?

Bien sûr que non, a-t-elle répondu. Je vous ai donné mon nom. Rien ne m'y obligeait.

Pendant quelques secondes, il a continué à l'observer puis il a secoué la tête en disant : T'es bizarre.

Elle a ri et lancé : Quelle perspicacité ! Et si tu écrivais ça sur ma page Wikipédia ?

Danielle a éclaté de rire. Felix avait les joues empourprées. Il s'est détourné d'Alice.

N'importe qui peut avoir sa page. C'est sans doute même toi qui l'as écrite.

Comme si elle commençait à s'amuser, Alice a rétorqué : Non, uniquement les livres.

Tu te prends pas pour rien, a-t-il dit.

Pourquoi tu t'énerves, au juste ? a demandé Danielle.

Je suis pas énervé, a répondu Felix.

Il a rendu le téléphone à son ami puis s'est adossé au frigo, les bras croisés. Alice était juste à côté de lui, près du plan de travail. Danielle a jeté un coup d'œil à Alice et haussé les sourcils, puis elle a repris sa conversation. Une autre femme a mis de la musique, et un type à l'autre bout de la pièce a éclaté de rire. Alice a dit à Felix : Si tu veux que je parte, dis-le.

Qui a dit que je voulais que tu partes ? a-t-il répliqué.

Un nouveau groupe est entré dans la cuisine et la pièce est devenue encore plus bruyante. Personne ne parlait à Alice ni à Felix, ils se tenaient tous les deux près du frigo en silence. Rien n'indiquait que cette expérience était pénible pour l'un ou l'autre, mais au bout de quelques instants, Felix a étiré les bras et a dit : J'aime pas fumer dans la maison. Tu m'accompagnes pour en griller une dehors ? Comme ça, tu pourras voir notre chienne.

Alice a acquiescé sans un mot et l'a suivi à l'arrière avec son verre de vin. Felix a fait coulisser la baie vitrée et s'est avancé sur l'herbe en direction d'un cabanon surmonté d'une simple bâche. Un springer anglais a surgi depuis le fond du jardin, tellement excité qu'il éternuait et posait les pattes avant sur les jambes de Felix. Il a poussé un unique jappement. Je te présente Sabrina, a dit Felix. Elle n'est pas vraiment à nous, les locataires précédents l'ont laissée en partant. C'est surtout moi qui la nourris maintenant, alors elle m'adore. Alice a dit que ça se voyait. On ne la laisse pas dehors d'habitude, seulement quand on invite des gens. Elle aura le droit de rentrer quand tout le monde sera parti. Alice a demandé si elle dormait sur son lit, et Felix a ri. Elle aimerait bien, a-t-il répondu. Mais elle sait qu'elle n'a pas le droit. Il a caressé les oreilles du chien en disant d'un ton affectueux : Crétine. En se retournant vers Alice, il a ajouté : Elle est très bête. Vraiment stupide. Tu fumes ? Alice tremblait, elle avait la chair de poule là où ses poignets dépassaient de ses manches, mais elle a accepté une cigarette et s'est mise à fumer pendant que Felix allumait la sienne. Il a pris une bouffée et exhalé dans la nuit claire en observant la maison éclairée où ses amis parlaient avec de grands gestes. Autour du rectangle de la baie vitrée, la maison sombre, l'herbe, le vide et le ciel noir.

Dani est sympa, a-t-il dit.

Oui, a confirmé Alice. Elle a l'air.

Ouais. On est sortis ensemble.

Ah. Pendant longtemps ?

Il a haussé les épaules.

Environ un an. Je ne sais pas bien. Plus que ça, en fait. Bref, ça fait des siècles, et maintenant, on est potes.

Et elle te plaît toujours ?

Il a regardé en direction de la maison comme si ça pouvait l'aider à répondre à la question.

De toute façon, elle est avec quelqu'un d'autre, maintenant, a-t-il dit.

Un ami à toi ?

Ouais, je le connais. Il est pas là ce soir, tu le croiseras peut-être un autre jour.

Il s'est détourné de la maison et il a fait tomber sa

cendre de cigarette, quelques étincelles chutant lentement dans l'air obscur. La chienne est repartie derrière l'abri de jardin puis a décrit plusieurs cercles en galopant.

Si elle m'entendait, elle te dirait que c'est moi qui ai merdé, a ajouté Felix.

Qu'est-ce que tu as fait ?

Apparemment, j'étais froid avec elle. C'est ce qu'elle dit, en tout cas. Si tu veux, tu peux lui poser la question.

Tu aimerais que je lui pose la question ? a demandé Alice en souriant.

Non, pas vraiment. J'en ai assez entendu comme ça à l'époque. Mais t'en fais pas, je ne pleure plus là-dessus.

Tu as pleuré, à l'époque ?

Pas au sens propre. Si c'est ce que tu veux savoir. Je n'ai pas pleuré pour de bon, mais ouais, j'étais furax.

Ça t'arrive de pleurer ?

Il a eu un petit rire.

Non. Et toi ?

Oh, tout le temps.

Ah ouais ? Et tu pleures pour quoi ?

Pour n'importe quoi. J'imagine que je suis très malheureuse.

Il l'a observée.

Vraiment ? Et pourquoi ça ?

Aucune raison particulière. C'est ce que je ressens. Je trouve ma vie difficile.

Au bout d'un moment, il a de nouveau regardé sa cigarette et il a dit : Je ne crois pas avoir bien compris la raison pour laquelle tu es venue habiter ici.

Ce n'est pas une très belle histoire. J'ai fait une dépression nerveuse. J'ai passé quelques semaines à l'hôpital et, à ma sortie, je suis venue ici. Il n'y a rien de mystérieux là-dedans. Il n'y avait aucune raison de faire cette dépression, je l'ai faite, c'est tout. Et ce n'est pas un secret, tout le monde le sait.

Felix a eu l'air de réfléchir à cette nouvelle information.

C'est écrit sur ta page Wikipédia ? a-t-il demandé.

Non. Je parlais des gens qui me connaissent. Pas de la terre entière.

Et pourquoi tu as fait une dépression nerveuse ?

Sans raison.

D'accord, mais qu'est-ce que ça veut dire, faire une dépression nerveuse ? Genre, qu'est-ce qui s'est passé ?

Elle a soufflé de la fumée par le coin de la bouche.

Je me sentais hors de contrôle, a-t-elle dit. J'étais en même temps très en colère et très triste. Je ne me maîtrisais pas. Je ne pouvais pas vivre normalement. Je ne vois pas comment l'expliquer mieux.

C'est déjà pas mal.

Ils ont gardé le silence. Alice a terminé son verre, écrasé sa cigarette sous son pied et croisé les bras sur la poitrine. Felix la regardait d'un air distrait en continuant à fumer lentement, comme s'il avait oublié sa présence. Il s'est éclairci la gorge et il a dit : J'étais un peu comme ça après la mort de ma mère. L'an dernier, je me disais : C'est quoi, l'intérêt de vivre ? Ce n'est pas comme s'il y avait quoi que ce soit à l'arrivée. Je ne voulais pas mourir ni rien, mais je n'avais pas vraiment envie de vivre non plus. Je ne sais pas si tu parlerais de dépression nerveuse. Pendant quelques mois, rien ne m'intéressait. Me lever, aller bosser, tout ça. Du coup, j'ai perdu mon boulot, c'est pour ça que je travaille à l'entrepôt maintenant. Alors ça me parle, ce que tu dis sur la dépression nerveuse. Bien sûr, on n'a pas traversé les mêmes trucs, mais ouais, je vois d'où tu reviens.

Alice a répété qu'elle était désolée pour lui, et il a accepté ses condoléances.

Je pars à Rome la semaine prochaine, a-t-elle annoncé. Pour la parution italienne de mon livre. Tu aimerais m'accompagner ?

Il n'a pas eu l'air surpris par cette invitation. Il a éteint sa cigarette en frottant à plusieurs reprises son mégot contre la cabane. La chienne a lâché un autre jappement depuis le bout du jardin.

J'ai pas d'argent, a-t-il dit.

Je peux payer. Tu as oublié que j'étais riche et célèbre ?

Ça l'a fait un peu sourire.

T'es vraiment bizarre, a-t-il dit. Tu pars combien de temps ?

Je m'en vais mercredi et je reviens le lundi matin suivant. Mais si tu veux, on peut rester plus longtemps.

Cette fois, il a ri.

Putain, a-t-il dit.

Tu connais Rome ?

Non.

Alors tu devrais venir. Je pense que ça te plairait.

Comment tu sais que ça me plairait ?

Ils ont échangé un regard. Il faisait trop sombre pour que l'un ou l'autre glane véritablement des informations sur leurs visages, pourtant, ils ont continué à s'observer sans baisser les yeux, comme si l'acte était en soi plus important que ce qu'ils pouvaient déceler.

Je n'en sais rien. Je le pense, c'est tout.

Il s'est finalement détourné.

D'accord, a-t-il dit. Je viens.

6

Chaque jour, je me demande pourquoi ma vie a pris cette tournure. Je n'en reviens pas de devoir supporter ce genre de choses – lire des articles qui parlent de moi, voir ma photo sur Internet, découvrir des commentaires à mon sujet. Présenté comme ça, on pourrait se dire : C'est tout ? Et alors ? Mais même si ça n'est rien, je me sens très mal à cause de ça, je n'ai pas envie de cette vie. Quand j'ai soumis mon premier manuscrit, je voulais uniquement gagner assez d'argent pour terminer le suivant. Je ne me suis jamais vantée d'être suffisamment armée ou capable de résister à des demandes publiques permanentes sur ma vie et mon enfance. Les gens qui deviennent célèbres parce qu'ils le veulent – je parle des gens qui, après avoir goûté à la gloire, en redemandent – sont, et je le crois en toute sincérité, psychologiquement malades. Être exposé à ces personnes dans notre culture comme si elles étaient non seulement normales mais aussi séduisantes, comme si leur sort était enviable, indique à quel point est répandue cette maladie sociale qui défigure tout. Il y a un problème avec ces gens, et quand on s'intéresse à ce point à eux, c'est que quelque chose ne tourne pas rond.

De toute façon, quel lien y a-t-il entre l'auteur célèbre et ses livres célèbres ? Si je me conduisais mal, que j'étais désagréable et que je parlais avec un accent agaçant, ce qui est sans doute le cas, en quoi ça concernerait mes romans ? En rien. L'œuvre reste la même, elle ne change pas. Qu'est-ce que les livres gagnent à être liés à ma personne, à mon visage, à mes particularités et toutes leurs caractéristiques déprimantes ? Rien. Alors pourquoi, pourquoi ça se passe comme ça ? Quel intérêt cela sert-il ? Ça me désole, ça m'éloigne de la seule chose dans ma vie qui a du sens, ça n'apporte rien à l'intérêt public, ça ne comble que la curiosité la plus basse, ça permet d'organiser entièrement le propos littéraire autour de la figure dominante de « l'auteur », dont on dissèque en détail mais sans raison la vie et les idiosyncrasies. Je ne cesse de croiser cette personne qui est moi, et je la déteste de tout mon cœur. Je déteste sa façon de parler, je déteste son apparence, je déteste ses opinions à propos de tout. Pourtant, quand des gens lisent quelque chose à son sujet, ils la confondent avec moi. Faire ce constat me donne l'impression d'être morte.

Et, bien sûr, je ne peux pas me plaindre, puisque tout le monde me dit d'en « profiter ». Mais qu'est-ce qu'ils en savent ? Pendant tout ce temps, ils ne sont pas là, je suis seule. D'accord, ç'a été une expérience en soi, mais dans quelques mois ou quelques années, Dieu merci, il n'en restera rien et plus personne ne se souviendra de moi. Moi, j'ai dû tenir bon, traverser tout ça sans que personne ne me dise comment faire, et j'en suis venue à me détester à un degré presque insupportable. Quoi que je fasse, quel que soit le talent minime qui est le mien, les gens attendent de moi que je le monnaye. Je parle au sens littéral, l'échanger contre de l'argent, jusqu'à avoir beaucoup d'argent mais plus guère de talent. Et puis ça s'arrêtera, je serai finie, et apparaîtra une nouvelle fille de vingt-cinq ans sur le point de s'effondrer psychologiquement. Si jamais j'ai croisé une personne sincère, elle a dû être tellement dégoûtée par la foule d'égotistes assoiffés de sang qui grouillait autour de moi que je ne l'ai pas vue. Les seules personnes sincères que je connaisse sont Simon et toi, et en ce moment, vous n'éprouvez pour moi que de la pitié, non de l'amour ou de l'amitié, uniquement de la pitié, comme si j'étais une créature agonisante au bord de la route à qui le plus grand service qu'on pourrait rendre serait d'abréger ses souffrances.

Après ton mail sur l'effondrement de l'âge du bronze, j'ai été intriguée par l'idée que des systèmes d'écriture puissent « se perdre ». En fait, je ne savais pas trop ce que ça signifiait, alors j'ai fait des recherches et j'ai beaucoup lu sur ce qu'on appelle le linéaire B. Tu en as déjà entendu parler ? Pour résumer, aux alentours de 1900, une équipe anglaise qui faisait des fouilles en Crète a mis au jour de vieilles tablettes en argile dans une baignoire en terre cuite. Elles étaient gravées de l'écriture syllabique d'une langue inconnue et semblaient dater de 1400 avant J.-C. Pendant tout le début du vingtième siècle, des érudits et des linguistes ont tenté de déchiffrer ces inscriptions connues sous le nom de linéaire B, en vain. Les signes avaient beau être organisés en écriture, personne ne comprenait à quelle langue ils correspondaient. La grande majorité des universitaires ont émis l'hypothèse qu'il s'agissait d'une langue perdue de la culture minoenne qui n'a laissé aucune trace dans le monde moderne. En 1936, à l'âge de quatre-vingt-cinq ans, l'archéologue Arthur Evans a donné sur ces tablettes une conférence à Londres. Y assistait un collégien de quatorze ans du nom de Michael Ventris. Avant la Seconde Guerre mondiale, une nouvelle série de tablettes a été découverte, cette fois en Grèce continentale, et photographiée. Pourtant, aucune des tentatives pour comprendre cette écriture ou identifier cette langue n'a abouti. Entre-temps, Michael Ventris avait grandi et fait des études d'architecture. Puis il a servi dans la RAF pendant la guerre. Il n'avait aucune compétence particulière en linguistique ou en langues anciennes, mais il n'avait jamais oublié la conférence d'Arthur Evans sur le linéaire B. À la fin de la guerre, de retour en Angleterre, Ventris s'est mis à comparer les photos des tablettes récemment découvertes avec les inscriptions sur les tablettes crétoises. Il a remarqué que certains des symboles présents sur ces dernières ne figuraient pas sur celles de Pylos. Il en a déduit que ces symboles devaient désigner des lieux sur l'île. Et, par ce biais, il a trouvé le moyen de déchiffrer l'écriture. Il a découvert que, en réalité, le linéaire B était une première forme écrite du grec ancien. Non seulement le travail de Ventris a révélé que le grec était la langue de la culture mycénienne, mais il a également apporté la preuve que cette langue était plus vieille de plusieurs siècles que ce que l'on croyait. Suite à cette découverte, Ventris et le philologue John Chadwick ont rédigé un ouvrage qui s'intitule *Documents en grec mycénien*. Quelques semaines avant la publication du livre en 1956, Ventris a trouvé la mort dans un accident de voiture. Il avait trente-quatre ans.

Je condense l'histoire pour lui donner davantage de force dramatique. Et je laisse de côté bon nombre de savants, dont une professeure américaine appelée Alice Kober qui a apporté des contributions significatives à l'interprétation du linéaire B avant de succomber à un cancer à l'âge de quarante-trois ans. Les articles Wikipédia sur Ventris, le linéaire B, Arthur Evans, Alice Kober, John Chadwick et la Grèce mycénienne ne sont pas très cohérents, certains proposent même des versions différentes du même événement. Evans avait-il quatre-vingt-quatre ou quatre-vingt-cinq ans quand Ventris a assisté à sa conférence ? Ventris a-t-il entendu parler pour la première fois du Linéaire B ce jour-là, ou en avait-il déjà connaissance ? Et sa mort n'est décrite que de façon très brève et mystérieuse. Wikipédia prétend qu'il est mort « sur le coup » suite à « une collision nocturne avec un camion à l'arrêt », et que le médecin légiste a conclu à une mort accidentelle. J'ai récemment pensé à cet ancien monde qui revient et qui émerge – à travers d'étranges ruptures dans le temps, à travers l'accélération spectaculaire d'un vingtième siècle en friche et marqué par l'absence de Dieu – d'entre les mains d'Alice Kober, fumeuse invétérée morte à l'âge de quarante-trois ans, et de Michael Ventris, mort dans un accident de voiture à trente-quatre ans.

Autrement dit, cela signifie que, à l'âge du bronze, s'est développée une écriture syllabique sophistiquée pour représenter la langue grecque, puis pendant l'effondrement que tu évoques, cette compétence a été détruite. Plus tard, les systèmes d'écriture imaginés afin de représenter le grec classique ne ressemblaient en rien au linéaire B. Les gens qui les ont créés et utilisés ignoraient totalement l'existence du linéaire B. Le plus insupportable, c'est qu'à leur création, ces inscriptions signifiaient quelque chose pour ceux qui les traçaient et les lisaient, puis pendant des milliers d'années, elles n'ont plus rien voulu dire, absolument rien, parce que le lien était brisé, que l'histoire avait été interrompue. Le vingtième siècle a remis les pendules à l'heure et relancé le cours de l'histoire. Ne peut-on pas y parvenir, nous aussi, d'une autre manière ?

Je suis désolée que tu aies tant souffert d'avoir croisé

Aidan, mais ce genre de sentiment est complètement normal. Étant ta meilleure amie qui t'aime tant et souhaite ce qu'il y a de meilleur pour toi à chaque instant de ta vie, ai-je le droit de souligner que vous n'étiez pas vraiment heureux ensemble ? Je sais que c'est lui qui a décidé de mettre un terme à votre relation, et je sais combien ça doit être douloureux et frustrant. Je ne suis pas en train de te dire que tu n'as pas à te sentir mal. Seulement, en ton for intérieur, tu savais sans doute que ce n'était pas une très bonne relation. Tu m'avais plusieurs fois parlé de ton désir de rompre sans savoir comment t'y prendre. Je t'écris ça parce que je ne veux pas que, rétrospectivement, tu te mettes à croire qu'Aidan était ton âme sœur et que tu ne pourras jamais être heureuse sans lui. Tu auras connu une longue relation dans la vingtaine qui n'a pas fonctionné. Ça ne signifie pas que Dieu te réserve une vie faite d'échecs et de malheurs. Moi aussi, j'ai eu une relation longue dans la vingtaine qui n'a pas fonctionné, tu t'en souviens, n'est-ce pas ? Et Simon et Natalie ont passé près de cinq ans ensemble avant de se séparer. Est-ce que tu considères que Simon et moi avons raté notre vie ? Je ne l'espère pas. Quoique, à la réflexion, peut-être que c'est vrai pour tous les trois. Mais, dans ce cas, je préfère l'échec au succès.

Non, je n'ai jamais vraiment pensé à mon horloge biologique. J'ai l'impression que ma fertilité continuera à me hanter pendant encore une bonne dizaine d'années. Ma mère a eu Keith à quarante-deux ans. Mais je n'ai pas particulièrement envie d'avoir des enfants. Je ne savais pas que c'était ton cas. Même en ce monde ? Trouver un homme pour te mettre enceinte ne sera pas un problème, si tu le souhaites. Comme le dit Simon, tu as l'air fertile. Les hommes adorent ça. Pour conclure :

Envisages-tu toujours de me rendre visite ? Je serai à Rome la semaine prochaine, mais certainement de retour la suivante. Je me suis fait un ami ici qui s'appelle (pour de vrai) Felix. Et imagine un peu, il m'accompagne à Rome. Je suis incapable d'expliquer pourquoi, alors ne me pose pas la question. Ça m'est venu comme ça. Et il a eu l'air de trouver ça drôle d'accepter mon invitation. Je ne doute pas qu'il me prenne pour une folle, mais il sait qu'il a tout à y gagner, parce que je lui paie son billet d'avion. J'aimerais que tu le rencontres ! Raison de plus pour venir me rendre visite à mon retour. Tu viendras ? S'il te plaît.

Avec tout mon amour, toujours.

7

Ce même jeudi soir, Eileen assistait à une lecture de poésie qu'organisait la revue pour laquelle elle travaillait. L'événement se déroulait dans un centre artistique du nord de la ville. Un peu avant la lecture, Eileen s'est installée derrière une petite table pour vendre le dernier numéro de la revue tandis que les gens passaient devant elle avec des verres de vin en évitant de croiser son regard. Parfois, on lui demandait où se trouvaient les toilettes et elle indiquait la direction du même ton et avec les mêmes gestes. Un homme âgé s'est penché sur la table pour lui dire qu'elle avait « les yeux d'une poétesse ». Eileen a souri d'un air modeste et, faisant peut-être comme si elle n'avait pas entendu, elle a dit que la lecture allait commencer. Elle a ensuite verrouillé sa caisse, s'est servi un verre de vin sur la table du fond puis elle est entrée dans la salle. Il y avait vingt ou vingt-cinq spectateurs, mais les deux premiers rangs étaient vides. Le rédacteur en chef se tenait au pupitre, il présentait le premier poète. Une femme de l'âge d'Eileen qui travaillait au centre culturel et s'appelait Paula s'est décalée pour lui faire de la place. Tu as vendu beaucoup d'exemplaires ? a-t-elle murmuré. Deux, a répondu Eileen. Je pensais en refiler un troisième à un vieux, mais en fait, il voulait juste me complimenter sur mes yeux. Paula a pouffé de rire. Ça valait vraiment le coup de bosser un soir de semaine, a-t-elle dit. Au moins, je sais que j'ai de beaux yeux, a répondu Eileen.

Ce soir-là étaient présentés cinq poètes regroupés autour du thème de « la crise ». Deux parlaient d'une crise personnelle comme le deuil ou la maladie tandis qu'un autre sondait les aspects de l'extrémisme politique. Un jeune homme à lunettes a récité une poésie si abstraite et si prosodique qu'aucune relation avec la crise n'a pu être établie, tandis que la dernière, une femme en longue robe noire, a parlé pendant dix minutes des difficultés à trouver un éditeur et n'a eu le temps de ne lire qu'un poème, un sonnet rimé. Eileen a tapé sur son téléphone : la lune en juin tombe surtout sur le foin. Elle a montré le vers à Paula, qui a vaguement souri avant de se retourner vers la scène. Eileen a effacé le vers. Après la lecture, elle s'est servi un autre verre de vin et elle a repris sa place derrière la table. Le vieil homme est revenu lui dire : C'est vous qui auriez dû être à leur place. Eileen a fait un signe de tête aimable. Ça se voit, a-t-il dit. Vous avez ça en vous. Hum, a fait Eileen. Il est parti sans acheter la revue.

Pour clore la soirée, Eileen et certains organisateurs sont allés boire une bière dans un pub voisin. Eileen et Paula se sont de nouveau assises côte à côte, Paula a pris un gin tonic servi avec un grain de raisin dans un verre gros comme un bocal à poisson, et Eileen, un whisky avec de la glace. Elles se sont raconté leurs « pires ruptures ». Paula lui a décrit la fin interminable d'une relation de deux ans où son ancienne petite amie et elle buvaient et s'envoyaient des SMS, ce qui se terminait inévitablement « soit par une énorme engueulade, soit par une partie de jambes en l'air ». Eileen a avalé une gorgée de whisky. Ça a l'air terrible, a-t-elle dit. D'un autre côté, au moins, c'était encore torride. La relation n'était pas totalement morte. Si Aidan m'envoyait des messages en se bourrant la gueule, peut-être qu'on se disputerait. Mais au moins, j'aurais l'impression qu'il se rappelle qui je suis. Paula a dit qu'elle n'en doutait pas, dans la mesure où ils avaient vécu ensemble plusieurs années. Avec un sourire grimaçant, Eileen a répondu : C'est ça qui me tue. J'ai passé la moitié de ma vingtaine avec un individu, et à la fin, il en a eu marre de moi. Parce que c'est ça, la vérité. Je l'ennuyais. J'ai l'impression que ça dit quelque chose de moi, non ? Forcément. En fronçant les sourcils, Paula a répondu : Non. Pas du tout.

Eileen a lâché un long rire gêné puis elle a serré le bras de Paula.

Je suis désolée, a-t-elle dit. Laisse-moi aller te chercher un autre verre.

À vingt-trois heures, Eileen était roulée en boule dans son lit. Son mascara avait un peu coulé. En plissant les yeux face à l'écran de son téléphone, elle a tapé sur l'icône d'un réseau social. L'application a montré un symbole de chargement. Eileen a déplacé son pouce sur l'écran en attendant que la page s'ouvre, puis tout à coup, d'un geste impulsif, l'a refermée. Elle a navigué dans ses contacts, sélectionné « Simon » et appuyé sur le bouton d'appel. Il a décroché au bout de trois sonneries.

Allô ?

Salut, c'est moi. Tu es seul ?

Simon était sur son lit dans une chambre d'hôtel. À sa droite, une fenêtre cachée par d'épais rideaux couleur crème et, en face du lit, un grand écran de télévision fixé au mur. Il était adossé à la tête de lit, jambes tendues et chevilles croisées, son ordinateur sur les genoux.

Ouais. Je suis seul, a-t-il répondu. Tu te souviens que je suis à Londres, non ? Tout va bien ?

Oh, j'avais oublié. Je tombe mal ? Je peux raccrocher.

Non pas du tout. Tu n'avais pas ton truc de poésie, ce soir ?

Eileen lui a raconté l'événement. Elle lui a fait la blague de la lune de juin et il a ri de bon cœur. Et on a aussi eu droit à un poème sur Trump, a-t-elle dit. Simon a répondu que cette simple idée lui donnait envie de se pendre. Elle lui a posé des questions sur la conférence à laquelle il assistait à Londres et il lui a longuement décrit une « séance d'échanges » intitulée : « Au-delà de l'UE : l'avenir international de la Grande-Bretagne ». C'étaient juste quatre binoclards dans la cinquantaine, a expliqué Simon. On aurait dit des versions photoshopées du même gars. Surréaliste. Eileen lui a demandé ce qu'il était en train de faire. Il a répondu qu'il finissait quelque chose pour le boulot. Elle a roulé sur le dos en regardant les petites taches de moisissure au plafond.

Ce n'est pas bon pour la santé de travailler si tard, a-t-elle dit. Où es-tu, dans ta chambre d'hôtel ?

Exact. Sur mon lit.

Elle a remonté les genoux pour poser les pieds à plat sur le matelas, ses jambes formant une tente sous la couette. Tu sais ce dont tu as besoin, Simon ? a-t-elle dit. Tu as besoin d'une petite femme rien que pour toi. Tu ne crois pas ? Une petite femme qui viendrait te voir à minuit pour poser la main sur ton épaule et te dire : Ça suffit maintenant, tu travailles trop. Viens au lit.

Simon a passé son téléphone sur l'autre oreille.

Ça donne envie.

Ta copine ne peut pas t'accompagner dans tes déplacements ?

Ce n'est pas ma copine. On se voit juste de temps en temps.

Je ne comprends pas. C'est quoi, la différence ?

Ce n'est pas une relation exclusive.

Eileen s'est frotté les yeux, étalant son maquillage noir sur sa main et le haut de sa pommette.

Donc tu couches aussi avec quelqu'un d'autre, c'est ça ?

Non. Pas moi. Mais elle, je crois que oui.

Eileen a laissé retomber sa main.

Ah bon ? Mon Dieu. Il doit être vraiment canon, l'autre type, non ?

L'air amusé, Simon a répondu : Je n'en ai aucune idée. Pourquoi tu me demandes ça ?

Ce que je voulais dire, c'est que s'il est moins bien que toi, pourquoi s'embêter avec lui ? Et s'il l'est autant que toi, alors j'aimerais rencontrer cette femme et la féliciter.

Et s'il est plus séduisant que moi ?

Je t'en prie. Ça n'est pas possible.

Il a changé de position contre la tête de lit.

Je suis si beau que ça ?

Oui.

Je le sais, mais dis-le.

En riant, elle a dit : Tu es si beau que ça.

Merci, Eileen. Comme c'est gentil. Toi non plus, tu n'es pas mal.

Elle a enfoui la tête dans son oreiller.

J'ai reçu un mail d'Alice aujourd'hui, a-t-elle dit.

Bonne nouvelle. Comment va-t-elle ?

Elle dit que ça n'est pas si grave qu'Aidan m'ait larguée parce que de toute façon, on n'était pas heureux ensemble.

Simon a fait une pause, s'attendant à ce qu'elle continue, puis il a demandé : Elle a vraiment dit ça ?

Oui, mot pour mot.

Et qu'en penses-tu ?

Eileen a poussé un soupir et dit : Peu importe.

Ce n'est pas très malin de sa part.

Les yeux fermés, elle a protesté : Tu prends toujours sa défense.

Je viens de dire que ça n'était pas très malin de sa part.

Mais tu penses qu'elle n'a pas tort.

Il fronçait les sourcils en jouant avec un stylo qui portait le logo de l'hôtel trouvé sur la table de nuit.

Non, a-t-il dit. Je pense qu'il n'était pas assez bien pour toi, ce qui est différent. Elle a vraiment dit que ça n'était pas si grave ?

En effet. Tu sais qu'elle va à Rome la semaine prochaine pour la promotion de son livre ?

Il a reposé le stylo.

Ah bon ? Je croyais qu'elle faisait une pause.

C'était le cas, jusqu'à ce qu'elle en ait marre.

Je vois. C'est drôle. Je voulais aller la voir, mais elle dit toujours que ça n'est pas le bon moment. Tu t'inquiètes pour elle ?

Eileen a lâché un rire sec.

Non, je ne m'inquiète pas. Je suis vexée. Toi, tu as le droit de t'inquiéter.

L'un n'empêche pas l'autre.

De quel côté tu es ?

En souriant, il a répondu d'un ton apaisant : De ton côté, princesse.

Elle a souri, elle aussi, l'air satisfaite, et elle a repoussé ses cheveux de son front.

Tu es couché ? a-t-elle demandé.

Non, je suis assis sur mon lit. À moins que tu veuilles que je me couche et qu'on continue à parler ?

Ouais, j'aimerais bien.

D'accord. Rien ne m'en empêche.

Il s'est levé et il a posé son ordinateur sur le petit bureau devant un miroir mural. Derrière lui, presque tout l'espace était occupé par le lit aux draps blancs fait au carré. Il tenait toujours son téléphone en branchant son ordinateur pour le recharger.

Tu vois, si ta femme était là, maintenant, elle te retirerait ta cravate. Tu portes une cravate ?

Non.

Qu'est-ce que tu portes ?

Il a jeté un coup d'œil à son reflet dans le miroir puis a de nouveau tourné les yeux en direction du lit. Un costume, a-t-il dit. Et évidemment, pas de chaussures. Je les ai enlevées en entrant, comme toute personne civilisée.

Donc bientôt, ça sera le tour de la veste ?

En retirant sa veste, ce qui impliquait de passer son téléphone d'une main à l'autre, il a dit : Ça serait la suite logique, oui.

Puis ta femme la prendrait et irait la suspendre.

Comme ça serait aimable de sa part.

Et elle déboutonnerait ta chemise. Pas de façon mécanique, mais avec des gestes tendres et aimants. Tu la suspends aussi ?

Simon, qui était en train de défaire sa chemise d'une seule main, a dit non, qu'elle allait retourner dans sa valise pour passer à la machine quand il rentrerait.

Je ne sais pas ce qui vient après, a dit Eileen. Tu portes une ceinture aujourd'hui ?

Oui.

En fermant les yeux, Eileen a poursuivi : Elle te la retire, et elle la met là où il faut. Où est-ce que tu ranges ta ceinture, quand tu en portes une ?

Je la suspends.

Tu es ordonné. C'est une chose que ta femme adore chez toi.

Pourquoi, elle-même est ordonnée ? Ou alors elle aime ça parce que les contraires s'attirent ?

Hum. Elle n'est pas négligente, mais elle n'est pas aussi ordonnée que toi. Pourtant, elle aimerait bien. Tu es déshabillé, maintenant ?

Pas complètement. Je n'ai pas lâché mon téléphone. Je peux le poser un instant ?

Avec un sourire timide et un peu embarrassé, Eileen a répondu : Bien sûr, je ne te prends pas en otage.

Non, mais je n'ai pas envie que tu t'ennuies et que tu raccroches.

Pas d'inquiétude, j'attends.

Il a posé le téléphone sur un coin du lit et il a fini de se déshabiller. Eileen était allongée, les yeux clos, tenant mollement son téléphone contre son oreille droite. À présent uniquement vêtu d'un caleçon gris foncé, Simon a récupéré son téléphone et s'est couché sur le lit, la tête posée sur les oreillers.

Me revoilà, a-t-il dit.

À quelle heure tu arrêtes de travailler, d'habitude ? a demandé Eileen. Juste par curiosité.

Vers vingt heures. Mais en ce moment, c'est plutôt vingt heures trente parce qu'il y a plein de boulot.

Ta femme aurait un travail qui se termine bien plus tôt.

Ah bon ? Je suis jaloux.

Et quand tu arriverais à la maison, elle aurait préparé le dîner.

Il a souri.

Tu me trouves aussi vieux jeu que ça ?

Eileen a ouvert les yeux, comme interrompue dans sa rêverie.

Je pense que tu es humain. Comment ne pas avoir envie de mettre les pieds sous la table quand on travaille jusqu'à vingt heures trente ? Si tu préfères rentrer dans une maison vide et te préparer toi-même ton repas, alors je ne peux rien pour toi.

Non, je n'aime pas rentrer dans une maison vide. Et en matière de fantasme, je n'ai rien contre le fait d'être attendu. Mais ce n'est pas quelque chose que j'exigerais de la femme qui partage ma vie.

Oh, je suis en train d'attenter à tes principes féministes. J'arrête.

Non, s'il te plaît. J'ai envie d'entendre parler de ce que ma femme et moi allons faire après le dîner.

Eileen a de nouveau fermé les yeux.

C'est une bonne épouse, de toute évidence, alors elle te laissera travailler un peu si tu n'as pas le choix. Mais pas trop tard. Puis elle voudra aller au lit. Qui est l'endroit où tu te trouves en ce moment, si j'ai bien compris.

En effet.

Avec un sourire langoureux, Eileen a poursuivi : Tu as passé une bonne ou une mauvaise journée au travail ?

Ç'a été.

Et là, tu es fatigué.

Pas trop fatigué pour te parler. Mais oui, je suis fatigué.

Ta femme connaît toutes ces subtilités, alors elle n'aura pas besoin de poser la question. Si tu as eu une longue journée et que tu es fatigué, je pense que tu iras te coucher vers onze heures et que ta femme te taillera une pipe. Ce qu'elle fait très bien. Mais pas de façon vulgaire, plutôt intime, maritale et tout ça.

En tenant le téléphone de la main droite, Simon s'est servi de la gauche pour se caresser à travers le coton fin de son caleçon.

Non que je n'apprécie pas, mais pourquoi seulement une pipe ?

Eileen a ri.

Tu as dit que tu étais fatigué.

Je ne suis pas trop fatigué pour faire l'amour à ma femme.

Je ne remettais pas ta virilité en question. Je pensais juste que ça te plairait. Si je me trompe, aucune importance. Ta femme, elle, ne se tromperait jamais.

Mais si elle le fait, ça n'est pas grave non plus, je l'aimerai quand même.

Je pensais en toute honnêteté que tu aimais le sexe oral.

En souriant, Simon a répondu : Oui, bien sûr. Mais si je ne devais passer qu'une seule nuit avec cette épouse fictive, je pense que j'aimerais aller plus loin. Si ça te gêne, tu n'as pas besoin d'entrer dans les détails.

Au contraire, je ne vis que pour les détails. Où en étions-nous ? Tu déshabilles ta femme avec l'habileté qui te caractérise.

À ce moment-là, il a glissé la main sous son caleçon.

Tu me fais trop d'honneur.

Tu peux partir du principe qu'elle est belle, mais je ne m'aventurerai pas à la décrire. Je sais que les hommes ont leurs petites préférences.

Merci pour cette liberté. Je me la représente très bien.

Ah bon ? Alors, je suis curieuse de savoir à quoi elle ressemble. Elle est blonde ? Ne me réponds pas. Je parie qu'elle est blonde et qu'elle mesure quelque chose comme un mètre cinquante-huit.

Il a éclaté de rire.

Non, a-t-il dit.

D'accord. Dans ce cas, ne me dis rien. Elle mouille déjà parce qu'elle a attendu toute la journée que tu la caresses.

Il a fermé les yeux. Dans le téléphone, il a demandé : Je peux la caresser ?

Oui.

Et ensuite ?

Avec sa main libre, Eileen se serrait fort les seins en traçant un cercle autour de son téton avec l'extrémité du pouce.

Ensuite, tu lis dans son regard qu'elle est excitée. Mais nerveuse, aussi. Elle t'aime beaucoup, pourtant, parfois, elle a peur de ne pas te connaître vraiment. Parce qu'il t'arrive d'être distant. Pas distant, mais renfermé. Je plante le décor pour que tu comprennes mieux la dynamique sexuelle. Elle est nerveuse parce qu'elle te porte aux nues et qu'elle veut te rendre heureux. Parfois, elle a peur que tu ne sois pas heureux, et elle ne sait pas quoi faire. Bref, quand tu t'allonges, elle tremble comme une feuille sous toi. Et tu ne dis rien, tu commences juste à la baiser. Ou plutôt, comment tu as dit tout à l'heure ? À lui faire l'amour. D'accord ?

Hum. Et ça lui plaît ?

Oh oui. À mon avis, elle était assez peu expérimentée avant que tu l'épouses, alors quand vous êtes au lit ensemble, elle s'accroche à toi tellement c'est fort. Elle veut sans doute jouir tout le temps. Et tu lui dis qu'elle est une fille bien, que tu es fier d'elle, que tu l'aimes, et elle te croit. Souviens-toi combien tu l'aimes, c'est ça qui fait la différence. J'en sais beaucoup sur toi, mais ça, c'est la partie que j'ignore. Comment tu te comportes avec une femme que tu aimes. Désolée, je digresse. La raison pour laquelle j'ai dit que ta femme te taillait une pipe, c'est parce que, inconsciemment, j'aime bien y penser. Tu te souviens qu'on l'a fait à Paris ? Mais ça n'a pas d'importance. Je me souviens juste que tu avais aimé. Et que ça m'avait vraiment donné confiance en moi. Je m'éloigne du sujet. J'étais en train de décrire une relation sexuelle avec ta femme. Je parie qu'elle est extrêmement jolie et plus jeune que moi. Et peut-être aussi, c'est vrai, un peu bête, mais de façon sexy. Si je voulais vraiment me faire plaisir, je m'arrangerais pour que, quand tu es au lit avec ta femme, pas toujours mais cette fois-là, tu penses à moi. Tu ne l'as pas fait exprès. Une petite idée ou un souvenir t'a traversé l'esprit, c'est tout. Pas comme je suis aujourd'hui, mais quand j'avais une vingtaine d'années. À l'époque, tu étais très gentil avec moi, tu sais. Alors tu es en train de baiser avec ta femme parfaite, c'est la plus belle femme de l'univers, tu l'aimes plus que tout, mais pendant une seconde ou deux, alors que tu la pénètres et qu'elle tremble, qu'elle frissonne et qu'elle prononce ton nom, tu penses à moi, à des choses qu'on a faites ensemble quand on était plus jeunes, comme à Paris quand je t'ai laissé jouir dans ma bouche, et là, tu te souviens combien c'était bon, de me posséder de cette manière ; c'était spécial, comme tu me l'as dit. Et peut-être bien que ça l'était. Si tu penses encore à ça toutes ces années plus tard quand tu es au lit avec ta femme, peut-être que ça l'était vraiment. Certaines choses sont vraiment spéciales.

Il respirait fort, il était en train de jouir. Il a fermé les yeux. Eileen s'était tue, elle ne bougeait pas, elle avait le visage brûlant. Il a dit quelque chose comme : Hum. Pendant un petit moment, ils n'ont pas parlé. Puis elle a demandé à voix basse : On peut rester au téléphone une minute de plus ? Simon a rouvert les yeux, attrapé un mouchoir sur la table de nuit et commencé à s'essuyer les mains et le corps.

Aussi longtemps que tu voudras. C'était très agréable, merci.

Eileen a ri presque bêtement, comme soulagée. Elle avait les joues et le front luisants.

De rien, a-t-elle dit. J'avais oublié que tu étais du genre à dire tout le temps « merci ». C'est fort louable. Tu es genre quatre-vingt-dix pour cent play-boy mais tu te comportes parfois comme un vrai puceau. Ce que je respecte. Est-ce qu'on sera mal à l'aise quand on se reverra dans la vraie vie ?

En lâchant le mouchoir sale sur la table de nuit pour en prendre un autre dans la boîte, Simon a dit : Non, on fera juste comme si de rien n'était. D'accord ? Tu m'as un jour dit que, de toute façon, je n'ai qu'une seule expression du visage.

J'ai vraiment dit ça ? Comme c'était cinglant de ma part. Tu en as au moins deux. Rieur et préoccupé.

Il était en train de se caresser le torse en souriant.

Ce n'était pas cinglant. Tu plaisantais, c'est tout.

Ta femme ne te parlerait jamais comme ça.

Pourquoi, elle me vénère ?

Oui. Tu es comme un père pour elle.

Il a grogné comme s'il trouvait cela amusant. C'est gentil, a-t-il dit. Eileen souriait. Évidemment que tu trouves ça gentil, a-t-elle dit. Je le savais. En posant la main sur le plat de son ventre, Simon a dit : Tu sais tout. Eileen a pincé les lèvres. Non, pas à ton sujet. Il avait les paupières closes et l'air fatigué. Je pense que l'instant le plus réaliste de ce fantasme, c'est quand j'ai commencé à penser à toi à Paris, a-t-il dit. Eileen semblait respirer profondément. Au bout d'un moment, elle a répondu : Tu dis ça juste pour me faire plaisir. Il souriait en lui-même. Un prêté pour un rendu, non ? a-t-il plaisanté. Mais non, je te dis la vérité. On se revoit vite ? Eileen a acquiescé. Ne t'en fais pas, je me comporterai normalement, a-t-il ajouté. Après avoir raccroché, elle a mis son téléphone à charger et éteint sa lampe de chevet. Le rougeoiement orange de la pollution lumineuse a traversé les rideaux de sa chambre. Les yeux toujours ouverts, elle s'est caressée pendant une minute trente, a joui sans bruit, puis s'est tournée sur le côté pour s'endormir.

8

Chère Alice,

Tu dis que tu vas à Rome, mais c'est pour le travail ? Sans vouloir être intrusive, je croyais que tu faisais un break. Je te souhaite évidemment que ce voyage se passe bien, mais je me demande si c'est une bonne idée que tu reprennes si vite les rencontres en public. Si tu juges cathartique de m'écrire des messages histrioniques sur l'univers de l'édition où, selon toi, tout le monde est assoiffé de sang et a envie de te tuer ou de te baiser à mort, eh bien, ce n'est pas moi qui t'en empêcherai. Pas de doute, tu as croisé des gens malveillants dans l'exercice de ton métier, même si je suppose que tu as aussi eu ton lot de personnes barbantes ou dont l'éthique laissait un peu à désirer. Je ne nie pas ta souffrance, je sais que tu souffres, c'est pour ça que je suis étonnée que tu t'imposes à nouveau ça. Tu prends un vol depuis Dublin ? On pourrait essayer de se voir avant ton départ, si…

Je n'avais pas conscience d'être de mauvaise humeur en écrivant ce message, mais peut-être que si, en fait. Je n'ai pas envie que tu t'imagines que ta vie difficile est un privilège, même si, selon toute définition sensée, c'est le cas. Je gagne environ 20k annuels, dont les deux tiers passent dans le loyer, pour vivre dans un minuscule appartement avec des gens qui ne m'apprécient pas. Toi, tu te fais, quoi, dans les deux cent mille euros par an (?), et tu vis seule dans une immense maison au bord de la mer. Malgré tout, je ne crois pas que j'aimerais davantage ta vie que toi. Toute personne capable d'aimer ça doit avoir un problème, comme tu le dis. Mais on a tous nos problèmes, non ? J'ai passé trop longtemps sur Internet aujourd'hui et ça m'a déprimée. Le pire, c'est que je pense vraiment que sur le Net, les gens sont en général bienveillants, que les intentions sont bonnes, mais que notre vocabulaire politique a pourri si profondément et si rapidement depuis la fin du vingtième siècle que la plupart des tentatives pour mettre du sens dans notre présent relèvent du charabia. Tout le monde est, de façon compréhensible, sensible aux catégories identitaires, mais peu désireux d'expliquer en quoi consistent ces catégories, d'où elles viennent et quels desseins elles servent. Le seul schéma visible, c'est que, pour chaque groupe de victimes (les gens issus de familles pauvres, les femmes, les gens de couleur), il y a un groupe d'oppresseurs (les gens issus de familles riches, les hommes, les Blancs). Mais dans ce cadre, les relations entre la victime et l'oppresseur ne sont pas tant historiques que théologiques, en ce sens que les victimes sont par essence bonnes et les oppresseurs le mal incarné. Pour cette raison, l'appartenance à un groupe doté d'une identité particulière est une question non réglée de signification éthique, et une grande partie de notre discours est vouée à mettre les bons individus dans les bons groupes, ce qui revient à attribuer à chacun son propre lot de responsabilité morale.

Si une véritable action politique est encore possible, ce qui, je crois, est actuellement une question ouverte, peut-être qu'elle n'impliquera pas des gens comme nous. En fait, je pense que ce ne sera pas le cas. Et, honnêtement, s'il faut affronter notre propre mort pour le bien de l'humanité, j'accepte d'être un agneau sacrifié, parce que je n'ai de toute façon pas mérité cette vie, et que je n'en profite même pas. Mais j'aimerais pouvoir participer à ce projet, quel qu'il soit, même si mon aide sera minime. Cela ne me gênerait pas, parce que de toute façon, ce sera dans mon propre intérêt, puisque c'est également nous que nous brutalisons, quoique, bien sûr, d'une autre manière. Personne n'a envie de vivre comme ça. Tout du moins, moi, je n'ai pas envie de vivre comme ça. J'ai envie de vivre autrement, ou s'il le faut, de mourir pour que d'autres puissent un jour vivre autrement. Mais quand je cherche sur Internet, je ne vois pas beaucoup d'idées qui vaillent la peine de mourir. La seule qu'on y trouve, il faut croire, c'est qu'on devrait contempler l'immense misère humaine qui s'étale sous nos yeux et se contenter d'attendre que les moins malheureux et les moins opprimés nous disent comment y remédier. Comme si on croyait que les conditions de l'exploitation généreront miraculeusement une solution à l'exploitation, que suggérer autre chose est condescendant et dénote un complexe de supériorité qui relèverait du mansplaining. Mais si les conditions ne génèrent pas la solution ? Et si on attend en vain pendant que tous ces gens souffrent sans avoir les outils pour mettre fin à leur souffrance ? Et nous, qui avons les outils, nous refusons d'intervenir parce que les gens qui agissent se font critiquer. Très bien, mais dans ce cas, quelle action je choisis ? Pour ma défense, tout ça me fatigue et je n'ai aucune bonne idée. En fait, mon problème, c'est que tout le monde m'énerve parce que personne n'a les réponses et que, moi non plus, je n'en ai aucune. Et qui suis-je pour demander aux autres de faire preuve d'humilité et d'un minimum d'ouverture d'esprit ? Qu'est-ce que j'ai déjà donné à ce monde pour exiger autant en échange ? Je pourrais me transformer en tas de poussière, tout le monde s'en foutrait, et c'est très bien comme ça.

Bref, j'ai une nouvelle théorie. Tu veux la connaître ? Sinon, saute ce paragraphe. Ma théorie, c'est que les humains ont perdu le sens de la beauté en 1976, l'année où le plastique est devenu le matériau le plus utilisé au monde. Tu peux voir ce processus s'opérer si tu regardes les photos d'une rue avant et après 1976. Je sais qu'il y a de bonnes raisons d'être sceptique quant à la nostalgie esthétique, il n'en reste pas moins qu'avant 1970, les gens portaient des vêtements en laine et en coton conçus pour durer, qu'ils mettaient les liquides dans des bouteilles en verre, qu'ils enveloppaient la nourriture dans du papier et remplissaient leur maison avec des meubles en bois de qualité. Maintenant, la plupart des objets de notre environnement visuel sont en plastique, soit la substance la plus laide sur terre, ce matériau qui, quand on le colore, ne se contente pas d'absorber la teinte mais exsude sa couleur d'une façon laide et inimitable. Ce qu'un gouvernement pourrait faire avec mon approbation (et il n'y en a pas beaucoup), ça serait d'interdire la production de toute forme de plastique qui ne soit pas absolument nécessaire au maintien de la vie humaine. Qu'en penses-tu ?

Je ne sais pas pourquoi tu fais faussement la timide à propos de ce Felix. Qui est-ce ? Tu couches avec lui ? Non que tu sois obligée de me le dire si tu n'en as pas envie. Simon ne me raconte plus rien. Il paraît qu'il sort depuis deux mois avec une fille de vingt-trois ans que je n'ai jamais vue. Inutile de dire que l'idée que Simon, qui entrait dans l'âge adulte quand j'avais encore quinze ans, couche de façon régulière avec une femme de six ans de moins que moi me donne envie de ramper directement vers ma tombe. Et puis, bien sûr, ce n'est pas une petite intello moche aux cheveux châtain terne avec des opinions intéressantes sur Bourdieu, mais une fille qui a dans les 17 000 followers sur Instagram et qui reçoit des échantillons gratuits de produits de beauté. Alice, je suis la dernière à penser que la vanité des jeunes femmes séduisantes est creuse au possible. La mienne est pire que tout. Je ne dramatise pas, mais si Simon met cette fille enceinte, je me jette par la fenêtre. Imagine que je doive être gentille avec une femme quelconque pour le reste de ma vie parce qu'elle est la mère de son enfant. Je t'ai déjà raconté qu'il m'a fait des avances en février dernier ? Non qu'il voulait vraiment coucher avec moi, je pense qu'il cherchait juste à booster mon ego. Quoique, on a eu un drôle d'échange au téléphone hier soir… Bref : quel âge a Felix ? C'est un vieux mystique qui écrit des poèmes sur le cosmos ? Ou un champion de natation régional de dix-neuf ans aux dents blanches ?

Je pourrai faire en sorte de venir te voir la semaine après le mariage, si ça te va. Ce qui nous amène au premier lundi de juin. Qu'en penses-tu ? Si je conduisais, ce serait évidemment plus simple, mais apparemment, un combo train-taxi fonctionne aussi. Tu n'imagines pas comme je me sens perdue dans Dublin sans toi. Je meurs d'envie, au sens propre, d'être de nouveau en ta compagnie.

E.

9

Le mercredi, Alice et Felix étaient attendus à Fiumicino par un homme qui brandissait une pochette plastique contenant une feuille de papier sur laquelle était écrit : Mlle KELLHER. Dehors, il faisait nuit mais l'air était doux, sec et saturé de lumière artificielle. Dans la Mercedes noire, Felix s'est assis à l'avant et Alice à l'arrière. Sur l'autoroute, des camions se doublaient à des vitesses terrifiantes en klaxonnant très fort. Quand ils sont arrivés à destination, Felix a porté les bagages dans l'escalier : son sac de sport noir et la valise à roulettes d'Alice. Le salon peint en jaune était grand, avec un canapé et une télévision. De l'autre côté d'une arche, une cuisine moderne et propre. L'une des chambres donnait sur le salon, et il y en avait une autre sur la droite. Après avoir examiné les deux, il lui a demandé laquelle elle préférait.

Tu choisis, a-t-elle dit.

Je pense que c'est à la fille de choisir.

Je ne suis pas d'accord.

Il a froncé les sourcils.

D'accord, c'est celui qui paie qui choisit.

Je suis encore moins d'accord.

Il a hissé son sac sur son épaule et attrapé la poignée de la porte la plus proche.

J'ai l'impression qu'on ne va pas souvent être d'accord pendant ce séjour, a-t-il dit. Je prends celle-là, ça te va ?

Merci. Tu as envie de manger un morceau avant de te coucher ? Je peux chercher un restaurant sur Internet, si tu veux.

Il a dit que ça lui allait. Il est entré dans sa chambre et il a refermé la porte derrière lui. Puis il a trouvé l'interrupteur et posé son sac sur la commode. Derrière le lit, une fenêtre donnait sur la rue depuis le troisième étage. Il a ouvert son sac et fouillé l'intérieur en déplaçant le contenu d'un côté à l'autre : quelques vêtements, un manche de rasoir avec des lames de rechange, une plaquette de médicaments, une boîte de préservatifs à moitié pleine. Il a trouvé son chargeur de téléphone et entrepris de dérouler le câble. Dans sa chambre, Alice défaisait sa valise, elle aussi, sortant ses produits de toilette du sachet en plastique transparent réglementaire, accrochant une robe marron dans la penderie. Puis elle s'est assise sur son lit, a ouvert une carte sur son téléphone et déplacé les doigts sur l'écran avec des gestes experts.

Quarante minutes plus tard, ils dînaient dans un restaurant du quartier. Il y avait au centre de la table une bougie allumée, une corbeille de pain, une bouteille d'huile d'olive carrée et une autre plus haute et plus fine qui contenait un vinaigre de couleur sombre. Felix avait commandé un carpaccio recouvert de copeaux de parmesan et de roquette. Le bœuf était rose et luisant comme une blessure. Alice avait pris des pâtes au fromage et au poivre. Près de son coude, il y avait un pichet de vin rouge bien entamé. Le restaurant n'était pas plein mais, de temps en temps, une conversation ou un rire en provenance des autres tables enflait jusqu'à devenir audible. Alice était en train de parler à Felix de sa meilleure amie, Eileen.

Elle est très jolie, a déclaré Alice. Tu veux voir sa photo ?

Ouais, vas-y.

Alice a sorti son téléphone et s'est mise à chercher sur un réseau social.

On s'est rencontrées à la fac. Eileen était une star à l'époque, tout le monde l'aimait. Elle remportait tout le temps des prix et elle avait sa photo publiée dans le journal de l'université, c'est pour te dire. Tiens, c'est elle.

Alice lui a montré la photo d'une jeune femme à la peau blanche, mince avec des cheveux sombres, appuyée à un balcon dans ce qui semblait être une ville européenne avec un grand type blond qui regardait l'objectif. Felix a pris le téléphone des mains d'Alice et a légèrement tourné l'écran comme s'il cherchait à se faire une idée.

Ouais, a-t-il dit. C'est vrai qu'elle est jolie.

J'étais un peu son faire-valoir. Personne ne comprenait pourquoi elle voulait être mon amie tellement elle était populaire, alors que j'étais plus ou moins détestée. Mais je pense que de façon un peu perverse, ça lui plaisait d'avoir une meilleure amie que personne n'aime.

Et pourquoi personne ne t'aimait ?

Alice a fait un geste vague.

Oh, tu vois. J'étais toujours en train de contester. D'accuser les gens de ne pas avoir les bonnes opinions.

C'est vrai que c'est le genre de trucs qui énervent. En posant le doigt sur l'homme de la photo, il a demandé : C'est qui avec elle ?

Notre ami Simon.

Il est pas mal non plus, hein ?

Elle a souri.

Il est carrément canon. Et cette photo ne lui rend

même pas justice. Il fait partie de ces personnes qui sont tellement séduisantes qu'elles ne s'en rendent même plus compte.

En lui rendant son téléphone, Felix a dit : Ça doit être cool d'avoir tous ces amis si beaux.

C'est agréable à regarder. Mais à côté d'eux, on se sent comme une merde.

Felix a souri.

T'es pas une merde. Tu as tes qualités, aussi.

Ma charmante personnalité, par exemple.

Après une pause, il a demandé : Tu la trouves charmante ?

Elle a lâché un rire sincère.

Non. Je ne sais pas comment tu fais pour supporter toutes ces âneries.

Ça fait pas longtemps que j'ai à les supporter. Et puis, peut-être que quand on se connaîtra mieux, tu arrêteras. Ou que je les supporterai plus.

Ou que je commencerai à te plaire.

Felix s'est de nouveau intéressé à son assiette.

Peut-être. Tout peut arriver. Ce type, Simon, il te plaît, non ?

Oh non. Pas du tout.

En levant les yeux vers elle d'un air curieux, Felix a demandé : Pas intéressée par les beaux garçons ?

Je l'aime beaucoup, a-t-elle répondu avec honnêteté. Et je le respecte. Il travaille comme conseiller pour un minuscule groupe de gauche au Parlement alors qu'il pourrait gagner des tonnes de fric autrement. Mais il est croyant.

Felix a incliné la tête comme s'il s'attendait à ce qu'elle explique cette blague.

Genre, il croit en Dieu ?

Ouais.

Sérieux ? C'est quoi son problème ?

Rien, il est tout à fait normal. Il n'essaie pas de t'endoctriner ni rien, il est très discret à ce sujet. Je suis sûre que tu l'apprécierais.

Felix s'est contenté de secouer la tête. Il a posé sa fourchette et promené le regard dans le restaurant, puis il l'a reprise sans pour autant se remettre à manger.

Il est contre les gays et tout ça ?

Pas du tout. Il faudrait que tu lui poses la question, si tu le rencontres. Mais je crois que son approche de Dieu, c'est plutôt mère Teresa ou Penny Cooper, la championne des marginalisés.

Désolé, mais ça a l'air d'être un cas. À notre époque, il y a encore des gens qui croient à tous ces trucs ? Il y a des milliers d'années, un type a surgi de sa tombe et tout viendrait de là ?

On croit tous à des choses idiotes, non ?

Pas moi. Je crois uniquement ce que je vois. Je ne crois pas qu'il y ait un grand Dieu dans le ciel qui nous regarde et qui décide si on est gentils ou méchants.

Elle l'a observé en silence quelques secondes. Puis elle a répondu : Toi, peut-être pas. Mais peu de gens ont envie d'envisager la vie comme toi, de croire que tout ça, c'est pour rien, que l'existence n'a aucun sens. Beaucoup préfèrent s'imaginer qu'elle en a un. Si bien qu'au final, tout le monde vit dans l'illusion. Les illusions de Simon sont plus organisées, voilà tout.

Felix a découpé un morceau de viande avec son couteau.

S'il veut être heureux, il peut pas inventer un truc plus agréable à croire ? Au lieu de considérer que tout est péché et qu'il peut finir en enfer.

Je ne pense pas qu'il se soucie de l'enfer, il veut

uniquement faire ce qu'il faut sur terre. Pour lui, il y a une différence entre le bien et le mal. Tu ne peux sans doute pas le croire si tu penses que, au bout du compte, tout ça n'a aucun sens.

Bien sûr que si, je crois que le bien et le mal, ça existe.

Elle a haussé un sourcil.

Dans ce cas, tu te fourvoies, a-t-elle dit. Parce que si à la fin on meurt tous, point final, qui dira ce qui est bien et ce qui ne l'est pas ?

Il a répondu qu'il allait y réfléchir. Ils ont continué leur repas, mais au bout d'un moment, il s'est interrompu pour secouer la tête de nouveau.

Je ne veux pas paraître lourd mais ce gars, il a des amis gays ? Ce Simon.

C'est mon ami. Et je ne suis pas vraiment hétérosexuelle.

D'un ton amusé, voire espiègle, Felix a répondu : Ah, OK. Moi non plus, à ce propos.

Elle a relevé la tête d'un coup vers lui et il a croisé son regard.

Tu as l'air surprise.

Ah bon ?

En se concentrant de nouveau sur son plat, il a continué : En fait, je ne me suis jamais posé la question. Je sais que la plupart des gens, ce qui les intéresse, c'est soit les filles, soit les garçons. Mais pour moi, c'est pas ça qui compte. Je ne le crie pas sur les toits parce que ça ne plaît pas à certaines filles. Si elles découvrent que tu as couché avec des gars, il y en a qui pensent que tu as un problème. Mais avec toi, ça ne me dérange pas de le dire puisque c'est aussi ton cas.

Elle a bu une gorgée de vin. Puis elle a dit : Moi, je pense surtout que je tombe profondément amoureuse.

Et je ne peux pas savoir à l'avance si ça va être d'un homme ou d'une femme.

Felix a hoché lentement la tête.

Intéressant. Et ça t'arrive souvent, ou pas tant que ça ?

Pas tant que ça. Et ça ne se passe jamais bien.

Ah, dommage. Mais je suis sûr que ça va bien finir pour toi.

Merci, c'est gentil.

Il a continué à manger tandis qu'elle l'observait.

Je suis sûre que les gens tombent constamment amoureux de toi, a-elle dit.

Il l'a regardée d'un air intrigué.

Pourquoi ?

Elle a haussé les épaules.

La première fois qu'on s'est vus, j'ai eu l'impression que tu passais ton temps à faire ça. Tu avais un air blasé et détaché.

Ce n'est pas parce que j'ai des rencards qu'on tombe amoureux de moi. Regarde, on en a eu un, et t'es pas amoureuse de moi, si ?

Elle a répondu placidement : Si je l'étais, je ne te le dirais pas.

Il a ri.

Tant mieux pour toi. Et ne te fais pas de fausses idées, tu as le droit de tomber amoureuse de moi. Dans ce cas, je te considérerais comme un peu cinglée, mais de toute façon, c'est déjà le cas.

Elle sauçait son assiette avec un morceau de pain.

Tu fais bien, a-t-elle conclu.

/

Le jeudi matin, un assistant de la maison d'édition qui publiait le roman d'Alice est venu la chercher à dix heures au pied de l'immeuble et l'a emmenée voir des journalistes. Felix a passé la matinée à se promener en ville avec de la musique dans ses écouteurs, à prendre des photos puis à les poster sur un groupe WhatsApp. L'une d'elles montrait une étroite rue pavée ombragée avec, au bout, une église blanche aux portes et aux volets d'un vert éclatant qui resplendissait dans la lumière du soleil. Une autre, un scooter rouge garé devant un magasin avec une enseigne à la typographie démodée au-dessus de la porte. Il a aussi posté une photo du dôme de Saint-Pierre bleu crème comme un gâteau recouvert de glaçage, prise depuis la Via della Conciliazione, le ciel embrasé en arrière-plan. Un membre du groupe, Mick, a demandé : Putain, t'es où, mec ? Un autre qui s'appelait Dave a écrit : Attends, t'es en ITALIE ? Ah ah, putain. Tu bosses pas cette semaine. Felix a répondu.

Felix : Rome, baby
Felix : MDR
Felix : Suis avec une fille rencontrée sur Tinder, te raconterai en rentrant

Mick : Comment tu peux être à Rome avec quelqu'un que t'as rencontré sur Tinder ?
Mick : Ouais y nous faut des explications hahaha

Dave : Attends ! C'est une vieille pleine aux as qui t'a dragué sur Internet ?

Mick : Ohhhh
Mick : J'aime pas dire ça mais on sait comment ça se finit, ces histoires
Mick : Tu vas te réveiller avec un rein en moins

Suite à cet échange, Felix a cessé de répondre sur le groupe et il en a ouvert un autre, qui s'appelait « numéro 16 ».

Felix : Hé, quelqu'un a nourri Sabrina aujourd'hui ?
Felix : Pas juste des biscuits, de la pâtée aussi
Felix : Postez une photo après je veux la voir

Personne n'a répondu ni lu les messages tout de suite. Au même moment, dans un autre quartier, Alice donnait une interview sur une chaîne de télévision italienne. Sur sa voix se superposerait ensuite celle d'un interprète. D'un point de vue féministe, cela évoque la division sexuée du travail, disait-elle. Felix a verrouillé son téléphone et continué sa promenade, s'arrêtant au milieu d'un pont près du Castel Sant'Angelo pour admirer le fleuve. Dans ses écouteurs passait « I'm Waiting for the Man ». La lumière vive et dorée projetait des ombres très noires en diagonale et les eaux du Tibre étaient d'un vert pâle laiteux. En s'appuyant sur la large margelle en pierre blanche, Felix a sorti son téléphone et ouvert l'appareil photo. Le téléphone datait de plusieurs années et, allez savoir pourquoi, quand Felix voulait prendre une photo, ça faisait sauter la musique. Il a retiré ses écouteurs d'un air agacé et photographié le château. Puis, pendant quelques secondes, il a tenu le téléphone à bout de bras, les écouteurs pendant par-dessus le pont, un geste qui ne permettait pas de savoir s'il essayait de mieux capter la réalité, de trouver un nouvel angle afin de prendre une autre photo, ou s'il avait envie de laisser tomber l'appareil dans l'eau, sans un bruit. Il était immobile, le bras tendu, l'air grave, mais peut-être fronçait-il simplement les sourcils, ébloui par le soleil. Sans prendre davantage de photos, il a rattrapé ses écouteurs, remis son téléphone dans sa poche et repris sa marche.

Ce soir-là, Alice faisait une lecture dans un festival littéraire. Elle a dit à Felix qu'il n'était pas obligé de venir, mais il a répondu qu'il n'avait rien de prévu. Alors autant savoir de quoi parlent tes livres. Vu que je les lirai pas. Alice a dit que si la soirée lui plaisait, il changerait peut-être d'avis. Il lui a assuré que non. Le festival avait lieu à l'écart du centre-ville dans un grand bâtiment qui abritait une salle de concert et des collections d'art contemporain. L'endroit fourmillait de monde car il y avait plusieurs lectures et conférences en même temps. Une personne de la maison d'édition est venue chercher Alice pour la présenter à l'homme qui allait l'interviewer sur scène. Felix avait ses écouteurs dans les oreilles, il consultait ses messages et son fil d'actualité sur les réseaux sociaux. Un politique britannique avait fait une déclaration offensante sur le Bloody Sunday. Felix a remonté son fil d'actualité et l'a rafraîchi plusieurs fois. Il ne regardait même pas les nouveaux posts avant d'actualiser. Alice était dans une pièce aveugle avec une coupe de fruits devant elle. Merci, merci, c'est très aimable de votre part, je suis ravie que ça vous ait plu, disait-elle.

Une centaine de personnes assistaient à la rencontre. Alice a lu pendant cinq minutes sur scène, puis elle a échangé avec le modérateur et répondu aux questions du public. Assise à côté d'elle, une interprète lui traduisait les questions à l'oreille puis interprétait dans l'autre sens ses réponses au public. Rapide et efficace, elle écrivait à toute vitesse sur un bloc-notes pendant qu'Alice parlait, et ensuite livrait sa traduction à voix haute sans pause, rayant ce qu'elle avait écrit et recommençant dès qu'Alice reprenait.

Assis dans le public, Felix écoutait. Quand Alice disait quelque chose de drôle, il riait comme tous ceux qui comprenaient l'anglais. Le reste du public riait plus tard, quand l'interprète traduisait, ou ne riait pas parce que la plaisanterie n'était pas traduisible, ou parce qu'ils ne la trouvaient pas amusante. Alice a répondu à des questions sur le féminisme, la sexualité, l'œuvre de James Joyce, la place de l'Église catholique dans la vie culturelle irlandaise. Felix jugeait-il ses réponses intéressantes ou s'ennuyait-il ? Pensait-il à elle, à quelque chose ou quelqu'un d'autre ? Sur scène, tout en parlant de ses livres, Alice pensait-elle à lui ? Existait-il pour elle à cet instant ? Et si oui, de quelle manière ?

Après la rencontre, elle s'est installée à une table pour la séance de dédicaces. On a dit à Felix qu'il pouvait s'asseoir près d'elle mais il a répondu qu'il ne préférait pas. Il est sorti et il a fait le tour du bâtiment en fumant une cigarette. Quand Alice l'a rejoint, elle était accompagnée de Brigida, de la maison d'édition, qui les emmenait tous les deux dîner. Brigida n'arrêtait pas de répéter que le dîner serait « très simple ». Alice avait le regard un peu perdu et elle parlait plus vite que d'habitude. Felix, lui, était calme, presque boudeur. Ils sont tous les trois montés en voiture avec Ricardo, qui lui aussi travaillait pour la maison d'édition, et sont partis en direction d'un restaurant en ville. À l'avant, Ricardo et Brigida ont poursuivi une discussion en italien. À l'arrière, Alice a demandé à Felix : Tu t'ennuies à mourir ? Après un silence, il a répondu : Qu'est-ce qui te fait croire ça ? Alice avait le visage brillant et tendu. À ta place, ça serait le cas, a-t-elle dit. Je n'assiste jamais à des rencontres littéraires sauf quand je n'ai pas le choix. Felix a examiné ses ongles et laissé échapper un soupir. Tu réponds très bien aux questions, a-t-il dit. Ils te les avaient données à l'avance, ou tu inventais tout sur le moment ? Elle a répondu qu'elle n'avait pas vu les questions avant. J'ai une aisance apparente, a-t-elle ajouté. Je ne disais rien d'essentiel. Mais je suis heureuse de t'avoir impressionné. Il l'a regardée et il a dit d'un ton soupçonneux : Tu as pris quelque chose ? D'un air étonné et innocent, Alice a répondu : Non. Qu'est-ce que tu veux dire ?

Tu as l'air un peu surexcitée.

Oh. Désolée. Ça m'arrive, après une apparition publique. L'adrénaline, ou un truc comme ça. Je vais essayer de me calmer.

T'en fais pas. J'allais juste te demander si tu pouvais m'en faire profiter.

Elle a ri. Il a renversé la tête en arrière avec un sourire.

Il paraît qu'ils prennent tous de la cocaïne dans ce milieu, a-t-elle dit. Mais personne ne m'en propose jamais.

Il a tourné la tête d'un air intéressé.

Ah bon ? En Italie, ou partout ?

D'après ce que j'ai entendu, partout.

Intéressant. Je ne cracherais pas sur une petite trace.

Tu veux que je leur demande ?

Il a bâillé en jetant un coup d'œil à Brigida et Ricardo à l'avant, et frotté ses yeux fatigués.

Je crois que tu préférerais crever plutôt que de faire ça.

Si tu veux, je le fais.

Il a fermé les yeux.

Parce que t'es amoureuse de moi, a-t-il dit.

Hum, a fait Alice.

Il a posé la tête sur l'appui-tête, comme s'il s'endormait. Alice a ouvert sa boîte mail et écrit à Eileen : Si jamais je reparle d'amener un parfait inconnu à Rome, n'hésite pas à me dire que c'est une très mauvaise idée. Elle a envoyé l'e-mail, rangé son téléphone dans son sac et lancé à Brigida : La dernière fois qu'on s'est vues, tu étais en train de déménager. Brigida s'est retournée. Oui, a-t-elle répondu. Maintenant, je suis beaucoup plus près du bureau. Puis elle s'est lancée dans une comparaison de son nouvel appartement et de l'ancien pendant qu'Alice hochait la tête et disait des choses comme Le dernier avait deux chambres, non ? Mais je me souviens qu'il n'y avait pas d'ascenseur… Felix a tourné la tête pour regarder par la vitre. Les rues de Rome apparaissaient et disparaissaient, comme happées par l'obscurité.

10

Suite à mon mail sur le parfait inconnu : Felix a le même âge que nous, vingt-neuf ans. Puisque tu me demandes si j'ai couché avec lui, la réponse est non, mais je ne pense pas que cette information t'éclairera. On a eu un date qui n'a pas abouti, je t'en avais parlé, et rien depuis. J'imagine que la question que tu te poses n'est pas s'il y a eu acte sexuel, mais si notre relation a un caractère sexuel. Je pense que oui. Mais il faut dire que je pense ça de toute relation. J'aimerais qu'il existe une bonne théorie de la sexualité pour que je la lise. Les théories existantes ont surtout l'air de porter sur le genre – mais quid du sexe en soi ? De quoi s'agit-il, en fin de compte ? Pour moi, quand on rencontre des gens, c'est normal de se les représenter d'un point de vue sexuel, sans nécessairement coucher avec eux – d'ailleurs, sans même se représenter en train de coucher avec eux, et sans même penser à se le représenter. Ce qui sous-entend que la sexualité a un contenu « autre » qui ne concerne pas l'acte sexuel. Et peut-être même qu'une majorité de nos expériences sexuelles concernent surtout cet « autre ». Alors, c'est quoi ? En fait, pourquoi ce que je ressens pour Felix – qui ne m'a d'ailleurs jamais touchée – me fait penser que notre relation a un caractère sexuel ?

Plus je pense à la sexualité, plus elle me paraît déroutante et diverse, plus nos façons d'en parler me semblent dérisoires. L'idée d'« accepter » sa sexualité : apparemment ça revient, en gros, à savoir si on aime les hommes ou les femmes. Mais pour moi, la prise de conscience que j'aime autant les hommes que les femmes ne constitue qu'un pour cent du processus, peut-être même moins. Je me sais bisexuelle, mais je ne suis pas attachée plus que ça à cette identité – en fait, je ne pense pas avoir quoi que ce soit en commun avec les autres bisexuels. Presque toutes les questions que je me pose sur mon identité sexuelle me semblent plus compliquées, sans réponses évidentes, et peut-être même sans langage pour articuler ces réponses, quand bien même je les découvrirais. Comment sommes-nous censés décider quelle sorte de sexe nous aimons, et pourquoi ? Ou ce que le sexe signifie pour nous, à quelle fréquence nous souhaitons avoir des rapports, et dans quelles circonstances ? Que pouvons-nous apprendre sur nous à travers ces aspects de notre personnalité sexuelle ? Et où est le vocabulaire pour formuler tout ça ? J'ai l'impression qu'on passe notre temps à ressentir des impulsions et des désirs suffisamment forts pour nous donner envie de détruire notre propre vie, de saboter nos mariages et nos carrières, mais que personne n'essaie vraiment d'expliquer ce que sont ces désirs ni d'où ils viennent. Nos façons de penser et de parler de la sexualité paraissent tellement limitées par rapport à sa puissance épuisante et débilitante telle que nous la vivons dans la réalité. Maintenant que j'ai écrit tout ça, je me demande si tu me trouves folle parce que tu n'éprouves peut-être pas de désir sexuel aussi puissant – ni personne, d'ailleurs, je ne sais pas. C'est un sujet qu'on aborde rarement.

Parfois, je me dis que les relations humaines sont un

peu comme le sable ou l'eau, qu'on leur donne forme quand on les verse dans un contenant. La relation d'une mère avec sa fille épouse la forme du récipient qui porte l'étiquette « mère-enfant », elle en prend les contours pour le meilleur et pour le pire. Peut-être que certaines amies en mauvais termes auraient été parfaitement heureuses en tant que sœurs, ou des couples mariés plutôt comme parents et enfants, va savoir ? Qu'est-ce que ça ferait d'avoir une relation sans forme préétablie ? Se contenter de verser l'eau et de voir. Sans doute que la relation ne prendrait aucune forme, que ça partirait dans tous les sens. Felix et moi, je pense que c'est un peu ça. Il n'y a aucun chemin tout tracé qui mènerait à une relation entre nous. Je ne crois pas qu'il me décrirait comme une amie, car il a des amis, et ses rapports avec eux sont différentes de notre relation. Il est beaucoup plus éloigné de moi qu'il ne l'est d'eux, mais d'un autre côté, on est en un certain sens plus proches car il n'y a aucune frontière ou convention pour entraver notre relation. En d'autres termes, ce qui différencie nos rapports, ce n'est ni lui, ni moi, ni un trait de caractère propre à l'un ou l'autre, ni même la combinaison particulière de nos personnalités, mais la méthode qui s'applique à notre relation – ou bien l'absence de méthode. Peut-être que, au final, on sortira de la vie de l'autre ou qu'on deviendra amis, va savoir. Quoi qu'il en soit, ça sera le résultat d'une expérience qui donne parfois l'impression de prendre une mauvaise tournure et qui, à d'autres moments, ressemble au seul genre de relation qui vaille la peine d'être vécue.

À part mon amitié avec toi, je m'empresse d'ajouter. En revanche, je pense que tu te trompes sur l'instinct de beauté. Les êtres humains l'ont perdu à la chute du mur de Berlin. Je n'entrerai pas dans un nouveau débat avec toi sur l'Union soviétique, mais l'histoire est morte avec elle. Je me représente le vingtième siècle comme une longue question à laquelle, à la fin, on a donné une mauvaise réponse. C'est malheureux qu'on soit toutes les deux nées au moment où le monde prenait fin. Après ça, il n'y avait plus aucune chance ni pour la planète ni pour nous. Mais peut-être que ce n'est que la fin d'une civilisation, la nôtre, et qu'une autre lui succédera à un moment. Dans ce cas, nous sommes dans la dernière pièce éclairée avant les ténèbres, pour témoigner.

J'ai une autre hypothèse : l'instinct de beauté subsiste encore, tout du moins à Rome. On peut contempler le Laocoon au musée du Vatican, ou bien pénétrer dans une petite église et glisser une pièce dans la fente pour admirer les peintures du Caravage. À la Galerie Borghèse, il y a même la *Proserpine* de Bernini à laquelle Felix, un sensualiste né, se dit particulièrement réceptif. Mais il y a aussi les orangers au parfum sombre, les petites tasses de café blanches, les après-midi bleus, les soirées dorées…

Je t'ai dit que je n'arrivais plus à lire de romans contemporains ? C'est, je crois, parce que je connais trop bien les gens qui les écrivent. Je les croise sans cesse dans des festivals, où ils boivent du vin rouge et discutent de qui publie qui à New York. Ils se plaignent des choses les plus ennuyeuses du monde – pas assez de publicité, des mauvaises critiques, untel qui gagne plus d'argent. Qui ça intéresse ? Puis ils rentrent chez eux et ils écrivent leurs petits romans sur « la vie ordinaire ». Alors qu'en vérité, ils ne savent rien de la vie ordinaire. La plupart d'entre eux ne s'intéressent plus à ce qui se passe dans le monde réel depuis des lustres. Ces personnes qui dînent à des tables recouvertes de nappes en lin blanc se plaignent des mauvaises critiques depuis 1983. Je me fiche de ce qu'ils pensent des gens ordinaires. En ce qui me concerne, leur point de vue est biaisé. Pourquoi n'écrivent-ils pas sur le genre de vie qu'ils mènent vraiment, le genre de choses qui les obsèdent vraiment ? Pourquoi prétendent-ils être obsédés par la mort, le deuil ou le fascisme, alors qu'en réalité, ils sont obsédés par la question de savoir si leur dernier livre va être chroniqué dans le *New York Times* ? Pourtant, nombre d'entre eux viennent de milieux simples comme le mien. Ils ne sont pas tous issus de la bourgeoisie. Seulement, ils ont quitté la vie ordinaire – peut-être pas dès leur premier livre, peut-être au troisième ou au quatrième, mais en tout cas il y a longtemps – et, maintenant, quand ils tentent de se rappeler ce qu'était la vie ordinaire, elle est tellement lointaine qu'ils doivent faire un effort. Si les romanciers écrivaient sur leur existence avec honnêteté, personne ne lirait de romans – et à juste titre ! Peut-être que ça nous forcerait enfin à admettre à quel point le système actuel de production littéraire est erroné, complètement erroné d'un point de vue philosophique, car il éloigne les auteurs de la vie normale, il referme la porte derrière eux et leur répète sans cesse combien ils sont à part, combien leurs opinions sont importantes. Ils rentrent chez eux après un week-end passé à Berlin, quatre interviews, trois séances photo, deux rencontres à guichets fermés, trois longs dîners agréables où tout le monde s'est plaint des mauvaises critiques, et ils ouvrent leur vieux MacBook pour écrire un petit roman bien senti sur « la vie ordinaire ». Je ne dis pas ça à la légère : ça me donne la nausée.

Le problème du roman occidental contemporain, c'est que son intégrité structurelle repose sur la disparition des réalités vécues par la plupart des êtres humains sur terre. Parler de la pauvreté et de la misère dans lesquelles des millions de personnes sont contraintes de vivre, mettre en parallèle cette pauvreté, cette misère et la vie des « personnages principaux » d'un roman serait jugé soit de mauvais goût, soit tout simplement raté d'un point de vue artistique. En somme, comment se soucier de ce qui arrive aux protagonistes si ça se produit dans le contexte de l'exploitation de plus en plus rapide et de plus en plus brutale d'une majorité de l'espèce humaine ? Les protagonistes se séparent-ils ou restent-ils ensemble ? Dans un tel monde, quelle importance ? Le roman fonctionne en supprimant la vérité du monde, en l'enfouissant sous la surface luisante du texte. Et là, on peut à nouveau s'intéresser, comme nous dans la vie réelle, aux gens qui se séparent ou qui restent ensemble – si et seulement si on a réussi à oublier les choses plus importantes que ça, c'est-à-dire tout le reste.

Mon œuvre est, cela va sans dire, la pire des coupables à cet égard. C'est pour cette raison que je ne pense pas que j'écrirai un autre roman un jour.

Tu étais de mauvaise humeur dans ton dernier mail et tu as écrit des choses très morbides sur le fait de vouloir mourir pour la révolution. J'espère qu'au moment où tu recevras ma réponse, tu penseras plus à ton désir de vivre pour la révolution et à ce à quoi cette vie ressemblerait. Tu prétends que peu de gens se soucient de ce qui t'arrive. J'ignore si c'est vrai, mais je sais que certains d'entre nous s'en soucient énormément – par exemple, Simon, ta mère, moi. J'ai aussi la certitude qu'il vaut mieux être profondément aimé (ce que tu es) que d'être très apprécié (ce que tu es probablement aussi ! Mais je ne vais pas m'attarder sur ce point). Je suis désolée de m'être autant plainte de la promotion de mes livres, qui ne gênerait pas une personne saine d'esprit – et je suis désolée de t'avoir dit que j'allais me retirer un bon moment de la vie publique pour ensuite m'envoler en direction de Rome afin de promouvoir mon livre parce que je suis lâche et que je déteste décevoir les gens. (Je pourrais m'excuser de ne pas avoir pu te voir avant de prendre mon avion mais je n'y suis pour rien, l'éditeur m'a envoyé une voiture pour l'aéroport.) Tu as raison de dire que je gagne trop d'argent et que je vis de façon irresponsable. Je sais que je dois t'agacer, mais seulement autant que je m'agace moi-même – pourtant, je t'aime aussi, et je te suis reconnaissante pour tout.

Alors oui, s'il te plaît, viens me voir après le mariage. Dois-je aussi inviter Simon ? Toutes les deux, on réussirait sans doute à lui expliquer pourquoi il se trompe en sortant avec des femmes incroyablement belles et plus jeunes que nous. Je ne vois pas trop en quoi ce n'est pas bien, mais d'ici là, je trouverai certainement des arguments.

Avec tout mon amour,
Alice

11

Le soir qui a suivi la réception de cet e-mail, Eileen traversait Temple Bar à pied en direction de Dame Street. C'était un samedi soir agréable et lumineux de début mai et le soleil projetait des rayons obliques et dorés sur les façades. Elle était vêtue d'une veste en cuir et d'une robe en coton imprimé, et quand elle surprenait le regard des hommes qu'elle croisait, des jeunes en veste polaire et grosses chaussures, des types d'âge moyen en chemise cintrée, elle esquissait un petit sourire et détournait les yeux. À vingt heures trente, elle a atteint l'arrêt de bus situé face à l'ancienne Banque centrale. Elle a sorti un chewing-gum à la menthe de son sac, l'a déballé et l'a glissé dans sa bouche. Il y avait beaucoup de voitures, et les ombres progressaient lentement vers l'est tandis qu'Eileen lissait l'emballage en aluminium du bout de l'ongle. Lorsque son téléphone a sonné, elle l'a sorti pour regarder l'écran. C'était sa mère. Elle a répondu et, après un échange de bonjours, a dit : J'attends le bus, je peux te rappeler plus tard ?

Ton père est contrarié par cette histoire avec Deirdre Prendergast, a annoncé Mary.

Eileen plissait les yeux en direction d'un bus à l'approche pour en lire le numéro tout en mâchant son chewing-gum.

Oui, et ?

Tu pourrais en toucher un mot à Lola ?

Le bus a poursuivi sa route sans s'arrêter. Eileen a passé les doigts sur son front.

Papa est contrarié à cause de Lola, il t'en parle, tu m'en parles, et c'est moi qui dois en parler à Lola. Ça te paraît logique ?

Si ça te gêne, laisse tomber.

Un autre bus s'approchait. Eileen a dit : Je dois y aller, je t'appelle demain.

Lorsque les portes du bus se sont ouvertes, elle est montée, a validé sa carte puis est allée s'asseoir tout devant à l'étage. Elle a tapé le nom d'un bar sur son téléphone pendant que le bus traversait la ville en direction du sud. Sur l'écran, un point bleu clignotant a commencé à suivre le même trajet vers sa destination finale, qui serait atteinte dans dix-sept minutes. Elle a fermé l'application et écrit un message à Lola.

Eileen : hé, finalement t'invites pas Deirdre P au mariage ?

Elle a reçu une réponse en moins de trente secondes.

Lola : Lol. J'espère qu'au moins papa et maman te paient bien pour faire leur sale boulot.

En lisant le message, Eileen a froncé les sourcils et soupiré sèchement.

Eileen : sérieux, tu désinvites des membres de ta famille à ton mariage ? tu te rends compte à quel point c'est mesquin et immature ?

Puis elle a fermé l'application de messages et rouvert le plan. Elle a appuyé sur le bouton d'arrêt et descendu l'escalier. Après avoir remercié le chauffeur, elle a quitté le bus et, tout en jetant un coup d'œil à son téléphone, elle a remonté la rue en sens inverse. Elle est passée devant un salon de coiffure, une boutique de vêtements pour femmes, a traversé un passage clouté, jusqu'à ce qu'un drapeau apparaisse sur l'écran avec un texte bleu indiquant qu'elle avait atteint sa destination. Elle a roulé son chewing-gum dans son emballage en aluminium et l'a jeté dans une poubelle toute proche.

Un porche étroit menait à un bar où, tout au fond, il y avait une salle privée avec des canapés et des tables basses éclairés par des ampoules rouges. On aurait dit un salon d'un autre temps, mais baigné de rouge. Eileen a été accueillie par plusieurs amis et connaissances qui ont posé leurs verres et se sont levés pour la saluer. En apercevant un homme nommé Darach, elle s'est écriée : Hé ! joyeux anniversaire, toi ! Puis elle a commandé un verre et s'est installée sur l'un des canapés en cuir légèrement collant à côté de son amie Paula. Des enceintes au mur diffusaient de la musique et la porte des toilettes au fond s'ouvrait régulièrement en libérant un bref flot de lumière blanche. Eileen a consulté son téléphone et vu qu'elle avait un nouveau message de sa sœur.

Lola : Hum. Immature ? Dixit la fille qui est coincée dans un job de merde, gagne peanuts et vis toujours en coloc à 30 ans……

Eileen a fixé l'écran un instant avant de ranger son téléphone dans sa poche. À côté d'elle, une femme qui s'appelait Roisin racontait que son propriétaire avait attendu plus d'un mois pour remplacer la fenêtre de son appartement situé au rez-de-chaussée. Tout le monde y est allé de ses histoires abominables sur le marché locatif. Une heure, deux heures se sont écoulées. Paula a de nouveau commandé à boire. Des plats argentés arrivaient du bar : saucisses cocktail, grosses frites au couteau, ailerons de poulet recouverts de sauce luisante. À onze heures moins dix, Eileen s'est levée pour aller aux toilettes et elle a de nouveau sorti son téléphone de sa poche. Elle n'avait pas de notifications. Elle a ouvert ses messages et appuyé sur le nom de Simon, ce qui a fait surgir un fil de discussion de la veille.

Eileen : bien rentré ?

Simon : Oui, j'allais t'envoyer un message
Simon : Je t'ai peut-être apporté un cadeau

Eileen : ah bon ??
Simon : Tu seras heureuse d'apprendre qu'il y avait une promo sur le Toblerone au duty free du ferry
Simon : T'es prise demain soir ?

Eileen : en fait oui, pour une fois…
Eileen : désolée, Darach fête son anniversaire

Simon : Ah ok
Simon : On peut se voir dans la semaine alors ?

Eileen : oui, bien sûr

C'était le dernier message. Elle est passée aux toilettes puis s'est lavé les mains, s'est remis du rouge à lèvres devant le miroir avant de l'essuyer avec une feuille de papier toilette. Dehors, quelqu'un a frappé et elle a répondu : Une seconde. Elle a observé son reflet d'un air absent. Avec ses mains, elle a tiré son visage vers le bas à tel point que les os ressortaient, paraissant durs et étranges sous le néon blanc du plafond. La personne a de nouveau frappé. Eileen a remis son sac sur son épaule, ouvert la porte et rejoint la salle. En se rasseyant à côté de Paula, elle a pris son verre à moitié vide sur la table. Les glaçons avaient tous fondu. Vous disiez quoi ? a-t-elle demandé. Paula a répondu : On parlait du communisme. Voilà que ça intéresse tout le monde, maintenant, a dit Eileen. C'est incroyable. Quand j'ai commencé à discuter du marxisme, on se moquait de moi. Maintenant, on ne parle plus que de ça. À tous ceux qui veulent rendre le communisme cool, j'ai envie de dire : Bienvenue, camarades. Sans rancune. L'avenir s'annonce radieux pour la classe ouvrière. Roisin a levé son verre, Darach aussi. Eileen semblait légèrement ivre. Elle souriait. Il n'y a plus rien à grignoter ? a-t-elle demandé. Un type qui s'appelait Gary, assis en face d'elle, a dit : Ici, personne ne vient de la classe ouvrière. Eileen s'est frotté le nez en disant : C'est vrai. Marx ne serait pas d'accord avec toi, mais je vois ce que tu veux dire.

Les gens adorent prétendre appartenir à la classe ouvrière, a poursuivi Gary.

Exact, mais on travaille tous pour gagner notre vie et payer un loyer, a dit Eileen.

En haussant les sourcils, Gary a répliqué : Payer un loyer ne te range pas dans la classe ouvrière.

C'est vrai, travailler ne fait pas de toi un ouvrier. Mais dépenser la moitié de ton salaire dans un loyer, ne rien posséder, te faire exploiter par ton patron, rien de tout ça ne te range dans la classe ouvrière ? Qu'est-ce qu'il te manque, alors, avoir un accent particulier ?

Avec un rire agacé, il a répondu : Tu t'imagines que tu peux te promener dans la BMW de ton père puis prétendre que tu fais partie de la classe ouvrière parce que tu ne t'entends pas avec ton boss ? Ce n'est pas une mode, c'est une identité, tu sais.

Eileen a bu une gorgée.

De nos jours, tout est identité, a-t-elle dit. Et puis, tu ne me connais pas. Je ne sais pas au nom de quoi tu affirmes qu'ici, personne n'appartient à la classe ouvrière. Tu ne sais rien sur moi.

Je sais que tu travailles pour une revue littéraire, a-t-il dit.

Mon Dieu. Autrement dit, j'ai un boulot. Un vrai comportement de bourgeois.

Darach est intervenu pour dire que, selon lui, chacun d'eux utilisait le terme « classe ouvrière » pour décrire deux groupes distincts : d'une part, la vaste cohorte dont les revenus provenaient du travail et non du capital et, d'autre part, une sous-section appauvrie, principalement urbaine, de ce groupe qui avait pour point commun des traditions et des signifiants culturels. Paula a dit qu'une personne de la classe moyenne pouvait malgré tout être socialiste et Eileen a répliqué que la classe moyenne, ça n'existait pas. Tout le monde s'est mis à parler plus fort que l'autre. Eileen a encore consulté son téléphone. Elle n'avait pas de nouveau message et l'écran indiquait 23:21. Elle a vidé son verre et enfilé sa veste. Elle a envoyé un baiser et salué tous ceux qui étaient encore assis. J'y vais, a-t-elle dit. Encore joyeux anniversaire, Darach ! À bientôt. Au milieu du bruit et des conversations, seuls quelques-uns ont eu l'air de remarquer son départ et lui ont fait signe tandis qu'elle s'éloignait.

Dix minutes plus tard, Eileen avait repris un bus vers le centre-ville. Elle s'est assise seule à l'étage près de la vitre et elle a sorti son téléphone. Elle a ouvert l'appli d'un réseau social, y a tapé « aidan lavin » et a cliqué sur le troisième résultat suggéré. Une fois le profil chargé, Eileen l'a fait défiler mécaniquement, presque sans y prêter attention, jusqu'aux posts les plus récents – comme poussée par l'habitude plutôt que par réel intérêt. En quelques clics, elle est passée de la page d'Aidan Lavin au profil de l'utilisateur Actual Death Girl et a attendu qu'il se charge. Le bus avait atteint St Mary's College. À l'étage inférieur, les portes se sont ouvertes et des passagers sont descendus. La page s'est chargée puis Eileen a distraitement parcouru les derniers posts. Quand le bus a redémarré, la cloche d'arrêt a retenti à nouveau. Quelqu'un s'est assis à côté d'elle, elle a levé les yeux et fait un sourire poli avant de reporter son attention sur l'écran. Deux jours plus tôt, l'utilisateur Actual Death Girl avait posté une photo légendée : « pauvre fille ». La photo représentait l'utilisatrice enlaçant un homme aux cheveux bruns qui était tagué : Aidan Lavin. En regardant la photo, la bouche d'Eileen s'est entrouverte, puis refermée. Elle a agrandi la photo. L'homme portait une veste rouge en velours côtelé. Les bras de la femme autour de son cou étaient jolis, potelés, harmonieux. La photo avait trente-quatre likes. Le bus s'est de nouveau arrêté et Eileen a tourné la tête en direction de la vitre. Ils étaient à Grove Park, juste avant le canal. Comme si elle avait reconnu quelque chose, elle a froncé les sourcils puis s'est levée en bousculant son voisin au passage. Au moment où les portes s'ouvraient, elle a filé dans l'escalier sans prendre le temps de respirer, puis a salué le chauffeur dans le rétroviseur et bondi sur le trottoir.

Il était près de minuit. Quelques fenêtres étaient encore éclairées au-dessus d'un magasin sombre au coin de la rue. Eileen a remonté la fermeture Éclair de sa veste et mis son sac à main sur son épaule en marchant d'un air décidé dans une direction bien précise. En chemin, elle a de nouveau sorti son téléphone et réexaminé la photo. Puis elle s'est éclairci la voix. La rue était silencieuse. Elle a rangé son téléphone et passé les mains sur le devant de sa veste, comme si elle voulait les essuyer. Elle a accéléré le pas et traversé à grandes enjambées vers une imposante maison en brique avec une rangée de six poubelles en plastique à roulettes derrière le portail. En levant les yeux, elle a émis un drôle de petit rire et s'est frotté le front d'une main. Elle a remonté l'allée en gravier et sonné. Cinq secondes, dix secondes. Quinze. Elle a agité la tête, ses lèvres remuant en silence, comme si elle s'entraînait à dire quelque chose. Vingt secondes ont passé. Elle s'apprêtait à battre en retraite quand, dans l'interphone en plastique, la voix de Simon a retenti : Oui ?

Elle a regardé l'interphone sans répondre.

Oui, a répété la voix.

Elle a appuyé sur le bouton pour parler.

Salut, a-t-elle dit. C'est moi. Je suis désolée.

Eileen ?

Oui, désolée. C'est moi, Eileen.

Tu vas bien ? a-t-il demandé. Monte, je t'ouvre.

La porte a bourdonné et Eileen est entrée. La lumière du hall était très forte et quelqu'un avait posé son vélo contre les boîtes aux lettres. En montant l'escalier, elle a senti sur sa nuque des mèches de cheveux qui s'étaient échappées de sa pince et les a replacées d'un geste adroit. Puis elle a regardé son téléphone, qui indiquait 23:58, et a descendu la fermeture Éclair de sa veste. Simon avait déjà ouvert sa porte. Il attendait, pieds nus, les sourcils froncés dans la lumière du couloir, les yeux un peu gonflés, l'air endormi. Elle s'est arrêtée sur la dernière marche, une main sur la rampe.

Mince, je suis désolée. Tu étais au lit ?

Tout va bien ?

Comme épuisée ou honteuse, elle a baissé la tête et fermé les yeux. Plusieurs secondes se sont écoulées avant qu'elle ne les rouvre et réponde : Tout va bien. Je rentrais de l'anniversaire de Darach, et j'ai eu envie de te voir. Je ne pensais pas… je ne sais pas pourquoi j'ai imaginé que tu ne serais pas couché. Je sais qu'il est tard.

Pas tant que ça. Tu veux entrer ?

Sans quitter la moquette des yeux, elle a dit d'une voix inquiète : Non, je te laisse tranquille. Je suis désolée, je me sens bête.

Il a fermé un œil et l'a regardée, toujours sur la dernière marche de l'escalier.

Mais non. Viens boire un verre.

Elle lui a emboîté le pas. Seule une lumière était allumée dans la cuisine, si bien que le petit appartement devenait de plus en plus sombre à partir de ce point. Il y avait un séchoir à linge contre le mur du fond avec des vêtements : T-shirts, chaussettes, caleçons. Il a refermé la porte pendant qu'elle se débarrassait de sa veste et de ses chaussures. Elle est restée face à lui en regardant humblement le plancher.

Simon, je peux te demander quelque chose ? Tu as le droit de refuser, je ne t'en voudrai pas.

Bien sûr.

Je peux passer la nuit avec toi, dans ton lit ?

Il l'a dévisagée avant de répondre : Oui. Pas de problème. Tu es sûre que tout va bien ?

Elle a acquiescé sans relever la tête. Il lui a tendu un verre d'eau du robinet et ils sont allés dans sa chambre.

C'était un endroit propret avec un parquet sombre. Au centre, un lit double, la couette rejetée en arrière, la lampe de chevet allumée. Face à la porte, une fenêtre au store baissé. Simon a éteint et Eileen a commencé à retirer sa robe en la faisant glisser sur ses épaules avant de la suspendre au dos de la chaise de bureau. Ils se sont mis au lit. Elle a pris une gorgée d'eau et s'est allongée sur le côté. Pendant quelques minutes, ils sont restés immobiles et silencieux. Elle regardait dans sa direction, mais il avait le dos tourné. Seules sa nuque et une de ses épaules étaient visibles. Tu veux bien me prendre dans tes bras ? a-t-elle demandé. Il a hésité un instant, comme s'il avait envie de parler, puis il s'est retourné et a passé son bras autour d'elle en murmurant : Bien sûr, viens-là. Elle s'est blottie contre lui, la tête nichée dans son cou, tandis qu'ils se serraient l'un contre l'autre. Il s'est légèrement raclé la gorge, puis il a dégluti. Désolé, a-t-il dit. Elle avait la bouche collée à son cou. C'est rien, a-t-elle répondu. C'est agréable. Il a pris une inspiration. Oui. Tu n'es pas soûle, hein ? Elle avait les yeux fermés. Non. Elle a glissé sa main dans son caleçon. Il a fermé les yeux et poussé un petit gémissement. Pendant quelques instants, elle l'a caressé lentement en le regardant. Il avait les paupières fermées, la bouche entrouverte. Tu veux bien ? a-t-elle demandé. Il a accepté. Ils ont enlevé leurs sous-vêtements. Je vais chercher un préservatif, a-t-il annoncé. Elle lui a dit qu'elle prenait la pilule et il a eu l'air d'hésiter. Ah. Comme ça, alors ? Elle a acquiescé. Ils étaient couchés sur le côté, face à face. Il l'a pénétrée en la tenant par la hanche. Elle a inspiré d'un coup et il a caressé la partie dure de sa hanche sous sa main. Ils sont restés immobiles quelques instants. Puis il l'a pénétrée encore plus loin et, les yeux fermés, elle a poussé un petit cri. Ça te va si je te mets sur le dos ? a-t-il demandé. Comme ça, je crois que je pourrai aller plus loin en toi. Elle avait les yeux fermés. Oui, a-t-elle dit. Il s'est retiré et l'a fait pivoter sur le dos. Quand il l'a pénétrée, elle a poussé un cri et remonté les jambes autour de lui. Il s'est appuyé sur ses bras et a fermé les yeux. Au bout d'une minute, elle a dit : Je t'aime. Il a laissé échapper un souffle. À voix basse, il a répondu : Ah, je ne… Je t'aime aussi, très fort. Elle passait sa main sur sa nuque en respirant profondément par la bouche. Eileen, je suis désolé, mais je pense que je vais déjà jouir. C'est que, je n'ai pas… je ne sais pas, je suis désolé. Elle haletait, avait le visage brûlant et secouait la tête. Ce n'est pas grave, ne t'excuse pas, a-t-elle dit. Après cela, ils sont restés un moment dans les bras l'un de l'autre en reprenant leur souffle tandis qu'elle lui passait les doigts dans les cheveux. Lentement, il a descendu une main chaude et lourde sur son ventre, puis entre ses jambes. Tu veux bien ? a-t-il demandé. Elle a fermé les yeux et murmuré : Oui. Il l'a pénétrée avec son majeur et s'est mis à caresser son clitoris avec son pouce. Elle murmurait : Oui, oui, oui. Puis ils se sont écartés l'un de l'autre et elle a roulé sur le dos en repoussant la couette d'un coup de pied, hors d'haleine. Couché sur le côté, les yeux mi-clos, il la regardait. Ça va ? a-t-il demandé. Elle a laissé échapper une sorte de rire tremblant. Oui. Merci. Il a eu un sourire alangui et a promené le regard sur son corps longiligne. De rien, a-t-il répondu.

Le lendemain matin, le réveil a sonné à huit heures. Simon s'est dressé sur un coude pour l'éteindre. Eileen était sur le dos, elle se frottait les yeux. Autour du store, il y avait un rectangle blanc de lumière du jour. Tu as quelque chose de prévu ce matin ? a-t-elle demandé. Il a reposé son téléphone sur la table de nuit. Je comptais assister à la messe de neuf heures, a-t-il répondu. Mais je peux y aller plus tard, ça ne change rien. Elle était allongée, les yeux fermés, heureuse, ses cheveux lâchés sur l'oreiller. Je peux t'accompagner ? Il l'a observée un moment, puis il a répondu : Bien sûr. Ils se sont levés ensemble et il a préparé du café pendant qu'elle prenait une douche. Elle est ressortie de la salle de bains enveloppée dans une grande serviette blanche et ils se sont embrassés contre le comptoir dans la cuisine. Et si j'ai des mauvaises pensées pendant la messe ? a-t-elle demandé. Il a caressé ses cheveux humides sur sa nuque. À propos d'hier soir, par exemple ? a-t-il dit. On n'a rien fait de mal. Elle l'a embrassé sur la couture de son T-shirt à l'épaule. Il a préparé le petit déjeuner pendant qu'elle s'habillait. Un peu avant neuf heures, ils sont partis à l'église à pied. Il faisait frais à l'intérieur et l'endroit, presque vide, sentait l'humidité et l'encens. Le prêtre a lu un passage de l'Évangile selon saint Luc et fait un sermon sur la compassion. Pendant la communion, la chorale chantait « Seigneur, je suis là ». Eileen a reculé sur le banc pour laisser passer Simon et l'a regardé faire la queue avec les autres fidèles, des personnes âgées pour la plupart. Sur la coursive derrière eux, la chorale chantait : « Je rendrai leurs ténèbres lumineuses ». Eileen l'a encore suivi du regard tandis qu'il atteignait l'autel et recevait l'hostie. En se retournant, il s'est signé. Elle était assise, les mains sur les genoux. Puis il a levé les yeux vers le dôme, ses lèvres s'agitant sans un bruit. Elle scrutait son expression. Il a repris place à côté d'elle et posé sur la main d'Eileen sa propre main lourde et paisible. Puis il s'est agenouillé sur le prie-Dieu en baissant la tête vers ses mains. Il n'avait l'air ni grave ni sérieux, seulement apaisé. Ses lèvres avaient cessé de bouger. Les doigts enlacés et posés sur ses genoux, elle l'observait. Le chœur chantait « Je t'ai entendu appeler dans la nuit ». Simon s'est de nouveau signé et s'est rassis près d'elle. Elle a avancé sa main vers lui et il l'a prise tranquillement dans la sienne, caressant lentement avec son pouce la petite crête de ses jointures. Ils sont restés ainsi jusqu'à la fin de la messe. Dans la rue, ils se sont souri d'un sourire mystérieux. C'était un dimanche matin frais et lumineux, les façades blanches reflétaient la lumière du soleil, des voitures passaient, des gens promenaient leurs chiens et s'interpellaient de chaque côté de la rue. Simon a déposé un baiser sur la joue d'Eileen après quoi ils se sont dit au revoir.

12

Alice,

Tu penses vraiment que le problème du roman contemporain n'est, au fond, que celui de la vie contemporaine ? Je reconnais que ça paraît vulgaire, décadent, voire intrinsèquement violent, d'investir de l'énergie dans les futilités du sexe et de l'amitié alors que la civilisation menace de s'effondrer. D'un autre côté, c'est ce que je fais chaque jour. Si tu préfères, on peut attendre de s'élever vers une existence supérieure dans laquelle on consacrera toutes nos ressources mentales et matérielles à des questions existentielles sans plus songer à nos proches, amis, amants, etc. Mais à mon avis, on risque d'attendre longtemps, et même de mourir d'abord. Sur leur lit de mort, les gens ne commencent-ils pas toujours par évoquer leur conjoint et leurs enfants ? La mort n'est-elle pas une apocalypse à la première personne ? En ce sens, il n'y a rien de plus grand que ce que tu appelles avec tant de dérision « se séparer ou rester ensemble » (!), parce que, à la fin de la vie, quand il ne reste plus rien, c'est encore la seule chose dont on souhaite parler. Peut-être que nous sommes tout simplement nés pour aimer et nous inquiéter pour notre entourage, pour continuer à aimer et à nous inquiéter, même quand il y a plus important à faire. Et si ça implique que l'espèce humaine s'éteigne, n'est-ce pas, d'une certaine façon, une belle raison de s'éteindre, la plus belle des raisons que tu puisses imaginer ? Alors qu'on aurait dû réorganiser la répartition des ressources planétaires et mener une transition collective vers un modèle économique durable, on se préoccupait de sexe et d'amitié. On aimait trop, on s'intéressait trop aux autres. C'est ce qu'il y a de si beau dans l'humanité et, en fait, c'est pour ça que je nous encourage à survivre – parce qu'on est complètement idiots au sujet des uns et des autres.

Sur ce dernier point, je parle d'expérience. En rentrant d'un anniversaire hier soir, j'ai sauté du bus à Grove Park et je suis allée à pied jusqu'à chez Simon. J'étais sans doute un peu ivre, je me sentais mal dans ma peau et je me suis dit qu'il pourrait peut-être me masser les épaules et me flatter. Mais peut-être que j'espérais secrètement qu'il ne soit pas là, ou qu'il soit avec cette fille qu'il fréquente pour que je puisse me sentir encore plus mal. Je ne sais pas. J'ignore ce que je voulais, ou ce que je croyais qu'il se passerait. Bref, quand je suis montée, c'était évident qu'il dormait et que je le sortais du lit. Il n'était pas très tard, autour de minuit. Dans l'embrasure de la porte, il avait l'air fatigué et vieux. Ce n'est pas une critique. Mais d'habitude, je vois toujours le beau garçon blond que je connais depuis ma plus tendre enfance. Et hier soir, dans l'embrasure de la porte, j'ai pris conscience qu'il n'était plus ce garçon. Qu'est-ce que je sais vraiment de sa vie ? Quand j'ai eu mon premier crush pour Simon à l'adolescence, je ne comprenais pas mon attirance sexuelle, alors j'ai inventé une expression, « la touche spéciale », pour décrire ce que j'éprouvais quand il me touchait. Ce qu'il ne faisait d'ailleurs que par accident, ou alors de la manière la plus chaste qui soit. C'est une drôle d'expression, « la touche spéciale », non ? Quand j'y repense, ça me donne envie de rire. Mais hier soir, au lit, il m'a prise dans ses bras et, tout de suite, ces mots ont jailli dans mon esprit comme si les quinze dernières années n'avaient pas existé, comme si rien n'avait changé.

Ce matin, on est allés à la messe ensemble. L'église dans sa rue a un portique en pierre très chic et ce nom on ne peut plus catholique : « Église de Marie Immaculée, Refuge des pécheurs ». Il ne m'a pas demandé de l'accompagner, c'est moi qui ai voulu y aller, même si je ne sais pas trop pourquoi. Peut-être que je me sentais si bien avec lui que je refusais d'en être séparée physiquement pendant une heure. Mais peut-être aussi que je ne voulais pas qu'il sorte sans moi par jalousie. Maintenant que je l'ai écrit, je me demande ce que j'ai voulu exprimer par là. Lui en voudrais-je d'aimer Dieu plus qu'il ne m'aime moi ? Cette idée me semble absurde. Mais alors quoi ? Après avoir retrouvé une certaine intimité avec Simon, même pour un bref intermède, ai-je eu peur qu'il aille à la messe pour se purifier ? Peut-être aussi que je ne croyais pas qu'il y allait vraiment, et que si je lui proposais de l'accompagner, il serait contraint de révéler qu'il n'était pas sérieux à propos de toute cette histoire de religion. Pour finir, on a assisté à la messe ensemble. L'intérieur de l'église était blanc et bleu, avec des statues peintes, des confessionnaux en bois sombre garnis d'épais rideaux en velours. La plupart des fidèles étaient des petites dames âgées en veste couleur pastel. Au début de l'office, Simon n'avait pas du tout un comportement exalté ou fanatique à pleurer sur la majesté de Dieu le Père ni rien. Il était comme d'habitude. Il écoutait, c'est tout. Quand les fidèles répétaient « Christ, aie pitié », des trucs comme ça, je crois que j'avais un peu envie qu'il éclate de rire et qu'il me dise que tout ça n'était qu'une blague. D'une certaine manière, j'avais peur de son comportement, peur qu'il prononce des paroles comme « J'ai grandement péché », ce genre de choses, d'une voix ordinaire, comme je pourrais dire « Il pleut », si j'étais convaincue qu'il pleuvait vraiment et que rien dans cette conviction ne me semblait ridicule. Je le regardais souvent car son sérieux m'inquiétait sans doute, et il me lançait des regards gentils, comme pour dire : C'est la messe, à quoi tu t'attendais ? Puis il y a eu une lecture au sujet d'une femme qui verse de l'huile sur les pieds de Jésus, et ensuite, si j'ai bien compris, elle les lui sèche avec ses cheveux ? Simon écoutait ce récit bizarre et saugrenu avec son calme habituel. Je sais que je n'arrête pas de dire qu'il était normal, mais c'est précisément l'absence apparente de changement dans son attitude, le fait qu'il ait continué à être tout simplement lui-même, qui m'a paru si troublante.

Après les lectures, le prêtre a béni le pain et le vin puis il a demandé aux fidèles d'élever leur cœur. Et là, tous ont répondu dans un murmure collectif : « Nous le tournons vers le Seigneur. » Ai-je vraiment assisté à cette scène en plein Dublin il y a quelques heures à peine ? Est-ce possible que de telles situations se produisent dans le monde où toi et moi vivons ? Le prêtre a dit : « Élevons notre cœur », et tous encore, y compris Simon, ont répondu sans hésitation ni ironie : « Nous le tournons vers le Seigneur. » S'imaginaient-ils que c'était vraiment le cas, qu'à cet instant, leur cœur s'élevait pour de bon vers Dieu, quoi que ça puisse signifier ? Si je m'étais posé cette question hier, j'aurais répondu, bien sûr que non. La messe n'est qu'un rituel social, les croyants ne pensent pas vraiment à Dieu, ils n'essaient certainement pas d'élever leur cœur vers lui ni même de conceptualiser ce que cet acte signifierait. Mais maintenant, je ressens les choses différemment. Je pense que, dans cette église, quelques personnes au moins croyaient sincèrement élever leur cœur vers le Seigneur. Et je pense que Simon le croyait. Je suppose qu'il pensait ce qu'il disait, qu'il y avait réfléchi et qu'il y croyait. Puis le prêtre nous a demandé d'échanger un signe de paix, et Simon a serré la main de toutes ces petites dames âgées aux cheveux gris puis il m'a serré la main et il m'a dit : « Que la paix soit avec toi », et là, j'ai eu envie qu'il le pense vraiment. Je n'avais plus envie qu'il plaisante, je le voulais aussi sérieux qu'il en avait l'air, et même plus, je voulais qu'il en pense chaque mot.

Est-ce possible qu'au cours de cette messe, j'en sois venue à admirer la sincérité de la foi de Simon ? Mais comment puis-je admirer quelqu'un qui croit en une chose à laquelle je ne crois pas, à laquelle je ne veux pas croire, que je juge fausse et absurde ? Si Simon se mettait à vénérer une tortue comme s'il s'agissait du fils de Dieu, est-ce que j'admirerais sa sincérité ? D'un point de vue strictement rationnel, il est aussi logique d'adorer une tortue qu'un prédicateur judéen du premier siècle. Si l'on considère que Dieu n'existe pas, alors tout est aléatoire, on peut vénérer Jésus, un seau en plastique ou William Shakespeare, ça n'a aucune importance. Pourtant, j'ai le sentiment que je ne pourrais pas admirer la sincérité de Simon s'il s'engageait dans la voie du culte de la tortue. Est-ce donc que je n'admire que le rituel ? Est-ce que j'admire la capacité de Simon à accepter platement, et sans la critiquer, la sagesse inculquée ? Ou est-ce que je crois secrètement que Jésus a quelque chose de particulier, que le vénérer comme un dieu, bien que ce ne soit pas très raisonnable, est en quelque sorte autorisé ? Je l'ignore. Peut-être que c'était uniquement le calme et la douceur de Simon dans cette église, la façon dont il récitait ses prières avec tranquillité et sagesse comme les vieilles dames, sans chercher à être différent, sans essayer de montrer qu'il croyait plus ou moins qu'elles, qu'il était plus circonspect ou plus raisonnable. Il n'avait même pas l'air gêné que je l'observe – il n'était pas gêné par le fait que ma présence soit à ce point déplacée, et il n'était pas gêné pour lui-même d'être pris en flagrant délit de vénération d'un être suprême auquel je ne crois pas.

Quand on est ressortis, il m'a remerciée de l'avoir accompagné. L'espace d'une seconde, j'ai eu peur que, finalement, il tourne ça en dérision, par maladresse ou par nervosité, et cette idée m'a horrifiée. Mais non. J'aurais dû savoir que non, que ce n'était pas lui, ça. Il m'a remerciée, et on est repartis chacun de notre côté. Si je te dis que cette messe était étrangement romantique, j'espère que tu me comprendras. Peut-être que j'ai senti qu'il y avait quelque chose de profond et de sérieux chez Simon que je n'avais pas perçu depuis longtemps, peut-être était-ce sa douceur quand on s'est tenus par la main. Ou alors, comme je suis sûre qu'un psychologue évolutionniste le suggérerait, peut-être ne suis-je qu'une petite femme fragile qui, après avoir dormi dans le lit d'un homme, se sent prise de faiblesse et de tendresse à son égard. Je n'affirme rien, ça pourrait être vrai. En écrivant ce mail, je me sens en effet prise de faiblesse et de tendresse pour Simon, voire d'une envie de le protéger, va savoir pourquoi. Si j'étais rentrée tout de suite chez moi ce matin au lieu de l'accompagner à la messe, je ne suis pas sûre que j'éprouverais les mêmes choses maintenant. D'un autre côté, si on était allés à la messe ce matin sans avoir passé la nuit ensemble, je ne pense pas que j'éprouverais les mêmes choses non plus. C'est l'enchaînement des deux, cette nuit passée ensemble suivie de la messe, qui, je pense, m'a donné cette impression – l'impression d'entrer dans sa vie, même brièvement, de voir en lui quelque chose que je n'avais jamais vu, de le connaître différemment.

À propos d'amitié et d'aventure : alors, Rome ? Comment va Felix ? Comment vas-tu ? Les paragraphes de ton dernier mail sur le sexe étaient très drôles. Tu crois vraiment être la seule à avoir déjà ressenti du désir sexuel ?? Au cas où la réponse serait oui, je te joins en PDF l'essai d'Audre Lorde, *Usages de l'érotique*, qui, je n'en doute pas, te plaira. Pour conclure – oui, bien sûr, invite Simon ! Je sais qu'il a envie de te voir, et je n'imagine rien de mieux que de vous avoir tous les deux à moi pour une semaine au bord de la mer.

Amour toujours,

E.

13

Le même dimanche matin à Rome, Alice n'arrivait pas à couper l'eau de la douche électrique. Après avoir passé un peignoir, elle a demandé à Felix s'il voulait bien jeter un coup d'œil. Il a dirigé le pommeau vers le mur puis appuyé sur le bouton marche/arrêt en vain alors qu'elle l'observait, ses cheveux gouttant sur ses épaules. Il a retiré le capot en plastique du bloc et plissé les yeux pour déchiffrer une étiquette à l'intérieur. De la main gauche, il a sorti son téléphone et l'a tendu à Alice. Puis il a lu à haute voix la marque et le modèle et lui a demandé de les taper dans Google pendant qu'il appuyait à nouveau sur le bouton pour comprendre comment fonctionnait le mécanisme. Elle a tapé sur l'icône du navigateur, qui s'est ouvert sur un site porno très populaire. La page affichait une liste de résultats pour la requête « anal brutal ». Dans une vignette tout en haut, on voyait une femme à genoux sur une chaise, un homme derrière elle qui la tenait par la gorge. En dessous, une autre vignette en montrait une en larmes avec du rouge à lèvres étalé et du mascara qui bavait exagérément sous ses yeux. Sans toucher l'écran ni interagir avec la page, Alice a rendu son téléphone à Felix en disant : Tu devrais peut-être fermer ça. Il a repris l'appareil, a regardé l'écran et est devenu écarlate.

Le capot en plastique de la douche a basculé et il a dû le retenir de l'autre main. Euh, a-t-il dit. Désolé. La honte, désolé. Elle a hoché la tête, a mis ses mains dans les poches de son peignoir, les a retirées puis est partie dans sa chambre.

Quelques minutes plus tard, Felix a trouvé le moyen de couper l'eau. Puis il est sorti se promener. Plusieurs heures ont passé, Alice travaillait dans sa chambre, Felix marchait seul dans la ville. Il a déambulé sur le Corso avec ses écouteurs en jetant des coups d'œil aux vitrines et en vérifiant de temps en temps son téléphone. Dans l'appartement, Alice est allée à la cuisine où elle a pris une banane, un bout de pain et deux carrés de chocolat, puis elle est retournée dans sa chambre.

En rentrant, Felix a frappé à sa porte et, sans ouvrir, lui a demandé si elle avait envie de sortir manger quelque chose.

Merci, j'ai déjà mangé, a-t-elle répondu à travers le battant.

Il a hoché la tête et s'est pincé à deux doigts l'arête du nez puis il s'est éloigné de la porte, avant de revenir sur ses pas. Il a secoué la tête et de nouveau frappé à la porte.

Je peux entrer ? a-t-il demandé.

Bien sûr.

Il l'a trouvée assise contre la tête de lit, son ordinateur sur les genoux. La fenêtre était ouverte. Il est resté dans l'embrasure, une main sur l'encadrement. Elle a incliné la tête sur le côté d'un air interrogateur.

J'ai réussi à réparer la douche, a-t-il dit.

J'ai vu. Merci.

Elle a reporté son attention sur son ordinateur. Il est resté planté là, comme s'il attendait quelque chose.

Tu m'en veux ? a-t-il demandé.

Non, je ne t'en veux pas.

Je me sens mal à cause de tout à l'heure.

Ne t'inquiète pas pour ça.

Il frottait le cadre de la porte avec sa main sans cesser de la regarder.

Tu le penses vraiment ?

Comment ça ?

T'es bizarre.

Elle a haussé les épaules. Il a attendu qu'elle parle, mais elle n'a rien dit.

Tu vois, a-t-il dit. Tu ne parles pas.

Je ne sais pas ce que tu veux que je dise. Le porno que tu aimes regarder, c'est ton affaire. Mais c'est dommage que tu aies laissé la page ouverte parce que je l'ai trouvée gênante.

Il s'est renfrogné.

Je ne trouve pas ça gênant.

Je n'en doute pas.

Qu'est-ce que ça veut dire ?

En levant les yeux vers lui d'un air rageur, elle a demandé : Qu'est-ce que tu as envie d'entendre, Felix ? Tu aimes regarder des vidéos d'actes horribles infligés à des femmes vulnérables, alors tu veux que je te dise quoi ? Que ça ne pose pas de problème ? Sans doute. Tu ne vas pas aller en prison pour ça.

Mais tu penses que ça devrait être le cas, n'est-ce pas ?

Ce que je pense ne te regarde pas, si ?

Il a ri. Les mains dans les poches, il secouait la tête. Il a légèrement tapoté le bout de sa chaussure contre le cadre de la porte.

Il n'y a sans doute rien d'embarrassant dans ton historique de recherche, a-t-il dit.

Des choses comme ça, non.

Dans ce cas, tu es très supérieure.

Elle tapait quelque chose sans le regarder. Il a continué à l'observer.

Je ne pense pas que tu te soucies vraiment de ces femmes, a-t-il dit finalement. Je pense que tu es juste agacée que j'aime quelque chose que tu n'aimes pas.

Peut-être.

Ou peut-être que tu es jalouse d'elles.

Ils se sont dévisagés un moment. Elle a dit calmement : Je pense que c'est regrettable que tu me parles comme ça. Mais non, je ne suis pas jalouse d'une personne obligée de se dégrader pour de l'argent. Je me considère chanceuse de ne pas devoir faire ce genre de choses.

Ton argent ne t'a pas menée très loin avec moi, pourtant, si ?

Elle a répondu sans s'énerver : Au contraire, j'ai eu le plaisir de ta compagnie ces trois derniers jours. Que demander de plus ?

Il a jeté un coup d'œil dans le salon derrière lui, puis il s'est frotté le visage d'un air épuisé, moralement ou physiquement. Elle l'observait sans expression particulière.

C'est ça, ce que tu recherchais, le plaisir de ma compagnie ? a-t-il dit.

Oui.

Et tu en as profité, n'est-ce pas ?

Beaucoup.

Il a regardé tout autour de lui en secouant lentement la tête. Puis il est entré dans la chambre et s'est assis du côté vide du lit en lui tournant le dos.

Je peux m'allonger une seconde ? a-t-il demandé.

Bien sûr.

Il s'est couché sur le dos. Elle a continué à taper à côté de lui. Il avait l'impression qu'elle écrivait un e-mail.

Tu me fais me sentir terriblement coupable pour quelque chose qui, selon moi, n'est pas si grave, a-t-il dit.

Sans cesser de taper, elle a répondu : C'est agréable de savoir que tu te soucies autant de mon opinion

Si tu penses que c'est mal, tant pis. Franchement, j'ai fait bien pire. Si regarder des trucs sur le Net suffit à te rebuter, on sera jamais amis, parce que pour moi, ça signifie rien. Comparé à ça, j'ai fait des choses horribles.

Elle s'est arrêtée de taper et l'a regardé.

Quoi, par exemple ?

Des tonnes de trucs. Par où commencer ? Tiens, ça, tu vas détester. Il y a environ un an, j'ai ramené une fille à la maison après une soirée, et là, j'ai découvert qu'elle allait encore au lycée. Je dis pas ça pour te faire chier, je suis sérieux. Elle avait seize ou dix-sept ans, je crois.

Elle avait l'air plus âgée ?

J'ai envie de répondre que oui. Mais je n'ai pas réfléchi comme ça. On était bourrés tous les deux, elle avait l'air de bien s'amuser. Je sais que c'est horrible. Je ne l'ai pas ramenée parce que c'était encore une gamine, je ne l'aurais jamais touchée si j'avais su, mais ce qui s'est passé, ça n'était quand même pas bien. Je ne suis pas en train de dire : C'était une erreur, ça aurait pu arriver à n'importe qui. Parce que c'était mon erreur du début à la fin. Mais je ne vais pas m'étendre sur ma culpabilité. Je me sens mal, d'accord ?

Elle a répondu d'un ton calme : Je te crois.

Et honnêtement, j'ai fait pire que ça. La pire chose que j'ai faite, si tu veux savoir…

Il s'est interrompu et elle a hoché la tête pour l'encourager. Il regardait la chambre en plissant les yeux, comme s'il fixait une lumière.

La pire chose que j'ai faite, ça a été de mettre une fille enceinte quand j'étais au lycée. Elle était en troisième et moi en terminale. T'as déjà entendu pire que ça ? Sa mère a dû l'emmener en Angleterre. Je crois qu'elles y sont allées en bateau. Elle avait environ quatorze ans, c'était encore une gosse. On n'était pas censés coucher ensemble, mais j'ai réussi à la convaincre. Je lui ai dit que ça se passerait bien. C'est ça, le pire.

Elle était d'accord ou tu l'as obligée ?

Elle a dit qu'elle en avait envie, mais qu'elle avait peur de tomber enceinte. Je lui ai dit que ça n'arriverait pas. J'ai pas l'impression de l'avoir plus poussée que ça, je lui ai juste dit de ne pas s'inquiéter. Mais c'était peut-être quand même de la pression. On ne pense pas à ce genre de choses quand on est lycéen, en tout cas, pas moi. Je ne le ferais plus maintenant – je n'essaierais jamais de convaincre quelqu'un s'il n'a pas envie, je ne me donnerais pas autant de mal. Tu peux me croire ou pas, et si tu ne me crois pas, je ne t'en voudrai pas. Mais quand je me revois en train de lui parler, je me sens mal. J'ai le cœur qui se met à battre bizarrement. Et je pense à des gens vraiment mauvais, des tueurs en série, des trucs comme ça, je me dis que j'en suis peut-être un, que je suis peut-être l'un de ces psychopathes. Parce que je lui avais dit de ne pas s'inquiéter, que j'étais plus âgé qu'elle et qu'elle a sans doute cru que je savais de quoi je parlais. Je ne pensais pas que ça arriverait. Tu sais, je n'avais aucune conscience de tout ça à l'époque. C'est après avoir quitté le lycée que j'ai compris à quel point c'était mal, ce que je lui avais fait. Et que ça m'a fait un peu peur et tout.

Tu sais comment elle va, aujourd'hui ?

Oui, je la vois toujours. Elle a déménagé, elle travaille

à Swinford. Mais je la croise de temps en temps quand elle rentre.

Elle te dirait bonjour si elle te voyait ?

Oui, oui. Ce n'est pas comme si on était fâchés ni rien. Je me sens mal quand je la vois parce que ça me rappelle ce que j'ai fait.

Tu t'es excusé ?

Sur le moment, peut-être. Mais je n'ai pas repris contact avec elle quand j'ai commencé à me sentir vraiment mal. Je ne voulais pas lui faire revivre ça, la mettre en colère pour rien. Je ne sais pas ce qu'elle en dirait. Peut-être qu'elle est passée à autre chose et qu'elle n'y pense plus. J'espère. Tu peux me juger si tu veux, je ne me défendrai pas.

Il était tourné vers elle, la tête sur l'oreiller, les yeux brillants, presque étincelants dans le soleil blanc qui entrait par la fenêtre. Elle s'est redressée en le regardant, le visage découpé sur la lumière.

Je ne peux pas te juger, a-t-elle dit. Quand je pense aux pires choses que j'ai faites, j'ai le même sentiment que toi. Paniquée, écœurée, tout ça. À l'école, j'ai tyrannisé une fille avec une grande cruauté. Sans raison, juste histoire de la torturer. Parce que d'autres le faisaient. Mais les autres prétendaient qu'ils le faisaient parce que je le faisais. Quand j'y repense, j'éprouve surtout de la peur. Je ne sais pas pourquoi j'ai voulu autant la faire souffrir. Je veux croire que je ne ferai plus jamais ce genre de choses, pour aucune raison. Mais je l'ai fait, et je dois vivre avec ça pour le reste de ma vie.

Il l'a regardée en silence mais avec intensité.

Je ne peux pas réparer ce que tu as fait, a-t-elle dit. Et tu ne peux pas réparer les choses pour moi non plus. Alors peut-être qu'on est tous les deux de mauvaises personnes.

Si je suis juste aussi mauvais que toi, ça ne me gêne pas plus que ça. Et si on est tous les deux vraiment abominables, c'est toujours mieux de l'être à deux que tout seul dans son coin.

Elle a dit qu'elle comprenait ce qu'il ressentait. Il s'est passé les doigts sur le nez et il a dégluti en levant la tête vers le plafond.

Je veux retirer un commentaire horrible que j'ai fait, a-t-il déclaré.

Ne t'inquiète pas. J'ai été horrible, moi aussi. Ce que j'ai dit sur ces femmes qui se dégradent pour de l'argent, c'était stupide. Je ne le pense même pas. Ce n'est pas grave, on était énervés tous les deux.

En regardant ses ongles, il a dit : C'est incroyable à quel point tu peux m'agacer.

Elle a ri.

Ce n'est pas étonnant. Je fais cet effet à beaucoup de gens.

Des fois, t'es vraiment insupportable. Pourtant, je connais d'autres gens qui peuvent être comme ça, mais ça ne m'atteint pas autant qu'avec toi. Pour être franc, c'est surtout parce que tu me plais. Quand t'es chiante, ça me rend dingue.

Elle a hoché la tête en silence. Ils sont restés sur le lit sans parler une minute, puis deux, puis trois. Finalement, il a posé la main sur son genou d'un geste amical et il a dit qu'il allait prendre une douche. Elle est restée assise sans bouger. Il a allumé la douche électrique et s'est regardé dans la glace pendant que l'eau chauffait. La conversation semblait avoir eu un effet sur eux, mais il était impossible de déterminer quelle en était la nature, la signification, ce qu'ils ressentaient à ce moment-là, si c'était partagé ou s'ils avaient des sentiments différents. Peut-être qu'ils ne le savaient pas eux-mêmes et que ces questions n'avaient pas de réponse déterminée, sinon qu'elles étaient encore en train de prendre sens.

/

Ce soir-là, Alice dînait en ville avec des libraires et des journalistes. Felix a mangé tout seul à l'appartement, puis ils se sont retrouvés pour boire un verre et ils ont marché jusqu'au Colisée. Dans la nuit, les ruines semblaient squelettiques et desséchées comme un insecte mort depuis bien longtemps. Il y a vraiment de belles choses ici, a dit Felix. Alice a souri, et il a jeté un coup d'œil dans sa direction. Qu'est-ce qu'il y a ? a-t-il demandé. Tu te moques de moi. Elle a secoué la tête en répondant : Je suis contente que tu m'aies accompagnée, c'est tout. À l'appartement, ils se sont souhaité bonne nuit et Alice s'est mise au lit. Felix était assis dans la cuisine avec son téléphone pendant qu'elle était allongée dans la chambre voisine, les yeux ouverts, le regard dans le vide. À minuit passé, il a frappé à la porte de sa chambre.

Oui ? a-t-elle dit.

Il a ouvert et jeté un coup d'œil, son téléphone à la main. Tu dors ? a-t-il demandé. Elle lui a répondu que non. Je peux te montrer une vidéo ? Elle s'est redressée et a dit que oui. Il est entré, il a fermé la porte et s'est assis à côté d'elle. Elle lui a fait de la place. Il portait un T-shirt et un pantalon de jogging. C'était la vidéo d'un raton laveur dans une posture humanoïde, assis les pattes écartées, un bavoir autour du cou et, sur les genoux, une assiette creuse contenant des cerises noires. Le raton laveur plongeait sa petite patte griffue dans l'assiette, attrapait une cerise et la mangeait avec des gestes très humains en secouant la tête d'un air approbateur. La vidéo s'intitulait « raton laveur qui se régale avec des fruits ». Elle durait une minute, pendant laquelle le raton laveur ne faisait que manger et secouer la tête. Alice a ri en disant : Incroyable. Felix a déclaré qu'il se doutait que ça lui plairait. Puis il a verrouillé l'écran de son téléphone et s'est adossé contre la tête du lit d'un air pensif. Elle était sur le flanc, face à lui, la couette descendue jusqu'à la taille.

Tu dormais ? a-t-il demandé à nouveau.

Non.

Je n'ai rien interrompu, j'espère.

Qu'est-ce que tu veux dire ? Interrompre quoi ?

Je sais pas. Ce que les filles font quand elles sont dans leur lit la nuit.

Elle a levé les yeux vers lui d'un air intrigué.

Ah. Je n'étais pas en train de me masturber, si c'est ce que tu sous-entends.

J'imagine que tu le fais jamais ?

Bien sûr que si, mais pas là.

Il s'est allongé sur le dos, tête posée sur l'oreiller, regard tourné vers le plafond. Elle l'observait, le bras replié sous son oreille.

Et à quoi tu penses quand tu le fais ? a-t-il demandé.

À différentes choses.

Tes petits fantasmes à toi, des choses comme ça ?

Oui.

Et qui a le premier rôle dans ces fantasmes ?

Moi, bien sûr.

Il a eu ce qui semblait être un rire sincère.

Bien sûr. J'espère bien. Mais qui d'autre ? Des acteurs, des célébrités ?

Pas vraiment.

Des gens que tu connais, alors.

C'est plus fréquent.

Il s'est tourné face à elle.

Moi ? a-t-il demandé.

Elle s'est mordu la lèvre inférieure pendant quelques instants, puis elle a répondu : Ça m'arrive de penser à toi, des fois.

Il a tendu la main et effleuré sa chemise de nuit en laissant les doigts s'attarder sur sa taille.

Et qu'est-ce que tu imagines que je te fais ?

Elle a ri mais, dans la pénombre, c'était impossible de dire si elle était gênée.

J'imagine que tu es très, très gentil avec moi, a-t-elle répondu.

Il a eu l'air de trouver ça amusant.

Ah oui ? Dans quel sens ?

Elle s'est retournée et a enfoui son visage dans l'oreiller, peut-être vraiment gênée, mais lorsqu'elle a repris la parole, elle souriait.

Tu vas te moquer de moi si je te le dis.

Non, je te le promets.

Je pense à différentes choses. Je n'ai pas toujours le même fantasme. Mais un truc que tous mes fantasmes ont en commun, c'est… tu vas rire, parce que c'est tellement prétentieux. Je ne dirais jamais ça à quelqu'un en temps normal, mais puisque tu as demandé. J'aime imaginer que tu as très envie de moi – pas de façon normale, mais avec une intensité hors du commun.

Il a promené sa main sur son corps.

Et comment tu le sais ? a-t-il demandé. Dans ton fantasme. Je te le dis ou ça saute aux yeux ?

Ça saute aux yeux. Mais, plus tard, tu le dis, aussi.

Et tu me donnes ce que je veux, ou tu as juste envie de m'exciter ?

Elle a encore plus enfoui le visage dans l'oreiller. Il

a remonté la main sur sa taille, puis le long de sa cage thoracique jusqu'à la courbe de ses seins.

Tout bas, dans un murmure, elle a dit : Tu obtiens ce que tu veux.

Alors pourquoi ça fait une différence à quel point je le veux ? Je te supplie ?

Non, non, tu n'es pas insistant. Tu es juste complètement dans le truc.

Et je peux te demander si je suis doué ? Ou bien je suis nerveux, tellement j'en ai envie ?

Elle s'est tournée face à lui. Il a déplacé les doigts sur ses seins jusqu'à la bretelle de sa chemise de nuit puis les a éloignés.

Des fois, je t'imagine un peu nerveux.

Il a hoché la tête, son visage et ses gestes exprimant un vif intérêt pour la discussion.

Je peux te demander autre chose ? a-t-il dit. Tu n'es pas obligée de répondre. À quoi tu penses en jouissant ?

À toi qui jouis.

En toi ?

Le plus souvent.

Lentement, comme s'il réfléchissait, il a glissé le dos de sa main sur le ventre d'Alice en direction de son nombril. Elle continuait à le regarder.

Je sais ce que tu vas dire maintenant, a-t-elle dit.

Ah bon ? Quoi ?

Je vais te demander si tu as déjà pensé à moi de cette façon, et tu vas répondre : Non, pas vraiment.

Il a ri en caressant le tissu de sa chemise de nuit avec le dos de sa main.

Non, je ne vais pas dire ça. Je peux t'en parler si tu veux, mais je préférerais continuer à découvrir ce que tu penses. Évidemment, comme ça tourne autour de moi, c'est agréable à entendre, mais je trouve ça intéressant, aussi. J'ai déjà posé ce genre de questions à des gens et ils ne répondent jamais.

Oh. Donc tu te fais la main sur moi ? Je croyais que c'était personnel.

Il a eu un rire un peu forcé.

C'est intime, a-t-il répondu. J'ai déjà posé cette question mais, comme je te l'ai dit, ça ne donne jamais rien. Et pour être honnête, je n'ai demandé qu'à des personnes avec qui je sortais. Ça ne m'a jamais servi de technique de drague.

Ce n'est pas très orthodoxe. Mais je ne pense pas que tu me dragues vraiment.

J'aurais pu attendre demain pour te montrer la vidéo du raton laveur.

Elle a ri, et il en a souri de plaisir.

Tu sais pourquoi je suis ici, a-t-il ajouté.

Non ! Ça fait quatre nuits qu'on est à Rome et tu n'as pas du tout vu ce qui se passait ?

On faisait connaissance.

Quel gentleman.

Il s'est à nouveau retourné.

Je sais pas, a-t-il dit. J'ai beaucoup réfléchi à ce sujet. Franchement, je sais pas si tu te rends compte mais tu peux être vraiment intimidante parfois.

On me l'a déjà dit, mais ça me surprend venant de toi.

Il a haussé les épaules sans répondre.

Et maintenant, je ne t'intimide plus ? a-t-elle demandé.

Encore un peu. Mais quand quelqu'un raconte ses fantasmes sexuels, ça le rend moins intimidant. Ne le prends pas mal, c'est évident que tu as envie de moi.

Elle a répondu avec froideur : Tu m'as dit que tu ne te moquerais pas de moi. Alors tu peux y aller, je m'en fous, mais je trouve ça nul.

Il s'est hissé sur un coude et l'a regardée.

Tu vois ? a-t-il dit. Tu vois, c'est intimidant quand tu parles comme ça. Je ne me moquais pas de toi, et je suis désolé si tu l'as pensé. Mais quand t'es en rogne, tu te comportes de façon supérieure. Et là, je me sens comme un vermisseau.

Pendant un moment, elle a gardé le silence. Puis elle a dit d'un ton triste : D'accord, je suis sur la défensive, je me comporte comme si j'étais mieux que toi et tu te sens mal. Et en plus, c'est évident que j'en pince pour toi. Je dois surtout avoir l'air pathétique, et pas très agréable à fréquenter.

Tu as tout compris. C'est exactement ce que je pense de toi. Ça doit être pour ça que j'ai passé les quatre derniers jours à te suivre partout comme un crétin, putain.

Pourquoi tu m'as accompagnée ? Pour te payer ma tête ?

Je sais pas, bordel. J'aime bien parler avec toi. Quand on est chacun dans notre lit, je me rends compte que je pense un peu à toi. Alors je me suis dit que j'allais frapper et voir si tu pensais à moi aussi. Tu vois ?

À quel genre de choses tu penses ?

Il a passé la langue sur ses dents en réfléchissant.

À des choses pas très différentes des tiennes. Je t'imagine en avoir vraiment envie. Peut-être que je t'excite un peu au début, et ensuite je te fais jouir plein de fois, des trucs comme ça. Dans le fantasme, ça n'a rien d'étrange. La seule chose bizarre, c'est que depuis qu'on est ici, surtout ces deux dernières nuits, quand je pensais à toi, j'avais l'impression que toi aussi, tu pensais à moi. C'est le cas ?

Oui.

Et j'avais l'impression de te sentir près de moi. En fait, quand je me suis réveillé ce matin, l'espace d'un instant, je ne savais plus si j'étais seul dans le lit ou si tu étais à côté de moi. Ça me paraissait si réel.

À voix basse, elle a demandé : Et qu'est-ce que tu as ressenti quand tu t'es rendu compte que je n'étais pas là ?

Pendant une fraction de seconde, franchement ? J'étais déçu. Seul, peut-être aussi. Il a marqué une pause puis il a demandé : Et si je te caressais, maintenant ?

Elle a hoché la tête. Il a glissé la main sous sa chemise de nuit et il a passé ses doigts sur sa culotte. Elle a entrouvert les lèvres et a laissé échapper un petit soupir. Doucement, il l'a pénétrée avec son index et elle a poussé un gémissement. Elle était toute rouge. Tu es très mouillée, a-t-il dit. Elle avait le souffle court, les yeux toujours fermés. Il s'est humecté la lèvre supérieure et il a dit : Laisse-moi t'enlever ça. Elle s'est un peu redressée et il l'a déshabillée. Puis il a passé son T-shirt par-dessus sa tête et, du bout des doigts, elle a touché son érection à travers son caleçon. J'en ai tellement envie, a-t-elle dit. Il avait l'extrémité des oreilles très rouge. C'est vrai ? Maintenant ? Elle lui a demandé s'il avait un préservatif et il a répondu : Oui, dans mon portefeuille. Pendant qu'elle attendait couchée sur le dos, il a fini de se déshabiller et pris son portefeuille dans sa poche. Elle l'observait en pinçant distraitement entre ses doigts l'intérieur de son coude. Felix, a-t-elle dit. Ça fait un petit moment que je ne l'ai pas fait, ça te va ? Ils se sont regardés d'un air hésitant, Alice sans trop savoir ce qu'il pensait, Felix sans trop savoir ce que la question signifiait. Il avait sorti un petit carré en aluminium bleu de son portefeuille. Qu'est-ce que tu veux dire par là ? Elle a haussé les épaules, l'air mal à l'aise, en continuant à se pincer le bras. Il a repoussé sa main et a dit : Arrête, tu vas te faire mal. Qu'est-ce qu'il y a ? Ce n'est pas la première fois, quand même ? Elle a ri d'un air un peu penaud, et lui aussi, peut-être soulagé. Non, a-t-elle répondu. Mais ma vie a pris un tour étrange. Depuis environ deux ans. Avant, tout allait bien de ce côté-là. En lui passant la paume sur la cuisse, il a dit gentiment : Ce n'est pas grave. Tu es inquiète ? Elle a hoché la tête. Il a déchiré le carré d'aluminium et en a extrait le préservatif. Ne t'en fais pas, a-t-il dit. Je vais bien m'occuper de toi. Il s'est allongé sur elle et l'a embrassée dans le cou. Par la suite, Alice a eu l'air de s'endormir d'un coup, sans même déplacer ses bras et ses jambes maladroitement emmêlés dans les draps du lit. Felix s'est étendu sur le côté pour la regarder, puis il s'est mis sur le dos et il a observé le plafond.

14

Ma très chère Eileen,

Ton mail à propos de ce qui s'est passé avec Simon m'a mis du baume au cœur. Tu méritais bien un peu d'amour ! Et lui aussi, je crois. Je vais te dire quelque chose sur Simon que j'avais juré de garder secret, mais le moment est sans doute venu de trahir cette promesse. Il y a quelques années, juste après que tu étais partie t'installer avec Aidan, Simon est passé prendre un café à la maison. On a discuté de choses et d'autres, rien de spécial, puis en partant, il s'est arrêté sur le seuil de ton ancienne chambre. Elle était vide, le lit nu, et je me souviens qu'il y avait un rectangle plus clair sur le mur à l'endroit où se trouvait ton affiche de Margaret Clarke. D'une voix faussement enjouée, il a dit : Elle va te manquer. Et sans y réfléchir, j'ai répondu : À toi aussi. Ça n'avait aucun sens, car tu te rapprochais de chez lui, mais il n'a pas paru surpris. Il a simplement répondu : Oui, bien sûr. On est restés à la porte de ta chambre quelques secondes et il a ri en demandant : S'il te plaît, ne lui raconte pas que j'ai dit ça. Tu vivais avec Aidan à ce moment-là, alors je ne t'en ai jamais fait part. Je ne prétends pas l'avoir toujours su, parce que ça n'est pas vrai. Je savais que Simon et toi étiez proches, je savais ce qui s'était passé entre vous à Paris.

Mais, étrangement, ça ne m'était jamais venu à l'esprit qu'il avait toujours été amoureux de toi. Je pense que personne ne le savait. En tout cas, on n'en a plus reparlé. Tu trouves ça nul de ma part de te raconter ça ? J'espère que non. Dans ton message, tu ne dis pas clairement si vous allez continuer… Qu'est-ce que tu ressens ?

Hier après-midi, juste après l'arrivée de ton mail, Felix m'a raconté certaines choses qu'il avait faites par le passé et qu'il a ensuite regrettées. C'était l'une de ces conversations sur « les pires actes de notre vie » et, c'est vrai, il a fait des trucs pas terribles. Je n'entrerai pas dans les détails, certains concernaient ses relations avec des femmes. Ce n'est pas à moi de le juger, je suis moi-même parfois rongée par la culpabilité à cause de choses horribles que j'ai faites. Je suis toute disposée à lui pardonner, d'autant qu'il a apparemment longtemps éprouvé du remords. Mais je ne peux pas faire ça, parce que les actes qu'il décrit ont eu un impact permanent sur la vie d'autres personnes, pas sur la mienne. Je ne peux intervenir en tant que tiers désintéressé pour l'absoudre de ses péchés, tout comme il ne peut m'absoudre des miens. Donc ce que j'ai ressenti pour lui quand il m'a avoué ça, ce n'était pas vraiment du pardon mais autre chose. Peut-être que j'avais confiance dans la sincérité de ses remords et le fait qu'il ne reproduirait plus les mêmes erreurs. Ça m'a fait penser à ces gens qui ont commis des mauvaises actions, à ce qu'ils sont censés faire d'eux-mêmes, et à ce que la société est censée faire d'eux. En ce moment, la litanie d'excuses publiques dépourvues de sincérité rend méfiant à l'égard du pardon. Mais comment doivent se comporter les personnes ayant commis des actes terribles par le passé ? Rendre elles-mêmes publics leurs péchés afin d'éviter que d'autres le fassent à leur place ?

Ne jamais faire quoi que ce soit qui puisse entraîner un examen approfondi sorti d'on ne sait où ? Je me trompe peut-être, mais je crois que le nombre de gens qui ont commis des actes vraiment répréhensibles est loin d'être négligeable. Honnêtement, je me dis que si tout homme qui s'est un jour mal comporté dans un contexte sexuel devait mourir demain, il en resterait environ onze sur terre. Et pas que les hommes ! Les femmes, les enfants, tout le monde. Là où je veux en venir, c'est sans doute à ça : Et si ce n'était pas seulement un petit nombre de personnes malveillantes qui craignaient que leurs mauvaises actions soient exposées ? Si c'était notre cas, à tous ?

Dans ton mail, tu me dis avoir entendu à la messe une lecture à propos d'une femme qui verse de l'huile sur les pieds de Jésus. Je me trompe peut-être car il y a plusieurs histoires similaires dans les Évangiles, mais je pense que tu parles d'un passage de Luc où Jésus se fait oindre les pieds par une pécheresse. Je viens de le relire dans la petite bible que j'avais à l'hôpital. Tu as raison, cette histoire est bizarre, et même (comme tu le dis) saugrenue. Mais n'est-elle pas intéressante, aussi ? La femme n'est décrite que sous un angle : elle a mené une vie de pécheresse. Qui sait ce qu'elle a fait ? Peut-être que c'était une paria, ou bien simplement une innocente rejetée à la marge. Mais d'un autre côté, peut-être qu'elle a vraiment commis des actes répréhensibles, le genre d'actes que toi ou moi jugerions ignobles. C'est possible, non ? Elle a peut-être tué son mari, maltraité ses enfants, des choses comme ça. En apprenant que Jésus était chez Simon le Pharisien, elle y est allée, et en le voyant, elle a pleuré si fort qu'elle a mouillé ses pieds de ses larmes. Puis elle les a séchés avec ses cheveux et les a oints d'huile parfumée. Comme tu le soulignes, tout ça semble absurde, voire érotique, d'ailleurs. Simon le Pharisien est choqué et mal à l'aise que Jésus permette à une pécheresse de le toucher d'une manière aussi intime. Mais, non moins déroutant, Jésus déclare que ses péchés sont pardonnés parce qu'elle l'aime. Ça peut donc être aussi simple ? Il suffirait de pleurer et de nous prosterner pour que Dieu nous pardonne ? Quoique, ça n'est peut-être pas si facile – peut-être que pleurer et se prosterner de façon sincère est l'une des choses les plus difficiles à réaliser. Je suis sûre que je ne saurais pas comment faire. J'ai en moi une résistance, un noyau dur qui, je le crains, ne me permettrait pas de me prosterner devant Dieu, même si je croyais en lui.

À ce propos, je peux aussi t'annoncer que j'ai couché avec Felix hier soir. Pour être tout à fait honnête, je n'avais pas trop envie de t'en parler, mais ce serait bizarre sinon. Non que je sois gênée – peut-être que je le suis, mais pas à cause de lui. Je m'inquiète plutôt de ce qu'on pense de moi, même si d'habitude ça ne m'intéresse pas, et que je suis très douée pour m'en foutre royalement. Ce n'est pas facile. Je crois qu'on a passé un bon moment, ce qui revient à dire que j'ai passé un bon moment sans savoir ce qu'il ressent. Nos vies ont beau avoir été très différentes, j'ai l'impression que, étrangement, on a emprunté des routes distinctes pour en arriver au même point, et qu'on retrouve beaucoup de choses chez l'autre. Tu n'imagines pas le temps qu'il m'a fallu pour rédiger ce paragraphe. J'ai tellement peur d'être blessée – la souffrance, je sais que je peux la supporter, mais pas l'indignité de la souffrance, l'indignité de la vulnérabilité. Il me plaît beaucoup et je me sens très excitée et bête quand il me témoigne de l'affection. Alors, malgré tout, malgré l'état du monde tel qu'il est, l'humanité au bord de l'extinction, me voilà encore en train d'écrire un mail sur le sexe et l'amitié. Mais qu'y a-t-il d'autre à vivre ?

Amour, toujours,

Alice

15

Le lundi soir à huit heures et quart, le salon de Simon était sombre et désert. Par la petite fenêtre au-dessus de l'évier de la kitchenette et la plus grande à l'opposé, dans le salon, ce qui restait de lumière du jour caressait différentes surfaces : le bac de l'évier argenté au fond duquel se trouvaient une assiette et un couteau sales ; la table de la cuisine parsemée de quelques miettes ; une coupe qui contenait une banane noircie et deux pommes ; un plaid en tricot négligemment abandonné sur le canapé ; une fine couche grise de poussière sur la télévision ; des bibliothèques, des lampes, un échiquier sur la table basse avec ce qui semblait être une partie en cours. La lumière était en train de disparaître sans un bruit tandis que des gens montaient et descendaient l'escalier de l'immeuble et que, dans la rue, les voitures filaient dans un bruit blanc. À neuf heures moins vingt, une clef a cliqueté dans la serrure, puis la porte de l'appartement s'est ouverte. Simon était au téléphone. Il a retiré une sacoche de son épaule avec sa main libre et dit : Ça ne me semble pas très inquiétant. Il faut surveiller, c'est tout. Il portait un costume gris sombre et une cravate verte fixée par une épingle dorée. Il a doucement refermé la porte derrière lui avec son pied puis il a suspendu sa sacoche au portemanteau. Ah, a-t-il dit. Il est à côté de toi ? Je peux lui parler maintenant, si tu veux. Il s'est avancé dans le salon et il a allumé un lampadaire avant de lâcher ses clefs sur la table basse. Bon, qu'est-ce qu'il vaut mieux, selon toi ? Dans l'éclat jaunâtre de la lampe, il avait l'air fatigué. Il est passé dans la cuisine et il a soulevé la bouilloire comme pour tester son poids. Oui, a-t-il dit. Non, c'est bon, je lui dirai juste qu'on en a parlé. En reposant la bouilloire sur son socle, il l'a allumée et s'est assis sur une chaise de la cuisine. D'accord, mais si je dois faire comme si tu ne m'en avais pas parlé, sous quel prétexte tu veux que je l'appelle ? Il a placé le téléphone entre son visage et son épaule et entrepris de délacer ses chaussures. Mais il s'est redressé d'un coup et a rattrapé le téléphone dans sa main. Ce n'est pas ce que je voulais dire, a-t-il protesté. La conversation s'est poursuivie un moment tandis que Simon enlevait ses chaussures, retirait sa cravate et se préparait un thé. Lorsque le téléphone a vibré dans sa main, il a jeté un coup d'œil à l'écran tandis que la voix à l'autre bout continuait. Une notification d'e-mail avec pour objet « Appel de mardi » était apparue. Pas plus intéressé que ça, il a recalé le téléphone contre son oreille et il est allé s'asseoir sur le canapé avec sa tasse de thé. Oui, oui, disait-il, je suis rentré. J'allais mettre les infos. Il a fermé les yeux tandis que la voix continuait de parler. Bien sûr, a-t-il dit. Je te tiens au courant. Moi aussi, je t'aime. Bonsoir. Il a répété ce dernier mot plusieurs fois avant de terminer l'appel. Puis il a ouvert sa messagerie et appuyé sur le nom « Eileen Lydon ». Le message le plus récent s'est affiché en bas de l'écran, il datait de 20:14.

Simon : Salut, j'ai passé un très bon moment ce week-end. Tu as envie qu'on se revoie cette semaine ?

Une icône indiquait qu'Eileen avait vu le message, mais elle n'avait pas répondu. Il a fermé l'application et a ouvert l'e-mail « Appel de mardi », qui n'était que le dernier en date d'une longue discussion. Un précédent disait : Je crois qu'ils ont aussi des enregistrements téléphoniques. Simon ou Lisa, pouvez-vous transmettre et contacter Anthony si nécessaire ? L'un de ses collègues avait répondu : Si on passe encore du temps sur ce problème qui n'en est pas un, je vais péter un câble. Le message le plus récent disait : Simon, voici les coordonnées d'Anthony. Tu peux l'appeler ce soir ou demain matin ? Cette situation ne convient à personne, mais on n'y peut rien. En posant son téléphone, il a fermé les yeux et il est resté immobile quelques instants sur le canapé, son torse se soulevant au rythme de sa respiration. Au bout d'un moment, il s'est passé une main sur le visage. Puis il a tendu le bras vers la télécommande et il a allumé la télévision. Le journal de vingt et une heures venait de commencer. Il a regardé les premières informations les yeux mi-clos, presque comme s'il dormait, mais de temps en temps, il attrapait la tasse de thé sur l'accoudoir du canapé. Pendant un reportage sur la sécurité routière, son téléphone a sonné et il l'a aussitôt repris. Un nouveau message s'est affiché.

Eileen : ton étrangement formel, Simon

Il a fixé ce message pendant plusieurs secondes, puis il y a répondu.

Simon : Ah bon ?

Une ellipse animée de trois points s'est affichée, indiquant qu'Eileen était en train d'écrire.

Eileen : pourquoi les hommes de plus de 30 ans écrivent des messages comme s'ils mettaient leur profil LinkedIn à jour ?
Eileen : Salut [Eileen], c'était génial [samedi]. On se capte bientôt ? Choisis une heure et une date dans le menu déroulant

Il a vaguement souri tandis que ses pouces s'activaient sur le clavier.

Simon : Tu as raison
Simon : Si j'étais plus jeune, j'aurais désactivé la fonction majuscule automatique sur mon téléphone pour avoir l'air plus cool

Eileen : c'est dans les paramètres
Eileen : je peux t'aider si tu ne sais pas faire

En haut de l'écran, un nouvel e-mail est apparu dans la discussion « Appel de mardi ». Il commençait par : Salut à tous. Je viens d'avoir des nouvelles de TJ... Simon a effacé la notification sans l'ouvrir.

Simon : Merci, je vais m'en sortir
Simon : C'est mon message standard, je me contente de faire un copier-coller
Salut, j'ai passé un très bon moment ce week-end. Tu as envie qu'on se revoie cette semaine, etc.
Simon : Je n'avais encore jamais eu de plainte

Eileen : hahaha
Eileen : tu sais utiliser le copier-coller ??? je suis impressionnée

Eileen : oui, on peut se voir cette semaine
Eileen : quand ça ?

Un autre message est apparu en haut de l'écran en provenance de Geraldine Costigan.

Geraldine : Ton père dit que tu peux l'appeler demain soir si ça te va, mon chéri. Bisous

Simon a soufflé longuement, puis il a glissé un doigt pour ignorer le message. Ses yeux allaient et venaient sur la discussion avec Eileen, il a commencé à écrire : *Ça te dit*… avant de tout effacer. Il a relu les messages précédents. Puis il s'est lancé.

Simon : Tu fais quelque chose, là ?

La double coche a montré qu'Eileen avait vu le message, puis l'ellipse est apparue.

Eileen : non
Eileen : je comptais prendre un bain mais mes colocataires ont utilisé toute l'eau chaude
Eileen : alors je suis allongée sur mon lit avec internet
Eileen : pourquoi ?

À la télévision, le journal avait laissé place à la météo. Le dessin d'un soleil jaune régnait sur la région de Dublin.

Simon : Tu veux venir ?
Simon : Eau chaude à volonté
Simon : Glace au congélateur
Simon : Pas de colocs

Quelques secondes ont passé. Il s'est frotté la mâchoire en regardant l'écran, à la surface duquel se reflétait l'ampoule du plafonnier dans son globe de verre.

Eileen : !!
Eileen : j'essayais pas de m'incruster !!

Simon : Je sais

Eileen : tu es sûr ?

Simon : Oui

Eileen : c'est très gentil de ta part

Simon : Que répondre, je suis quelqu'un de très gentil

Eileen : c'est tentant…
Eileen : mais je ne veux pas encore te déranger !

Simon : Eileen
Simon : Mets tes chaussures, je t'envoie un taxi

Eileen : hahaha
Eileen : oui papa
Eileen : merci

L'air heureux, il a fermé sa messagerie, a ouvert une application pour commander un taxi. Puis il s'est levé du canapé, a coupé le son de la télévision et s'est dirigé vers l'évier avec sa tasse de thé vide. Après avoir rangé la vaisselle et donné un coup d'éponge dans la cuisine, il a fait son lit. À plusieurs reprises, il a sorti son téléphone de sa poche pour consulter l'application de taxis, où une petite icône représentant la voiture d'Eileen se déplaçait lentement et par à-coups le long des quais, puis vers le sud. Ensuite, il remettait son téléphone dans sa poche et reprenait ce qu'il était en train de faire.

Lorsqu'il a ouvert la porte vingt minutes plus tard, Eileen était dans le couloir vêtue d'un sweat-shirt gris court et d'une jupe plissée en coton, avec sur l'épaule un sac en toile portant le nom d'une revue littéraire de Londres. C'était comme si elle avait mis dans la journée du rouge à lèvres foncé qui s'était estompé. Simon est resté immobile quelques instants avant de poser sa main sur sa taille et de l'embrasser sur la joue. C'est bon de te voir, a-t-il dit. Elle a passé ses bras autour de son cou et il l'a laissée se suspendre à lui. Merci de m'avoir invitée. Ils sont entrés. Il a refermé la porte derrière eux et elle a sorti de son sac une bouteille de vin rouge. Je t'ai apporté ça. On n'est pas obligés de la boire, c'est juste que j'ai horreur d'arriver les mains vides. Surtout chez toi. Imagine ce que dirait ma mère. Non que j'aie apporté quelque chose la dernière fois que je suis venue. Elle a ri en posant la bouteille sur la table et fait glisser son sac de son épaule. En apercevant la télévision, elle a dit : Oh, tu regardais Claire Byrne ? Je ne veux pas t'interrompre. Je vais me tenir tranquille sur le canapé. Il souriait en la regardant suspendre son sac au dos d'une chaise de la cuisine et détacher son chignon puis le refaire. Non, je ne regardais pas. Tu es très jolie. Tu veux un thé, ou autre chose ? Un verre de vin, si tu préfères. Elle s'est assise sur le canapé en retirant ses chaussures en cuir plates et elle a glissé ses pieds sous les coussins en gardant ses chaussettes blanches. Je veux bien un thé. Je n'ai pas vraiment envie de vin. Tu t'entraînes ? Il a jeté un coup d'œil depuis la cuisine et l'a vue désigner l'échiquier du doigt. Non, c'est une vraie partie. Peter est venu hier soir, mais il est parti avant qu'on termine. Je l'ai échappé belle. Elle a observé l'échiquier pendant qu'il faisait bouillir de l'eau et sortait une tasse du placard. Tu avais les noirs ? a-t-elle demandé. Le dos tourné, il a répondu : Non, les blancs. Dans ce cas, tu lui as pris deux pions, a-t-elle dit. Et tu pouvais le mettre en échec avec ton fou. Amusé, il a pris une cuillère dans le tiroir. Réfléchis bien, a-t-il dit. Elle a froncé les sourcils devant le plateau tandis qu'il préparait le thé puis le posait sur la table basse. Bon, je ne touche à rien, a-t-elle dit. Il s'est assis à l'autre bout du canapé et il a éteint la télévision. Regarde, a-t-il insisté. C'est au tour des blancs. Elle a attrapé le fou blanc et pris le roi noir. En se penchant, il a déplacé un pion noir pour bloquer l'attaque et menacer le fou, qu'elle a utilisé pour prendre le pion. Il a avancé le cavalier noir pour prendre le fou et coincer la reine et la tour blanches. Elle a fait une grimace : Je suis une idiote. Il a dit qu'il ne pouvait s'en prendre qu'à lui-même de s'être mis dans une telle position de faiblesse. Elle a attrapé son thé et s'est adossée à l'accoudoir du canapé. Je t'ai raconté que ma famille se dispute au sujet des invitations au mariage de Lola ? Je ne sais pas pourquoi je m'en suis mêlée, elle est insupportable. Tu veux voir les messages qu'elle m'a envoyés ? Il a dit oui, elle a sorti son téléphone et lui a montré le message de Lola datant du samedi soir.

Lola : Hum. Immature ? Dixit la fille qui est coincée dans un job de merde, gagne peanuts et vit toujours en coloc à 30 ans……

« princesse », ça m'excite un peu. Tu détestes que je te dise ça ? Ça me donne l'impression que tu contrôles tout et que tu ne laisseras rien m'arriver de mal.

Non, j'adore. L'idée de prendre soin de toi, que tu aies besoin de mon aide. J'ai un truc avec ça, de toute façon. Il suffit qu'une fille me demande d'ouvrir un pot de confiture, et je tombe presque amoureux d'elle.

Elle avait le bout du doigt dans sa bouche.

Et moi qui me croyais spéciale.

Avec toi, c'est plus que ça. Je me souviens de ce que Natalie m'a dit un jour à propos de toi. C'est probablement un peu bizarre, mais bon. Tu venais nous voir à Paris et j'étais inquiet qu'il y ait un problème avec ton avion. Natalie a dit : Oh, la petite fille à son papa est toute seule, quelque chose dans le genre. C'était drôle. Je pense qu'elle plaisantait.

Eileen s'est caché les yeux en riant.

À mon tour. Un soir, j'ai reçu un message de toi, Aidan était près de mon téléphone alors il me l'a lu. Quand je lui ai demandé qui c'était, il m'a montré l'écran et a répondu : Ton père.

Simon était à la fois ravi et gêné. Il secouait la tête.

J'ai l'impression que si j'essayais d'expliquer ça à quelqu'un, il appellerait la police.

À cause de ce truc de petite fille à son papa ? Ou parce que, genre, tu as envie de m'attacher et de me torturer.

Non, non. Mais ça paraîtrait plus normal, non ? De mon point de vue… j'espère que tu n'es pas horrifiée que je te dise tout ça. Je crois que mon fantasme, c'est que tu sois sans défense et que je te dise quelle fille obéissante tu es.

Elle l'a regardé d'un air timide, entre deux battements de cils. Et si je ne suis pas obéissante ? Tu vas m'allonger sur tes genoux et me punir ?

Il a déplacé sa main sur le coton fin et humide de sa culotte.

Pas pour te faire mal. Seulement pour que tu te comportes comme il faut.

Elle n'a rien dit pendant un moment. Puis : Tu veux me dire ce que je dois faire ?

D'une voix détendue et un peu amusée, il a répondu : Et tu feras ce que je te demande ?

Elle a recommencé à rire.

Oui, a-t-elle dit. C'est fou à quel point ça m'excite. C'est bizarre. Je suis excitée à l'idée de ce que tu vas me faire. Désolée, je sors du rôle.

Non, ne joue pas un rôle. Sois toi-même.

Il s'est penché vers elle pour l'embrasser. Elle avait la tête contre l'accoudoir, la langue humide de Simon dans sa bouche. Elle l'a laissé la déshabiller, elle regardait ses mains déboutonner sa jupe et faire descendre sa culotte. Il en a passé une sous son genou et placé sa jambe gauche sur le dossier du canapé, puis son pied droit par terre de sorte que ses jambes étaient complètement écartées, et elle tremblait. Tu es très obéissante, a-t-il dit. Elle a agité la tête et laissé échapper un petit rire nerveux. Il l'a caressée sans la pénétrer, elle a enfoncé les hanches dans le canapé et fermé les yeux. Quand il l'a pénétrée avec un doigt, elle a poussé un soupir. Gentille fille, a-t-il murmuré. Détends-toi. Il a doucement enfoncé un autre doigt en elle et elle a poussé un cri aigu et irrégulier. Chut, a-t-il dit. Tu es très obéissante. Elle secouait à nouveau la tête, la bouche ouverte. Si tu continues à me parler comme ça, je vais jouir, a-t-elle dit. Il souriait en la regardant d'en haut. Dans une minute, a-t-il dit. Pas tout de suite. Il s'est déshabillé, et elle est restée sans bouger, les yeux fermés, un genou toujours sur le dossier du canapé. Dans son oreille, il lui a glissé : Ça te va si je jouis en toi ? Elle s'est agrippée à sa nuque. J'en ai très envie, a-t-elle répondu. Il a fermé les yeux un instant en hochant la tête sans parler. Quand il l'a pénétrée, elle a de nouveau crié en s'accrochant à lui. Il ne disait rien. Je t'aime, a-t-elle dit. Il a aspiré un peu d'air sans répondre. En levant les yeux vers lui, elle a demandé : Simon, tu aimes quand je te dis ça ? Avec un sourire maladroit, il a acquiescé. C'est bien ce que je pensais, a-t-elle répondu. Il respirait fort, sa lèvre supérieure était humide, tout comme son front. Moi aussi, je t'aime, a-t-il dit. Elle se mordait la lèvre en le regardant. Parce que je suis très obéissante. Il l'a caressée du bout de l'index. Oui. Elle a de nouveau fermé les yeux, ses lèvres s'agitaient sans un bruit. Au bout de quelques minutes, elle lui a dit qu'elle était en train de jouir. Elle respirait de façon superficielle et hachée, son corps était arqué et contracté entre ses mains. Il a dit doucement : Je peux continuer ou tu veux que j'arrête ? D'un ton épuisé, elle s'est excusée et lui a demandé si ce serait long. Non, rapide. Mais je peux arrêter si tu veux, ça ne me dérange pas. Elle lui a dit qu'il pouvait continuer. Il a mis ses mains sur ses hanches et l'a plaquée contre le canapé en allant et venant en elle. Elle était toute molle, trempée, elle ne résistait pas, elle poussait de temps en temps un faible cri. Oh, oui, a-t-il soupiré. Ensuite il s'est allongé contre elle. Ils étaient tous les deux immobiles, ils respiraient à peine, la sueur se rafraîchissait sur la peau de Simon. Elle lui a caressé le dos. Merci, a-t-il dit. Elle a souri en le regardant. Ce n'est pas la peine de me remercier, a-t-elle répondu. Il avait les yeux fermés. C'est vrai. Mais je te suis quand même reconnaissant. Pas seulement… C'est agréable d'être avec toi, je suis heureux que tu sois venue. Parfois, seul ici le soir, ça peut être un peu déprimant, tu sais. Ou plutôt, solitaire. Il a lâché un petit rire sec. Désolé, je ne sais pas pourquoi je te dis ça. Je suis content que tu sois là, c'est tout. Quand quelqu'un fait quelque chose de gentil pour toi, tu n'as jamais l'impression d'être reconnaissante au point de te sentir mal ? Je ne sais pas si ça arrive à d'autres ou si c'est juste moi. Bon, je raconte n'importe quoi. Il s'est rassis et a entrepris de se rhabiller. Encore nue, elle le regardait. Ce n'est pas comme si je te rendais service, a-t-elle dit. C'était réciproque. Sans se retourner, il a émis un rire un peu crispé et il a eu l'air de s'essuyer les yeux. Je sais, a-t-il dit. Je suis simplement reconnaissant que tu en aies eu envie. Désolé, je me demande ce qui cloche chez moi.

Ça ne me dérange pas. Mais je ne veux pas que tu te sentes mal.

Il a enfilé sa chemise en se levant.

Ne t'inquiète pas. Tu veux un verre de vin ? Ou de la glace ?

Elle s'est assise en hochant lentement la tête.

Je veux bien de la glace.

Il s'est rendu à la cuisine et elle l'a observé pardessus le dossier du canapé tout en se rhabillant. De dos, il semblait grand, sa chemise était un peu froissée, ses cheveux avaient l'air doux et dorés sous les lumières.

Je ne savais pas que tu souffrais de migraines, a-t-elle lancé.

Sans se retourner, il a répondu : Ce n'est pas fréquent.

Tout en reboutonnant sa jupe, elle a dit : La dernière fois que j'en ai eu une, je t'ai envoyé un message depuis mon lit pour me plaindre. Tu te rappelles ?

En sortant deux cuillères du tiroir à couverts, il a répondu : Oui, mais je crois que pour toi, c'est pire que pour moi.

Elle a acquiescé en silence. Pour finir, elle a demandé : Je remets la télé ? On peut regarder *Newsnight* ou un truc comme ça. Ça te dit ?

D'accord.

Il est revenu avec deux coupelles de glace au moment où elle montait le son de la télévision. Sur l'écran, une présentatrice britannique parlait devant un fond bleu d'une élection à la tête d'un parti anglais. Sans quitter l'écran des yeux, Eileen a lancé : Tu mens, hein ? Vas-y, avoue que tu mens. Ils ne le reconnaissent jamais. À côté d'elle, Simon plongeait sa cuillère dans sa glace. Elle est mariée à un gestionnaire de fonds spéculatifs, tu savais ? a-t-il fait remarquer. En regardant la télévision, ils ont discuté de la possibilité d'élections générales avant la fin de l'année et, dans ce cas, de quels membres du parti de Simon étaient susceptibles de conserver leur siège. Il craignait que les personnes qu'il appréciait le plus perdent et que les « carriéristes » aient plus de chances de rester. À la télévision, un porte-parole du parti disait : Le Premier ministre… Excusez-moi, mais le Premier ministre a dit à maintes reprises… Eileen a posé sa coupelle vide sur la table basse et replié les jambes sur le canapé. Tu te souviens quand tu es passé à la télévision ? a-t-elle demandé. Simon n'avait pas fini sa glace. Ça a duré trois minutes, a-t-il répondu. Elle a resserré l'élastique dans ses cheveux. Eh bien, ce soir-là, j'ai reçu une centaine de messages de gens qui me disaient : Ton ami Simon passe à la télé ! Et une personne – je ne te dirai pas qui – m'a envoyé une capture d'écran avec un message du genre : C'est le Simon dont tu parles toujours ? Les yeux rivés sur la télévision, il a souri sans répondre. Tout en l'observant, Eileen a poursuivi : Alors que je ne parle pas tant que ça de toi. Bref, j'ai répondu : Ouais, c'est lui. Et elle m'a écrit, mot pour mot : Ne le prends pas mal, mais je veux être la mère de ses enfants. Il a éclaté de rire. Je ne te crois pas, a-t-il dit. Eileen a insisté : Mot pour mot. Je te l'aurais fait suivre, mais le « Ne le prends pas mal » m'a dérangée. Pourquoi aurais-je dû mal le prendre ? Qu'est-ce qu'elle s'imaginait ? Que j'étais amoureuse de toi et que tu ne t'en rendais pas compte ? Je déteste que les gens pensent ça de nous. Simon la regardait, la tête légèrement tournée vers l'écran, la lumière blanche du plafonnier projetée sur sa pommette et le coin de sa paupière. Mes amis pensent tous le contraire, a-t-il dit. Sans se détourner de la télévision, elle a paru amusée. Quoi, que tu es éperdument amoureux de moi ? C'est drôle. Non que ça me dérange, ça flatte mon ego. Qui est-ce qui dit ça ? Peter ? Declan, ça m'étonnerait. L'émission a pris fin et le générique est apparu. Les yeux toujours rivés sur l'écran, elle a lancé avec légèreté : Écoute, je sais que tu ne veux pas en parler. Mais ce que tu as dit tout à l'heure, à propos de te sentir seul, je le ressens tout le temps. Je dis ça seulement parce que je veux que tu saches que tu n'es vraiment pas un cas unique. Si jamais c'est ce que tu crois. Et quand je me sens vraiment seule, c'est toi que j'appelle. Tu as un effet apaisant sur moi. Des choses dont je m'inquiéterais en temps normal ne semblent plus l'être autant quand je te parle. Là où je veux en venir, c'est que si un jour, tu as envie de m'appeler quand tu es dans cet état, n'hésite pas. Tu n'as même pas besoin de dire pourquoi, on peut parler de n'importe quoi d'autre. Je me plaindrai sans doute de ma famille. Ou alors, je peux venir et on remettra ça. D'accord ? Tu n'es pas obligé de m'appeler, mais tu peux si tu en as envie. C'est tout. Il ne l'avait pas quittée des yeux, et il a gardé le silence. Enfin, d'un ton doux et amical, il a dit : Eileen, tu sais, au téléphone, l'autre soir, tu m'as dit que je devrais me trouver une femme. Elle s'est tournée vers lui en riant. Oui, a-t-elle répondu. Il était souriant, il avait l'air à la fois heureux et fatigué. Tu parlais d'une nouvelle personne qui entre dans ma vie et qui m'épouse, a-t-il poursuivi. Quelqu'un que je ne connaissais pas. Eileen a ajouté : Et très belle. Une femme plus jeune, on avait dit aussi, je crois. Pas trop intelligente, mais douce. Il a hoché la tête. C'est vrai, a-t-il dit. Elle a l'air formidable. Mais j'ai une question. Quand j'aurai trouvé cette femme qui, si je comprends bien, n'est pas toi… D'un air indigné et moqueur, Eileen l'a interrompu : Ce n'est certainement pas moi. Déjà, je suis beaucoup plus lettrée qu'elle. Il a continué à sourire et elle a repris : Bien sûr. Mais une fois que je l'aurai trouvée, qui qu'elle soit, toi et moi, on continuera à être amis ? Elle s'est laissée aller contre les coussins du canapé comme si elle réfléchissait à la question. Après un silence, elle a répondu : Non. Quand tu l'auras trouvée, tu devras renoncer à moi. Il se pourrait même que renoncer à moi soit la condition préalable pour la trouver.

C'est bien ce que je craignais, a-t-il répondu. Dans ce cas, je ne la trouverai jamais.

Eileen a levé les mains, l'air étonné.

Simon. Sois sérieux. Cette femme est ton âme sœur. Dieu l'a mise sur terre pour que tu la rencontres.

Si Dieu voulait que je renonce à toi, il ne m'aurait pas fait tel que je suis.

Ils se sont dévisagés quelques instants. Elle a porté la main à sa joue, qui était toute rouge.

Donc tu ne veux pas renoncer à notre amitié, a-t-elle dit.

Pour rien au monde.

Elle a tendu sa main et l'a posée sur la sienne.

Je ne voudrais pas y renoncer, moi non plus. Et tu peux me croire, parce qu'aucun de mes copains ne t'a apprécié, mais ça n'a jamais rien changé pour moi.

Il a éclaté de rire, elle aussi. À minuit, elle est allée à la salle de bains pour se brosser les dents et il a éteint la lumière dans la cuisine. En ressortant, elle a dit : Tu vois, j'avais une arrière-pensée, j'ai apporté ma brosse à dents.

Elle l'a suivi dans la chambre et il a refermé la porte en prononçant quelques mots inaudibles depuis le couloir. Elle a ri. À travers le battant, son rire était doux et musical. Le salon plongé dans l'obscurité, silencieux et figé. Il y avait deux coupelles vides dans l'évier ainsi que deux cuillères et un verre avec une légère trace de baume à lèvres sur le bord. Dans la chambre, le murmure d'une conversation, des mots ronds, indistincts, et à une heure du matin, le silence. À cinq heures et demie, le ciel a commencé à s'éclaircir par la fenêtre du salon tournée vers l'est, passant du noir au bleu puis au blanc argenté. Une nouvelle journée. Le cri d'un corbeau sur un fil électrique. Le bruit des bus dans la rue.

16

Alice,

Te souviens-tu du mail sur l'effondrement de l'âge du bronze que je t'ai écrit il y a quelques semaines ou quelques mois ? Par la suite, j'ai continué à lire sur la question, et apparemment, même si on ignore encore beaucoup de choses concernant cette période, les interprétations des scientifiques sont plus variées que ce que laissait croire Wikipédia. On sait que, avant l'effondrement, les administrations des palais riches et instruits de la Méditerranée orientale faisaient transiter des marchandises de très grande valeur, des cadeaux entre souverains des différents royaumes. On sait aussi que, plus tard, ces palais ont été détruits ou abandonnés, les langues écrites perdues, et que les produits de luxe n'ont plus été ni fabriqués ni échangés dans les mêmes proportions, ni sur d'aussi longues distances. Mais combien de membres de cette « civilisation » vivaient réellement dans des palais ? Combien portaient des bijoux, buvaient dans des coupes en bronze, mangeaient des grenades ? Pour une personne appartenant à l'élite, il y avait des milliers d'analphabètes et de pauvres qui cultivaient la terre afin de survivre. Après « l'effondrement de la civilisation », bon nombre sont partis, certains sont peut-être morts, mais pour la plupart, la vie n'a sans doute pas vraiment changé. Ils ont continué à cultiver la terre. Parfois, la récolte était bonne, et parfois, non. À l'autre bout du continent, ces gens, tes ancêtres et les miens – pas les occupants des palais, mais les paysans. Il y a eu une fin aux riches et complexes réseaux de production et de distribution internationaux, mais, toi et moi, on est là, tout comme l'humanité. Et si le sens de la vie sur terre n'était pas un progrès éternel vers un objectif non précisé – une ingénierie et une production de technologies de plus en plus puissantes, un développement de l'expression culturelle de plus en plus complexe et obscure ? Et si ces choses allaient et venaient à la manière des marées tandis que le sens de la vie demeurait le même : se contenter de vivre et de fréquenter des gens ?

Quant à ce que tu me racontes sur Felix et toi : puis-je te dire, en tant qu'amie, que malgré tout ce que tu prétends sur l'absence de forme relationnelle et les liens affectifs expérimentaux, la nouvelle ne m'a pas du tout surprise ? S'il est gentil, je l'approuve sans condition, sinon, je serai son ennemie à jamais. Ça te va ? Mais je suis sûre qu'il sera gentil.

J'ignore si je t'en ai déjà parlé, mais il y a quelques années, je me suis lancée dans l'écriture d'un journal intime que j'ai appelé « le livre de la vie ». J'avais dans l'idée d'écrire un peu chaque jour sur quelque chose de bien. Sans doute que par « bien », je pensais à quelque chose qui m'a rendue heureuse ou qui m'a fait plaisir. Je l'ai rouvert l'autre jour. Les premières pages datent de l'automne, il y a presque six ans. Les feuilles de sycomore sèches et racornies progressant comme des petites bêtes sur la route circulaire du Sud. Le goût artificiel beurré du pop-corn au cinéma. Le ciel jaune pâle du soir, Thomas Street dans la brume. Ce genre de choses. Je n'ai pas manqué un jour en septembre, octobre et novembre. Je trouvais toujours quelque chose d'agréable à écrire, parfois je faisais même quelque chose dans le seul but de le consigner ; par exemple, prendre un bain ou me promener. À l'époque, j'avais l'impression d'absorber la vie et, à la fin de la journée, je n'avais jamais besoin de chercher quelque chose de bien à écrire. Ça me venait tout seul, même les mots me venaient, il me suffisait de retranscrire l'image en termes simples et clairs pour m'en souvenir par la suite. En relisant ces textes, je me souviens bel et bien de ce que j'ai ressenti, du moins ce que j'ai vu, entendu et remarqué. En me promenant, même les mauvais jours, je voyais des choses – tout simplement ce qu'il y avait devant moi. Les visages, la météo, la circulation. L'odeur d'essence de la station-service, la sensation de la pluie qui te mouille, des choses très simples. De cette façon, même les mauvais jours étaient bons parce que je les ressentais et que je me souvenais de les avoir ressentis. Il y avait quelque chose de doux à vivre comme ça – comme si j'étais un instrument dont jouait le monde et qui résonnait en moi.

Au bout de quelques mois, j'ai commencé à sauter des jours. Parfois, je m'endormais en ayant oublié d'écrire ; d'autres soirs, j'ouvrais mon journal et je ne savais pas quoi y mettre. Je ne trouvais rien à dire. Quand j'écrivais, c'était de plus en plus creux et abstrait : des titres de chansons, des citations de romans ou des messages d'amis. Au printemps, je n'y arrivais plus du tout. J'ai délaissé mon journal intime pendant des semaines – c'était un carnet noir tout simple qu'on m'avait donné au boulot – puis je ne l'ai plus sorti que pour relire les textes de l'année précédente. Et il me semblait impossible d'imaginer que je puisse un jour ressentir à nouveau ce que j'avais ressenti pour la pluie ou les fleurs. Ce n'était pas que je ne parvenais pas à me laisser aller aux expériences sensorielles, seulement je ne semblais plus les éprouver. J'allais au travail à pied ou je sortais faire des courses et, quand je rentrais, je ne me souvenais pas d'avoir vu ou entendu quoi que ce soit. Sans doute que je voyais mais que je ne regardais pas – le monde visuel me semblait plat, un pur catalogue d'informations. Je ne regardais plus les choses comme avant.

Relire ce journal maintenant me procure une sensation très étrange. Ai-je un jour vraiment été comme ça ? Une personne capable de s'abandonner aux impressions les plus fugaces, de les dilater, de les explorer et d'y trouver richesse et beauté. Apparemment, c'était « Pour quelques heures, mais je ne suis pas cette personne[1] ». Je me demande si le journal lui-même, le processus d'écriture, m'a fait vivre de cette manière, ou si j'ai écrit parce que je voulais enregistrer ce genre d'expériences au moment où elles se produisaient. J'ai essayé de me rappeler ma vie à l'époque, au cas où ça pourrait m'aider à comprendre. Je sais que j'avais vingt-trois ans, je venais de commencer à travailler pour la revue, toi et moi habitions ensemble dans cet horrible appartement des Liberties, Kate était encore à Dublin, ainsi que Tom et Aoife. On faisait la fête ensemble, on invitait des gens à dîner, on buvait trop de vin, on se disputait. Parfois, Simon m'appelait de Paris pour se plaindre et m'entendre me plaindre au sujet de nos boulots respectifs, et par-dessus nos rires, j'entendais

1. Frank O'Hara, « Comment s'y rendre », *Poèmes déjeuner*, traduit de l'anglais (États-Unis) par Olivier Brossard et Ron Padgett, Nantes, Joca Seria, 2010.

Natalie ranger la cuisine. Tous mes sentiments et mes expériences étaient à la fois extrêmement intenses et totalement insignifiants, parce qu'aucune décision ne semblait avoir de conséquences, et rien dans ma vie – travail, appartement, désirs, histoires d'amour – ne me semblait permanent. J'avais l'impression que tout était possible, que les portes ne se refermaient pas derrière moi et que, quelque part, dans l'inconnu, il y avait des gens qui m'aimeraient, m'admireraient et voudraient mon bonheur. Peut-être que ça explique pourquoi j'étais si réceptive – peut-être que, sans le savoir, j'anticipais mon avenir, à l'affût de signes.

Il y a quelques jours, j'étais dans un taxi qui me ramenait chez moi après une soirée de lancement pour un livre. Les rues étaient désertes et sombres, l'air étrangement tiède et calme, et sur les quais les immeubles de bureaux tous éclairés mais vides. Sous la surface, j'ai eu l'impression que tout ça revenait – la proximité, la possibilité de la beauté, comme une lumière qui rayonnait doucement par-delà le monde visible et illuminait tout. Dès que j'ai compris ce que c'était, j'ai essayé de le traduire en pensées, de le capturer, de le mémoriser, mais ça s'est refroidi ou éloigné, ça a glissé au loin. Les lumières dans les bureaux vides avaient fait ressurgir quelque chose, et j'ai pensé à toi en essayant de me représenter ta maison, je me suis souvenue que j'avais reçu un mail de ta part, et en même temps je pensais à Simon, au mystère qu'il représente, et d'une certaine manière, en regardant par la vitre du taxi, j'ai commencé à sentir sa présence physique dans la ville, dans la structure même de la ville, assis ou debout, avec les bras comme ci ou comme ça, habillé ou nu, il était là, Dublin était comme un calendrier de l'Avent qui le cachait derrière une fenêtre parmi des millions d'autres, et l'air était imprégné de lui, la température aussi, de sa présence et de ton mail, et de ce message que je t'écrivais dans ma tête à ce moment-là. Le monde semblait capable de contenir toutes ces choses, mes yeux en étaient capables, mon cerveau pouvait les accueillir et les comprendre. J'étais fatiguée, il était tard, j'étais à moitié endormie sur la banquette d'un taxi et je me suis souvenue que, étrangement, partout où je vais, vous êtes avec moi, et que tant que vous vivrez tous les deux, le monde sera beau pour moi.

Je ne savais pas que tu lisais la Bible à l'hôpital. Qu'est-ce qui t'en a donné envie ? Ça t'a aidée ? J'ai été très intéressée par ce que tu as dit sur le pardon des péchés. L'autre soir, j'ai demandé à Simon s'il priait, et il m'a répondu oui, « pour remercier Dieu ». Si je croyais en Dieu, je n'aurais pas envie de me prosterner devant lui et de lui demander pardon. Je voudrais simplement le remercier chaque jour, pour tout.

17

Le deuxième vendredi soir de mai, Felix a dû attendre huit minutes pour franchir le portique de sécurité et quitter son travail. Devant lui, une personne qui avait fait sonner l'appareil a été conduite dans une salle voisine pour y être fouillée. Sur la porte, une feuille en papier disait : AGENTS DE CONTRÔLE UNIQUEMENT, IDENTIFICATION REQUISE. La file pour sortir était à l'arrêt, et il y avait des éclats de voix en provenance de la pièce. Felix a échangé un regard avec le type devant lui, mais ils n'ont pas dit un mot. Le temps qu'il passe le contrôle et reprenne sa voiture, il était dix-neuf heures treize. Le ciel était d'un blanc dense au-dessus de sa tête. Ici et là, des rayons de soleil franchissaient la couche de nuages bas. Il a allumé le lecteur CD et fait marche arrière pour quitter sa place de parking, puis il est sorti de la zone industrielle.

Au bout de quelques minutes, il s'est arrêté dans un endroit recouvert de gravillons qui dominait la mer. Il y avait un office de tourisme dans une cahute en bois fermée et pas une seule voiture à proximité. Au fond, un grand panneau d'affichage jaune donnait des informations historiques et géographiques. Felix s'est garé tout au bout, face à l'Atlantique gris et agité. Il a défait sa ceinture de sécurité et ouvert la fermeture Éclair de son gros blouson noir, révélant en dessous un sweat-shirt vert délavé avec un petit logo blanc. Il a sorti son téléphone de sa poche, l'a rallumé, puis il a ouvert la boîte à gants et entrepris de se rouler un joint. Le téléphone a émis plusieurs bourdonnements pour signaler des messages arrivés pendant que Felix travaillait. Ses yeux allaient et venaient entre l'écran sur ses genoux et le papier à rouler sur le volant. Puis il a placé le joint éteint entre ses lèvres et fait défiler les messages et les notifications : des alertes en provenance de réseaux sociaux et d'applications, un message de son frère Damian.

Damian : À quelle heure tu termines ce soir ? Tu peux venir ou je peux tout apporter chez toi si ça t'arrange, fais-moi signe

Felix a incliné le siège du conducteur et observé le plafond gris terne de la voiture en allumant son joint. Un instant, il a inspiré en fermant les yeux, puis il a pris son téléphone et ouvert le fil de la discussion. Le dernier message de Felix, la veille, indiquait : je boss pas 2main soir je tpl. Avant ça, il y avait plusieurs appels manqués de Damian. Dix jours plus tôt, un SMS de Felix disait : déso suis pas là. Il a regardé la discussion d'un air neutre puis l'a quittée. Pendant un moment, tout en tirant de longues bouffées et en exhalant lentement, il a passé ses notifications en revue, les lisant ou les laissant de côté pour plus tard. Il avait un message sur une application de rencontre.

Patrick : dispo ce soir ?

Felix a tapé sur le profil « Patrick » et parcouru ses photos. Sur l'une d'elles, des hommes posaient bras dessus bras dessous à une fête. Une autre montrait un barbu agenouillé près d'un plan d'eau avec un énorme poisson au corps tacheté et irisé au soleil. Felix a repris le message et a tapé : *Peut-être, tu proposes quoi ?* Sans appuyer sur Envoyer, il a relu celui de son frère. Il a posé son téléphone et continué à fumer en écoutant la musique. Parfois, il fredonnait ou chantait distraitement d'une voix douce et agréable. La pluie s'est mise à tambouriner sur le pare-brise.

À huit heures moins cinq, il a jeté son mégot par la fenêtre et reculé pour quitter le parking. Il avait le regard un peu trouble. En atteignant le village, il a mis son clignotant et récupéré son téléphone sur le tableau de bord pour y jeter un coup d'œil. Pas de nouveaux messages. Sans raison apparente, il a éteint son clignotant pour continuer tout droit. Derrière lui, une voiture a klaxonné et Felix a murmuré calmement : C'est ça, tu peux aller te faire foutre. Il a gardé une main sur le volant et utilisé l'autre pour passer un appel.

Au bout de deux sonneries, une voix a dit : Allô ?

Tu es chez toi ? a demandé Felix.

À la maison ? Oui.

Occupée ?

Non, pas du tout. Pourquoi ?

Je sors du boulot. Je me suis dit que j'allais voir si tu étais occupée. T'en dis quoi ?

Je ne suis pas occupée. Je suis là.

Alors j'arrive dans une minute, a dit Felix.

Il a raccroché et a lâché son téléphone sans un bruit sur le siège passager. Une grande maison blanche a bientôt surgi sur la gauche, et il a remis son clignotant.

Il pleuvait toujours quand il a sonné. Alice est apparue pieds nus, vêtue d'un pull en laine et d'une jupe sombre.

Elle a croisé les bras sur sa poitrine, puis les a décroisés. Felix la regardait, une main dans la poche, un œil presque fermé, comme s'il avait du mal à fixer son regard.

Salut, a-t-il dit. Je te dérange ?

Pas du tout. Tu veux entrer ?

Puisque je suis là.

Il l'a suivie en refermant la porte. Elle s'est dirigée vers le salon, une grande pièce aux murs rouges avec un feu dans la cheminée. Devant, un canapé avec des plaids et des coussins de plusieurs couleurs. Sur la table basse, un livre ouvert et retourné à côté d'une tasse de thé fumant. Felix s'est arrêté sur le seuil lorsque Alice est entrée.

Ça a l'air douillet, a-t-il dit.

Elle s'est appuyée contre le canapé en croisant à nouveau les bras.

Qu'est-ce que tu faisais, tu lisais ?

Oui.

J'espère que je ne te dérange pas.

Tu l'as déjà dit. Et je t'ai répondu que non.

Pendant quelques instants, aucun des deux n'a parlé. Felix regardait le tapis couleur fauve, ou bien ses chaussures.

Ça faisait un moment que je n'avais plus de nouvelles, a-t-elle fini par dire.

Apparemment peu surpris, il a continué à contempler le tapis.

Oui.

Elle a gardé le silence. Au bout d'un moment, il a jeté un coup d'œil vers elle.

Et ça t'a embêtée ?

Non. Mais ça m'a perturbée. J'ai fini par croire que tu ne voulais plus me voir. Je me suis demandé si j'avais fait quelque chose de mal.

Il a froncé les sourcils.

Non. Tu n'as rien fait de mal. Mais tu as raison, je sais que les jours ont passé.

Elle a hoché la tête sans expression particulière.

Tu veux que je parte ?

Elle a tordu la bouche d'un air hésitant.

Je ne sais pas exactement ce qui s'est passé, a-t-elle dit. Mais peut-être que c'est ma faute.

Il a eu l'air d'y réfléchir, ou bien il a fait semblant.

C'est pas seulement ta faute. Je vois ce que tu veux dire. Je pense que les torts sont partagés. En toute honnêteté, je ne cherche pas vraiment à m'engager en ce moment.

Je vois.

Ouais. Et après ce voyage en Italie, je me suis dit, bon. Peut-être que c'est mieux de prendre les choses un peu à la légère.

Bien.

Il se balançait sur ses talons.

Dans ce cas, je m'en vais, d'accord ?

Comme tu veux.

Il est resté immobile en observant vaguement la pièce.

Ça t'est égal, c'est ça ? a-t-il demandé.

Pardon ?

Il a pris une profonde inspiration par le nez et a répété lentement : Ça t'est égal, c'est ça ?

Qu'est-ce qui m'est égal ?

Que je parte ou que je reste. D'avoir ou pas de mes nouvelles. Tu t'en fous.

J'aurais cru évident que ça m'importait. C'est pour toi que ça n'est pas le cas.

Mais tu ne te comportes pas comme si c'était le cas.

Avec un sourire étonné, elle a répondu : Tu voudrais que je fasse quoi, que je me mette à genoux pour te supplier de ne pas partir ?

Il a eu un petit rire.

Bien vu. Je sais pas, peut-être que oui.

Eh bien, ne compte pas là-dessus.

Je vois.

Ils ont échangé un regard. Elle a froncé les sourcils et il a de nouveau ri, puis il a secoué et détourné la tête.

Putain, a-t-il dit. Je sais pas. Pourquoi j'ai toujours l'impression que c'est toi qui commandes ?

Je ne sais pas pourquoi tu ressens ça. Je ne pense pas t'avoir jamais dit ce que tu devais faire.

Elle le regardait toujours, mais lui avait la tête baissée en direction de la plinthe.

Pour finir, elle a lancé : Puisque tu es là, tu veux boire un verre ?

En observant la pièce, il a haussé les épaules.

D'accord, pourquoi pas.

Je dois avoir une bouteille de vin, je vais chercher des verres ?

Il a pris un air sombre et il a dit : OK. Puis il s'est raclé la gorge et il a ajouté : Merci.

Elle est allée dans la cuisine et il a retiré son blouson, l'a suspendu au dos d'un fauteuil et s'est installé sur le canapé. Il a sorti son téléphone de sa poche et a vu sur l'écran un appel manqué de Damian. Il a ouvert la notification d'un glissement de doigt et tapé un message.

Felix : Déso pas chez moi ce soir. Je tpl peut-être 2main

La réponse est arrivée en quelques secondes.

Damian : Ça fait presque 3 semaines. T'es passé où ?

Felix s'est crispé et a commencé à rédiger une réponse, tout effacé et recommencé plusieurs fois.

Felix : J'étais parti la semaine dernière et cette semaine boulot mais comme j'ai dit suis off demain je tpl

Il a envoyé le message, verrouillé son téléphone et s'est assis, les yeux braqués sur le feu.

Alice est revenue avec deux verres et une bouteille de vin rouge. Il l'a regardée déboucher la bouteille puis les servir.

C'est parti pour une grande conversation sur la vie ? a-t-il demandé.

Elle lui a tendu un verre et s'est assise à l'autre bout du canapé.

Hum. Je crois que je suis encore en train de me remettre. Je ne suis pas sûre d'être prête pour une grande conversation.

Il a hoché la tête et baissé les yeux vers son verre.

D'accord. Tu veux faire quoi, regarder un film ?

Si tu veux.

Elle lui a proposé de chercher sur son compte Netflix et, après avoir tapé son mot de passe, elle lui a tendu son ordinateur. Il a ouvert le compte pendant qu'elle sirotait son verre de vin en contemplant le feu. Avec deux doigts, il faisait défiler des vignettes en levant de temps en temps les yeux vers elle, comme distrait. Il a finalement dit : Je ne sais pas quel genre de films tu aimes, alors choisis quelque chose. Tant qu'il n'y a pas de sous-titres, ça me va. Il lui a tendu l'ordinateur, qu'elle a repris sans un mot. Il a fermé les yeux et posé la tête sur le dossier du canapé. Putain, je suis claqué. Si je bois une seule goutte de vin, je pourrai plus conduire. Tout en cherchant un film, elle a dit : Tu peux dormir ici, si tu veux. Il n'a pas répondu. Sur l'écran s'affichaient des catégories telles que « Films romantiques salués par la critique », « Films noirs à suspense », « Adaptations dramatiques ». Une bûche a craqué dans la cheminée et envoyé une pluie d'étincelles en sifflant. Alice a relevé la tête vers Felix, immobile, les yeux fermés. Elle l'a observé quelques secondes puis elle a refermé son ordinateur. Il n'a pas bougé. Elle est restée un moment assise en tailleur sur le canapé à regarder les flammes à travers la grille du foyer en buvant son verre de vin, puis elle a éteint la lumière et quitté la pièce.

Deux heures et demie plus tard, Felix s'est réveillé dans la même position. Le salon était plongé dans le noir, à l'exception du feu qui brûlait encore faiblement. Il a entendu de l'eau couler quelque part dans la maison. Il s'est redressé, s'est essuyé la bouche et a sorti son téléphone de sa poche. Il était presque vingt-trois heures et il avait un nouveau message.

Damian : Hé, Felix. T'es où pour ne pas pouvoir m'appeler ?

Felix a commencé à écrire *Comment*, puis il a effacé, a écrit *Est-ce que c'est*, et s'est interrompu. Il a regardé fixement dans la cheminée les braises qui projetaient une lueur rouge sur son visage et ses vêtements. Il a finalement quitté le canapé du salon. Le couloir était éclairé, il s'est arrêté au pied de l'escalier, les sourcils froncés, comme s'il laissait à ses yeux le temps de s'accoutumer. Dans la cuisine, Alice riait en disant : Oh, je ne vais pas me laisser troubler par un petit détail comme ça. Il s'est avancé jusqu'à la porte ouverte. Dos à lui, Alice regardait dans le frigo. L'éclairage intérieur formait un rectangle blanc autour de son corps. Elle tenait son téléphone d'une main contre son oreille et, de l'autre, la porte du réfrigérateur ouverte. Imitant peut-être son geste sans s'en rendre compte, Felix a posé la main droite sur le montant pour l'observer en silence. Elle a continué à rire. Envoie des photos, d'accord ? a-t-elle dit. Elle a laissé la porte du réfrigérateur se refermer et s'est dirigée vers l'évier. Face à elle, la fenêtre noire reflétait l'intérieur éclairé de la cuisine. En y jetant un coup d'œil, elle a aperçu Felix derrière elle. Sans manifester de surprise, elle a dit dans le téléphone : Je vais devoir raccrocher, quelqu'un vient d'arriver, mais on se voit la semaine prochaine, d'accord ? Felix a baissé les yeux vers le sol. Je te laisse deviner, a ajouté Alice dans le téléphone. On se reparle bientôt. Bonne soirée. Elle a posé son téléphone sur le plan de travail et s'est tournée vers Felix. Sans relever la tête, il s'est raclé la gorge. Désolé. J'ai eu des horaires insensés, j'étais plus fatigué que je le pensais. Elle lui a répondu que ça n'était pas grave. Il a remué la mâchoire en hochant la tête. Elle est restée face à lui, puis, comme il continuait à ne pas la regarder, elle s'est détournée pour ranger le pain.

Tu as eu une longue journée au boulot ? a-t-elle demandé.

Comme s'il s'efforçait de trouver ça drôle, il a répondu : Elles sont toutes longues, là-bas.

Maintenant qu'elle avait le dos tourné, il la regardait de nouveau. Elle a vidé les miettes de pain sur une petite assiette blanche dans la poubelle à pédale.

C'était qui, au téléphone ? a-t-il demandé.

Oh, une connaissance.

Eileen ?

Non. C'est drôle, Eileen et moi, on ne se téléphone jamais. C'était mon ami Daniel, je ne pense pas t'en avoir déjà parlé. Il vit à Londres, il écrit, lui aussi.

Felix a légèrement hoché la tête.

Tu as beaucoup d'amis écrivains, non ?

Quelques-uns.

Il s'attardait dans l'embrasure de la porte en frottant sa paupière gauche du bout des doigts. Alice a attrapé une éponge dans l'évier pour nettoyer la table.

Désolé de ne pas t'avoir rappelée la semaine dernière, a-t-il dit.

Pas grave, t'en fais pas pour ça.

J'ai passé un bon moment avec toi en Italie, je m'en veux si tu as pensé le contraire.

Aucune importance. Moi aussi, j'ai passé un bon moment.

Il a dégluti et remis sa main dans sa poche.

Je peux rester ici, cette nuit ? Je pense que je suis trop fatigué pour conduire. Je peux dormir sur le canapé, si tu veux.

En lâchant l'éponge dans l'évier, elle lui a dit qu'elle allait lui préparer un lit. Il a regardé par terre. Elle s'est arrêtée devant lui et elle a demandé d'un ton bienveillant : Felix, ça va ? Il a fait un petit sourire. Oui, ça va. Je suis fatigué, c'est tout. Puis il l'a regardée dans les yeux : Tu ne veux pas qu'on passe la nuit ensemble, c'est ça ? T'inquiète, je sais que je me suis comporté comme un con. Elle a observé son visage. Je me suis sentie idiote quand je n'ai pas eu de nouvelles de toi. Tu peux comprendre ou tu te dis que je suis cinglée ? Apparemment mal à l'aise, il a dit qu'il ne la trouvait pas cinglée, qu'il avait voulu répondre à son message, mais qu'il n'avait pas eu le temps puis qu'il s'était senti mal. Il se pétrissait l'épaule avec la main. Écoute, je vais y aller, a-t-il dit. Je peux conduire, je suis grand. Au final, je ne l'ai même pas bu, ce verre de vin. Désolé d'avoir interrompu ton coup de fil, tu peux rappeler ton ami, si tu veux.

Je préférerais que tu restes. Avec moi, si c'est ce que tu veux. Ça ne me dérange pas.

Ça ne te dérange pas, ou tu en as envie ?

J'en ai envie. Mais si tu me ghostes encore, je pourrais commencer à croire que tu me détestes vraiment.

Il a eu l'air content et il a libéré son épaule.

Non, je vais me comporter mieux que ça. Tu recevras un gentil message demain disant que j'ai passé un bon moment, normal, quoi.

En haussant les sourcils, elle a répondu : C'est ton idée de la norme, ça ?

La dernière personne avec qui j'étais, je ne lui envoyais jamais de message. Peut-être qu'elle m'en veut à cause de ça, je sais pas.

Tu devrais essayer de débarquer chez elle à l'improviste et de dormir deux heures sur son canapé pour voir.

Il a plaqué sa main sur son torse, comme blessé.

Alice, ne sois pas si méchante. Je m'en veux. Approche.

Elle s'est avancée, et il l'a embrassée. Il a déplacé ses mains sur son corps et elle a poussé un petit soupir. Son téléphone s'est mis à vibrer dans sa poche, le bruit sourd d'un appel entrant. Tu veux répondre ? a-t-elle proposé. Non. En sortant son téléphone, il a tapé sur un bouton pour mettre fin à l'appel de Damian et il a dit : Tu sais ce qui me ferait plaisir ? M'allonger sur ton lit et t'écouter me raconter ce que tu as fait pendant la semaine. Alice a dit que ça lui semblait très chaste. Je peux te déshabiller pendant que tu parles, a-t-il ajouté, qu'en penses-tu ? Elle a rougi, porté les doigts à ses lèvres et dit : Si tu veux. Il l'a regardée d'un air espiègle. C'est moi qui te fais rougir ? a-t-il demandé. Je m'en fous, c'est toi qui écris des livres de cul pour gagner ta vie. Elle a répondu qu'il ne s'agissait pas de livres de cul et il a dit que ce n'était pas ce qu'il avait lu sur Internet. Je sais que ça ne te pose aucun problème de parler de sexe, je t'ai vue faire, a-t-il dit. Sur scène, à Rome, tu en as parlé. Alice a dit que c'était différent, qu'elle n'avait pas abordé le sujet à titre personnel, mais de manière abstraite. Il l'a observée un moment. Je peux te demander, tu vas à Londres bientôt ou ton ami vient ici ? Je ne veux pas être indiscret, mais je t'ai entendue lui dire que vous vous verriez la semaine prochaine. Avec un sourire, elle a répondu qu'elle devait aller à Londres pour le travail. Quelle star ! a-t-il répondu. Même si Londres, c'est devenu assez nul, alors je suis pas jaloux. J'ai habité là-bas. Son téléphone s'est remis à vibrer et il a soupiré en le sortant à nouveau de sa poche. Je ne te demanderai pas qui appelle, a dit Alice. En appuyant sur le bouton, Felix a distraitement répondu : Juste mon frère. Je ne vais pas dormir sur le canapé d'autres filles dans ton dos, si c'est ce que tu crains. Elle a ri, et il a paru soulagé. En empochant à nouveau son téléphone, il a dit : On peut monter ? Si on reste plus longtemps debout, je ne pourrai plus rien faire, je serai trop crevé.

Ils sont allés dans la chambre d'Alice et se sont assis sur son lit. Elle lui a pris la main et y a déposé une ligne de baisers de l'articulation jusqu'au bout des doigts, puis elle a attrapé son index pour le mettre dans sa bouche. Au début, il est resté silencieux, mais au bout de quelques secondes, il a lâché un « Putain » et ajouté le majeur. Elle a passé la langue dessus. Alice, je peux te demander si tu aimes faire des fellations ? Ce n'est pas grave si tu n'aimes pas. En retirant ses doigts de sa bouche, elle a répondu oui. Tu m'en fais une, si ça te va ? Les lèvres entrouvertes et l'air pas du tout gênée, elle a glissé la main sous l'élastique de son pantalon de jogging. Il s'est couché sur le dos, la tête sur les oreillers, et elle a commencé à le sucer. Il la regardait. Une mèche de ses cheveux blonds cachait une partie de son visage. Elle avait les lèvres humides et les yeux mi-clos. Elle lui a demandé si ça lui plaisait. Oui, a-t-il répondu. Viens ici une seconde. Elle s'est installée à côté de lui et il a glissé sa main sous sa jupe. En fermant les yeux, elle a attrapé la tête de lit derrière lui. Tu veux venir sur moi ? a-t-il demandé. Elle a acquiescé. On garde nos vêtements ou on se déshabille ? a-t-elle dit. Il a froncé les sourcils, comme s'il réfléchissait. Tu te déshabilles. Mais si ça ne te dérange pas, moi, je garde mes vêtements. Elle a retiré son pull-over et elle a dit en souriant : C'est un petit jeu de pouvoir ou quoi ? Il a mis une main derrière sa tête en la regardant déboutonner son chemisier. Non, c'est juste que je suis paresseux. Elle a retiré son chemisier et dégrafé son soutien-gorge. Je suis jolie sans vêtements ? Il se caressait doucement la queue en l'observant. Oui. Je ne te l'ai pas déjà dit ? En passant sa culotte et sa jupe par les chevilles, elle a dit : Adolescente, je crois que j'étais jolie, mais plus maintenant. Elle a abandonné ses vêtements au bout du lit et elle est montée sur lui. J'ai bien aimé te prendre dans ma bouche. Elle avait les yeux fermés, il la regardait. C'est agréable à entendre. Qu'est-ce qui t'a plu ? Elle respirait profondément. J'avais peur que tu sois brutal avec moi, mais tu as été très doux. Je ne voulais pas dire brutal, juste que j'avais peur que tu veuilles t'enfoncer plus loin que je pouvais le supporter. Il avait la main gauche sur sa hanche. Tu veux dire comme dans un porno ? a-t-il demandé. Elle a répondu oui. Je pense que c'est une compétence particulière que ces gens ont, a-t-il dit. Je ne m'attends pas à ce qu'une personne normale fasse ça. Les yeux fermés, Alice a dit que s'il voulait, elle essaierait d'apprendre. En continuant à observer son visage de près, il a dit : Ne t'inquiète pas pour ça. Ta pipe était très agréable. Au fait, ça te va, si je dis ça comme ça ? Ou tu préfères un autre mot ? Elle a souri en disant qu'elle n'était pas difficile. Mais il doit y avoir des mots que tu détestes, non ? Si je te disais « Suce ma queue », t'aimerais sans doute pas. Elle a ri en répondant que ça ne la dérangerait pas, mais qu'elle trouvait ça plus drôle qu'excitant. Il en a convenu, disant que ça semblait sorti tout droit d'un film. Tu détestes le mot *baiser* ? a-t-il demandé. Certaines personnes, oui, moi, ça ne me dérange pas. Si je te disais : « On baise », ça te gênerait ? Elle a répondu que non. Super, alors je vais te baiser. Il a laissé des traces humides sur sa peau avec ses doigts. Lorsque son gland s'est enfoncé en elle, elle a pris une profonde inspiration et agrippé son épaule avec sa main. Il portait toujours son sweat-shirt vert avec le logo. Tu parais toute petite sans vêtements. Je ne l'avais jamais remarqué. Elle a poussé un gémissement en secouant la tête. Il s'est légèrement redressé pour la scruter. Tu as besoin d'un peu de temps ? a-t-il demandé. Elle respirait profondément et soufflait lentement, les yeux fermés. Non, ça va. Tu es entièrement en moi ? Peut-être parce qu'elle ne le regardait pas, il s'est permis de sourire. Presque. Mais tu es sûre que ça va ? Elle avait le visage et le cou très rouges. Ça fait beaucoup. Il a caressé son flanc d'un geste affectueux. Hum. Mais ça fait pas mal, si ? Les yeux toujours fermés, elle a répondu : Je pense que la première fois, ça m'a fait un petit peu mal. Il lui caressait doucement les seins. La première fois entre nous ? Tu ne m'as rien dit. Elle a secoué la tête en fronçant les sourcils comme si elle se concentrait. Je ne voulais pas que tu arrêtes, c'était agréable. Ça me comble. Il s'est passé la langue sur la lèvre supérieure sans cesser de la regarder. J'adore que tu ressentes ça. Elle a ouvert les yeux. Il a mis ses mains sur ses hanches et l'a tirée un peu vers le bas pour la pénétrer en entier. Elle a pris une longue inspiration puis elle a acquiescé sans le quitter des yeux. Pendant quelques minutes, ils ont baisé en silence. Elle fermait les yeux très fort et il lui a de nouveau demandé si ça allait. Tu trouves ça vraiment intense ? a-t-elle demandé. Il la regardait, l'air heureux. Oui, a-t-il répondu. Au fait, tu ne pouvais pas être plus belle adolescente que maintenant. Tu es incroyablement belle. Et j'ai pensé à quelque chose. Ce qui est très excitant chez toi, c'est la façon dont tu parles, les petites choses que tu fais. Je suis sûr que tu ne pouvais pas être aussi gentille quand tu étais plus jeune, si ? Et même si c'était le cas, sans vouloir être mièvre, je te préfère comme ça. Elle respirait de façon saccadée. Elle a demandé sa main, qu'il lui a tendue. Je jouis, a-t-elle prévenu. Elle lui broyait la main. Il a dit calmement : Regarde-moi un instant. Elle s'est exécutée. Elle avait la bouche ouverte et elle pleurait, sa poitrine et son cou étaient roses. Lui aussi la regardait en respirant très fort. Finalement, elle s'est couchée sur lui, ses genoux autour de son buste. Il a passé sa main le long de sa colonne vertébrale. Une minute s'est écoulée, puis cinq. Ne t'endors pas comme ça, a-t-il dit. On se met vraiment au lit. Elle s'est frotté l'œil avec le dos de la main et elle s'est écartée. Il a arrangé ses vêtements pendant qu'elle s'allongeait, nue. Puis il a attrapé sa main et l'a embrassée. C'était pas mal, hein ? Elle a enfoui la tête dans l'oreiller et elle a ri. Je ne savais pas que tu avais habité à Londres, a-t-elle dit. Il a souri sans lui lâcher la main. Il y a beaucoup de choses que tu ne sais pas sur moi, a-t-il dit. Elle s'est frotté les épaules contre les draps d'un geste langoureux.

Dis-moi tout, a-t-elle demandé.

18

Amie chère à mon cœur !

Désolée pour cette réponse tardive, je t'écris de Paris, j'arrive de Londres où on m'a décerné un prix. Tu n'as pas l'impression que les gens adorent m'attribuer des récompenses ? Dommage que je me sois si vite lassée de les recevoir, sinon ma vie ne serait qu'une succession de plaisirs. Bref, tu me manques. Je suis allée au musée d'Orsay, ce matin. J'y ai admiré un adorable petit portrait de Marcel Proust en regrettant qu'il n'ait pas été peint par John Singer Sargent. Proust est assez laid sur ce tableau, mais malgré ce fait malheureux (j'ai bien dit, malgré !), il avait quelque chose dans les yeux qui m'a fait penser à toi. Sans doute leur éclat. « Peut-être même n'en existe-t-il qu'une seule [intelligence] dont tout le monde est colocataire, une intelligence sur laquelle chacun, du fond de son corps particulier porte ses regards, comme au théâtre où, si chacun a sa place, en revanche, il n'y a qu'une seule scène. » En lisant ces mots, je me sens incroyablement heureuse à l'idée de pouvoir partager une intelligence avec toi.

Au dernier étage du musée, j'ai vu plusieurs portraits de Berthe Morisot peints par Édouard Manet. Sur chaque tableau, elle paraît un peu différente, si bien qu'il est difficile de se la représenter vraiment, de comprendre de quelle manière elle combinait chaque nuance de son être pour offrir un visage humain entier et reconnaissable. Par la suite, j'ai cherché une photo d'elle et j'ai été surprise par la dureté de ses traits qui, dans les tableaux de Manet, sont souvent estompés ou délicats. Sur l'un des portraits, elle est brune et belle, statuesque dans sa robe blanche ; assise à un balcon avec deux autres personnes, l'avant-bras négligemment posé sur le garde-corps, un éventail fermé à la main ; elle regarde ailleurs, l'air presque renfrogné, son visage est complexe et expressif, elle est complètement absorbée dans ses pensées. Sur un autre tableau, elle est douce et jolie, elle observe le spectateur, elle porte un grand chapeau noir et un châle noir, elle a l'air hésitante mais pénétrante. C'est elle que Manet a peinte le plus souvent, plus souvent encore que sa propre épouse. Pourtant, quand je regarde ces tableaux, je ne vois pas tout de suite qu'elle est belle. Je dois chercher sa beauté, cela nécessite un travail d'interprétation, un travail intellectuel ou abstrait, et c'est peut-être ce que Manet trouvait si fascinant – mais peut-être pas. Sous le chaperonnage de sa mère, Berthe Morisot s'est rendue à l'atelier de Manet pendant six ans, et il l'a toujours peinte habillée. Plusieurs de ses tableaux sont aussi exposés à Orsay. Deux filles assises sur un banc du bois de Boulogne, l'une en robe blanche avec un chapeau de paille à large bord, la tête penchée vers les genoux, peut-être qu'elle lit, l'autre vêtue d'une robe sombre, ses longs cheveux blonds attachés avec un ruban noir, révélant au spectateur son cou blanc ainsi qu'une oreille. Derrière elles, la verdure floue et luxuriante du bois. En revanche, Berthe Morisot n'a jamais peint Manet. Six ans après leur rencontre, et apparemment sur la suggestion du portraitiste, elle a épousé le frère de Manet. Il l'a peinte une dernière fois avec son alliance qui scintillait sombrement à sa main délicate, puis ç'a été tout. Ça ne te fait pas penser à une histoire d'amour ? Moi, ça me fait penser à Simon et toi. Et pour te livrer le fond de ma pensée, j'ajoute : Dieu merci, il n'a pas de frère !

Soit dit en passant, le problème avec les musées comme Orsay, c'est qu'ils contiennent beaucoup trop d'art, alors quel que soit le soin avec lequel tu planifies ton itinéraire et la noblesse de tes intentions, tu te retrouves toujours, ce qui est très agaçant, à passer devant des œuvres inestimables issues de génies profonds alors que tu cherches simplement les toilettes. Par la suite, tu te sens légèrement dévalorisée, comme si tu t'étais trahie – en tout cas, c'est ce que j'éprouve. Eileen, je parie que tu ne cherches jamais les toilettes dans les musées. Je parie que dès que tu pénètres dans le sanctuaire des grandes galeries européennes, tu abandonnes toute contrainte corporelle – si tant est qu'elles t'aient jamais tourmentée. On ne te perçoit pas comme un être doté d'un corps mais comme un faisceau d'intellect pur. Que j'aimerais qu'un peu de ton rayonnement illumine ma vie en ce moment !

Hier après-midi, j'ai donné trois interviews et j'ai eu droit à une séance photo d'une heure. Entre deux interviews, mon père m'a appelée pour me dire qu'il était retourné à l'hôpital afin de passer des radios parce qu'il s'était cassé la figure. Sa voix était à peine audible et je le comprenais mal. J'ai pris l'appel dans un couloir chez mon éditeur à Montparnasse. Face à moi, les toilettes pour femmes et, juste à côté, une grande affiche pour un livre de poche d'un écrivain français à succès. Je lui ai demandé à quelle heure il passait ses radios, mais il n'en avait aucune idée. J'ignore même comment il a réussi à téléphoner. Ensuite, j'ai remonté le couloir jusqu'à un bureau où une gentille journaliste d'une quarantaine d'années m'a posé des questions pendant une heure sur mes influences et mon style littéraire. Puis on a fait les photos dans la rue. Des passants s'arrêtaient pour regarder, peut-être curieux de savoir qui j'étais et pourquoi on me photographiait tandis qu'un type me donnait des instructions telles que : « Détendez-vous », « Soyez naturelle ». À huit heures du soir, une voiture m'a conduite dans une salle à Montmartre où j'ai fait une lecture et répondu au public en buvant parfois une gorgée d'eau tiède dans une minuscule bouteille en plastique.

Ce matin, fatiguée et un peu perdue, j'ai traîné dans une rue près de mon hôtel et j'ai fini par entrer dans une église déserte. Je suis restée assise environ vingt minutes dans l'air de sainteté à la fois lent et plein de sérieux. J'ai versé quelques larmes très pittoresques sur la noblesse de Jésus. Tout ça afin de t'expliquer mon intérêt pour le christianisme – pour faire simple, je suis fascinée et touchée par la « personnalité » de Jésus de façon sentimentale, pour ne pas dire lacrymale. Tout ce qui concerne sa vie m'émeut. D'un côté, j'éprouve pour lui une sorte d'attirance et de proximité qui me rappellent ce que je ressens pour certains personnages de fiction bien-aimés – ce qui est logique, étant donné que je l'ai découvert exactement par le même biais, c'est-à-dire par la lecture. D'un autre côté, je me sens différemment humble et impressionnée. Comme s'il incarnait une sorte de beauté morale. Mon admiration pour cette beauté me donne même envie de dire que « je l'aime », même si je sais que c'est ridicule. Pourtant, Eileen, je l'aime vraiment, quoique pas du même amour que celui que je porte au prince Mychkine, à Charles Swann ou à Isabel Archer. C'est un sentiment différent. Et même si je ne « crois » pas que Jésus a ressuscité en tant que tel, il est vrai que les scènes parmi les plus émouvantes des Évangiles auxquelles je reviens souvent se sont produites après sa résurrection. J'ai du mal à séparer le Jésus ressuscité de l'homme ; pour moi, ils forment un seul et même être. Mon sentiment, c'est que, après sa résurrection, il continue à dire le genre de choses que « lui seul », et personne d'autre, de mon point de vue, peut dire. Je ne peux penser sa divinité autrement. J'ai beaucoup de sympathie et d'affection pour lui et je suis émue lorsque je contemple sa vie et sa mort. Voilà tout.

Mais au lieu de m'emplir d'une paix spirituelle, l'exemple de Jésus met au contraire en lumière l'insignifiance et la superficialité de mon existence. En public, je parle de l'éthique, de prendre soin des autres et de la valeur de la communauté humaine, mais dans la vie, je ne me préoccupe de personne à part moi. Qui, dans le monde, peut compter sur moi pour quoi que ce soit ? Personne. Crois-moi, je me le reproche suffisamment, mais il me semble que l'échec est collectif. Autrefois, à notre âge, les gens étaient mariés, ils avaient des enfants et vivaient des histoires d'amour. De nos jours, à trente ans, on est encore célibataire et on habite avec des colocs qu'on ne croise jamais. Le mariage traditionnel n'était évidemment pas parfait et presque toujours voué à l'échec d'une manière ou d'une autre mais, au moins, on se battait pour quelque chose, pas pour une dépossession triste et stérile de la possibilité de la vie. Bien sûr, si nous restons seuls, que nous pratiquons le célibat et que nous veillons soigneusement à nos limites personnelles, nous nous évitons bien des problèmes, mais il semble que plus rien alors ne vaudra la peine d'être vécu. Tu penses sans doute que les anciennes façons d'être ensemble n'étaient pas bonnes – de fait !

– et qu'on ne veut pas répéter les erreurs d'autrefois, mais ce n'est pas le cas. Pourtant, lorsque nous avons démoli ce qui nous enfermait, qu'avions-nous en tête pour le remplacer ? Je ne suis pas en train de défendre la monogamie hétérosexuelle coercitive, mais au moins, c'était une manière de faire quelque chose, une manière d'affronter la vie. Par quoi l'avons-nous remplacée ? Par rien. On déteste les gens à cause de leurs erreurs tellement plus qu'on ne les aime pour avoir bien fait que la façon la plus simple de vivre est de ne rien faire, de ne rien dire et de n'aimer personne.

Cependant, Jésus nous enseigne de ne pas juger. Je ne peux approuver le puritanisme implacable ni la vanité morale, mais je ne suis parfaite à aucun de ces égards. Mon obsession pour la culture, les choses « vraiment bonnes », les enregistrements de jazz et le vin rouge, le mobilier danois et même Keats, Shakespeare et James Baldwin : et si tout cela n'était qu'une forme de vanité ou, pire encore, un petit pansement pour masquer la blessure initiale de mes origines ? J'ai mis entre mes parents et moi un tel fossé de sophistication qu'il leur est désormais impossible de me toucher ou de m'atteindre. Et quand je me retourne vers ce gouffre, je n'éprouve aucun sentiment de culpabilité ou de perte, uniquement du soulagement et de la satisfaction. Suis-je meilleure qu'eux ? Absolument pas, quoique peut-être plus chanceuse. Mais je suis différente, je les comprends mal, je ne peux ni vivre avec eux ni les convier dans mon univers – ni d'ailleurs écrire sur eux. Mes devoirs envers eux ne sont qu'une succession de rituels destinés à me protéger des critiques tout en ne cédant rien de moi-même. C'est touchant, ce que tu écris dans ton dernier mail sur notre civilisation qui s'effondre et la vie qui se poursuit. Pourtant, je n'arrive pas à imaginer ma vie ainsi – quoi qu'il arrive, ce ne sera plus ma vie, plus vraiment. Après tout, je ne suis qu'un artefact de notre culture, une petite bulle qui clignote au bord de notre civilisation. Et lorsqu'elle disparaîtra, je m'éteindrai à mon tour. Non que cela me préoccupe.

P.-S. : Ça me gêne de te poser la question, mais puisque Simon a dit qu'il t'accompagnait, je prépare deux chambres ou une seule ?

19

Le vendredi matin, il pleuvait, alors Eileen a pris le bus pour se rendre au travail. Elle avait terminé *Les Frères Karamazov* et lisait maintenant *La Coupe d'or* debout dans le bus, une main sur la barre verticale jaune et, dans l'autre, son livre de poche. En descendant, elle a mis un foulard sur sa tête et marché quelques minutes sous la pluie jusqu'à son bureau dans Kildare Street. À son arrivée, ses collègues s'esclaffaient devant une vidéo satirique sur les négociations du Brexit. Eileen s'est arrêtée pour jeter un coup d'œil par-dessus leurs épaules tandis que, au-dehors, les gouttes de pluie glissaient sans un bruit le long des vitres. Oh, je la connais celle-là, a-t-elle dit. Elle est drôle. Puis elle a préparé du café et s'est installée à son poste. En consultant son téléphone, elle a découvert un message de Lola sur une « dégustation de gâteaux » prévue au cours de la semaine. Demain soir je suis prise, mais à part ça, quand tu veux, a écrit Eileen. Dis-moi ce qui t'arrange. Lola a répondu quelques minutes plus tard.

Lola : Tu fais quoi demain ?

Eileen : quelque chose

Lola : Hé hé
Lola : Tu vois quelqu'un ??

Eileen a levé la tête comme pour vérifier que personne ne la surveillait, puis elle a tapé :

Eileen : no comment

Lola : Il est grand ?

Eileen : ça te regarde pas
Eileen : mais oui, 1 m 90

Lola : !!
Lola : Tu l'as rencontré sur internet ?
Lola : C'est un tueur en série ?
Lola : Mais s'il mesure 1 m 90, on ne peut pas gagner sur tous les tableaux

Eileen : l'interrogatoire est terminé
Eileen : tiens-moi au courant pour la « dégustation de gâteaux »

Lola : Tu veux l'inviter au mariage ?

Eileen : ça ne sera pas nécessaire

Lola : Pourquoi ??

Eileen a posé son téléphone et ouvert un onglet sur son moteur de recherche. Un instant, elle a regardé fixement la page d'accueil puis, avec des gestes rapides et légers, elle a tapé « eileen lydon » et appuyé sur la touche Entrée. Une page de résultats s'est affichée avec une série d'images tout en haut. L'une d'elles représentait effectivement Eileen, prise en sandwich entre deux photographies anciennes en noir et blanc. Les autres résultats venaient de divers profils de réseaux sociaux, ainsi que de nécrologies ou d'annuaires professionnels. En bas de la page, il y avait un lien vers le site Web de la revue : Eileen Lydon | Assistante éditoriale. Elle a cliqué dessus, et une nouvelle page s'est ouverte. Il n'y avait pas de photo, uniquement un texte qui disait Eileen Lydon est assistante éditoriale et contributrice à la *Harcourt Review*. Son article sur les romans de Natalia Ginzburg a paru dans le numéro 43, hiver 2015. La dernière partie de la phrase était un lien hypertexte, et Eileen a cliqué dessus, ce qui l'a conduite à une page où l'on pouvait acheter le numéro de la revue en ligne. Elle a fermé l'onglet et ouvert sa messagerie pro.

De retour chez elle ce soir-là, elle a appelé ses parents sur leur téléphone fixe. C'est son père, Pat, qui a décroché. Ils ont discuté quelques minutes à propos d'une controverse politique mineure ayant fait la une ce jour-là, avec un ton de désapprobation quasi identique. Mon Dieu, je vous en supplie, faites qu'il y ait vite de nouvelles élections, a dit Pat. Eileen a dit qu'elle croisait les doigts. Il lui a demandé comment ça se passait au travail et elle a répondu : Tout va bien. Assise sur son lit, elle tenait son téléphone contre son oreille d'une main, l'autre posée sur ses genoux. Je te passe ta mère, a-t-il dit. Un bruit sourd, puis ce qui ressemblait à un clic, avant que la voix de Mary ne dise dans l'appareil : Allô ? Eileen a eu un sourire crispé. Bonjour, a-t-elle dit. Comment tu vas ? Elles ont parlé boulot un petit moment. Mary lui a raconté qu'un nouvel employé au collège avait confondu deux enseignantes qui toutes deux portaient le nom de Mme Walsh. C'est amusant, a dit Eileen. Puis elles ont évoqué le mariage et une robe qu'Eileen avait vue en vitrine, deux paires de chaussures entre lesquelles Mary hésitait, et abordé le sujet du comportement de Lola, des réactions de Mary face au comportement de Lola et de ce que signifiaient les réactions de Mary. Quand elle s'en prend à toi, tu veux que je te défende, a dit Eileen. Mais quand elle s'en prend à moi, tu me dis que ce ne sont pas tes affaires. Mary a poussé un lourd soupir dans le téléphone. OK, OK, a-t-elle dit, je suis nulle, je vous ai déçues toutes les deux, que veux-tu que je dise de plus ? Eileen a répondu d'un ton sévère : Je n'ai rien dit de tel. Après un silence, Mary lui a demandé si elle était occupée le week-end prochain. D'un ton prudent, Eileen a répondu que le samedi soir, elle voyait Simon. Il sort toujours avec sa nouvelle copine ? a demandé Mary. Eileen a fermé les yeux et dit qu'elle l'ignorait. Tu étais très attachée à lui à une époque, a lancé Mary. Eileen n'a pas parlé pendant quelques secondes. Je me trompe ? a insisté Mary. Eileen a rouvert les yeux. Non, maman, a-t-elle répondu. Avec un sourire dans la voix, Mary a continué : C'est un beau garçon, c'est vrai. Il doit avoir une bonne trentaine d'années, maintenant, non ? Je suis sûre qu'Andrew et Geraldine seraient contents de le voir casé. Eileen frottait la broderie du couvre-lit du bout du doigt. Peut-être qu'il va m'épouser, a-t-elle annoncé. Mary a gloussé d'un air choqué. Oh, la coquine ! a-t-elle dit. Mais vu comment tu es capable de l'embobiner, je ne serais pas surprise. Qu'est-ce que tu as derrière la tête ? Eileen a répondu qu'elle n'avait rien « derrière la tête ». Ben, tu aurais beaucoup de chance, a déclaré Mary. Eileen a acquiescé un instant sans rien dire. Et lui ? a-t-elle demandé. Mary a de nouveau éclaté de rire. Eileen, tu sais que je t'admire. Mais tu es ma fille, alors je me dois d'être honnête. Eileen a continué à suivre de l'index les lignes rêches de la broderie. Si tu as quelque chose à dire à ce sujet, pourquoi tu ne m'en as jamais parlé ? a-t-elle questionné. Mary a cessé de rire. Bon, ma puce. Je ne te retiens pas plus longtemps. Passe une bonne soirée. Je t'aime.

Après avoir raccroché, Eileen a ouvert ses messages et sélectionné le nom de Simon. Leur dernier échange s'est affiché, il datait de la veille. Elle a fait remonter le fil de leur conversation pour le relire dans l'ordre.

Eileen : envoie-moi une photo de ta chambre

Le message suivant était une photo de l'intérieur d'une chambre d'hôtel avec un lit double qui occupait la majeure partie de l'espace. Sur le lit, une couette violette et un édredon plié de couleur pourpre.

Eileen : et maintenant avec toi dans le lit……

Simon : Haha
Simon : « Un conseiller politique surpris à envoyer des photos explicites depuis la cérémonie de commémoration de la Guerre d'Indépendance irlandaise »

Eileen : Simon, pourquoi l'IRA s'est battue, sinon pour nos libertés ?

Simon : « C'est ce qu'auraient voulu les gars », insiste l'ancien assistant en disgrâce

Eileen : oh avant que j'oublie
Eileen : tu sais qu'Alice est à Paris cette semaine ?

Simon : Tu rigoles
Simon : Tu sais d'où elle a pris l'avion ?

Eileen : elle ne l'a pas dit mais de Dublin, je suppose

Simon : La femme mystérieuse qui parcourt le monde

Eileen : oh ne dis PAS ça
Eileen : c'est exactement ce qu'elle veut que les gens disent d'elle

Simon : J'espère juste qu'elle va bien
Simon : Si je rentre tôt ce soir, je t'appelle, d'accord ?

Eileen avait envoyé un émoji pouce levé. Il n'y avait pas eu d'autres messages. Elle a quitté la discussion pour revenir à l'écran d'accueil. Son doigt a survolé le bouton pour fermer l'appli, puis, comme prise d'une impulsion, elle a sélectionné le nom de Lola. Son message le plus récent, un peu plus tôt dans la journée, s'est affiché : Pourquoi ? Eileen a commencé à taper une réponse avec les deux pouces.

Eileen : parce qu'il est déjà invité

Elle a appuyé sur Envoyer et, presque aussitôt, une icône a montré que Lola avait « vu » le message. L'ellipse animée est apparue, et quelques secondes plus tard, une réponse arrivait.

Lola : Oh mon dieu
Lola : En parlant de tueurs en série
Lola : Pitié, ne me dis pas que c'est Simon Costigan

Eileen s'est adossée à la tête de lit avant de répondre.

Eileen : ouah
Eileen : au bout de toutes ces années tu es toujours jalouse qu'il me préfère à toi

Lola : Eileen
Lola : Tu ne vas pas sérieusement sortir avec ce monstre ?

Eileen : même si c'est le cas, ça ne te regarde pas

Lola : Tu sais qu'il va à confesse ?
Lola : Qu'il raconte toutes ses mauvaises pensées à un prêtre ?

Eileen : ok
Eileen : primo, je ne pense pas que ce soit vraiment ce qui se passe au cours d'une confession

Lola : Je parie qu'il est sexuellement déviant
Lola : Tu lui plaisais beaucoup quand tu avais 15 ans
Lola : Et lui au moins 20 ans
Lola : Je me demande s'il en a parlé à un prêtre

Eileen : mdr
Eileen : de toute notre vie un seul homme m'a aimée plus que toi
Eileen : et tu ne t'en remets pas

Lola : Très bien
Lola : Mais ne viens pas pleurer quand tu seras mariée et enceinte

Lola : Et que des écolières commenceront à disparaître mystérieusement dans ton quartier……

Eileen a fixé l'écran de son téléphone quelques secondes, sa tête se balançant distraitement d'un côté à l'autre, avant de taper un nouveau message.

Eileen : tu sais pourquoi tu le détestes, Lola ?
Eileen : parce qu'il est la seule personne qui ait jamais pris ma défense contre toi

Lola a vu le message, mais aucune ellipse n'est apparue et aucune réponse n'est arrivée. Eileen a repoussé son téléphone au bout du lit. En allongeant les jambes, elle a ouvert son ordinateur portable et entrepris d'écrire un e-mail à Alice. Vingt minutes plus tard, son téléphone a émis un bruit et elle l'a attrapé.

Lola : Vraiment lol

En lisant ce message, Eileen a pris une profonde inspiration puis elle a fermé les yeux. Lentement, son souffle a quitté son corps pour réintégrer l'air de la chambre, s'y déplaçant et s'y dispersant, gouttelettes et aérosols microscopiques se diffusant et tombant lentement, lentement, vers le sol.

/

À dix heures, le lendemain soir, Eileen était dans une cuisine de Pimlico avec un gobelet en plastique contenant du whisky, en train de discuter avec une femme appelée Leanne. Oui, je travaille beaucoup, disait Leanne. Je reste au boulot jusqu'à neuf heures plusieurs soirs par semaine. Eileen portait un chemisier en soie noire et elle avait au cou une fine chaîne en or qui scintillait sous le plafonnier. Dans le salon passait de la musique et, à l'évier près d'elle, quelqu'un essayait d'ouvrir une bouteille de vin pétillant. Eileen a dit que, en général, elle terminait avant six heures. Leanne a eu un rire aigu, presque horrifié. Mon Dieu, six heures du soir ? Mais tu bosses dans quoi ? Eileen a répondu qu'elle travaillait pour une revue littéraire. Paula, chez qui la fête avait lieu, s'est approchée pour leur proposer du vin pétillant. Eileen a levé son gobelet en répondant : Merci, j'ai ce qu'il faut. La sonnette a retenti. Paula a posé la bouteille et elle est allée ouvrir. Leanne a commencé à raconter à Eileen quelques-unes de ses dernières soirées au bureau. Il n'y avait pas si longtemps, elle était rentrée chez elle en taxi à six heures et demie du matin pour repartir deux heures plus tard avec un autre taxi. Ce n'est pas une vie, a dit Eileen. La porte de la cuisine s'est ouverte et Leanne s'est retournée pour voir qui venait d'arriver. C'était Simon, vêtu d'une surchemise blanche avec un sac en toile sur l'épaule. À sa vue, Leanne lui a lancé quelques mots de bienvenue. Puis elle lui a ouvert les bras et il a accepté son étreinte tout en regardant Eileen avec un sourire.

Bonjour, a-t-il dit. Comment ça va ?

Mon Dieu, ça fait des siècles, a dit Leanne. Tu connais Eileen, l'amie de Paula ?

Appuyée contre la table de la cuisine, Eileen caressait d'un air absent sa chaîne en or du bout du doigt, la tête tournée vers lui.

Oui, on se connaît assez bien, a-t-il dit.

Eileen s'est mise à rire en se passant la langue sur la lèvre.

Oh, dit Leanne. Désolée, je ne savais pas.

En sortant une bouteille de vin de son sac, il a dit d'un ton détendu : Il n'y a pas de mal. Eileen et moi avons grandi ensemble.

Oui, Simon était très attaché à moi quand j'étais bébé, a renchéri Eileen. Il me portait dans le jardin en me faisant des petits bisous. C'est ce que raconte ma mère.

Il avait un sourire en coin en débouchant sa bouteille de vin.

Même à cinq ans, j'avais déjà très bon goût, a-t-il dit. Je ne m'intéressais qu'aux plus beaux bébés.

Tandis que son regard passait de l'un à l'autre, Leanne a demandé à Simon s'il travaillait toujours au Parlement. Pour mon plus grand malheur, a-t-il répondu, avant de demander : Tu vois un verre propre quelque part ? Leanne a répondu que tous les verres étaient sales, mais qu'il y avait des gobelets en plastique sur la table. Je vais récupérer un verre et le laver, a-t-il annoncé. Eileen a expliqué à Leanne que Simon n'utilisait plus de gobelets en plastique par respect pour la Terre Mère. Simon, qui était en train de rincer un verre à vin à l'eau froide, a lancé : Elle me fait passer pour un type insupportable, non ? Alors, Leanne, comment ça va au boulot ? Leanne s'est mise à lui parler de son travail en faisant référence à des collègues qui étaient des amis à lui. Un homme avec une veste en jean est entré par la porte du jardin. Il l'a refermée derrière lui et il a déclaré à la cantonade : Le froid tombe, dehors. Eileen a aperçu leur ami Peter. Elle lui a fait un geste de la main puis est allée lui dire bonjour. Elle a jeté un coup d'œil par-dessus son épaule en direction de Simon et Leanne en pleine conversation, Simon adossé au plan de travail dans la cuisine, Leanne face à lui, qui tortillait une mèche de cheveux entre ses doigts.

Le petit salon était plein à craquer. Le long d'un

mur, il y avait un escalier, et des plantes en pot dans les bibliothèques, dont les feuilles cachaient le dos des livres. Peter retirait sa veste devant la cheminée en discutant avec Paula de la controverse politique dont Eileen avait parlé avec son père la veille au soir. Non, personne ne s'en sort bien, disait Peter. Sauf le Sinn Féin, évidemment. Quelqu'un avait connecté son téléphone aux enceintes et une chanson d'Angel Olsen a retenti à l'instant même où leur amie Hannah surgissait depuis le couloir. Peter et Eileen ont laissé leur conversation se tarir tandis que Hannah se frayait un chemin vers eux avec une bouteille de vin qu'elle tenait par le goulot, ses poignets tintant à cause de ses nombreux bracelets. D'une traite, elle leur a raconté qu'elle avait eu un problème avec la porte de son garage, elle avait dû attendre l'arrivée du dépanneur, ce qui l'avait mise en retard pour déjeuner avec sa mère en ville. Tout en l'écoutant, Eileen a tourné les yeux en direction de la cuisine où Simon, toujours adossé au plan de travail et rejoint par d'autres gens, était partiellement visible. Suivant son regard, Peter a dit : Le saint homme. Je ne savais pas qu'il serait là. Hannah avait récupéré un gobelet en plastique propre sur la table basse et se servait à boire. Elle leur a demandé de qui ils parlaient, et Peter a répondu : De Simon. Oh, j'espère qu'il a amené Caroline, a lancé Hannah. À cette remarque, Eileen a aussitôt détourné son attention de la cuisine et posé le regard sur Hannah. Non, a dit Paula, pas ce soir. Hannah était en train de reboucher la bouteille de vin ; Eileen ne la quittait pas des yeux. Dommage, a-t-elle dit. En posant la bouteille sur la table basse, elle a remarqué qu'Eileen la fixait et lui a demandé : Tu as déjà rencontré Caroline ?

Caroline, a répété Eileen. C'est… ?

La fille avec qui sort Simon, a dit Paula.

Eileen a eu un sourire forcé.
Non. Non, on ne se connaît pas.
Hannah a bu une gorgée de vin.
Elle est géniale. Tu vas l'adorer. Peter, tu la connais, non ?
En se tournant comme s'il répondait à Eileen, il a dit : Oui, elle a l'air sympa. Et elle n'a qu'une dizaine d'années de moins que lui, ce qui est un progrès.
Tu es horrible, a rétorqué Hannah.
Eileen a eu un rire cassant.
Il ne me les présente jamais. Allez savoir pourquoi, il n'en a pas envie.
Comme c'est curieux, a dit Peter.
Je suis sûre que ça n'est pas vrai, a dit Hannah.
À Eileen, Peter a dit : Parce que, tu sais, je me suis toujours demandé, pour vous deux.
Hannah a lâché un rire scandalisé et attrapé Eileen par le haut du bras.
Ne l'écoute pas, a-t-elle dit. Il ne raconte que des bêtises.
Leur amie Roisin est venue les rejoindre, elle voulait avoir l'avis de Peter sur la controverse politique dont ils discutaient plus tôt. Quand, à minuit, Eileen est allée à la cuisine chercher un autre verre, elle a jeté un coup d'œil par la fenêtre, où se détachait la silhouette de Simon. Il discutait avec Leanne. Une cigarette était fichée entre l'index et le majeur de Leanne et, de l'autre main, elle caressait le col de chemise de Simon. Eileen a posé la bouteille et quitté la cuisine. Dans le salon, Roisin s'était assise sur les genoux de Peter pour mimer une scène amusante. Eileen est restée près du canapé avec son verre, elle a souri au moment de la chute de l'histoire tandis que tout le monde éclatait de rire. Puis elle est passée dans le couloir et a récupéré sa veste cachée

sous plusieurs autres vêtements au portemanteau. Elle a franchi la porte d'entrée et l'a refermée derrière elle. Dehors, l'air était frais. La fenêtre du salon était baignée par une lueur dorée profonde et chaude, et s'en échappait le bruit sourd de la musique et des voix. Eileen a sorti son téléphone de sa poche. L'écran indiquait 00:08. Elle a franchi le portail pour rejoindre la rue et a elle a enfoui les mains dans les poches de sa veste.

Elle était arrivée à la hauteur de la maison suivante quand la porte s'est rouverte. Simon est apparu sur le perron. Sans la refermer, il lui a lancé : Tu pars ? Eileen s'est retournée. La rue était vide et sombre, la lueur des lampadaires se reflétait faiblement sur le capot arrondi des voitures garées. Oui, a-t-elle répondu. Il l'a observée, peut-être qu'il fronçait les sourcils. Je peux te raccompagner ? Elle a haussé les épaules. Attends-moi, j'en ai pour une seconde. Il est rentré et elle l'a attendu sur le trottoir, les mains toujours dans les poches, les coudes écartés, en regardant les fissures sur le trottoir. Il a réapparu, il a claqué la porte derrière lui, et le bruit a résonné contre la façade de la maison d'en face. Il a détaché son vélo de la grille du jardin de Paula puis glissé l'antivol et la clef dans son sac en toile. Elle le regardait. Il s'est redressé et il a fait rouler son vélo jusqu'à elle.

Tout va bien ?

Elle a hoché la tête.

Tu as disparu d'un coup. Je te cherchais.

Tu n'as pas dû chercher longtemps. C'est une très petite maison.

Il a eu un sourire perplexe.

En effet, tu n'étais pas partie depuis bien longtemps. Tu n'étais qu'à une dizaine de mètres de la porte.

Eileen s'est mise à marcher et Simon l'a suivie. Son vélo émettait un petit cliquetis entre eux.

J'ai trouvé ça drôle que Leanne veuille nous présenter, a-t-il dit.

J'ai remarqué qu'elle avait droit à une étreinte. Moi, même pas une poignée de main.

Il a ri.

Tu as vu comment je me suis bien tenu ? Mais je crois qu'elle a compris.

D'un ton neutre, Eileen a dit : Ah bon.

Il a froncé les sourcils en l'observant.

Je ne voulais pas te mettre dans l'embarras. À ton avis, qu'est-ce que j'aurais dû dire ? Eileen et moi n'avons pas besoin d'être présentés. En fait, on est amants.

C'est vrai ?

Mouais. Même si je crois que ça fait partie de ces mots que plus personne n'utilise.

Ils ont atteint le coin de la rue et pris à gauche pour rejoindre la grand-rue. Des arbres minces et feuillus plantés à intervalles réguliers se dressaient au-dessus d'eux. Eileen avait toujours les mains dans les poches. Elle s'est éclairci la voix puis elle a dit : Tes amis étaient en train de m'expliquer à quel point Caroline est géniale. La fille que tu fréquentes. Ils ont tous l'air très attachés à elle. Elle leur a visiblement fait grande impression.

Simon regardait Eileen pendant qu'elle parlait, mais elle fixait le trottoir.

D'accord, a-t-il dit.

J'ignorais que tu l'avais présentée à tout le monde.

Pas à tout le monde. Elle est venue boire un verre avec nous une ou deux fois, c'est tout.

De façon presque inaudible, Eileen a murmuré : Mon Dieu.

Pendant quelques instants, aucun des deux n'a parlé. Finalement, il a repris : Je t'ai dit que j'avais quelqu'un.

Suis-je la seule de tes amis à ne pas l'avoir rencontrée ?

Je comprends ta vision des choses, mais j'ai vraiment essayé de faire ce qu'il faut. C'est juste que… Tu sais, ce n'est pas simple, comme situation.

Eileen a lâché un petit rire acerbe.

Oui, ça doit être vraiment dur. Mais tu ne peux pas toutes les baiser, pas vrai ? Ou alors si, mais ça finit par devenir gênant.

Simon a paru réfléchir. Au bout d'un moment, il a dit : Écoute, je comprends que tu sois contrariée, mais je ne te trouve pas très juste.

Je ne suis pas contrariée.

Elle a promené son regard sur la rue devant eux. Les secondes s'écoulaient tandis qu'ils marchaient en silence, les voitures passaient sur la route.

Il a repris : Quand je t'ai fait des avances en février, tu m'as dit que tu voulais juste être mon amie. Tu n'as jamais – je ne t'accuse pas, je te donne mon point de vue, c'est tout –, tu n'as jamais montré le moindre intérêt pour ma personne jusqu'à ce que je t'annonce que j'avais quelqu'un. Corrige-moi si je me trompe.

Eileen avait la tête penchée en avant, ce qui révélait la longue ligne de sa nuque sous le col de sa veste. Les yeux rivés sur le trottoir, elle n'a pas répondu.

Tu apprends que je vois quelqu'un, et d'un coup tu décides de me draguer, tu m'appelles tard un soir, puis tu viens alors que je suis déjà au lit, on couche ensemble, pas de problème. Selon moi, j'ai été clair, il y a quelqu'un d'autre, mais ce n'est pas une relation exclusive, donc si tu veux dormir chez moi, c'est possible. Je ne te mets pas la pression, je suis heureux qu'on passe du temps ensemble pour voir où ça nous mène. J'ai cru comprendre que c'était ce que tu voulais. Et ça a été très agréable, en tout cas pour moi. Je comprends parfaitement que ça te mette mal à l'aise d'entendre nos amis parler de quelqu'un que je fréquente, mais ce n'est pas comme si tu ignorais son existence.

Pendant qu'il parlait, Eileen a porté la main à son visage en repoussant d'un coup les cheveux de son front. La tension était visible dans ses épaules et son cou, ainsi que dans les mouvements brusques et saccadés de ses doigts.

Mon Dieu, a-t-elle répété. C'est pas très chrétien, tout ça.

Qu'est-ce que ça veut dire ?

Avec un rire presque effrayé, elle a répondu : Je n'arrive pas à croire que j'aie été aussi bête.

Ils étaient arrêtés sous un lampadaire à la hauteur d'un immeuble. Il la regardait d'un air soucieux.

Non, a-t-il dit. Tu n'as pas été bête. Et je suis désolé de t'avoir contrariée. Crois-moi, c'est bien la dernière chose que je voulais. Je n'ai même pas vu Caroline cette semaine. Si tu as cru que j'avais rompu avec elle suite au week-end dernier, j'en suis vraiment désolé.

Elle se cachait le visage en se frottant les yeux avec les mains, et elle a dit d'une voix étouffée et indistincte : J'y crois pas. Je… Non, je ne sais même pas ce que je pensais.

Eileen, qu'est-ce que tu veux ? Si tu as envie qu'on soit vraiment ensemble, je peux mettre fin à ma relation avec Caroline. J'en serais heureux, vraiment. Mais sinon, si tu veux juste qu'on s'amuse, alors, tu comprends… Je ne peux pas passer ma vie tout seul parce que ça te convient mieux. Tu vois ? J'essaie juste de savoir ce que tu veux.

Les yeux fermés, elle est restée silencieuse plusieurs secondes. Puis elle a dit d'une voix basse et monocorde : Je veux rentrer chez moi.

D'accord. Maintenant ?

Les yeux toujours fermés, elle a hoché la tête.

Le plus rapide, c'est probablement à pied, a-t-il dit. Ça te va ? Je te raccompagne.

Elle a accepté. Ils ont marché en silence jusqu'à Thomas Street puis ils ont pris à gauche en direction de l'église Sainte-Catherine. Au feu, le moteur des voitures tournait au ralenti, et il y avait un taxi libre. Sans un mot, ils ont descendu Bridgefoot Street et traversé le pont d'Usher's Island. La lueur des réverbères se fragmentait et se dissolvait à la surface noire du fleuve. Ils ont atteint l'immeuble d'Eileen et se sont immobilisés sous l'entrée en arche. Il l'a regardée et, la tête droite, elle lui a rendu son regard. Après une profonde inspiration, elle a dit au prix d'un effort : On oublie tout, d'accord ? Il a attendu qu'elle poursuive, mais elle s'est tue. Désolé si j'ai l'air stupide, a-t-il dit, mais qu'est-ce que tu entends par là ? Elle avait tourné son visage fin et pâle vers lui. Tout ça, a-t-elle répondu. Pour être de nouveau juste amis. Il a acquiescé pendant qu'elle le regardait. D'accord, a-t-il dit. Très bien. Je suis content qu'on en ait parlé. Il a marqué une petite pause puis il a ajouté : Je suis désolé que tu aies cru que je t'ignorais chez Paula. J'avais hâte de te revoir. Je n'ai pas voulu que tu te sentes négligée. Je te le promets. Je rentre maintenant, d'accord ? Si on ne se croise pas cette semaine, dans tous les cas, on se retrouve au mariage. Elle a paru déglutir, puis elle a demandé d'un ton hésitant : Caroline sera là ? Je sais que tu avais dans l'idée de l'amener. Il a levé les yeux vers Eileen avec un sourire. Non. Je ne l'ai pas fait, au final. Mais si c'était ce que tu voulais éviter, il suffisait de me le dire. Pas besoin de toutes ces petites intrigues. Elle a tourné et secoué la tête. Non, ce n'était pas ça. Il a continué à l'observer, puis a dit d'une voix amicale : Mais pas de problème. À bientôt. Il s'est éloigné, son vélo avançant doucement sur les pavés de la rue.

Eileen a sorti ses clefs de sa poche et elle est rentrée. Elle a pris l'escalier et franchi le seuil de son appartement. Elle a poussé la porte de sa chambre dans le noir, l'a refermée d'un coup puis s'est allongée sur le lit et a fondu en larmes. Elle avait le visage tout rouge, une veine apparente sur la tempe. Elle s'est roulée en boule et elle a sangloté avec un bruit douloureux dans la gorge. Elle a retiré l'une de ses chaussures pour la jeter violemment contre le mur. Le soulier a mollement atterri sur le tapis. Eileen a laissé échapper un son qui ressemblait presque à un cri et enfoui son visage dans ses mains en secouant la tête. Une minute s'est écoulée. Puis une autre. Elle s'est rassise et s'est essuyé le visage, laissant une traînée de maquillage noir sous ses yeux et sur sa main. Trois, puis quatre minutes ont passé. Elle s'est dirigée vers la fenêtre et a regardé entre les rideaux. Les phares d'une voiture ont éclairé la rue. Elle avait les yeux rouges et gonflés. Elle les a frottés encore une fois puis a sorti son téléphone de sa poche. Il était 00:41. Elle a ouvert ses messages et a tapé le nom de Simon. Leur échange de la journée est apparu. Dans le champ de réponse, Eileen a lentement écrit : *Je te déteste.* Elle a examiné ces mots, puis, d'un air décidé, ajouté ces lignes : *Comme si on ne faisait que « s'amuser » pendant que tu continuais à en voir une autre ? Quand tu te plaignais l'autre soir d'être seul, c'était une blague ? Qu'est-ce qui ne va pas chez toi ?* Ses yeux ont lentement balayé le texte d'un air pensif.

Puis, en maintenant le pouce sur la touche Effacer, elle a tout supprimé. Avec des respirations profondes et rauques, elle a recommencé à taper. *Simon, je suis désolée. Je m'en veux terriblement. Je ne sais pas ce que je fais. Parfois, je me déteste tellement que j'aimerais que quelque chose de lourd me tombe sur la tête pour me tuer. Tu es la seule personne à avoir toujours été gentille avec moi et maintenant, tu ne veux probablement même plus me parler. Je ne sais pas pourquoi je gâche tout ce qui m'arrive de bien dans la vie. Je suis désolée.* Le temps qu'elle finisse d'écrire son message, l'horloge sur son téléphone indiquait 00:54. Elle a fait défiler son texte jusqu'au début, puis vers le bas pour relire la dernière ligne. Et elle a de nouveau pressé la touche Effacer avec son pouce. Le champ de réponse était à nouveau vierge, le curseur clignotait sur le texte grisé « Tapez votre message ici ». Elle a verrouillé son téléphone et s'est laissée aller sur son lit.

20

Alice,

Je suis un peu surprise que tu te déplaces à nouveau pour ton travail. Lors de notre discussion de février, j'ai eu l'impression que tu quittais Dublin parce que tu ne voulais plus voir personne, que tu avais besoin de temps pour te reposer et reprendre des forces. Lorsque j'ai exprimé des inquiétudes sur le fait que tu sois toute seule, tu m'as répondu en avoir besoin. Je trouve donc un peu étrange que tu m'envoies ce mail très détaillé sur une cérémonie de remise de prix à Paris. Si tu vas mieux et que tu es heureuse, c'est génial, évidemment. Mais pour effectuer tous ces voyages, je suppose que tu prends l'avion depuis Dublin ? Tu n'aurais pas pu avertir tes amis de ton passage en ville ? Tu n'en as manifestement parlé ni à Simon ni à moi, et Roisin m'a récemment dit qu'elle t'avait envoyé un texto il y a quinze jours auquel tu n'as jamais répondu. Je comprends très bien que tu ne te sentes pas prête à sociabiliser, mais ne vas-tu pas trop vite en besogne ? Tu comprends ce que je veux dire ?

Depuis quelques jours, je réfléchis aux derniers paragraphes de ton précédent mail afin d'essayer de déterminer si, comme tu le dis, « l'échec est collectif ». Je sais que toi et moi, on s'accorde sur le fait que la civilisation est entrée dans une phase de décadence, et que la laideur est la caractéristique visuelle prédominante de la vie moderne. Les voitures sont laides, les bâtiments sont laids, les biens de consommation jetables produits en masse sont d'une laideur indescriptible. L'air qu'on respire est pollué, l'eau qu'on boit est bourrée de microplastiques et nos aliments contaminés par du Teflon cancérigène. Notre qualité de vie décline, et avec elle, la qualité de l'expérience esthétique. Le roman contemporain est (à de très rares exceptions près) sans intérêt ; le cinéma grand public n'est qu'un cauchemardesque porno familial financé par les constructeurs automobiles et le département de la Défense des États-Unis ; les arts visuels sont principalement un marché pour oligarques. Dans ces circonstances, difficile de ne pas croire que la vie moderne ne vaut pas les modes de vie du passé, lesquels représentent quelque chose de plus substantiel, de plus proche de l'essence de la condition humaine. Cet élan nostalgique est bien sûr extrêmement puissant et, ces derniers temps, a largement été exploité par des mouvements politiques réactionnaires et fascistes, mais je ne suis pas convaincue que cela signifie qu'il s'agisse d'une impulsion intrinsèquement fasciste. Je pense qu'il est logique que les gens aient la nostalgie d'un temps où la nature n'était pas en cours d'extinction, avant que nos formes culturelles ne deviennent un marketing de masse, que nos villes et villages ne se transforment en centres d'emploi anonymes.

Je sais que tu as l'impression que le monde a perdu toute beauté à la chute de l'Union soviétique. (Soit dit en passant, n'est-ce pas curieux que cet événement coïncide presque avec la date de ta naissance ? Cela pourrait permettre de comprendre pourquoi tu te sens tant de points communs avec Jésus, qui, selon moi, se voyait lui aussi en héraut de l'apocalypse.) Mais n'éprouves-tu pas une version plus diluée et personnalisée de ce sentiment, comme si ta vie, ton univers, devenait peu à peu mais de façon perceptible un lieu plus laid ? Ou même le sentiment que, si tu étais en phase avec le discours culturel, tu ne l'es plus, que tu es détachée du monde des idées, aliénée, sans ancrage intellectuel ? C'est peut-être lié à ce moment de l'histoire, ou peut-être qu'il s'agit simplement du vieillissement et de la désillusion, ce qui nous arrive à tous. Quand je repense à celles qu'on était quand on s'est rencontrées, je ne crois pas qu'on se soit vraiment trompées sur quoi que ce soit, à part sur nous-mêmes. Les idées étaient les bonnes, mais on a commis l'erreur de croire qu'on était importantes. On a toutes les deux fait les frais de cette erreur de différentes manières – moi, en ne parvenant pas à réaliser quoi que ce soit en plus de dix ans de vie adulte, et toi (si tu me permets) en en faisant le plus possible, sans que ça change rien au fonctionnement du système capitaliste. Plus jeunes, on imaginait que notre responsabilité s'étendait à toute la terre et ce qui y vit. Maintenant, il faut se contenter de ne pas décevoir ses proches, de ne pas utiliser trop de plastique, et dans ton cas, d'écrire un livre intéressant tous les deux, trois ans. Jusque-là, tout va bien. À propos, travailles-tu déjà à un nouveau roman ?

Je me considère comme quelqu'un qui s'intéresse à l'expérience de la beauté, mais je ne me décrirais jamais (sauf dans ce mail) comme « intéressée par la beauté », car on supposerait alors que j'ai un faible pour les cosmétiques. C'est, en effet, dans notre société actuelle, le sens principal du mot « beauté ». Et il me semble révélateur que cela renvoie à quelque chose de profondément laid – des comptoirs en plastique dans des grands magasins de luxe, de la parapharmacie discount, des parfums artificiels, des extensions de cils, des « produits de beauté » en pot. J'y ai réfléchi et, selon moi, cette industrie est responsable de certaines des pires laideurs dans notre environnement visuel et, pire encore, de ce faux idéal esthétique qu'est celui du consumérisme. Ses différentes tendances et apparences reviennent finalement à une seule et même chose : à pousser à la dépense. Pour s'ouvrir sérieusement à l'expérience esthétique, il faut sans doute commencer par rejeter cet idéal, voire s'y opposer fermement, une position qui, même si elle semble au départ exiger une laideur de surface, est préférable et, en un sens, plus belle que de s'acheter des attraits à prix d'or. Bien sûr, j'aimerais être plus belle, et j'aime qu'on me fasse sentir que je suis belle, mais confondre ces élans autoérotiques ou liés à son statut avec l'expérience esthétique me semble être une grave erreur culturelle. Ces deux choses ont-elles jamais été à ce point confondues à une période antérieure de l'histoire ?

Tu te souviens de mon article sur Natalia Ginzburg il y a quelques années ? Je ne te l'ai pas dit à l'époque, mais une agente londonienne m'avait contactée pour me demander si j'avais un livre en cours. Je ne t'en ai pas parlé parce que tu étais occupée et parce que ça me semblait être une broutille en comparaison de tout ce qui t'arrivait alors. Maintenant, je suis gênée ne serait-ce que d'oser faire la comparaison. Quoi qu'il en soit, j'avais été heureuse de recevoir ce mail, je l'avais montré à Aidan, bien qu'il ne connaisse pas grand-chose à l'édition et ne s'y intéresse guère, j'en avais même parlé à ma mère. Mais au bout de quelques jours, j'ai commencé à me sentir inquiète, voire angoissée, car je n'avais pas de livre en cours, que je n'avais en outre pas la moindre idée de ce que je pourrais bien mettre dans un livre, et je ne pensais pas non plus avoir l'endurance pour un projet de cette ampleur. Plus j'y pensais, plus j'avais l'impression que ce serait un acte douloureux et désespéré de ma part que d'essayer d'écrire un livre car je n'ai ni profondeur intellectuelle ni idées originales, alors à quoi bon ? Uniquement pour dire que je l'ai fait ? Ou pour avoir le sentiment d'être ton égale ? Je suis désolée si tout ça donne l'impression que tu pèses lourd sur ma vie intérieure. Ce n'est en général pas le cas, ou si c'est le cas, c'est de manière positive. Bref, finalement je n'ai jamais répondu à ce mail. Il est resté dans ma boîte de réception jusqu'à ce que, à force de me sentir mal, je le supprime. J'aurais pu au moins remercier cette femme et décliner poliment, mais je ne l'ai pas fait, ou je n'ai pas pu, je ne sais pas. Ça n'a sans doute plus aucune importance, maintenant. Le plus stupide, c'est que j'avais adoré écrire cet article, que je comptais en écrire un autre, mais qu'après ce mail, j'en suis restée là. Je sais que si j'avais vraiment du talent, j'aurais déjà fait quelque chose de ma vie – je ne me fais aucune illusion à ce sujet. Si j'essayais, je suis sûre que j'échouerais, c'est pour ça que je n'ai jamais tenté quoi que ce soit.

Dans l'un de tes précédents mails, tu m'as écrit qu'Aidan et moi n'avons jamais été très heureux ensemble. Ce n'est pas tout à fait vrai – on l'a été au début, un petit moment – mais je comprends ce que tu veux dire. Je me demande pourquoi j'ai été si longtemps déprimée par la fin de cette relation qui, de toute façon, ne fonctionnait pas. Je suppose que d'une certaine manière, c'est encore pire d'atteindre ses trente ans sans avoir vécu de relation vraiment heureuse. Je me sentirais sans doute plus triste, mais fondamentalement moins brisée, à cause d'une rupture plutôt que de mon incapacité à entretenir une relation qui compte. D'un autre côté, peut-être que je me trompe. Toutes ces fois où j'ai songé à quitter Aidan, où j'en ai parlé, pourquoi ne l'ai-je pas fait ? Je ne crois pas que c'était seulement parce que je l'aimais ; je ne pense pas non plus que c'était par crainte qu'il me manque, parce que ça ne m'a jamais vraiment traversé l'esprit et, pour être honnête, ça n'a pas été le cas. Parfois, je pense que j'avais peur que, sans lui, ma vie soit exactement la même, ou pire, que je doive accepter que ce soit ma faute. C'était donc plus simple et plus sûr de rester dans une situation bancale plutôt que d'endosser la responsabilité d'y mettre fin. Peut-être. Je n'en sais rien. J'aspire à une vie meilleure et je me dis parfois que le bonheur ne s'est tout simplement pas encore présenté à moi. Mais qu'est-ce qui se passera si je me trompe ? Et si c'était moi qui ne m'autorisais pas à être heureuse ? Par peur, ou parce que je préfère m'apitoyer sur mon sort, parce que je ne crois pas que je mérite quelque chose de bien, ou toute autre raison. Chaque fois qu'il se passe quelque chose de bien, je me demande combien de temps ça va durer. J'en viens presque à souhaiter que le pire arrive plus tôt, si possible tout de suite, comme ça, au moins, je n'aurai plus à m'en inquiéter.

Si, comme c'est à mon avis très possible, je n'ai jamais d'enfants et que je n'écris jamais de livre, je ne laisserai rien sur cette terre pour qu'on se souvienne de moi, et c'est peut-être mieux ainsi. Ça me pousse à croire que, plutôt que de m'inquiéter et de théoriser sur l'état du monde, ce qui n'aide en rien, je devrais consacrer toute mon énergie à vivre et à être heureuse. Quand j'essaie de me représenter une vie heureuse, le tableau n'a pas beaucoup varié depuis mon enfance – une maison au milieu des fleurs et des arbres, une rivière toute proche, une bibliothèque pleine de livres et quelqu'un qui m'aime, voilà tout. Fonder un foyer puis m'occuper de mes parents quand ils seront vieux. Ne plus jamais avoir à déménager, ne plus jamais prendre l'avion, vivre paisiblement puis finir en terre. À quoi d'autre sert la vie ? Mais même ça, ça me semble hors de portée, comme un rêve qui n'a aucune racine dans la réalité. Oui, pour Simon et moi, deux chambres, si tu veux bien.

Tout mon amour, toujours,

E.

21

Le lendemain soir, un mercredi, Alice est allée rejoindre Felix et quelques amis dans un bar appelé The Sailor's Friend à un angle de rue non loin de la jetée. Elle est arrivée vers vingt et une heures, les joues rouges à cause de la marche, vêtue d'un col roulé gris et d'un pantalon taille haute. À l'intérieur, il faisait chaud et il y avait beaucoup de bruit. Un long comptoir sombre s'étendait le long du mur de gauche, et derrière, au-dessus des bouteilles d'alcool, était accrochée une collection de cartes postales colorées. Devant la cheminée dormait un lurcher, la tête posée sur les pattes. Felix et ses amis étaient assis au fond près d'une fenêtre, ils discutaient gaiement du marketing des jeux d'argent en ligne. Lorsque Felix a vu Alice, il s'est levé, lui a dit bonjour, l'a prise par la taille et lui a demandé ce qu'elle voulait boire. En désignant ses amis, il a ajouté : Tu les connais, tu les as déjà tous rencontrés. Assieds-toi, je vais te chercher à boire. Elle est restée avec eux pendant qu'il s'approchait du bar. Une femme nommée Siobhán racontait une histoire sur un type de sa connaissance qui avait contracté un prêt de soixante mille euros pour couvrir ses dettes de jeu. Alice a eu l'air de trouver l'histoire très intéressante et elle a posé plusieurs questions précises. Lorsque Felix est revenu avec une vodka tonic, il s'est assis à côté d'elle et a posé sa main sur ses reins en lissant la laine de son pull sous ses doigts.

À minuit, ils sont rentrés tous les deux chez lui. Dans le lit à l'étage, Alice était sur le dos, Felix au-dessus d'elle. Ses paupières papillonnaient, elle respirait bruyamment. Il a déplacé son poids sur un coude en lui remontant la jambe droite contre le flanc. Tu as pensé à moi pendant ton voyage ? a-t-il demandé. D'une voix tendue, elle a répondu : Je pense à toi toutes les nuits. Il a fermé les yeux. Elle semblait respirer par vagues, son souffle forçait pour pénétrer ses poumons et ressortir par sa bouche ouverte. Elle avait toujours les yeux fermés. Alice, a-t-il dit, ça te va si je jouis maintenant ? Elle l'a pris dans ses bras.

Le lendemain matin, il l'a déposée chez elle en allant au travail. Avant de descendre de voiture, elle lui a demandé s'il la rejoindrait pour dîner ce soir-là et il a dit oui. Tes amis pensent que je suis ta petite copine ? a-t-elle demandé. Il a souri à cette question. On se connaît plutôt bien, nous tous, a-t-il répondu. Je ne pense pas que ça les réveille en pleine nuit, mais oui, ils pourraient le croire. Il y a eu un instant de silence et il a ajouté : Les gens en parlent en ville. Je m'en fous, je te le dis pour que tu le saches, c'est tout. Alice a demandé ce que disaient les gens en ville, exactement, et Felix a froncé les sourcils. Oh, tu sais. Rien de bien intéressant. Cette dame qui écrit et qui habite le presbytère traîne avec le jeune Brady. Des trucs comme ça. Alice a dit que, après tout, c'était vrai, et Felix l'a reconnu. Il y aura peut-être quelques grimaces, a-t-il ajouté, mais je m'en fous. Elle lui a demandé pourquoi quelqu'un grimacerait à l'idée que deux jeunes célibataires sortent ensemble. Il a agité le levier de vitesses d'un air pensif.

Si tu veux tout savoir, on ne me considère pas comme un bon parti. Je ne suis pas le type le plus fiable qui soit. Et pour être honnête, je dois un peu de fric en ville. Il s'est éclairci la voix. Mais si tu m'apprécies, c'est ton affaire. Et ne t'inquiète pas, je ne vais pas t'emprunter de l'argent. Maintenant, descendez ou je vais être en retard, madame. Elle a détaché sa ceinture de sécurité. Je t'aime bien, a-t-elle dit. Je sais, a-t-il répondu. Allez, file.

Ce matin-là, pendant que Felix était au travail, Alice a fait le point avec son agent sur les diverses invitations émanant de festivals littéraires ou d'universités. Pendant ce temps, Felix identifiait des objets avec un scanner portable, les mettait dans un chariot étiqueté, qui était ensuite collecté et emporté par d'autres employés. Certains saluaient Felix en récupérant le chariot, d'autres non. Il portait un sweat noir à capuche et fermeture Éclair remontée où, de temps en temps, il glissait le menton. De toute évidence, il avait froid. Tout en parlant avec son agent, Alice prenait des notes sur son ordinateur dans un brouillon d'e-mail dont le sujet était « dates de promotion estivale ». Ensuite, elle a fermé l'e-mail et ouvert un fichier qui contenait des notes pour une critique de livre destinée à une revue littéraire londonienne. À l'intérieur de l'entrepôt, Felix poussait un grand chariot en acier entre les rayonnages, dans des allées éclairées par des néons blancs. Il s'arrêtait de temps en temps, clignait des yeux sur une étiquette, vérifiait son scanner, puis enregistrait l'article et le plaçait dans son chariot. Alice a mangé deux morceaux de pain beurré dans une petite assiette, s'est coupé une pomme en quartiers, a préparé un café et ouvert un brouillon d'e-mail destiné à Eileen.

Felix a terminé à dix-neuf heures tandis qu'Alice cuisinait. En sortant de l'entrepôt, il lui a envoyé un message.

Felix : Coucou déso mais en fait je viens pas dîner
Felix : Je sors ac des gens du taf
Felix : Pas de regrets j'aurais pas été drôle suis d'une humeur de dogue
Felix : On se voit pê demain si je me mets pa tro minable

Alice : oh
Alice : zut tu vas me manquer

Felix : Pas dans mon état je te jure

Alice : tu me plais peu importe ton état

Felix : alors écris-moi une lettre d'amour pendant que je me bourre la gueule
Felix : la lirai en rentrant

Alice a posé son téléphone et observé l'évier vide quelques secondes. Felix a dit à son ami Brian qu'il pouvait le déposer au Mulroy's avant d'aller garer sa voiture chez lui et de revenir à pied. Au cours des heures suivantes, Alice a préparé une sauce pour les pâtes, mis de l'eau à bouillir, dressé un couvert et dîné. Felix est rentré chez lui, il a nourri la chienne, pris une douche rapide, s'est changé, a jeté un coup d'œil sur Tinder, puis est reparti à pied au village pour rejoindre ses collègues. Entre vingt heures et minuit, il a bu six pintes de blonde danoise. Après le dîner, Alice a fait la vaisselle puis lu un article sur Internet à propos d'Annie Ernaux. Aux alentours de minuit, Felix et ses amis ont commandé un taxi pour se rendre dans une boîte en dehors de la ville. Sur la route, ils ont chanté plusieurs couplets d'une chanson rebelle irlandaise. Alice s'est installée sur le canapé du salon pour écrire un e-mail à une amie qui était partie vivre à Stockholm. Elle lui demandait comment ça allait avec son travail et son nouveau compagnon. En boîte, Felix a pris deux cachets avec une vodka, puis il s'est rendu aux toilettes. Il a rouvert Tinder et swipé à gauche sur plusieurs profils, vérifié ses messages, jeté un coup d'œil à la page d'accueil de BBC Sports, puis il a rejoint ses amis. À une heure du matin, Alice buvait un thé à la menthe en travaillant à son article tandis que Felix était sur la piste de danse en compagnie de deux de ses amis et de deux inconnus. Il dansait avec naturel, comme si ça ne lui demandait aucun effort, il bougeait en rythme sur la musique. Après avoir bu un autre verre, il est sorti vomir derrière une poubelle à roulettes. Au même instant, Alice était allongée sur son lit en train de relire les messages de Felix, l'écran de son téléphone projetant une lumière gris bleuté sur son visage. Là, Felix a sorti son téléphone et regardé ses messages.

Felix : Slt
Felix : Tes debout ?

Alice : au lit mais réveillée
Alice : tu t'amuses bien ?

Felix : Franchement Alice
Felix : Suis vraiment bourré
Felix : Viensdedégueuler
Felix : Mais sinon ouais cool soirée

Alice : bon tant mieux

Felix : Tu fais quoi au lit ?
Felix : Tes habillée ou pas ?
Felix : Raconte

Alice : je suis en chemise de nuit blanche
Alice : j'espère qu'on se verra demain

Felix : Ouaiiiiiiis
Felix : Mais je pourrais vnir en taxi
Felix : Maintenant je voulais mire
Felix : Dire

Alice : bien sûr, si tu veux

Felix : Certaine ?

Alice : je suis réveillée, alors ça ne me dérange pas

Felix : Cool
Felix : À toute

Elle est sortie du lit et elle a enfilé un peignoir, allumé sa lampe de chevet et s'est observée dans le miroir. Felix a appelé la compagnie de taxis, il est retourné chercher son blouson à l'intérieur, a commandé un dernier shot de vodka, s'est rincé la bouche avec avant de l'avaler, a rejoint Brian et lui a demandé de dire aux autres qu'il partait, puis il est monté dans le taxi. Alice a ouvert le profil de Felix sur l'application de rencontre et relu sa bio. En route, il a eu une conversation animée avec le chauffeur sur les forces et les faiblesses de l'équipe de football gaélique du Mayo GAA. Quand Felix a indiqué l'adresse, le chauffeur lui a demandé si c'était chez ses parents.

Nan, chez ma petite colombe, a répondu Felix.

D'un ton amusé, le chauffeur a dit : Une dame riche.

Ouais, et célèbre. Vous pouvez la chercher sur Google. Elle écrit des livres.

Ah ouais ? Vous feriez bien de la garder à l'œil, alors.

Vous en faites pas, elle est dingue de moi, a répliqué Felix.

Le taxi s'est arrêté dans l'allée. En se retournant vers Felix, le chauffeur a dit : J'imagine, si elle vous laisse venir frapper à sa porte à deux heures du matin. Je serais pas surpris que vous me rappeliez dans quelques minutes, quand elle vous aura vu dans cet état. Dix euros quatre-vingts, s'il vous plaît.

Felix lui a tendu l'argent.

Vous voulez que j'attende ? a demandé le chauffeur.

Faites pas votre jaloux, mon p'tit monsieur. Vous pouvez y aller, et profitez bien de votre radio classique.

Il est sorti du taxi et il est allé frapper à la porte. Alice est descendue ouvrir alors que le taxi repartait en franchissant le portail. Felix est entré, il a fermé la porte d'un coup de pied et pris Alice dans ses bras en la soulevant de terre puis en la plaquant contre le mur. Ils se sont embrassés un moment puis il a voulu dénouer la ceinture de son peignoir. Qu'elle tenait d'une main.

Tu es soûl, a-t-elle dit.

Ouais, je sais. Je te l'ai dit dans mes messages.

Il a de nouveau voulu ouvrir son peignoir, mais elle a croisé les bras pour l'en empêcher.

C'est quoi le problème ? a-t-il demandé. T'as tes règles ou quoi ? Je m'en fous, ça me gêne pas, je suis grand.

Alice a resserré sa ceinture d'un air sévère en disant : Tu essaies de me mettre mal à l'aise.

Non. Je me demande ce qui se passe. J'attends rien, je suis juste content d'être là, c'est tout. Le chauffeur de taxi était très impressionné que j'aie une petite amie qui vive dans une si grande maison.

Alice l'a observé et a fini par dire : Tu as pris quelque chose ?

Bah ouais. Sinon, ça serait pas vraiment une soirée.

Elle a gardé les bras croisés.

Je n'en sais rien. D'autres personnes que moi te laisseraient te comporter comme ça ? D'autres copines ou copains. Tu trouves ça normal ? Tu sors avec tes potes, tu te défonces et tu te pointes au milieu de la nuit parce que t'as envie de tirer ton coup ?

Il a eu l'air de réfléchir à la question. Il a posé une main sur le mur près de la tête d'Alice.

Je tenterais sans doute ma chance. Tous n'accepteraient pas, c'est sûr. Tu dois me prendre pour un gros débile.

Non, je pense au contraire que tu es très intelligent. Ce qui n'est pas forcément une chance, à bien des égards. Si tu étais un peu plus bête, ta vie serait plus simple.

Il s'est redressé et il a posé ses mains sur ses hanches d'une manière qui semblait à la fois tendre et contrite.

Le chauffeur de taxi m'a dit que t'allais me foutre dehors. Il m'a prévenu : Jamais elle te laissera rester à cette heure dans ton état. Je sais pas trop dans quel état je suis, je me suis pas vu. Mais c'est pas terrible, j'imagine.

Tu as juste l'air bourré.

Ah bon ? Sans doute que j'aurais pas dû t'envoyer de message. Le plus bête, c'est que c'était une bonne soirée. OK, j'y suis allé un peu fort et j'ai dégueulé, mais à part ça, je passais un bon moment. Et sans doute que toi aussi, dans ton lit ou va savoir où. Alors j'aurais pas dû t'écrire.

Oui, mais tu avais envie de tirer ton coup.

Je suis humain. Mais si c'est tout ce que je cherchais, j'aurais pu aller voir ailleurs, non ? Pas besoin de te déranger pour ça.

Elle a fermé les yeux et dit d'une voix calme et monocorde : Je n'en doute pas.

Alice, prends pas cet air sérieux. Je suis pas parti avec quelqu'un d'autre. Si j'avais voulu, j'aurais pu, mais toi aussi, tu pourrais. Écoute, je suis désolé si ce que j'ai dit, ça t'a embêtée, d'accord ?

Elle a gardé le silence un moment.

Et puis, t'aimes sans doute pas fréquenter des gens bourrés.

Non, effectivement.

Pourquoi ? T'as trop vu ça dans ton enfance ?

Elle l'a dévisagé tandis qu'il avait toujours les mains sur ses hanches pour la maintenir contre le mur.

C'est ça.

Si tu veux que je parte, dis-le.

Elle a fait signe que non. Il l'a de nouveau embrassée. Ils ont pris l'escalier, Alice le guidait par la main et Felix suivait. Dans sa chambre, il lui a retiré son peignoir et a passé sa chemise de nuit par-dessus sa tête. Elle s'est couchée sur le lit et il s'est mis à lui faire un cunnilingus. Elle avait un corps compact et androgyne.

Elle a posé le plat de la main sur sa bouche. Il s'est interrompu pour se déshabiller et enlever sa montre. En la regardant nue sur le lit, il a dit avec un sourire : Tu sais à quoi tu ressembles ? À l'une de ces statues qu'on a vues à Rome.

Elle a ri en se couvrant le visage.

Tu trouves pas ça gentil ? C'était pourtant dit avec gentillesse.

Elle a dit que si. Il s'est couché à côté d'elle, la tête sur les oreillers, sa main jouant avec ses petits seins doux.

J'ai pensé à toi au boulot aujourd'hui, a-t-il dit. Pendant un moment, ça m'aide à tenir, mais ensuite, c'est pire, parce que tu es ici toute la journée et, moi, je suis coincé dans un entrepôt à mettre des trucs dans des cartons. Je t'en veux pas. C'est pas simple à expliquer, la différence entre ce qu'on fait là et ce que je fais toute la journée. C'est dur de croire que j'utilise le même corps pour les deux, c'est juste une pensée comme ça que j'ai eue. C'est tellement différent. Ces mains qui te caressent, je les utilise pour mettre des trucs dans des colis ? Je comprends pas. Au boulot, j'ai tout le temps les mains gelées, putain. Genre, engourdies. Même si tu mets des gants, elles s'engourdissent quand même, tout le monde te le dira. Des fois, je me coupe ou je me griffe, et je ne m'en rends compte que quand je vois le sang. Et c'est ces mains-là qui te caressent ? Tu te dis sans doute que je raconte n'importe quoi. Mais tu es très, très douce et agréable à caresser, c'est tout. Et chaude. Quand tu me laisses jouir en toi, c'est si bon, je sais même pas le décrire. Je pensais à ça au boulot aujourd'hui et j'en avais tellement envie que ça m'a mis en colère. Genre, vraiment foutu en rogne. Ce boulot, ça fout le bordel dans tout ce qu'on ressent. On se met à ressentir des choses qui n'ont aucun sens. J'aurais dû être impatient de te voir, et à la place, j'étais furax. Du coup, j'avais même plus envie de te voir. Ça sert à rien que j'essaie de m'expliquer parce que ça n'a aucun sens, je te dis juste ce que j'ai ressenti. Désolé.

Elle lui a dit que ce n'était pas grave. Il l'a embrassée longuement sans plus parler. Puis il lui a demandé si elle voulait venir sur lui parce qu'il était fatigué, et elle a accepté. Une fois qu'il a été en elle, elle n'a plus bougé pendant quelques secondes, elle respirait fort. Ça va ? a-t-il demandé. Elle a acquiescé. Il avait l'air satisfait d'attendre. Tu as une chatte parfaite, a-t-il dit. Un frisson l'a parcourue de la tête jusqu'au pelvis. Elle a posé une main sur son épaule. Ils ont baisé lentement plusieurs minutes pendant qu'il la caressait. D'une voix aiguë et irrégulière, elle a dit : Oh mon Dieu, je suis amoureuse de toi, vraiment. Il l'a regardée. Ah ouais ? C'est bon. Dis-le encore. Tremblante, essoufflée, elle a baissé la tête et elle a dit : Je t'aime, je t'aime. Il a mis ses mains autour de sa taille, ses doigts s'enfonçant dans la chair de son dos, et il l'a tirée fort vers lui, encore et encore, rapidement. Elle grimaçait presque, comme si elle avait mal.

Ensuite ils sont restés un moment blottis l'un contre l'autre. Puis elle s'est détachée de lui, s'est assise au bord du lit et a bu à la bouteille posée sur la table de nuit. Couché, la tête entre les oreillers, il la regardait. Tu me la passes après ? a-t-il demandé. Elle lui a tendu la bouteille d'eau et il a bu sans lever la tête.

En lui rendant la bouteille, il a dit : Il y a quelque chose que j'ai envie de savoir. Tu dis toujours que tu es riche. Qu'est-ce que ça veut dire, genre, tu es millionnaire ?

Elle a rebouché la bouteille.

Plus ou moins.

Il l'a regardée en silence.

Un million, vraiment. Ça fait beaucoup d'argent.

Oui.

Tout ça rien qu'avec des livres ?

Elle a hoché la tête.

Et ça reste sur ton compte en banque, ou t'as dépensé ton argent dans plein de trucs ?

En se frottant les yeux, elle a dit que c'était surtout sur son compte en banque. Il la regardait toujours, ses yeux se déplaçant furtivement sur son visage, ses bras, ses épaules. Au bout d'un moment, il a dit : Approche et redis-moi que tu m'aimes. Ça pourrait finir par me plaire.

Avec des gestes lourds et fatigués, elle s'est allongée à côté de lui.

Je t'aime, a-t-elle dit.

Et quand tu t'en es rendu compte ? Ça a été le coup de foudre, un truc comme ça ?

Non, je ne crois pas.

Un peu plus tard, alors. À Rome ?

Elle s'est tournée vers lui et il a passé son bras autour d'elle. Elle avait les yeux mi-clos mais lui, l'air pensif et alerte.

Sans doute, a-t-elle dit.

C'est assez rapide pour tomber amoureux. Quoi, trois semaines, un truc comme ça ?

Laissant ses yeux se fermer, elle a dit : À peu près.

C'est normal, pour toi ?

Je ne sais pas. Je ne tombe pas souvent amoureuse.

Il l'a regardée une seconde ou deux.

Et inversement, je suppose, a-t-il dit.

Elle a souri faiblement en demandant : Tu veux dire

que les gens ne tombent pas souvent amoureux de moi ? Non, en effet.

Et t'as pas l'air d'avoir beaucoup d'amis non plus.

Elle a cessé de sourire. Elle s'est tournée pour scruter Felix en silence pendant plusieurs secondes alors que sa figure se vidait de toute expression. Puis elle a dit simplement : Sans doute que non.

Ouais. Parce que depuis que t'es ici, je pense pas que quelqu'un soit venu te voir, si ? Pas ta famille. Et ton amie Eileen, tu parles beaucoup d'elle, mais elle ne s'est pas donné cette peine. Je crois que je suis le seul à être entré dans la maison depuis que t'es là, non ? Alors que t'habites ici depuis des mois.

Alice l'a dévisagé sans rien dire. Il a eu l'air de prendre ça comme une autorisation à continuer et il a replié son bras sous son oreiller d'un air songeur.

J'y ai pensé en Italie, a-t-il dit. Quand je te regardais faire tes lectures et signer des autographes, tout ça. Je dirais pas que tu travailles dur, ton travail, c'est une partie de plaisir comparé au mien. Mais il y a plein de gens qui attendent des choses de toi. Et je pense que, malgré tout le tapage autour de ta personne, aucun d'eux ne se soucie réellement de toi. Je me demande vraiment si quelqu'un le fait.

Ils se sont observés de longues secondes. Tandis que Felix la regardait, son assurance initiale, voire son triomphe sadique, s'est progressivement transformée, comme s'il reconnaissait trop tard son erreur.

Tu dois vraiment me détester, a-t-elle dit froidement.

Non. Mais je ne suis pas non plus amoureux de toi.

Bien sûr. Pourquoi tu le serais ? Je ne me faisais aucune illusion à ce sujet.

Elle s'est retournée et, d'un geste calme, a éteint la lumière sur la table de nuit. L'obscurité a dissous leurs visages, seuls les contours de leurs corps étaient visibles sous les draps. Aucun d'eux ne bougeait et chaque ligne, chaque ombre de la pièce était figée.

Tu peux partir si tu en as envie, a-t-elle dit. Mais tu peux rester, aussi. Tu pourrais te flatter de m'avoir terriblement blessée, mais je te promets que j'ai connu pire.

Il est resté allongé sans répondre.

Et quand j'ai dit que je t'aimais, je disais la vérité, a-t-elle ajouté.

Il a fait un bruit qui ressemblait à un rire étranglé, puis il a dit : Ah, j'aime ton style. Je t'accorde ça. C'est pas facile d'avoir le dessus avec toi, hein ? Bien sûr, j'y arriverai jamais. C'est drôle, parce que tu donnes l'impression de te laisser piétiner en répondant à mes textos à deux heures du matin et en me disant ensuite que t'es amoureuse de moi, tout ça. Mais c'est qu'une manière de dire : Essaie de m'attraper, t'y arriveras pas. Je le sais. Tu vas pas me laisser le croire une minute. Neuf fois sur dix, tu réussirais à embobiner quelqu'un avec ta façon de faire. La personne serait ravie, elle penserait te dominer. Mais je suis pas un crétin. Tu me laisses mal me comporter parce que comme ça, tu me domines, et c'est ça que t'aimes. Dominer. Je le prends pas pour moi, je crois pas que tu laisserais quiconque t'approcher. En fait, je respecte ça. Tu te protèges, je suis certain que t'as tes raisons. Je suis désolé d'avoir été si dur avec toi, parce que c'est vrai, j'essayais juste de te blesser. Et j'ai sans doute réussi, mais bon. N'importe qui peut blesser n'importe qui, faut juste y mettre du sien. Sauf que, au lieu de t'énerver contre moi, tu me dis que je suis le bienvenu et que tu m'aimes et tout ça. Parce que tu dois être parfaite, c'est ça ? T'as vraiment ce truc. J'essaierai plus de m'en prendre à toi. J'ai compris la leçon. Mais à partir de maintenant, t'as pas besoin de faire comme si tu étais sous ma coupe, alors qu'on sait tous les deux que je t'arrive pas à la cheville. D'accord ?

Un autre long silence s'est installé. Leurs visages étaient toujours invisibles dans l'obscurité. Pour finir, d'une voix aiguë et crispée, s'efforçant peut-être de trouver un calme ou une légèreté qui lui faisait défaut, elle a répondu : D'accord.

Si jamais j'arrive à te conquérir, t'auras pas besoin de me le dire. Je le verrai. Mais je ne vais pas te courir après. Je vais rester là où je suis et voir si tu viens à moi.

C'est comme ça que font les chasseurs avec les cerfs, a-t-elle dit. Avant de les abattre.

22

Eileen,

Je suis désolée que mon dernier mail t'ait inquiétée. En effet, comme tu le sais, j'ai annulé tous mes engagements publics pendant plusieurs mois, mais j'avais toujours eu dans l'idée de les reprendre un jour. Tu comprends que c'est mon travail, n'est-ce pas ? Personne ne trouve ça plus fastidieux et dégradant que moi, mais jamais je n'ai voulu te faire croire que je m'étais retirée pour de bon de la vie publique. Tu n'es jamais restée plus de quatre jours en arrêt maladie alors les quatre mois que je me suis octroyés devaient te paraître sacrément longs. Oui, j'ai pris un avion de Dublin et j'y suis passée à mon retour, à l'aller à sept heures du matin, et au retour, à une heure du matin. Comme tu as, toi aussi, un travail à des horaires fixes, il me semble, je n'ai pas jugé convenable de te sortir du lit en pleine nuit pour une tasse de thé et une discussion au débotté. Comment peux-tu imaginer que je n'aie pas envie de te voir alors que je te demande de venir depuis des mois ? Je n'habite qu'à trois heures de Dublin, tu sais. Quant au message resté sans réponse de Roisin, je ne comprends pas – tu m'écris pour toi, ou en tant qu'ambassadrice de l'amitié du grand Dublin ? C'est vrai, je n'ai pas répondu à son message car j'étais très occupée. Malgré tout l'amour et l'affection que je te porte, je n'ai pas l'intention de te faire un compte rendu chaque fois que je prends du retard dans ma correspondance.

Pour ce qui est du reste de ton mail : qu'entends-tu exactement quand tu parles de « beauté » ? Tu dis que c'est une grave erreur de confondre la vanité personnelle avec l'expérience esthétique. Mais n'est-ce pas également une erreur, peut-être connexe, de prendre l'expérience esthétique au sérieux ? Sans aucun doute, on peut être ému de façon désintéressée par la beauté artistique ou par celle de la nature. Je pense même qu'il est possible d'apprécier la beauté d'autres personnes, leur visage et leur corps, d'une manière « purement » esthétique, autrement dit, sans lien avec le désir. Personnellement, je trouve souvent les gens beaux sans avoir envie de me lier à eux – en fait, je ne trouve pas que la beauté soit un déclencheur du désir. Autrement dit, je n'exerce aucune volonté en percevant de la beauté et, en conséquence, je n'éprouve aucun besoin conscient. Je suppose que c'est ce que les philosophes des Lumières entendaient par « jugement esthétique », et cela correspond assez bien au genre d'expérience que j'ai connue avec certains tableaux, certaines musiques, certains paysages, etc. Je les trouve beaux, leur beauté m'émeut et me procure un sentiment agréable. Je suis d'accord pour dire que le spectacle de la consommation de masse commercialisée sous le nom de « beauté » est en réalité hideux, nullement source de plaisir esthétique, à l'inverse, par exemple, d'un soleil couchant à travers les arbres, des *Demoiselles d'Avignon* ou de *Kind of Blue*. Mais qui s'y intéresse ? j'ai envie de te demander. Même à supposer que la beauté de *Kind of Blue* soit objectivement supérieure à celle d'un sac à main Chanel, ce qui, d'un point de vue philosophique, reste à prouver, quelle importance ? Tu as l'air de penser que l'expérience esthétique est, plutôt que simplement agréable, d'une certaine manière importante. Ce que je cherche à savoir c'est : importante en quel sens ?

Je ne suis ni peintre ni musicienne, et pour de bonnes raisons, mais romancière, alors je tente de prendre le roman au sérieux – en partie parce que je suis consciente de l'extraordinaire privilège de pouvoir gagner ma vie avec quelque chose d'aussi inutile, par définition, que l'art. Mais si j'essayais de décrire mon expérience de lecture des grands romans, elle ne ressemblerait en rien à l'expérience esthétique dont je viens de parler, où aucun acte de volonté ni aucun désir personnel n'est impliqué. Pour ma part, je dois me mettre dans certaines dispositions pour lire, pour comprendre ce que je lis et le garder assez longtemps à l'esprit afin de trouver un sens au roman à mesure que je progresse dans sa lecture. En aucun cas je n'ai l'impression d'être un être passif par lequel est convoyée la beauté sans implication de ma part ; j'ai l'impression de faire un effort, un effort dont l'expérience de la beauté est le résultat construit. Mais je pense que, plus important encore, les grands romans engagent mes sympathies et me font désirer certaines choses. Quand je contemple *Les Demoiselles d'Avignon*, je ne « désire » rien de ce tableau. Mon plaisir consiste à le regarder tel qu'il est. En revanche, quand je lis, j'éprouve du désir : je veux qu'Isabel Archer soit heureuse, je veux que les choses s'arrangent pour Anna et Vronsky, je veux même que Jésus soit gracié à la place de Barabbas. Encore une fois, il se peut que je sois une lectrice étroite d'esprit et insipide qui souhaite le meilleur pour tout le monde (sauf pour Barabbas) ; mais même si je voulais le contraire, qu'Isabel fasse un mauvais mariage ou qu'Anna se jette sous un train, ce ne serait qu'une variation de la même expérience. Le fait est que mon empathie est engagée, et que je cesse d'être désintéressée.

As-tu discuté de tout cela avec Simon ? Tu peux sans doute compter sur lui pour te présenter une version plus cohérente que la mienne, car sa vision du monde a une rigueur que je n'ai pas. D'après ce que j'ai compris, dans la doctrine catholique, beauté, vérité et bonté sont des propriétés de l'être qui ne fait qu'un avec Dieu. Dieu est en quelque sorte, littéralement, beauté (et aussi vérité, ce qui est peut-être ce que Keats cherchait à dire, mais peut-être pas). L'humanité tente d'acquérir et d'appréhender ces propriétés comme un moyen de se tourner vers Dieu et de comprendre sa nature ; ainsi, tout ce qui serait beau nous conduirait à la contemplation du divin. En tant qu'êtres doués d'un sens critique, nous pourrions débattre de ce qui est beau et de ce qui ne l'est pas, car nous ne sommes qu'humains et que la volonté de Dieu ne nous est pas vraiment accessible, mais nous pouvons nous accorder sur l'importance capitale de la beauté en elle-même. Tout cela est très joli et se suffit à lui-même, tu ne trouves pas ? Je peux surfer là-dessus pour t'expliquer mon engagement sympathique envers les grands romans. Par exemple, Dieu nous a faits comme nous sommes, êtres humains complexes animés de désirs et de pulsions. L'attachement passionné à des personnages fictifs – dont nous ne pouvons évidemment pas espérer tirer une quelconque satisfaction ou un quelconque avantage matériel – est un moyen de comprendre les complexités profondes de la condition humaine, donc les complexités de l'amour que Dieu éprouve à notre égard. J'irais même plus loin : par sa vie et par sa mort, Jésus a souligné la nécessité d'aimer les autres sans tenir compte de ses intérêts propres. D'une certaine manière, lorsqu'on aime des personnages de fiction tout en sachant qu'ils ne pourront jamais nous aimer en retour, n'est-ce pas un moyen de pratiquer en miniature le genre d'amour désintéressé que Jésus appelle de ses vœux ? Autrement dit, l'engagement sympathique est une forme de désir vers un objet mais sans sujet, une manière de vouloir sans vouloir ; désirer pour les autres non pas *ce que* je veux pour moi mais *la façon dont* je le veux pour moi.

Ce que je cherche à exprimer, c'est sans doute que le divertissement n'a plus de fin une fois adopté l'esprit chrétien. Pour toi et moi, c'est plus difficile car nous sommes incapables de nous défaire de la conviction que rien ne compte, que la vie est aléatoire, que nos sentiments les plus sincères sont réductibles à des réactions chimiques, qu'aucune loi morale objective ne structure l'univers. On peut vivre avec de telles convictions, bien sûr, mais pas, je pense, croire les choses que toi et moi disons croire. Que certaines expériences de beauté sont sérieuses et d'autres insignifiantes. Ou que certaines choses sont bonnes et d'autres mauvaises. À quelle norme nous référons-nous ? Devant quel juge plaidons-nous notre cause ? Je n'essaie pas de démonter ton argumentation – j'adopte ce que je pense être exactement ta position. Je ne peux pas croire que la différence entre le bien et le mal ne soit qu'une question de goût ou de préférence ; mais je ne peux pas non plus me résoudre à croire en la moralité absolue, c'est-à-dire en Dieu. Ce qui me laisse dans une impasse philosophique. Où que je me trouve, je n'ai pas le courage de mes convictions. Je ne peux pas avoir la satisfaction de sentir que je sers Dieu en faisant le bien, et pourtant l'idée de faire du mal me révulse. Je ne trouve aucune valeur ni morale ni politique à mon travail, et pourtant, c'est ce que je fais dans la vie, et la seule chose que je veuille faire.

Quand j'étais plus jeune, je souhaitais découvrir le monde, mener une vie glamour, être célébrée pour mon œuvre, épouser un grand intellectuel, rejeter mon éducation, me couper d'un monde étriqué. J'ai vraiment honte de me l'avouer aujourd'hui, mais j'étais seule et malheureuse, et je ne comprenais pas que ces sentiments étaient ordinaires, qu'il n'y avait rien de singulier dans ma solitude ni dans mon malheur. Peut-être que si je l'avais compris, ne serait-ce qu'un peu, je n'aurais jamais écrit mes livres, je ne serais jamais devenue cette personne. Je l'ignore. Je sais que je serais incapable de les écrire à nouveau, ou de ressentir ce que je ressentais à l'époque. À l'époque c'était important pour moi de prouver que j'étais particulière. Et à force d'essayer, ç'a fini par devenir vrai. Ce n'est que plus tard, lorsque j'ai eu l'argent et les compliments que je croyais mériter, que j'ai compris que ce n'était pas possible de mériter ça, mais c'était trop tard. J'étais déjà devenue la personne que j'avais un jour voulu être, et que je méprise à présent avec vigueur. Je ne dis pas ça pour dénigrer mon travail. Mais pourquoi une personne devrait-elle être riche et célèbre alors que d'autres vivent dans une extrême pauvreté ?

La dernière fois que je suis tombée amoureuse, ça s'est mal terminé, comme tu le sais, et dans la foulée, j'ai écrit deux romans. Tant que j'étais amoureuse, j'essayais un peu d'écrire par-ci par-là, mais mes idées revenaient constamment à l'objet de mon affection, je ne pensais qu'à ça, si bien que mon travail n'a jamais pu se développer en substance, je n'avais aucune véritable place pour ça dans ma vie. Nous avons été heureuses, puis malheureuses, et après maintes souffrances et récriminations, nous nous sommes séparées – c'est là que j'ai enfin pu me mettre au travail avec sérieux. Comme si j'avais libéré un espace en moi, un espace qu'il fallait combler d'une manière ou d'une autre, et là, je me suis installée à mon bureau pour écrire. J'avais d'abord dû faire le vide dans ma vie, puis partir de là. Quand je repense à la période où j'ai écrit ces livres, j'ai l'impression que c'était un moment formidable. J'avais quelque chose à faire, et je l'ai fait. J'étais fauchée, seule, sans cesse inquiète pour l'argent, mais j'avais ça, cette partie de ma vie secrète et protégée à laquelle mes pensées revenaient sans cesse, autour de laquelle mes sentiments tournaient, qui n'appartenait qu'à moi. D'une certaine façon, c'était comme une histoire d'amour, un engouement passager, sauf que ça n'impliquait que moi, que tout était sous mon contrôle. (Le contraire d'une histoire d'amour, donc.) Malgré toute la frustration et la difficulté qu'il y a à écrire un roman, dès le début, je sais qu'on m'avait offert quelque chose de très important, un cadeau spécial, une bénédiction. C'était comme si Dieu avait posé sa main sur ma tête pour m'emplir du désir le plus intense que j'aie jamais ressenti, non pas un désir pour quelqu'un, mais le désir de créer quelque chose qui n'existait pas. Quand je repense à ces années-là, je suis touchée et presque peinée par la simplicité de la vie que je menais, je savais ce que je devais faire et je l'ai fait, voilà tout.

Désormais, à part quelques critiques et de très longs mails, je n'ai plus rien écrit depuis près de deux ans. J'ai l'impression que cet espace dans ma vie a été vidé, c'est peut-être pour ça qu'il est temps que je tombe à nouveau amoureuse. J'ai besoin de sentir que mon existence a un axe, un endroit où mes pensées peuvent revenir et se reposer. Je sais que la plupart des gens n'ont pas besoin de ça, et que ça serait beaucoup plus sain pour moi si c'était mon cas. Felix ne se sent pas obligé d'organiser sa vie autour d'un principe central, et je pense que toi non plus. Simon oui, mais lui, il a Dieu. Quitte à devoir mettre quelque chose au centre de la vie, Dieu me semble une bonne option – en tout cas une meilleure option que celle d'inventer des histoires sur des personnages de fiction ou de tomber amoureuse de gens qui me détestent. Mais c'est ainsi. Il vaut toujours mieux aimer que ne pas aimer, et je vis en ce monde sans souhaiter un instant qu'il en soit autrement. N'est-ce pas, d'une certaine manière, un cadeau particulier, une bénédiction, quelque chose de très important ? Eileen, pardonne-moi, tu me manques vraiment. Quand on se reverra après tous ces mails, je vais être toute timide et cacher ma tête sous mon aile comme un petit oiseau. Transmets à ta sœur et à son mari mes vœux de bonheur ce week-end – et, ensuite, si ça ne t'ennuie pas trop, viens me voir, je t'en prie.

23

Le matin du mariage, Eileen était assise sur le lit dans la suite nuptiale et Lola devant la coiffeuse. En portant un doigt à son visage, Lola a dit : Je pense qu'elle m'a trop fait les yeux. Elle était vêtue d'une robe de mariée blanche, très simple, à bustier. Tu es magnifique, a dit Eileen. Leurs regards se sont croisés dans le miroir puis Lola a grimacé et s'est levée pour aller à la fenêtre. Dehors, le début de journée était blanc, la lumière aqueuse. Lola se tenait dos à la vitre, elle regardait Eileen assise sur le grand lit. Elles se sont dévisagées un moment, contrariées, coupables, suspicieuses, contrites. Finalement, Lola a demandé : C'est l'heure ? Eileen a jeté un coup d'œil à la petite montre en or à son poignet gauche. Il n'est que moins dix, a-t-elle dit. Elle portait une robe vert céladon, et elle avait les cheveux attachés. Elle était songeuse, toutes deux étaient songeuses. Lola se revoyait pagayer dans la mer à Strandhill, ou bien était-ce Rosses Point ce jour-là, ou encore Enniscrone ? Le sable grenu sous ses ongles et sur son cuir chevelu, le goût du sel. Elle avait basculé dans la mer et bu la tasse par le nez et la gorge, confusion de lumière et de sensations, elle se souvenait d'avoir pleuré et été ramenée sur la plage dans les bras de son père. Une serviette rouge et orange. Plus tard, en rentrant en voiture à Sligo, attachée sur la banquette arrière, avec la radio qui grésillait et des points lumineux au loin. Dans l'obscurité, au bord de la route, une camionnette qui vendait des saucisses-frites sous un auvent, la piqûre du vinaigre. Avoir dormi cette nuit-là dans la chambre d'une cousine avec des livres différents dans la bibliothèque, les meubles projetant des ombres différentes dans la lumière entrant par une fenêtre inconnue. À minuit, les cloches de la cathédrale. En bas, les adultes qui parlaient, les lampes allumées et les pintes de bière. Eileen elle aussi pensait à son enfance, à un jeu inventé par Lola, un royaume caché, des palais, des ducs et des paysans, des rivières enchantées, des forêts, des cieux éclairés. Toutes ces intrigues oubliées depuis longtemps, ces noms dans des langues magiques, ces loyautés et ces trahisons. Ce qui restait, c'étaient les lieux réels sur lesquels ce monde fictif s'était implanté : l'étable derrière la maison, le jardin trop touffu, les fossés longeant les haies, le schiste humide jusqu'à la rivière. Et dans la maison : le grenier, l'escalier, le placard pour les manteaux. Ces endroits procuraient toujours à Eileen un sentiment particulier, en tout cas, si elle le voulait, elle pouvait activer le sentiment particulier qu'ils contenaient, telle une fréquence esthétique. Ils l'emplissaient de plaisir et d'un frisson qui ressemblait à de l'excitation. Comme un beau papier à lettres avec des stylos lourds et des feuilles sans lignes, ils représentaient la possibilité de l'imagination, une possibilité tellement plus élégante et plus délicate en soi que tout ce qu'elle avait jamais réussi à concevoir. Non, son imagination l'avait abandonnée. C'était une chose que certains avaient ou dont ils ne voulaient pas. Qu'Eileen voulait mais n'avait pas. Comme Alice et sa philosophie morale, elle nageait entre deux eaux.

Peut-être que c'était le cas de tout le monde pour tout ce qui comptait. Quand des coups ont retenti à la porte, elles ont levé les yeux et leur mère Mary est entrée, vêtue de sa robe bleue et de ses chaussures vernies, avec une plume frétillante plantée dans ses cheveux. Elles se sont mises à parler très vite, à se faire des remontrances, à rire, à se plaindre, à ajuster les vêtements les unes des autres, les mouvements dans la chambre brusques et bruyants comme ceux d'oiseaux. Lola voulait desserrer la coiffure d'Eileen, Mary essayer une autre paire de chaussures à la dernière minute, et Eileen, avec ses bras blancs et fins comme des roseaux ou des branches, a commencé à détacher ses cheveux, a remonté un châle sur les épaules de Mary, chassé un cil égaré de la pommette poudrée de Lola en parlant d'une voix rapide et légère, éclatant à nouveau de rire. Mary pensait, elle aussi, à son enfance, à la petite maison mitoyenne avec le magasin à côté, aux sandwiches à la crème glacée, à la toile cirée à carreaux de la table de la cuisine, à la vaisselle à motifs derrière une vitre. Aux jours d'été frais et lumineux, à l'air limpide comme de l'eau froide et aux ajoncs jaunes flamboyants. Penser à son enfance la mettait mal à l'aise parce que, un jour, ç'avait été la vie et que, maintenant, c'était autre chose. Les personnes âgées étaient mortes, les bébés avaient grandi. Cela arriverait aussi à Eileen et à Lola, qui pour l'instant étaient jeunes et belles, qui s'aimaient et se détestaient, riaient de toutes leurs dents blanches, sentaient bon le parfum. Il y a eu d'autres coups à la porte et elles se sont tues en tournant la tête. Leur père, Pat, est entré. Comment vont les femmes ? a-t-il demandé. Pat avait mis son costume. C'était l'heure de partir pour l'église, la voiture attendait. Il pensait à sa femme, Mary, qui lui avait semblé si étrangère lors de sa première grossesse, à la façon dont elle avait alors acquis quelque chose, une sorte de sérieux, une direction étrange dans les propos, les gestes, qui l'avait mis mal à l'aise, lui avait donné envie de rire sans qu'il sache pourquoi. Elle changeait, elle détournait son visage de lui vers une autre expérience. Avec le temps, ç'a passé, Lola est née en bonne santé, Dieu merci, et il s'est dit qu'ils ne recommenceraient plus jamais. Trop d'étrangeté pour une seule vie. Comme d'habitude, il s'était trompé. Dehors, le vent a agité les arbres et projeté son souffle frais sur leurs visages. Ils sont tous montés en voiture. Lola a pressé son nez sur la vitre, ce qui a déposé un petit rond de poudre sur la glace. L'église trapue et grise était ornée de longs et minces vitraux de couleurs rose, bleue et ambrée. À leur apparition, l'orgue électronique a entamé un air, le parfum d'encens humide et pénétrant les a caressés, et le bruissement des étoffes, le grincement des bancs alors que tout le monde se levait et les regardait avancer sur le sol lisse de la nef, Lola majestueuse et magnifique en blanc, rayonnante de la concrétisation de ses vœux les plus chers, accueillant sans appréhension les regards braqués sur elle, bien droite, Pat dans son costume, digne, touchant de maladresse, Mary souriant nerveusement en serrant la main d'Eileen dans sa paume moite, Eileen mince et pâle, ses cheveux noirs attachés devant et libres derrière, les bras nus, la tête dressée sur son long cou comme une fleur. En tournant calmement les yeux, elle l'a cherché sans le voir. Matthew attendait à l'autel, l'air effrayé et joyeux, le prêtre a fait un discours, les vœux ont été échangés. *Ma colombe, qui te tiens dans les fentes du rocher, qui te caches dans les parois escarpées, fais-moi voir ta figure, fais-moi entendre ta voix, car ta voix est douce et ta figure est agréable.* Ensuite, sur les gravillons devant l'église, dans la lumière blanche du jour, la fraîcheur du vent, les doigts filiformes du feuillage, tout le monde a ri, s'est serré la main, s'est embrassé. Le cortège nuptial a pris la pose sous un arbre, se rapprochant et s'éloignant, chuchotant et souriant. Et là, Eileen a vu Simon sur le parvis, qui l'observait. Ils ont échangé un long regard sans un geste, sans un mot – et dans le terreau de ce regard gisaient tant d'années. Il se rappelait la naissance d'Eileen, le nouveau bébé des Lydon, la première fois qu'il avait été autorisé à la voir, son visage rouge et ridé digne d'une vieille créature plutôt que d'une petite chose neuve – bébé Eileen. Ses parents avaient dit qu'après ça, il passait son temps à réclamer une sœur, mais pas n'importe quelle sœur, une sœur comme celle de Lola. Elle aussi se souvenait de lui, ce garçon plus âgé qui fréquentait une autre école, vif, intelligent, les étranges crises dont il souffrait, cet objet de sympathie pour les adultes, ce qui le rendait, malgré sa beauté, un peu bizarre. La mère d'Eileen disait toujours qu'il avait des manières charmantes, un vrai petit gentleman. Il se souvenait d'elle adolescente, mince et couverte de taches de rousseur devant le plan de travail, les jambes entortillées, toujours en train de froncer les sourcils à quinze ans. Elle ne parlait pas ou tout à coup trop, ses accès de mauvaise humeur, son hostilité. Puis ces regards francs, ce visage rose et presque furieux. Il était pour elle ce jeune homme de vingt ans qui venait aider à la ferme pendant l'été, elle l'avait vu donner avec une tendresse incomparable le biberon à un agneau, elle pouvait passer une semaine à l'agonie après un simple regard de sa part, elle avait le souffle coupé lorsqu'elle entrait dans une pièce où il se trouvait. Le jour où ils avaient tous les trois pris leurs vélos pour aller se promener en forêt. Ils les avaient laissés à l'orée du bois. Des nuages sombres et surréalistes derrière des cimes d'arbres lumineuses et ensoleillées. Lola racontant une histoire épouvantable sur un meurtre dans la forêt, Simon murmurant des choses comme : Hum, ça me surprend un peu, et : Mon Dieu, c'est horrible, non ? Eileen occupée à donner des coups de pied dans un petit caillou sur le chemin, jetant de temps en temps un regard à Simon pour contempler son visage. Elle avait reçu tellement de coups de couteau qu'elle était presque décapitée, disait Lola. Mon Dieu, répétait Simon, je préfère ne pas y penser. Lola a ri et l'a traité de mauviette. C'est assez vrai, a-t-il admis. Il s'était mis à pleuvoir et Lola avait détaché sa veste de sa taille. Tu es comme Eileen, a-t-elle dit. Il a regardé Eileen en répondant : J'aimerais être plus comme elle. Lola a rétorqué qu'elle n'était qu'un bébé. D'une voix enflammée et étrangement forte, Eileen a protesté : Imagine que quelqu'un t'ait dit ça quand tu avais mon âge. Lola lui a lancé un regard compatissant. Franchement, quand j'avais ton âge, j'étais beaucoup plus mature. Simon a dit que selon lui, Eileen était très mûre. Lola a froncé les sourcils en répliquant : Arrête, ça craint. Simon avait les oreilles toutes rouges et il a changé de ton. Je voulais dire, intellectuellement. Il n'a rien ajouté, et Lola non plus, mais aucun d'eux n'était content. Lola a remonté sa capuche pour se protéger de la pluie et s'est mise en route. À longues et rapides enjambées, elle s'est hâtée et a disparu après un virage dans le chemin. Eileen a regardé la terre sèche du sentier se transformer en boue, les rigoles entre les pierres. La pluie s'accentuait et créait des points sombres sur son jean tout en mouillant ses cheveux. Quand ils ont atteint le virage, Lola n'était nulle part en vue. Elle était peut-être plus loin devant, ou alors elle avait pris un autre chemin. Tu sais où on est ? a demandé Eileen. Simon a souri en répondant que oui. Ne t'inquiète pas, on ne va pas se perdre. En revanche, on pourrait se noyer. Eileen s'est essuyé le front sur sa manche. Avec un peu de chance, personne ne nous poignardera trente-huit fois, a-t-elle fait remarquer. Simon a éclaté de rire. Dans ces histoires, la victime est toujours seule, a-t-il dit. Donc je pense qu'on n'a pas d'inquiétude à avoir. Tant mieux, a dit Eileen, sauf si c'était lui l'assassin. Il a de nouveau éclaté de rire. Non, non. Tu es en sécurité avec moi. Elle a levé les yeux vers lui d'un air timide. C'est bien ce que je pense. Il a regardé autour de lui en disant : Ah bon ? Elle a secoué la tête, s'est essuyé le visage avec sa manche, puis elle a dégluti. Je me sens en sécurité quand je suis avec toi, a-t-elle affirmé. Simon a gardé le silence quelques instants. Puis il a répondu : Tant mieux. Je suis heureux de le savoir. Elle lui a jeté un coup d'œil et, sans prévenir, elle a couru se réfugier sous un arbre. Elle avait le visage et les cheveux dégoulinants de pluie. S'apercevant qu'elle avait cessé de marcher près de lui, Simon s'est retourné. Salut, toi, a-t-il dit. Qu'est-ce que tu fais là ? Elle le regardait avec une concentration intense. Tu peux venir une seconde ? a-t-elle demandé. Il a fait quelques pas vers elle. Tout bas, mais non sans une certaine agitation, elle a dit : Non, jusqu'à moi. Là où je suis. Il a marqué un temps d'arrêt. Pourquoi ? a-t-il demandé. Au lieu de répondre, elle a continué à le regarder d'un air suppliant, presque de détresse. Il s'est approché et elle a posé la main sur son avant-bras. Le tissu de sa chemise était humide. Elle l'a attiré à elle jusqu'à ce que leurs corps se touchent presque. Elle avait les lèvres humides, la pluie ruisselait sur ses joues et son nez. Il est resté là, la bouche presque contre son oreille. Elle ne disait rien, elle respirait fort et vite.

D'une voix douce, il a dit : Je sais, Eileen. Je comprends. Mais on ne peut pas, tu le sais, non ? Les lèvres très pâles, elle tremblait. Je suis désolée, a-t-elle dit. Il ne s'est pas éloigné, il est resté là, la laissant s'accrocher à son bras. Tu n'as pas à être désolée. Tu n'as rien fait de mal. Je comprends, d'accord ? Il n'y a rien à se reprocher. Et si on se remettait en route ? Ils ont repris le chemin, Eileen regardant fixement ses pieds. Dans la clairière, Lola attendait contre la barrière avec son vélo. En les voyant, elle a donné un coup de pied impatient sur la pédale pour la faire tourner. Où vous étiez ? a-t-elle crié tandis qu'ils s'approchaient. Tu es partie en courant, a dit Eileen. Simon a récupéré le vélo d'Eileen dans l'herbe et le lui a donné avant d'attraper le sien. Même pas, a protesté Lola. Avec un regard étrange, elle a tendu la main vers les cheveux mouillés d'Eileen. On dirait un rat noyé, a-t-elle dit. Allez, on y va. Il les a laissées pédaler côte à côte. En silence, les yeux fixés sur la roue de son vélo, il a prié : Mon Dieu, offrez-lui une vie heureuse. Je suis prêt à tout, à tout pour ça, je vous en prie, je vous en supplie. Quand elle a eu vingt et un ans, elle est allée lui rendre visite à Paris, il habitait pour l'été dans un vieil immeuble avec un ascenseur mécanique. Bons amis, ils s'écrivaient des cartes postales amusantes au dos de peintures de nus célèbres. Quand ils se promenaient sur les Champs-Élysées, les femmes se retournaient sur lui, si grand et si beau, si austère, mais il ne leur rendait jamais leurs regards. Le soir de son arrivée, Eileen lui avait raconté la perte de sa virginité quelques semaines plus tôt, et pendant qu'elle parlait, elle avait le visage si chaud que c'en était douloureux. Cette expérience était catastrophique et bizarre, mais d'une façon un peu perverse elle était contente de la lui raconter, elle aimait le ton drôle et jamais choqué qu'il prenait avec elle. Il l'a même fait rire. Ils étaient allongés l'un contre l'autre, leurs épaules se touchaient presque. C'était la première fois. Être dans ses bras et le sentir en elle, cet homme qui restait à l'écart de tous, le sentir céder, se consoler en elle, c'était l'idée qu'elle se faisait de la sexualité mais elle n'avait jamais retrouvé cette sensation depuis. Quant à lui, avoir Eileen de cette façon, si innocente et nerveuse, toute tremblante, si peu consciente, semblait-il, de ce qu'elle lui offrait – il s'en était presque senti coupable. Mais ils ne pourraient jamais se reprocher quoi que ce soit, peu importe ce qu'ils feraient, parce qu'il n'y avait rien de mauvais en elle, et que lui aurait donné sa vie pour la rendre heureuse. Sa vie, quoi que cela représente. Puis les années avec Natalie à Paris, sa jeunesse envolée qui ne reviendrait plus. Vivre avec toi, c'est comme vivre avec une dépression, lui avait un jour dit Natalie. Il avait voulu, il avait essayé de la rendre heureuse, mais n'y était pas arrivé. Puis faire sa vaisselle seul après le dîner, une seule assiette et une fourchette sur l'égouttoir. Il n'était même plus jeune, plus vraiment. Pour Eileen, le temps aussi avait passé, des années assise par terre à déballer des meubles en kit, à se chamailler, à boire du vin blanc tiède dans des gobelets en plastique. À voir tous ses amis partir vivre à New York ou à Paris tandis qu'elle restait dans le même petit bureau et répétait encore et encore les quatre mêmes disputes avec le même homme. Incapable de se rappeler comment elle avait imaginé sa vie. N'y avait-il pas eu un temps où ç'avait signifié quelque chose pour elle, de vivre, d'être en vie ? Mais quoi ? Un week-end de l'année précédente, ils étaient retournés chez leurs parents ensemble, et Simon avait emprunté une voiture pour l'emmener à Galway. Elle portait une veste en tweed rouge avec une broche sur le revers, ses cheveux lâchés sur ses épaules, sombres et doux, ses mains sur ses genoux, blanches comme des colombes. Ils ont parlé de leurs familles, de sa mère à elle, de sa mère à lui. Elle vivait encore avec son petit ami à l'époque. En rentrant ce soir-là, sous le croissant de lune de guingois et doré comme une coupe de champagne, les boutons en haut de son chemisier étaient défaits et elle y a posé la main pour se caresser le sternum, ils parlaient d'enfants, elle n'en avait jamais voulu jusque-là, mais dernièrement, elle se posait la question, et il était incapable d'en faire abstraction, il sentait une douleur sourde et dure en lui : Laisse-moi t'en faire un, j'ai de l'argent, je m'occuperai de tout. Et toi, a-t-elle demandé, tu veux des enfants ? Oh oui, a-t-il répondu. Oui. Ce bruit mort quand elle a claqué la portière de la voiture en sortant. En y repensant cette nuit-là, en imaginant qu'elle le laisse faire, qu'elle veuille bien, il s'était senti creux et honteux. Il l'avait aperçue sur O'Connell Street en août quelques semaines plus tard, elle marchait avec un homme qu'il ne connaissait pas sur le trottoir d'en face en direction du fleuve, la journée était chaude, elle portait une robe blanche. Comme elle était gracieuse dans la foule, il l'avait suivie des yeux, elle avait un long cou superbe, ses épaules brillaient dans l'éclat du soleil. C'était comme regarder sa vie qui s'éloignait. Un soir à Dublin, autour de Noël, elle l'avait aperçu par la vitre du bus, il traversait, rentrant sans doute du travail dans son long manteau d'hiver, il était grand et il avait les cheveux dorés sous les réverbères. C'était une époque terrible, Alice à l'hôpital, Aidan qui disait qu'il avait besoin de réfléchir, et par la vitre du bus, Simon qui traversait la rue. C'était un tel apaisement de le voir, cette fine et belle silhouette qui se frayait un chemin dans l'obscurité bleutée de décembre, sa solitude paisible, sa maîtrise de lui-même, et elle s'était sentie si heureuse, si reconnaissante qu'ils habitent dans la même ville où elle pouvait le rencontrer par hasard, où il pouvait apparaître devant ses yeux au moment où elle en avait le plus besoin, cette personne qui l'aimait depuis qu'elle était toute petite. Et leurs coups de fil, leurs messages, leurs jalousies, les années de regards échangés, de sourires réprimés, tout ce dictionnaire de leurs petites attentions. Les histoires qu'ils se racontaient au sujet l'un de l'autre, et sur eux-mêmes. Tout cela était dans leurs yeux et passait entre eux. Tournez-vous par là, s'il vous plaît, a demandé le photographe. Simon a incliné la tête et Eileen s'est exécutée. Après les photos, le cortège s'est dispersé sur les gravillons, discutant et se saluant, elle est allée vers lui, toujours sur le parvis. Tu es très belle, a-t-il dit. Elle était toute rouge, elle avait un bouquet de fleurs dans les bras. Déjà quelqu'un d'autre l'appelait, qui voulait quelque chose d'elle. Simon, a-t-elle dit. Tendrement, presque douloureusement, ils se sont souri en silence, ils avaient les mêmes interrogations. Suis-je la personne qui occupe tes pensées ? Quand on a fait l'amour, est-ce que ça t'a plu ? Est-ce que je t'ai fait mal ? M'aimes-tu ? M'aimeras-tu toujours ? Depuis l'entrée de l'église, sa mère appelait Eileen. Tendant la main vers celle de Simon, Eileen a dit : Je reviens. Il a hoché la tête, il lui souriait. Ne t'inquiète pas, a-t-il dit. Je serai là.

24

Très chère Alice,

Un petit mot pour te dire que le mariage a été superbe, on est en ce moment même dans le train pour Ballina. J'oublie toujours que Simon est par essence (même s'il le nie) un politicien, qu'il connaît donc littéralement tout le monde dans ce pays. À l'instant où je t'écris ce mail, il est en grande conversation avec un homme sorti de nulle part. Ce qui me rappelle ce que tu m'as écrit sur la beauté, à quel point on a du mal à croire qu'elle puisse être importante ou même significative quand elle surgit de nulle part. Pourtant, sans elle, la vie serait moins agréable, non ? Je ne crois pas qu'il faille être croyant pour l'apprécier. C'est drôle que je n'aie que deux proches amis et qu'aucun d'eux ne me ressemble. En fait, la personne qui me fait le plus penser à moi, c'est ma sœur parce que, comme moi, elle est complètement folle, parce qu'elle me fait enrager, et réciproquement. Elle était très belle hier, même si sa robe n'avait pas de bretelles, je sais que tu n'aimes pas ça. L'homme avec qui parle Simon est maintenant assis à notre table et il lui montre quelque chose sur son téléphone. Une photo d'oiseau ? Peut-être que cet homme est ornithologue à ses heures perdues ? Je ne sais pas, je n'écoutais pas. En tout cas, j'ai hâte de te voir. Il me semble avoir eu une idée sur la beauté, ou le mariage, ou toi et Simon et le fait que je ne te ressemble pas, mais je n'arrive pas à me rappeler. Tu te souviens que ça fait presque dix ans que j'ai couché pour la première fois avec Simon ? Je me dis parfois que j'aurais eu une belle vie s'il avait agi en catholique en demandant ma main à l'époque. On pourrait avoir plusieurs enfants maintenant, qui seraient probablement dans le train avec nous à écouter leur père parler avec un passionné d'oiseaux. J'ai l'impression que si Simon m'avait prise sous son aile plus tôt dans la vie, j'aurais peut-être mieux tourné. Et lui aussi, s'il avait eu quelqu'un à qui se confier pendant tout ce temps. Mais malheureusement, il est trop tard pour changer ce qu'on est devenus. Le processus de transformation a pris fin, on est ce qu'on est dans une très large mesure. Nos parents vieillissent, Lola est mariée, je vais probablement continuer à prendre de mauvaises décisions et à souffrir d'épisodes dépressifs récurrents, Simon continuera sans doute à être extrêmement compétent et bon vivant mais replié sur lui-même. Peut-être que ça a toujours été comme ça, et qu'on ne serait parvenus à rien ensemble. Ça me fait penser au premier jour où je t'ai vue, je me souviens du cardigan vert en tricot que je portais et du bandeau dans tes cheveux. Je parle de la vie qu'on a eue depuis, ensemble et séparées – est-ce qu'elle existait déjà en germe ce jour-là ? En vérité, j'aime Lola et j'aime ma mère, et je pense qu'elles m'aiment, même si on ne parvient pas à s'entendre, et peut-être que ça ne sera jamais le cas. Aussi étonnant que cela puisse paraître, ce n'est pas important de bien s'entendre, uniquement de s'aimer. Je sais ce que tu penses : la fille va deux fois à la messe et voilà qu'elle se met à vouloir aimer tout le monde. Bref, on est arrivés à Athlone alors je ferais bien de t'envoyer ce mail maintenant. Rappelle-moi de te soumettre l'idée d'un article que j'ai eue sur *La Coupe d'or*. As-tu déjà lu un roman aussi savoureux ?? Je l'ai jeté à travers ma chambre après l'avoir fini. J'ai hâte de te voir.

Amour, amour, amour,
Eileen

25

Sur un quai de gare, début juin, fin de matinée : deux femmes s'étreignent après une séparation de plusieurs mois. Derrière elles, un homme grand et blond descend du train avec deux valises. Les femmes ne parlent pas, elles ont les yeux fermés, elles se serrent l'une contre l'autre pendant une, deux, trois secondes. Au milieu de l'intensité de leur étreinte, étaient-elles conscientes de quelque chose d'un peu ridicule, voire de comique dans cette scène ? Car, non loin, quelqu'un éternuait violemment dans un mouchoir en papier froissé ; une bouteille en plastique sale roulait sur le quai, poussée par le vent ; un panneau d'affichage mécanisé sur le mur de la gare passait d'une publicité pour des produits capillaires à une autre pour une assurance auto ? Conscientes de la façon dont la vie, dans sa banalité et sa laideur vulgaire, s'imposait partout autour d'elles ? Ou bien étaient-elles inconscientes, voire plus que cela – insensibles à la vulgarité et à la laideur, car un instant à la recherche de quelque chose de plus profond, dissimulé sous la surface de la vie, non pas irréel, mais une réalité cachée : la présence, à tout moment, en tout lieu, d'un monde plein de beauté ?

/

Lorsque Felix s'est garé devant chez Alice en rentrant du travail ce soir-là, les fenêtres étaient éclairées. Il était sept heures passées, il faisait encore jour mais la fraîcheur était tombée, et au-delà des arbres, la mer avait des reflets verts et argentés. Un sac à dos sur une épaule, il s'est avancé au petit trot jusqu'à la porte et a cogné deux fois le heurtoir contre la plaque en cuivre. L'air frais et salé l'encerclait, et il avait les mains froides. Quand la porte s'est ouverte, ce n'est pas Alice qui est apparue, mais une autre femme du même âge, plus grande, avec des cheveux et des yeux plus sombres. Bonjour, a-t-elle dit. Tu dois être Felix, je suis Eileen. Viens. Il est entré et l'a laissée refermer la porte derrière lui. Il souriait d'un air distrait. Oui, Eileen, a-t-il dit. J'ai entendu parler de toi. En le regardant, elle a dit : En bien, j'espère. Elle lui a annoncé qu'Alice préparait le dîner, et il l'a suivie dans le couloir en observant sa nuque et ses épaules étroites et bien dessinées, jusqu'à la cuisine. Un homme était assis à la table et Alice s'activait, un tablier blanc taché noué à la taille. Salut ! a-t-elle dit. J'étais justement en train d'égoutter les pâtes. Tu as déjà rencontré Eileen, et voici Simon. Felix a fait un signe de tête en tripotant la lanière de son sac à dos pendant que Simon le saluait. La cuisine était un peu sombre car seules les lumières du plan de travail étaient allumées, ainsi que des bougies sur la table. La fenêtre était couverte de buée, la vitre d'un bleu de velours. Je peux te donner un coup de main ? a demandé Felix. Alice s'est tapoté le front avec le dos de son poignet comme pour se rafraîchir. Je pense que tout est bon, a-t-elle répondu. Mais merci. Eileen était en train de me raconter le mariage de sa sœur. Felix a hésité un moment, puis s'est assis à la table. C'était ce week-end, non ? a-t-il demandé. En lui lançant un regard ravi, Eileen a repris son récit. Elle était drôle, elle agitait beaucoup les mains. De temps en temps, elle invitait Simon à intervenir, il s'exprimait d'une voix détendue et semblait trouver tout amusant. Lui aussi prêtait beaucoup attention à Felix, il attirait parfois son regard avec un sourire un peu complice, comme s'il était heureux qu'un autre homme soit présent, ou alors, heureux de la présence des femmes, et qu'il avait envie de partager ce plaisir avec Felix, ou de le souligner. Il était beau, il portait une chemise en lin, et il a remercié Alice d'une voix basse et simple quand elle lui a de nouveau rempli son verre de vin. La table était dressée avec des petites assiettes à motifs, des couverts en argent et des serviettes en tissu blanc. Un grand saladier jaune contenait de la laitue aux feuilles luisantes d'huile. Alice a apporté un plat de pâtes et l'a posé devant Eileen. Felix, je te sers après, a-t-elle dit, les deux autres sont mes invités d'honneur. Ils ont échangé un regard. Il lui a fait un sourire un peu nerveux et il a dit : Pas de problème, je connais ma place. Elle a fait une grimace sarcastique et elle est retournée à la cuisinière. Il ne la quittait pas des yeux.

/

À la fin du dîner, Alice s'est levée pour débarrasser. Cliquetis et tintement de la vaisselle, bruit de l'eau du robinet. Simon a demandé à Felix de lui parler de son travail. Lasse et repue, Eileen avait les yeux mi-clos. Un crumble réchauffait dans le four. Sur la table, les restes du repas, une serviette tachée, des feuilles molles dans le saladier, quelques petites gouttes de cire d'un blanc bleuté sur la nappe. Alice a proposé du café. J'en veux bien un, s'il te plaît, a dit Simon. Un bac de glace fondait lentement sur le plan de travail, les flancs perlés d'eau. Alice a dévissé le socle d'une cafetière argentée. Et toi, tu fais quoi, comme boulot ? demandait Felix. Alice m'a dit que tu travaillais dans la politique ou un truc comme ça. Une casserole sale et une planche à découper en bois dans l'évier. Puis le sifflement et les étincelles du brûleur à gaz, et Alice qui a demandé : Toujours sans lait ? Eileen a ouvert les yeux pour voir Simon se tourner à moitié vers Alice devant la gazinière et répondre par-dessus son épaule : Oui, merci. Pas de sucre non plus. Son attention à nouveau sur Felix, le regard fixe tandis que les yeux d'Eileen papillonnaient, toujours mi-clos. La gorge blanche de Felix. Quand il tremblait au-dessus d'elle, tout rouge, et murmurait : Ça va ? Je suis désolé. Le bruit de la porte du four, le parfum des pommes et du beurre. Le tablier blanc d'Alice jeté sur le dos d'une chaise, ses attaches qui pendouillaient. Oui, on a travaillé avec lui l'année dernière, expliquait Simon. Je ne le connais pas vraiment, mais ses collaborateurs disent le plus grand bien de lui. La maison autour d'eux silencieuse et solide, son parquet clouté et son carrelage bruni à la lueur des bougies. Le jardin sombre et silencieux. La mer qui respirait paisiblement et soufflait de l'air salé par les fenêtres. Imaginer Alice vivre ici. Seule, ou pas. Face au plan de travail, elle était en train de répartir avec une cuillère le crumble dans des coupelles. Tout était à sa place. La vie emberlificotée dans cette maison pour la nuit comme un collier emberlificoté au fond d'un tiroir.

/

Après le dîner, Felix est sorti fumer et Eileen est allée passer un coup de fil à l'étage. Dans la cuisine, Simon et Alice ont fait la vaisselle. Par la fenêtre au-dessus de l'évier, la petite silhouette mince de Felix apparaissait parfois tandis qu'il déambulait dans le jardin de plus en plus obscur. Le bout incandescent de sa cigarette. Alice le guettait en essuyant la vaisselle avec un torchon à carreaux pour ensuite la ranger dans les placards. Lorsque Simon lui a demandé si elle travaillait, elle a secoué la tête. Oh, je ne peux pas parler de ça, a-t-elle dit. C'est un secret. J'ai pris ma retraite. Je n'écris plus de livres. Il lui a tendu le saladier dégoulinant qu'elle a tapoté avec son torchon. J'ai du mal à le croire, a-t-il dit. Felix avait disparu, il était passé de l'autre côté de la maison, ou bien il s'était avancé jusqu'au milieu des arbres. Si, si, a-t-elle dit. Je suis épuisée. Je n'avais que deux bonnes idées. De toute façon, c'était trop pénible. Et puis, je suis riche, maintenant, tu sais. Je pense que je suis plus riche que toi. En posant la pince à salade sur l'égouttoir à côté de l'évier, Simon a dit : Je n'en doute pas. Alice a rangé le saladier et refermé le placard. Je t'ai dit que j'ai remboursé le prêt de ma mère l'an dernier ? J'ai tellement d'argent que je ne réfléchis pas vraiment à ce que je fais. J'ai des projets, même si je suis très désorganisée. Simon l'a observée mais elle a détourné le regard et pris la pince à salade pour l'essuyer. C'était généreux de ta part, a-t-il dit. Elle était embarrassée. Oui, bon, je te le dis seulement pour que tu penses que je suis une bonne âme. Tu sais que je cherche à tout prix ton approbation. Elle a laissé tomber la pince dans le tiroir des couverts. Je t'approuve totalement, a-t-il dit. Ses épaules ont tressauté, et elle a répondu en ne plaisantant qu'à moitié : Oh non, tu ne peux pas m'approuver totalement. Juste un peu. Il n'a rien dit tandis qu'il lavait le plat à four. Agitée, elle a jeté un coup d'œil par la fenêtre sans rien voir. La lumière qui s'estompait. La silhouette des arbres. De toute façon, elle ne me parle plus, a-t-elle dit. Ni elle ni lui. Simon est resté un instant silencieux avant de poser le plat sur l'égouttoir. Ta mère et ton frère, a-t-il dit. Elle a pris le plat et a commencé à le tamponner à petites touches rapides avec le torchon en disant : Ou c'est moi qui ne leur parle pas, je ne sais plus. On s'est disputés quand j'étais à l'hôpital. Tu savais qu'ils habitaient de nouveau ensemble ? Simon avait laissé l'éponge plonger au fond de l'évier. Je suis désolé, a-t-il dit. Ça a l'air terrible. Elle a eu un rire brutal qui lui a brûlé la gorge, et elle a continué à essuyer le plat à four. Le plus triste, c'est que je me sens mieux quand je n'ai pas à les voir, a-t-elle dit. Je sais, ça n'est pas très chrétien. J'espère qu'ils sont heureux. Mais je préfère être avec des gens qui m'aiment. Elle sentait le regard de Simon sur elle alors qu'elle se baissait pour pousser bruyamment le plat au fond d'un placard. Je ne pense pas que ça ne soit pas chrétien, a-t-il dit. Elle a eu un autre rire tremblant. Oh, ça, c'est gentil. Je te remercie. Je me sens bien mieux. Il a récupéré l'éponge au fond de l'eau. Et toi, comment tu vas ? a-t-elle ajouté. Il a souri d'un air résigné en regardant l'eau de la vaisselle. Bien. Elle a continué à le scruter. Il a lancé avec humour : Quoi ? Elle a levé les sourcils d'un air innocent. Je ne sais pas trop ce qui se passe, a-t-elle dit. Entre Eileen et toi. Il a de nouveau baissé les yeux vers l'évier. Bienvenue au club, a-t-il répondu. Elle roulait pensivement le torchon en boule entre ses mains. Mais vous êtes redevenus amis, maintenant, a-t-elle dit. Il a hoché la tête en laissant tomber une spatule sur l'égouttoir. Et tu es heureux, a-t-elle poursuivi. Il a émis un rire. Je n'irais pas jusqu'à dire ça. J'ai repris mon ancienne petite vie désespérée, c'est tout. La porte du jardin s'est ouverte et Felix est rentré en s'essuyant les pieds sur le paillasson, puis il l'a refermée derrière lui. Une belle soirée, a-t-il lancé. À l'étage, des grincements, puis les pas légers d'Eileen dans l'escalier. Alice a plié le torchon humide et tout mou. Ils étaient tous venus pour la voir. C'est pour cette raison qu'ils étaient là, pour aucune autre, alors ce qu'ils faisaient ou disaient n'avait plus vraiment d'importance. Felix a demandé à Simon s'il fumait. Non, c'est bien ce que je pensais. Tu as l'air trop sain pour ça. Et tu bois beaucoup d'eau, aussi, je parie. Les conversations et les rires n'étaient que d'agréables arrangements de sons dans l'air. Eileen dans l'embrasure de la porte, et Alice qui se levait pour lui servir un autre verre de vin et lui demander des nouvelles de son travail. Elle était venue pour la voir, elles étaient de nouveau réunies, et ce qu'elles disaient ou faisaient n'avait plus vraiment d'importance.

/

Un peu après une heure du matin, ils sont tous montés se coucher. Les lumières s'allumaient et s'éteignaient, des bruits de robinets qui coulaient, de chasses d'eau qui se remplissaient, de portes qui s'ouvraient et se refermaient. Alice a baissé le store dans sa chambre pendant que Felix s'asseyait au bord du lit. Elle s'est approchée de lui et il a commencé à déboutonner sa robe. Je suis désolé, a-t-il dit. Elle a posé sa main sur sa tête, lissant ses cheveux vers l'arrière. De quoi ? Parce qu'on s'est disputés ? Il a poussé un lent soupir et n'a rien dit pendant un moment. Ce n'était pas vraiment une dispute, si ? a-t-il demandé. Mais peu importe. Appelle ça comme ça si tu veux. Quoi qu'il en soit, ça n'arrivera plus. Elle a continué à le regarder d'un air triste puis elle s'est détournée et a fini de déboutonner sa robe. Tu renonces à moi ? a-t-elle demandé. Il l'a regardée faire glisser la robe de ses épaules et la lancer dans le panier à linge. Non, a-t-il répondu. Je vais essayer d'être gentil avec toi pour changer. En décrochant son soutien-gorge, elle a laissé échapper un rire aigu et dit : Ça pourrait ne pas me plaire. Il s'est alors allongé sur le lit en souriant. C'est bien ce que je me disais. Mais tu ne peux pas toujours avoir ce que tu veux. Elle s'est allongée à côté de lui. En lui caressant la poitrine, il a dit : Tu es heureuse qu'elle soit là, non ? Ton amie. Au bout de quelques instants, Alice a dit oui. C'est mignon, la façon dont vous vous aimez, a-t-il déclaré. Les filles sont comme ça. Tu devrais passer un peu de temps avec elle tant qu'elle est là. Ne laissez pas les garçons vous envahir. Alice a souri. On a été séparées trop longtemps. Alors on est timides l'une avec l'autre, maintenant. Il s'est mis sur le dos pour observer le plafond. Ça ne durera pas. Et je l'aime bien. Alice a lentement glissé la main le long de son épaule et de son bras. Tu veux passer un peu de temps avec nous demain ? a-t-elle proposé. Avec un petit haussement d'épaules, il a répondu : Oui, pourquoi pas. En fermant les yeux, il a réfléchi à nouveau, puis dit : Ouais, ça me plairait bien.

/

Lentement, la mer a aspiré toute l'eau sur la plage, laissant une étendue de sable scintillante sous les étoiles ; des algues humides, enchevêtrées et grouillantes d'insectes ; les dunes trapues et désertes, leurs herbes plaquées par le vent frais. Le sentier pavé qui quittait la plage, silencieux et recouvert de sable blanc, les toits incurvés des caravanes qui luisaient faiblement, les voitures sombres tapies dans l'herbe. Puis la salle de jeux, le kiosque à glaces avec son auvent baissé et, en remontant vers la ville, la poste, l'hôtel, le restaurant. Le Sailor's Friend aux portes closes, des autocollants délavés sur les fenêtres. L'éclairage d'une voiture qui passait, ses feux arrière rouges comme des charbons ardents. Plus loin dans la rue, une rangée de maisons, leurs fenêtres reflétant des lampadaires sans âme, des poubelles alignées, puis la route côtière, silencieuse, vide, les arbres dressés dans l'obscurité. La mer vers l'ouest, un tissu tendu et sombre. Et vers l'est, le vieux presbytère bleu comme du lait. À l'intérieur, quatre corps qui dormaient, se réveillaient, se rendormaient. Sur le côté ou sur le dos, les couettes rabattues, ils traversaient les rêves en silence. Et déjà, derrière la maison, le soleil levant. Sur les murs et à travers les branches des arbres, à travers les feuilles colorées et l'herbe verte humide, la lumière tamisée de l'aube. Un petit matin d'été. De l'eau froide et claire en coupe dans une main.

26

À neuf heures, ils ont pris leur petit déjeuner tous ensemble dans la cuisine, au milieu des nuages de vapeur qui s'échappaient de la bouilloire, des cliquetis d'assiettes et de tasses, dans la lumière du soleil qui entrait à flots par la fenêtre. Après cela, des bruits de pas dans l'escalier, des voix. Alice a balancé un panier en osier rempli de serviettes de plage dans le coffre de la voiture tandis que Felix attendait, appuyé sur le capot. Elle avait ses lunettes de soleil sur le crâne et écartait ses cheveux humides de son visage. Il est venu l'enlacer par-derrière puis lui a embrassé la nuque en lui disant quelque chose à l'oreille, et elle a ri. Ils étaient tous les quatre dans la voiture, vitres baissées, avec une odeur de plastique chaud et de tabac froid, Thin Lizzy à la radio au milieu des grésillements. Sur la banquette arrière, Simon disait à Alice : Mon Dieu, non, ça fait des siècles que je n'ai pas eu de nouvelles d'elle. Le visage d'Eileen tendu vers la fenêtre ouverte, le vent qui fouettait ses cheveux. Ils se sont garés, et la plage devant eux, blanche et scintillante, était parsemée de baigneurs, de gens en combinaison de plongée, de familles avec des parasols et des seaux en plastique coloré. Onze heures du matin, un mardi. Alice et Eileen ont étalé leurs serviettes sur le sable au pied des dunes, l'une orange, l'autre rose et jaune avec un motif de coquillages. En retirant ses chaussures, Simon a annoncé qu'il allait tester la température de l'eau. Felix, qui jouait avec le cordon de son short de bain, a eu un petit sourire en coin. Je savais que tu dirais ça. Allez, je t'accompagne. La marée était basse, et à mesure qu'ils avançaient, le sable se faisait plus foncé et plus dense sous leurs pieds, il était constellé de pierres colorées et de fragments de coquillages, d'algues séchées, de débris de crabes blanchis. Face à eux, la mer. Le soleil tapait sur leur cou et leurs épaules. À côté de Simon, Felix paraissait petit et compact, agile, les cheveux très bruns. L'ombre de Simon s'étirait sur le sable lisse et humide. Felix lui a encore posé des questions sur son travail, il lui a demandé en quoi consistaient ses journées. Simon a répondu qu'il assistait souvent à des réunions avec des politiciens ou des militants et des représentants de communautés. L'eau salée a été fraîche sur leurs pieds, puis froide autour de leurs chevilles, encore plus au niveau des genoux. Simon lui a expliqué que, au cours des derniers mois, ils avaient beaucoup travaillé avec une ONG qui s'occupait de réfugiés. Pour les aider ? a demandé Felix. On essaie, a répondu Simon. L'eau est toujours froide comme ça ? Felix a ri. Il avait les dents qui claquaient. Oui, c'est toujours aussi horrible. Je ne sais pas pourquoi j'ai voulu me baigner. D'habitude, j'évite. Et à Dublin, tu as ton appartement ou tu es locataire ? Il serrait ses bras contre sa poitrine en parlant, ses épaules tremblaient. Oui, j'ai mon appartement, a dit Simon. Ou plus exactement, je rembourse la banque. Felix a frappé la surface de l'eau du plat de la main, ce qui a projeté des éclaboussures blanches en direction de Simon. Sans lever les yeux, il a dit : Ma mère est morte l'année dernière et elle nous a laissé sa maison. Mais il y a encore dix ans de crédit à payer dessus. Il s'est frotté la nuque avec ses doigts humides. Je n'y habite pas, ni rien, a-t-il ajouté. Mon frère est en en train de la vendre. Simon écoutait en silence, il continuait à avancer pour ne pas se décourager, l'eau lui arrivait maintenant à la taille. Il a dit tout bas qu'il était désolé d'apprendre que Felix avait perdu sa mère. Felix l'a observé, a fermé un œil, puis regardé en direction de l'eau. Ouais, a-t-il dit. Simon lui a demandé ce qu'il pensait de la vente de cette maison et Felix a eu un rire rauque et étrange. C'est drôle, a-t-il répondu. Ça fait six semaines que j'évite mon frère qui veut me faire signer les papiers pour ça. C'est dingue, non ? Je sais pas pourquoi. C'est pas comme si j'avais envie de vivre là-bas. Et j'ai vraiment besoin de cet argent. C'est tout moi, ça, je suis incapable de faire les choses simplement. Il a de nouveau abattu sa main sur l'eau, sans raison. C'est bien, ce que vous faites pour les demandeurs d'asile. Dieu les aime. Simon a eu l'air de réfléchir, puis il a dit qu'il se sentait de plus en plus frustré par son travail, qu'il se contentait d'assister à des réunions et d'écrire des comptes rendus que personne ne lisait. Mais au moins, tu fais quelque chose, a dit Felix. C'est pas le cas de tout le monde. Simon a dit que même s'il faisait quelque chose en théorie, dans les faits, ça ne changeait rien. La plupart du temps, je continue à vivre comme si ça n'existait pas. Je vois ces gens qui ont vécu des choses que je ne peux même pas concevoir. Par principe, je suis de leur côté, je vais au travail tous les jours, mais en réalité je passe le plus clair de mon temps à penser à… je ne sais pas. Felix a désigné la plage d'un geste, les corps allongés d'Alice et d'Eileen. Des personnes comme elles. Avec un sourire, Simon a détourné les yeux et dit : Oui, des personnes comme elles. Felix l'observait avec attention. Tu es croyant, c'est ça ? Simon a fait une pause avant de redresser la tête. C'est Alice qui te l'a dit, ou tu as deviné ? Felix a émis un rire joyeux. La culpabilité catho, c'est un bon indice. Mais non, c'est elle qui m'a dit. Pendant quelques secondes, ils ont avancé en silence dans l'eau. Très calme, Simon lui a confié que, à un certain moment de sa vie, il avait songé à devenir prêtre. En retrait, Felix l'observait, intéressé. Et pourquoi tu l'as pas fait, au final, si c'est pas trop indiscret ? Simon regardait l'eau froide et trouble, sa surface brisée çà et là par les rayons du soleil. Il a répondu : J'allais prétendre que je pensais que la politique serait plus utile. Mais en vérité, c'est que je ne voulais pas d'une telle solitude. Felix avait un sourire en coin. C'est ça, ton problème, tu es dur avec toi-même parce que tu trouves que tu ne ressembles pas assez à Jésus. Tu devrais faire comme moi, le débile qui jouit de la vie. Simon a levé les yeux en souriant. Tu n'as pas l'air débile. Mais je suis heureux de savoir que tu profites de la vie. Felix a continué à progresser dans l'eau. Sans se retourner, il a lancé : J'ai fait beaucoup de choses que j'aurais pas dû faire. Mais ça sert à rien de se lamenter, non ? Peut-être que ça m'arrive des fois, mais en général, j'évite. Simon l'a observé une seconde ou deux tandis que l'eau clapotait autour de son corps blanc. On est tous des pécheurs. Felix s'est retourné. Ça oui ! a-t-il lancé en riant. J'avais oublié que vous en étiez tous persuadés. Vous autres tordus, sans vouloir te vexer. Allez, si on reste plantés là, on n'y arrivera jamais. Il s'est avancé de quelques pas et il a plongé, disparaissant complètement sous la surface.

Sur la plage, assise en tailleur, Eileen feuilletait un recueil de nouvelles. Alice était allongée sur une serviette à côté d'elle, la lumière du soleil scintillait sur ses paupières moites. Une bourrasque a soulevé une page du livre d'Eileen, qu'elle a rabattue d'un geste impatient. Sans rouvrir les yeux, Alice a demandé : Alors, quelle est la situation ? Eileen n'a pas répondu tout de suite, elle n'a même pas relevé la tête. Puis elle a demandé : Avec Simon, tu veux dire ? Je ne sais pas. Je pense qu'on est très différents. Alice avait rouvert les yeux et mis sa main en visière, elle regardait Eileen. Qu'est-ce que ça veut dire ? Eileen a froncé les sourcils en contemplant une page couverte de caractères noirs, puis elle a refermé son livre. Il fréquente quelqu'un d'autre. Mais de toute façon, je ne sais pas si ça aurait marché entre nous. On est très différents. Alice avait toujours la main en visière pour se protéger du soleil. Tu viens de le dire, mais qu'est-ce que ça signifie ? Eileen a posé son livre et bu une gorgée d'eau à la bouteille. Après avoir dégluti, elle a répondu : Tu es trop intrusive. Alice a laissé tomber la main et fermé les yeux. Désolée, a-t-elle dit. Eileen a rebouché la bouteille en disant : C'est une question délicate. Un petit insecte s'est posé sur la serviette d'Alice avant de s'envoler. C'est compréhensible, a dit Alice. Eileen regardait l'horizon. Deux silhouettes plongeaient sous la surface de l'eau puis émergeaient tour à tour. Ça serait trop déprimant que ça ne fonctionne pas, a-t-elle dit. Alice s'est appuyée sur les coudes, creusant deux petits trous dans le sable mou. Mais ça pourrait aussi fonctionner… Ça, c'est des propos de joueur de casino, a répliqué Eileen. Alice a acquiescé, ses yeux parcourant la silhouette de son amie à côté d'elle. La mince bretelle noire de son maillot de bain. Tu as peur de prendre des risques, a dit Alice. Eileen souriait à moitié. Et je me sabote moi-même, a-t-elle répondu. Alice a souri en inclinant la tête sur le côté. Dans les deux cas, ça se discute, a-t-elle dit. Mais il t'aime. Eileen a jeté un coup d'œil aux environs en demandant : Il te l'a dit ? Alice a fait signe que non. Mais c'est évident, a-t-elle précisé. Eileen s'est penchée sur ses jambes croisées pour planter les mains dans la serviette rêche et rose à motifs devant elle, les petites bosses de sa colonne vertébrale visibles à travers le fin tissu synthétique de son maillot de bain. C'est vrai, dans un sens, il m'aime, a-t-elle dit. Parce que je suis une petite chose idiote incapable de prendre soin de moi. C'est son grand truc. Elle s'est redressée et s'est frotté les yeux. Au début de l'année, vers janvier ou février, je me suis mise à avoir d'affreux maux de tête. Une nuit, j'ai plongé dans le trou noir qu'est Internet pour chercher la cause et je me suis convaincue que j'avais une tumeur au cerveau. C'était stupide. Bref, j'ai appelé Simon à une heure du matin pour lui dire que j'avais peur d'avoir un cancer au cerveau, il a pris un taxi jusqu'à chez moi et il m'a laissée pleurer sur son épaule pendant une heure. Il n'avait même pas l'air ennuyé, il était serein. Non que j'aurais aimé qu'il ait l'air ennuyé. Mais est-ce qu'il m'aurait demandé ça, lui ? S'il m'appelait en pleine nuit pour dire : Eileen, tu sais, je me suis persuadé de la façon la plus irrationnelle qui soit que j'ai une forme rare de cancer, tu veux bien venir et me laisser pleurer sur ton épaule jusqu'à ce que je m'écroule de fatigue ? Inutile de chercher à savoir comment je réagirais, il ne ferait jamais ça. Et s'il le faisait, ça voudrait dire qu'il a vraiment un problème au cerveau. Alice a ri. Tu te dis toujours hypocondriaque. Pourtant, ça n'est pas l'impression que tu donnes. Eileen avait sorti ses lunettes de soleil de son sac et les nettoyait avec un coin du gilet qu'elle portait plus tôt. C'est bien ce que je dis. Simon n'a droit qu'à la lie de ma personnalité. Je ne sais pas pourquoi je le critique, c'est moi que je devrais critiquer. Quelle adulte se comporte comme ça ? Je suis abominable. Alice avait les coudes enfoncés dans sa serviette, l'air pensif. Au bout d'un moment, elle a repris : Ce que tu veux dire, c'est que tu n'aimes pas qui tu es quand tu es avec lui. Eileen a froncé les sourcils en inspectant ses lunettes de soleil dans la lumière. Non, ce n'est pas ça. J'ai juste l'impression que notre relation est à sens unique. C'est comme s'il arrangeait tout pour moi, mais que je ne faisais jamais rien pour lui. C'est génial qu'il soit si disponible. Et j'en ai besoin, d'une certaine façon. Mais lui, il n'a pas besoin de moi. Au bout d'un moment, elle a ajouté : De toute façon, ça n'a aucune importance. Il a une copine de vingt-trois ans dont tout le monde prétend qu'elle est formidable. Alice s'est rallongée sur sa serviette. De l'endroit où Eileen était assise, les silhouettes de Simon et Felix n'étaient plus visibles. Elle ne distinguait qu'une étendue de lumière et d'eau, des petites vagues qui se brisaient comme des fils. Derrière, le village blanc scintillait sur le coteau jusqu'au phare et, à gauche, se dressaient des dunes de sable désertes. Alice a posé le dos de sa main sur son front. Tu pourrais vivre ici, tu crois ? a demandé Eileen. Alice l'a regardée sans paraître surprise. Mais je vis ici, a-t-elle répondu. Eileen a plissé le front l'espace d'un instant. Je sais. Je parlais à long terme. Tout bas, Alice a répondu : Je ne sais pas. J'aimerais bien. Derrière elles, des jeunes parents arrivaient du parc à caravanes avec deux enfants en salopettes assorties. Pourquoi ? a demandé Eileen. Alice a souri. Pourquoi pas ? C'est magnifique, tu ne trouves pas ? Eileen a murmuré : Bien sûr. Elle regardait sa serviette et en lissait les plis avec ses longs doigts tandis qu'Alice l'observait. Tu pourrais vivre ici avec moi, a suggéré Alice. Eileen a fermé les yeux. Malheureusement, je dois travailler pour gagner ma vie. Alice a hésité un moment, puis a dit avec légèreté : N'est-ce pas notre cas à tous ? Les hommes sortaient de l'eau, le soleil se reflétait sur leur peau mouillée, ils discutaient sans qu'elles entendent, leurs ombres étaient bleu pommelé sur le sable, et elles se sont tues pour les regarder.

/

À quatorze heures, Felix est parti travailler et les trois autres sont allés se promener au village. Il faisait chaud, des taches de goudron sombre ramollissaient dans la rue, des élèves en période d'examen flânaient en uniforme. Dans la boutique d'occasion près de l'église, Eileen a déniché un chemisier en soie verte à six euros cinquante. Pendant ce temps, Felix faisait rouler un grand chariot à claire-voie dans les allées de l'entrepôt, son corps positionné avec précision par rapport au mécanisme pour prendre correctement les virages, le pied gauche derrière les roues tandis que ses mains lâchaient puis rattrapaient les poignées. Il effectuait ces gestes sans jamais avoir l'air d'y penser, sauf lorsqu'il commettait une erreur d'appréciation et que le chariot échappait brièvement à son contrôle. Dans la cuisine d'Alice, Simon préparait à dîner et Alice encourageait Eileen à se lancer dans l'écriture d'un livre. Allez savoir pourquoi, Eileen avait sur ses genoux le chemisier en soie acheté plus tôt dans la journée. De temps en temps, pendant qu'Alice parlait, elle le caressait distraitement comme s'il s'agissait d'un animal. Elle paraissait accorder à sa conversation avec Alice une attention profonde et soutenue, mais aussi à peine l'écouter. Elle regardait le carrelage d'un air songeur, ses lèvres remuant parfois silencieusement pour former des mots, sans rien dire à voix haute.

Après le dîner, ils sont sortis retrouver Felix pour boire un verre. La lumière déclinait sur la mer, elle était bleu teinté de jaune. À leur arrivée, Felix était devant le Sailor's Friend, il parlait au téléphone. Il leur a fait signe de la main en disant à son interlocuteur : On va voir, je vais demander. Je te laisse, d'accord ? Ils sont entrés tous ensemble. Si ce n'est pas l'audacieux Felix Brady, ça ! a lancé le barman. Mon meilleur client. Aux autres, Felix a dit : Il se croit drôle. Ils se sont installés sur des banquettes près de la cheminée sans feu et se sont mis à énumérer les différentes villes dans lesquelles ils avaient vécu. Felix a posé à Alice des questions sur New York, et elle a répondu qu'elle avait trouvé l'endroit stressant et déroutant. Elle a dit que, là-bas, on habitait dans des immeubles avec des couloirs et des escaliers qui ne menaient nulle part, que les portes ne fermaient jamais correctement, même celles des toilettes dans les bâtiments luxueux. Felix a raconté qu'il était parti vivre à Londres après le lycée et qu'il avait travaillé un temps comme barman, notamment dans un club de strip-tease, ce qui, selon lui, était le boulot le plus déprimant qu'il ait jamais fait. Il a demandé à Simon : T'es déjà entré dans un club de strip-tease ? Simon a répondu poliment que non. C'est des endroits horribles, a dit Felix. Si jamais t'as l'impression que tout va bien dans le monde, je te conseille d'aller y faire un tour. Simon a dit qu'il n'avait jamais vécu à Londres mais qu'il y avait passé quelque temps pendant ses études et que, ensuite, il avait habité plusieurs années à Paris. Felix lui a demandé s'il parlait un peu français, et Simon a répondu oui, précisant que sa compagne de l'époque était parisienne et qu'ils parlaient français à la maison. Vous viviez ensemble ? a demandé Felix. Simon a bu une gorgée et hoché la tête. Combien de temps ? Désolé, je te fais subir un vrai interrogatoire.

Mais ça m'intéresse. Simon a répondu : Quatre ou cinq ans. En levant les sourcils, Felix a dit : Ah ouais. Et en ce moment, tu es célibataire, non ? Simon a fait un petit sourire et Felix a ri. Eileen tressait une mèche de ses cheveux en les observant. Oui, je suis célibataire. En lâchant sa tresse à moitié terminée, Eileen est intervenue : Mais tu as quelqu'un. Cette remarque a paru intéresser Felix, qui a jeté un rapide coup d'œil à Simon. Pas en ce moment, a répondu Simon. Si tu parles de Caroline, on ne se voit plus. Eileen a eu l'air surprise, sa bouche a formé un « o », puis, peut-être pour masquer sa réelle surprise, elle s'est remise à sa tresse. Toi et tes cachotteries. Tu ne comptais pas me le dire ? À l'intention de Felix, elle a ajouté : Il ne me dit jamais rien. Simon la regardait d'un air amusé. Si, j'allais te le dire. J'attendais le bon moment. Elle a laissé échapper un petit rire, et son visage a rosi. Le bon moment, ça veut dire quoi ? Felix a posé son verre sur la table d'un geste joyeux. Là, ça commence à devenir amusant.

Après un autre verre, un autre et un autre encore, ils ont quitté le bar pour aller s'acheter des glaces. Eileen et Alice riaient en parlant d'une personne qu'elles détestaient à l'université, qui en avait récemment épousé une autre qu'elles détestaient tout autant à l'université. Elles ont toujours été aussi méchantes ? a demandé Felix à Simon. Sur le ton de l'humour, Simon a répondu que, en fait, Eileen était une gentille fille avant de rencontrer Alice, et Alice a lancé : J'étais sûre que tu allais dire ça. La supérette au coin de la rue avec ses portes automatiques, ses néons blancs bourdonnants et son sol carrelé. Près de l'étal de fruits et légumes, il y avait un stand de fleurs coupées. Des sauces instantanées, des rouleaux de papier sulfurisé, un alignement de bouteilles d'huile identiques. Alice a ouvert la porte du congélateur et ils ont fait leur choix parmi les glaces préemballées. Puis elle s'est souvenue qu'ils avaient besoin de lait et de pain pour le petit déjeuner, ainsi que d'essuie-tout, et il fallait du dentifrice à Eileen. Alors qu'elles s'approchaient de la caisse, Alice a attrapé son porte-monnaie, et Simon a dit : Non, c'est pour moi. Eileen l'a regardé sortir son portefeuille mince en cuir de sa poche, qu'il a ouvert d'une main pour en extraire une carte bancaire. En levant les yeux, il l'a vue le regarder, et elle a souri d'un air penaud en portant une main à son oreille. Il lui a rendu son sourire. Felix les observait tranquillement tandis qu'Alice rangeait les articles dans un sac en tissu. Ils ont mangé leurs glaces en remontant la route côtière tout en se demandant s'ils avaient pris des coups de soleil. Bras dessus bras dessous, Alice et Eileen traînaient derrière en discutant de Henry James. Avant de t'avoir parlé, je ne sais jamais quoi penser, a déclaré Alice. Simon et Felix avançaient à grands pas vers la colline, Felix s'enquérant de la famille de Simon, de l'endroit où il avait grandi, de ses précédentes relations. Simon répondait à ses questions avec courtoisie ou gentillesse, ou bien il souriait en disant : Pas de commentaire. Felix hochait la tête d'un air amusé, les mains enfouies dans les poches. Que les filles, donc, a-t-il dit. Simon a regardé autour de lui. Pardon ? L'air serein, Felix s'est tourné vers lui. Tu n'aimes que les filles. Simon est resté silencieux pendant un moment, puis il a répondu d'un ton léger : Jusqu'à présent. Le rire aigu de Felix a résonné contre les façades. Ils ont dépassé l'entrée du parc de caravanes, le golf bleu et silencieux, l'hôtel avec son hall en verre éclairé.

À la maison, ils se sont souhaité bonne nuit et sont montés se coucher. Alice se brossait les dents dans la salle de bains attenante à sa chambre pendant que, assis sur le lit, Felix faisait défiler les notifications sur son téléphone. Tu connais mon amie Dani, a-t-il dit, elle fait une fête pour son anniversaire demain. Rien de fou, il y aura ses nièces et neveux, tout ça. Ça te va, si j'y fais un saut ? Alice est apparue dans l'embrasure de la salle de bains en se séchant les mains avec une serviette. Bien sûr. Il hochait la tête en la dévisageant. Tu peux venir, si tu veux. Les autres aussi. Elle a suspendu la serviette et elle est allée s'asseoir sur le lit en essayant de retirer son collier. Ça pourrait être amusant. Tu crois que ça ne dérangerait pas Dani ? Il s'est approché pour l'aider avec le fermoir du collier. Non, pas du tout. Elle m'a dit de vous inviter. Alice a laissé le collier se dérouler dans sa main puis l'a fait glisser sur la table de nuit. Il est séduisant, non ? a ajouté Felix. Ton ami Simon. Alice a esquissé un petit sourire félin et s'est installée sur le lit. Je te l'avais dit. Felix a glissé une main derrière sa tête en la regardant. Il me fait penser à toi. Il cache bien son jeu. Elle a pris son oreiller pour le frapper. Malheureusement, je le soupçonne d'être hétérosexuel, a-t-elle déclaré. En replaçant l'oreiller derrière sa tête, Felix a dit : Ah ouais ? On verra. Elle lui a grimpé dessus en riant. Tu ne vas pas me quitter pour lui, hein ? En passant les mains de ses hanches à ses cuisses, il a dit : Te quitter ? Pas du tout. Mais tu ne penses pas qu'on pourrait s'amuser un peu, tous les trois ? Elle a secoué la tête. Et que devient Eileen dans ce scénario ? Elle tricote au salon ? Felix a fait une moue pensive avec sa lèvre inférieure, puis il a dit : Je ne l'exclurais pas. Alice a passé un doigt sur l'un de ses sourcils foncés. Voilà ce que je récolte pour avoir de si beaux amis. Il souriait. Tu n'es pas mal non plus, tu sais. Approche un peu.

Pendant ce temps, assise sur son lit, Eileen regardait sur son téléphone des photos du mariage que sa mère venait de lui envoyer. Par terre gisaient un gilet éliminé, son maillot de bain aux bretelles entremêlées et des sandales aux boucles défaites. Sur la table de nuit, une lampe avec un abat-jour rose plissé. Lorsque des coups légers ont retenti à sa porte, elle a redressé la tête en disant : Oui ? Simon a entrouvert le battant. Il avait le visage plongé dans l'obscurité et la main sur la poignée. Je te laisse ton dentifrice dans la salle de bains. Bonne nuit. Elle lui a fait signe d'entrer. Je suis en train de regarder des photos du mariage. Il a refermé la porte derrière lui et s'est assis au bord du lit. Sur l'écran, Lola et Matthew se trouvaient devant l'église. Lola tenait un bouquet de fleurs roses et blanches. C'est joli, a commenté Simon. Eileen est passée à l'image suivante, le cortège nuptial, Eileen dans sa robe vert clair avec un petit sourire. Tu es magnifique, a dit Simon. Elle lui a fait de la place sur le lit en l'invitant à la rejoindre. Il s'est assis à côté d'elle, dos contre la tête de lit, et elle a fait défiler les photos. Le vin d'honneur. Lola qui riait à gorge déployée, une flûte de champagne à la main. En bâillant, Eileen a posé la tête sur l'épaule de Simon, et il a passé un bras chaud et lourd autour d'elle. Au bout d'une ou deux minutes, elle a abandonné le téléphone sur ses genoux et laissé ses yeux se fermer. C'était une bonne journée, a-t-elle dit. Il a déplacé les doigts paresseusement depuis la nuque d'Eileen sur ses cheveux, et elle a poussé un soupir d'aise. En effet. Les yeux mi-clos, elle a caressé la poitrine de Simon. Bon, qu'est-ce qui s'est passé avec Caroline ? a-t-elle demandé. En regardant sa main, il a répondu : Je lui ai dit qu'il y avait quelqu'un d'autre. Eileen a marqué une pause, comme si elle s'attendait à ce qu'il poursuive. Puis elle a demandé : Quelqu'un que je connais ? Il a passé les doigts derrière l'oreille d'Eileen, puis dans ses cheveux. Oh, juste la fille dont je suis amoureux depuis toujours. Elle aime bien jouer avec mes sentiments pour s'assurer qu'elle me plaît encore. Eileen a aspiré sa lèvre inférieure puis l'a relâchée. Une femme sans cœur, a-t-elle dit. Il avait un petit sourire en coin. C'est ma faute, je l'ai trop gâtée. Je me conduis comme un imbécile avec elle. Elle a déplacé la main des boutons de sa chemise à la boucle de sa ceinture. Simon, tu sais, la nuit où j'ai débarqué chez toi alors que tu dormais ? Il a dit qu'il s'en souvenait. Quand on s'est mis au lit ce soir-là, tu t'es tourné sur le côté, loin de moi. Tu t'en souviens ? Avec un sourire gêné, il a dit que oui. Elle passait les doigts sur la boucle de sa ceinture. Tu ne voulais pas me toucher ? Il a laissé échapper un petit rire en regardant sa main blanche. Bien sûr que si. Mais à ton arrivée, j'ai cru que quelque chose te contrariait. Elle est restée pensive un moment. C'est assez vrai, a-t-elle dit. Et je pensais que je me sentirais mieux si on faisait l'amour. Je suis désolée si tu ne trouves pas ça bien. Mais quand tu t'es retourné, j'ai eu l'impression que tu n'avais pas envie de moi. Il lui caressait la nuque. Oh, je n'ai jamais pensé ça, a-t-il dit. J'ignorais que tu voulais faire l'amour avec moi pour te remonter le moral. J'ai fait l'amour parce que j'en avais envie, tout simplement, et que tu m'as laissé faire. En toute honnêteté, je ne savais pas trop pourquoi tu me laissais faire. Je croyais que c'était bon pour ton ego de simplement dormir avec quelqu'un qui te désire si fort. J'ai déjà eu ce sentiment auparavant, comme si c'était flatteur d'être un objet de désir, et peut-être que c'est tellement flatteur que ça en devient excitant. Mais il ne m'est jamais venu à l'esprit que tu puisses penser que je ne te désirais pas. La façon dont je le vois, c'est que, quand on fait l'amour, j'ai l'impression que c'est quelque chose que je fais pour toi. Peut-être que tu en retires un plaisir physique innocent, je l'espère, mais pour moi, c'est très différent. Je sais que tu vas dire que c'est sexiste. Elle riait la bouche ouverte. Oui, c'est sexiste. Mais ça ne me dérange pas. Comme tu disais, c'est flatteur. Tu as ce désir primitif de me subjuguer et de me posséder. C'est très masculin, mais je trouve ça excitant. Il a posé le pouce sur la lèvre inférieure d'Eileen. Je le sens, a-t-il dit. Mais il faut que toi aussi, tu en aies envie. Elle a levé ses grands yeux noirs vers lui. J'en ai envie. Il s'est tourné pour l'embrasser. Ils sont restés dans les bras l'un de l'autre quelques instants, il lui caressait la pointe dure de la hanche, son souffle chaud et humide contre son cou. Quand il a glissé sa main sous sa robe, elle a fermé les yeux et laissé échapper un bref soupir. Tu es très obéissante, a-t-il murmuré. Elle a poussé un petit cri animal en secouant la tête. Mon Dieu. Je t'en supplie. En riant de nouveau, il a demandé : Qu'est-ce que ça veut dire ? Elle a continué à secouer la tête contre l'oreiller. Tu sais ce que ça veut dire. Il lui a glissé une mèche de cheveux derrière l'oreille. Je n'ai pas de préservatif. Elle a répondu que ce n'était pas un problème. Puis elle a ajouté : Tant que tu n'as pas de rapports sexuels non protégés avec quelqu'un d'autre. Il avait les oreilles rouges, il souriait. Non, non. Seulement toi. Je peux te déshabiller ? Elle s'est assise et il a passé sa robe par-dessus sa tête. Dessous, elle avait un soutien-gorge blanc très doux. Il a tendu la main dans son dos pour le dégrafer. En le regardant faire glisser les bretelles le long de ses épaules, elle a été parcourue d'un petit frisson. Elle s'est allongée sur le dos et elle a retiré sa culotte. Simon, a-t-elle dit. Il déboutonnait sa chemise en la regardant. Tu fais ça avec toutes les filles avec qui tu sors ? Cette façon de me parler, quand tu me dis que je suis obéissante. Tu le fais souvent ? Non que ça me regarde, je suis curieuse, c'est tout. Il a eu un petit sourire timide. Non, jamais. J'improvise avec toi. Ça te va ? Elle aussi a ri d'un air gêné. Oh, j'adore. Mais je me suis demandé, après la dernière fois. Je me suis dit : Peut-être que c'est son truc, peut-être qu'il est comme ça avec toutes les femmes. Il a abandonné ses vêtements sur le plancher. Il n'y a pas eu tant de femmes que ça, tu sais. Loin de moi l'idée de gâcher ton fantasme. Elle s'est caché les yeux en souriant. Combien ? Il s'est allongé sur elle puis il a dit : N'allons pas sur ce terrain. Les bras autour de son cou, elle a demandé : Moins de vingt ? Il a froncé les sourcils. Moins. Vingt, c'était le chiffre que tu t'imaginais ? Elle a souri en se passant la langue sur les dents. Moins de dix ? Il a pris une bouffée d'air et il a répondu : Je croyais que tu allais être obéissante. Elle s'est mordu la lèvre. Je le suis. Quand il l'a pénétrée, elle a eu un petit halètement mais n'a pas dit un mot. Il a fermé les yeux. Oh, je t'aime. D'une petite voix enfantine, elle a demandé : Et je suis la seule que tu aimes ? Il a embrassé sa tempe en disant : Mon Dieu, oui.

Après, elle s'est mise sur le ventre, les bras sur l'oreiller, la tête tournée vers lui. Il a attrapé un bout de l'édredon et s'est allongé sur le dos, une main derrière la tête. Il avait les yeux fermés, il transpirait. Parfois, j'aimerais être ta femme. Tout en reprenant son souffle, il a eu un sourire en coin. Continue. Elle a posé le menton sur son bras. Mais quand je réfléchis à me marier, je voudrais la vie qu'on a eue aujourd'hui. Passer toute la journée avec nos amis, puis, le soir, te retrouver au lit et faire l'amour. Dans la vraie vie, tu serais probablement tout le temps en déplacement pour tes conférences. Tu aurais des liaisons avec les assistantes de tes collègues. Sans ouvrir les yeux, il a répondu qu'il n'avait jamais eu de liaison. Mais tu n'as jamais été marié, a-t-elle fait remarquer. Tes copines ont toutes le même âge. Une épouse, ça vieillit. Il a ri. Quelle sale gosse. Si tu étais ma femme, je t'apprendrais les bonnes manières. Elle l'a observé un moment en silence. Puis elle a fait remarquer : Si j'étais ta femme, on ne serait pas amis. Il a ouvert un œil alangui. Qu'est-ce que tu veux dire ? Elle a observé ses bras minces, où les taches de rousseur étaient réapparues à cause du soleil, puis elle a dit : J'ai réfléchi à ce genre de situations, où des amis tombent amoureux. En général, ça se termine mal. Bon, d'accord, c'est un peu vrai de tous les gens qui se mettent ensemble. Mais dans ce cas, il suffit de bloquer le numéro de son ex et de passer à autre chose. Moi, je n'ai pas envie de bloquer ton numéro. Elle s'est redressée sur les coudes. Tu te souviens quand j'avais quatorze ou quinze ans, tu m'as dit qu'on serait amis pour le reste de notre vie. Tu ne t'en souviens sans doute pas, mais moi, si. Il l'écoutait avec calme. Bien sûr que je m'en souviens, a-t-il dit. Elle a hoché la tête plusieurs fois en se redressant pour s'enrouler dans l'édredon. Et donc ? Si on se met ensemble et qu'on se sépare ? Rien que de le dire, c'est tellement douloureux que je refuse d'y penser. Vu la situation actuelle. Je parle d'Alice qui vit ici au milieu de nulle part, de nos amis qui n'arrêtent pas d'émigrer, du fait que je doive acheter illégalement des antibiotiques sur Internet quand j'ai une cystite parce que je suis trop pauvre pour aller chez le médecin, et qu'à chaque élection dans le monde, j'ai l'impression de me prendre un coup de pied en pleine tête. Alors en plus de tout ça, ne plus t'avoir dans ma vie ? C'est difficile pour moi d'imaginer continuer à vivre dans ces conditions. Alors que si on reste amis, d'accord, on ne couche pas ensemble, mais quelle est la probabilité qu'on sorte un jour de la vie l'un de l'autre ? Je ne peux pas le concevoir, et toi ? Il a répondu tout bas : Je comprends ce que tu veux dire. Elle s'est frotté le visage avec ses mains en secouant la tête. D'une certaine façon, peut-être que notre amitié, c'est plus important. Je ne sais pas. Quand je vivais avec Aidan, je me disais parfois, c'est un peu triste de ne jamais découvrir ce qui aurait pu se passer avec Simon. Mais peut-être que dans un sens, c'est mieux de ne pas savoir. Comme ça, on sera toujours dans la vie de l'autre et on aura toujours des sentiments l'un pour l'autre, ce qui est mieux. Tu sais, quand je suis triste et déprimée, je me mets au lit et je pense à toi. Pas sexuellement. Je pense à combien tu es une bonne personne. Et je me dis que puisque tu m'apprécies, ou que tu m'aimes, je dois bien l'être un peu, moi aussi. Je suis capable de ressentir ça, même en te parlant. Par exemple, quand tout va mal, il y a ce sentiment de la taille d'un gland ici. Elle a fait un geste vers la base de son sternum, entre ses côtes. Comme je sais que, quand je suis inquiète, je peux t'appeler et que tu me rassureras. Alors quand j'y pense, le plus souvent, je n'ai même pas besoin de t'appeler, ça me rassure rien que d'y penser. Je sens que tu es avec moi. Je sais que ça paraît sans doute idiot. Mais si on se mettait ensemble et qu'on se séparait, est-ce que je ressentirais encore ça ? Qu'est-ce que j'aurais là, à la place ? Elle a de nouveau tapoté la base de son sternum avec des gestes nerveux. Rien ? Il continuait à l'observer. Pendant quelques instants, il a gardé le silence. Puis il a dit : Je ne sais pas. C'est difficile. Je comprends ce que tu veux dire. Elle lui a lancé un regard désespéré, presque incrédule. Mais tu ne me réponds pas, a-t-elle dit. Il a eu une sorte de sourire en regardant le plafond, comme s'il se détestait. En fait, c'est compliqué. Tu as peut-être raison, il vaut mieux tirer un trait et ne plus nous infliger tout ça. Mais c'est très difficile à entendre de ta bouche. Je m'en suis voulu à propos de Caroline, j'ai vraiment essayé d'arranger les choses. Mais d'après ce que tu dis là, ce n'était pas vraiment le problème. J'entends tes raisons, et pourtant, je le prends comme si tu ne voulais pas être avec moi. Elle l'a regardé fixement, la main toujours sur sa poitrine. Il s'est frotté la mâchoire en se rasseyant, les pieds sur le plancher, dos à elle. Je vais te laisser dormir. Il a ramassé ses vêtements par terre et s'est rhabillé. Elle s'est rassise, l'édredon autour d'elle, silencieuse. Il a boutonné sa chemise et s'est tourné vers elle. Quand tu es venue ce soir-là, à mon retour de Londres, j'étais très excité de te voir. Je ne sais pas si je te l'ai dit, peut-être que oui. En fait, j'étais nerveux tellement j'étais heureux. Elle s'essuyait le nez avec ses doigts. Il a hoché la tête. J'espère que tu ne regretteras pas ta décision. Doucement, elle a répondu : Non. Alors il a souri. Ce n'est pas rien. Je suis content. Après une pause, il a ajouté : Je suis désolé de ne pas avoir pu être ce que tu voulais. Elle l'a fixé quelques secondes de plus. Et elle a dit : Mais tu l'es. Il a ri, les yeux rivés au sol. Le sentiment est réciproque. Mais je comprends. Vraiment. Je te laisse. Passe une bonne nuit, d'accord ? Il a quitté la chambre. Eileen est restée assise, les épaules relevées, les bras croisés. Elle a attrapé son téléphone et l'a laissé tomber à nouveau sans le regarder, elle a repoussé ses cheveux de son front et fermé les yeux. Elle s'est distraitement rappelé un vers de poésie : « Le bisness est fini, je n'en suis pas fâchée[1] ». Ses aisselles humides la

1. T. S. Eliot, « Le Sermon du Feu », *La Terre vaine*, traduit de l'anglais (États-Unis) par Pierre Leyris, Paris, Seuil, 1969.

picotaient, son dos était douloureux, ses épaules brûlées par le soleil. À l'autre bout du palier, Simon entre dans sa chambre et referme la porte derrière lui. Et si, dans le silence et la solitude de sa chambre, il s'agenouille sur le plancher, est-ce pour prier ? Pour demander quoi ? D'être libéré de ses désirs égoïstes ? Peut-être. Ou peut-être, les coudes sur le matelas, les mains jointes devant lui, se contente-t-il de penser : Qu'attends-tu de moi ? Mon Dieu, je t'en supplie, montre-moi ce que tu attends de moi.

27

À six heures quarante-cinq du matin, le réveil de Felix a sonné, émettant un bip neutre et répétitif. La chambre était plongée dans l'obscurité, les fenêtres orientées à l'ouest ne laissaient entrer qu'une faible lueur blanche et froide à travers les stores. Quelle heure il est ? a murmuré Alice. Il a éteint son réveil et s'est levé. L'heure d'aller au travail, a-t-il répondu. Rendors-toi. Il a pris une douche dans la salle de bains attenante et il en est ressorti avec une serviette sur les épaules tout en enfilant son caleçon. Puis, habillé, il s'est penché vers Alice pour lui embrasser le front, qui était chaud et humide. À plus tard, a-t-il dit. Les yeux fermés, elle a répondu : Je t'aime. Il lui a passé le dos de la main sur le front, comme s'il vérifiait qu'elle n'avait pas de fièvre. C'est ça, ouais. Il est descendu à la cuisine. Adossée au plan de travail, Eileen était en train de dévisser la base de la cafetière. Elle avait les yeux rouges et gonflés. Bonjour, a-t-elle dit. Felix l'a observée depuis l'embrasure. Qu'est-ce que tu fais debout à cette heure ? Avec un sourire las, elle a répondu qu'elle n'arrivait pas à dormir. En examinant son visage, Felix a répondu : Tu as l'air un peu crevée, en effet. Il a ouvert le frigo et en a sorti un yaourt pendant qu'elle jetait le marc de café de la veille dans l'évier. En s'asseyant, il lui a demandé :

Alors, c'est quoi ton boulot ? Alice m'a dit que tu étais journaliste, un truc comme ça. Eileen a secoué la tête en remplissant la cafetière d'eau du robinet. Pas vraiment. Je travaille pour une revue. Je suis plus ou moins rédactrice. Felix remuait le yaourt avec sa cuillère. Quel genre de revue ? Une revue littéraire. Ah. Je ne vois pas trop ce que c'est. Elle était en train d'allumer le gaz. C'est vrai qu'on a un lectorat restreint. On publie de la poésie, des essais littéraires, des choses comme ça. Il a demandé comment la revue gagnait de l'argent. Elle n'en gagne pas. On dépend de subventions. Felix a eu l'air intrigué. Qui proviennent de nos impôts, tu veux dire ? Elle s'est assise à l'autre bout de la table avec un petit sourire. Oui. Tu as des objections ? Après avoir dégluti, il a répondu : Pas du tout. Et toi aussi, tu es payée par nos impôts, du coup ? Elle a répondu : Oui, mais pas beaucoup. Il léchait le dos de la cuillère. C'est quoi, pas beaucoup, pour toi ? Elle a pris une mandarine dans la coupe de fruits et a entrepris de la peler. Environ vingt mille par an. Il a haussé les sourcils et posé son yaourt. T'es sérieuse ? Après impôts ? Elle a dit non, avant. Il a secoué la tête et dit : Je gagne plus que ça. Elle a lâché une longue spirale d'écorce de mandarine sur la table. Et pourquoi ça t'étonne ? a-t-elle demandé. Il la regardait fixement. Comment tu fais pour vivre ? Elle a séparé le fruit en deux parties. Je me pose souvent la question. Il a repris son yaourt en murmurant d'un ton amical : Putain. Après une autre bouchée, il a ajouté : Et t'es allée à la fac pour ça ? Elle mangeait sa mandarine. Non, je suis allée à la fac pour étudier. Il a ri. D'accord, a-t-il dit. Mais tu aimes ton travail, non ? Elle a agité la tête de façon incertaine, puis elle a répondu : Je ne le déteste pas. Il opinait en scrutant le fond du pot de yaourt. C'est là qu'on est différents.

Elle lui a demandé depuis combien de temps il travaillait à l'entrepôt et il a répondu : Huit ou dix mois. La cafetière a commencé à crachoter et Eileen s'est levée pour vérifier le contenu. En rabattant sa manche sur sa main, elle leur a servi deux tasses de café, qu'elle a apportées à table. Il l'a regardée, puis il a dit : Je peux te demander quelque chose ? En se rasseyant, elle a répondu : Bien sûr. Il fronçait les sourcils. Pourquoi tu n'es pas venue la voir plus tôt ? Tu habites à Dublin, ce n'est pas si loin. Ça fait un petit moment qu'elle est ici. Eileen s'est raidie mais n'a rien dit, elle n'a affiché aucune expression particulière. Elle a ajouté une cuillerée de sucre à son café sans un mot. La façon dont elle parle de toi, a-t-il ajouté, ça donne l'impression que vous êtes les meilleures amies du monde. D'un ton glacial et précipité, Eileen a répondu : On est les meilleures amies du monde. Derrière elle, une petite pluie mouchetait la fenêtre de la cuisine. Alors comment ça se fait que tu aies mis tout ce temps à venir la voir ? a-t-il insisté. Je me posais la question, c'est tout. Comme c'est ta meilleure amie, j'aurais imaginé que tu viendrais plus tôt. Eileen était blême, et ses narines étaient pâles lorsqu'elle a pris une profonde inspiration avant de souffler. Tu sais que je travaille. Il a fermé un œil en fronçant les sourcils. Ouais, moi aussi. Mais tu travailles pas souvent le week-end, si ? Eileen avait les bras croisés, ses mains agrippaient presque ses épaules sous sa robe de chambre. Et pourquoi elle n'est pas venue me voir, elle ? Si elle en avait tellement envie. Elle ne travaille pas le week-end, si ? Felix a eu l'air surpris par cette remarque, et il a réfléchi quelques instants avant de répondre. Je n'ai pas dit qu'elle avait manifesté le désir de te voir. Peut-être qu'aucune de vous n'avait envie de voir l'autre, je sais pas. C'est pour ça que je pose la question. En serrant très fort les bras, Eileen a dit : Ben, peut-être que c'était ça. Il a hoché la tête. Vous vous étiez disputées ou un truc du genre ? D'un geste énervé, elle a repoussé une mèche de cheveux de son visage. Tu ne sais rien de moi. Il a encaissé et, au bout d'un moment, il a répondu : Tu ne sais rien de moi non plus. Elle a recroisé les bras. C'est pour ça que je ne te pose pas de questions. Il a souri. D'accord. Il a terminé son café et s'est levé en récupérant son blouson sur le dos d'une chaise où il l'avait laissé la veille au soir. Selon moi, les gens comme eux, ils sont différents de toi et moi. Tu vas devenir cinglée à chercher à leur faire faire ce que tu voudrais. Eileen l'a observé quelques secondes puis elle a répondu : Je ne cherche pas à faire faire quoi que ce soit à l'un ou à l'autre. Felix avait ouvert son sac à dos pour y glisser son blouson. S'ils te retournent la tête comme ça, tu ferais bien de te demander à quoi bon, a-t-il dit. Il a passé son sac sur son épaule. Tu dois avoir tes raisons, pour y accorder autant d'importance. En regardant fixement sa tasse de café, elle a rétorqué tout bas : Va te faire foutre. Il a lâché un petit rire surpris. Eileen, je t'agressais pas. Je t'aime bien, d'accord ? Elle est restée silencieuse. Tu devrais peut-être retourner au lit, a-t-il ajouté. T'as l'air fatiguée. De toute façon, j'y vais, à plus tard. Sur le perron, un crachin matinal. Il est monté en voiture, a allumé le lecteur CD et quitté l'allée. Sans détacher les yeux de la route, il sifflait sur la musique en ajoutant de temps en temps des petits riffs et quelques variations autour de la mélodie. Il a dépassé l'embranchement qui menait au village et suivi la route côtière jusqu'à la zone industrielle.

/

Lorsque Felix est rentré chez lui ce soir-là après le travail, la chienne a surgi de la cuisine en sautillant et en poussant des jappements aigus. Ses griffes cliquetaient sur le sol stratifié. Puis elle lui a bondi dessus, ses pattes avant sur ses jambes, la langue pendante. Elle haletait. Il a posé ses mains sur sa tête, lui a ébouriffé les oreilles, et elle a laissé échapper un glapissement. Chut. Toi aussi, tu m'as manqué. Y a quelqu'un ? Il l'a doucement repoussée et elle s'est mise à tourner en rond en éternuant. Felix a longé le couloir, la chienne trottinant à sa suite. La cuisine était vide, les lumières éteintes, quelques assiettes du petit déjeuner trempaient dans l'évier. Il s'est affalé sur une chaise et a sorti son téléphone tandis que la chienne s'asseyait à ses pieds et posait sa tête entre ses genoux. Felix lui grattait le cou tout en faisant défiler ses notifications. Alice avait envoyé un message : Toujours ok pour la fête de Danielle ce soir ? Juste au cas où, j'ai fait un gâteau. J'espère que ça s'est bien passé au boulot. Il a ouvert le message et a tapé rapidement : Oui, toujours ok. J'ai dit qu'on y serait vers sept heures, ça va ? Te fais pas trop d'illusions, probable qu'il y ait beaucoup de vieux et de gosses. Mais dani sera contente de te voir. La chienne a poussé un petit gémissement et Felix a remis sa main sur sa tête en disant : Je ne suis parti que deux jours, tu sais. Les autres te nourrissent bien, au moins ? Elle a tendu la tête pour lui lécher la main. C'est dégoûtant, merci. Son téléphone a vibré et il l'a repris. Alice lui demandait s'il voulait dîner avec eux. Il a répondu qu'il avait déjà mangé. Je passe vous prendre tout à l'heure, a-t-il tapé. Elle a répondu : Super. Juste pour que tu saches, Eileen est d'humeur bizarre… En haussant les sourcils, il a tapé en retour : Ahaha. Je sais, je l'ai vue ce matin. Tes amis sont aussi compliqués que toi. Il s'est levé en rangeant son téléphone dans sa poche et a ouvert le robinet d'eau chaude. Sur le côté de sa main gauche, sous l'auriculaire, il avait un sparadrap bleu. Pendant que l'eau coulait, il l'a décollé avec précaution pour regarder dessous. Une entaille rose et profonde courait sous l'articulation jusqu'à la paume. La gaze blanche du pansement était tachée de rouge, mais la blessure ne saignait plus. Il a roulé le sparadrap et l'a jeté dans la poubelle sous l'évier, puis il s'est lavé les mains au savon et à l'eau en grimaçant quand il passait la plaie sous le robinet. Toujours assise au pied de la chaise, la chienne battait de la queue par terre. En se retournant, il s'est soigneusement essuyé les mains avec un torchon propre et il lui a lancé : Tu te souviens d'Alice ? Elle est venue plusieurs fois ici, tu la connais. La chienne s'est approchée. Je sais pas si elle pourrait prendre un chien chez elle, mais je vais lui demander. Il a rempli son écuelle d'eau. Pendant qu'elle buvait à grands coups de langue, il est monté se changer, il a enlevé les baskets noires qu'il portait pour le travail et les a rangées sous son lit. Il a enfilé un pantalon de jogging noir propre, un T-shirt blanc et un sweat-shirt gris. Au dos de la porte de sa chambre, il y avait un miroir en pied dans lequel il a vérifié son allure. Ses yeux ont parcouru sa silhouette élancée et il a secoué la tête, comme si quelque chose lui revenait en mémoire. Il s'est assis au pied de l'escalier pour lacer une paire de baskets blanches. La chienne est arrivée de la cuisine et s'est assise face à lui en poussant son genou avec sa longue et fine mâchoire. Tu n'es pas restée enfermée depuis tout ce temps, si ? Hier, Gavin a dit qu'il allait te sortir. Elle a voulu à nouveau lécher sa main et il a doucement repoussé son museau. Je me sens coupable. Elle a poussé un petit gémissement et posé la tête sur la dernière marche en le regardant. Il s'est levé et il a dit : Tu as beaucoup de points communs avec elle, tu sais. Vous êtes toutes les deux amoureuses de moi. La chienne l'a suivi jusqu'à la porte en pleurnichant, et il lui a tapoté la tête une dernière fois avant de sortir. Puis il a fermé la porte d'entrée et il est monté en voiture.

La soirée était douce et calme, le bleu du ciel apparaissait parfois à travers les nuages. Felix a frappé un coup chez Alice avant d'ouvrir en criant : Salut, c'est moi ! Dans la maison, les lumières étaient allumées. Depuis l'étage, Alice a répondu : On est en haut. Il a fermé la porte et monté rapidement l'escalier. Simon se tenait de dos sur le seuil de la chambre d'Eileen au bout du palier. Il s'est retourné vers lui et ils ont échangé un regard. Simon avait l'air résigné et fatigué. Salut, beau gosse, a lancé Felix. Simon lui a souri et lui a fait signe d'entrer dans la chambre en disant : Content de te voir aussi. À l'intérieur, Eileen était assise à la coiffeuse et, appuyée contre le meuble, Alice dévissait un tube de rouge à lèvres. Felix s'est assis au bout du lit pour regarder Eileen se maquiller. Ses yeux se sont déplacés sur ses épaules, sa nuque, son reflet dans le miroir, l'expression légèrement figée de son visage tandis qu'Alice et Simon parlaient d'une nouvelle qui avait défrayé la chronique ce jour-là. Armée d'une petite tige en plastique, Eileen a croisé le regard de Felix dans le miroir et elle a dit : Tu en veux ? Il s'est levé pour examiner l'objet. C'est quoi, du mascara ? Allez, pourquoi pas. Elle s'est décalée sur le petit banc pour lui faire de la place. Il s'est assis dos au miroir, et Eileen lui a ordonné : Regarde vers le haut. Il s'est exécuté. Elle a passé la brosse sur les cils de sa paupière inférieure gauche d'un geste délicat du poignet.

Et toi, Simon ? a proposé Alice.

Depuis l'embrasure de la porte, Simon a répondu tranquillement : Non, merci.

Il est assez beau comme ça, a dit Felix.

Alice a fait claquer sa langue et rebouché le rouge à lèvres.

Pas de commentaires sur le physique, a-t-elle dit.

Une main dans la poche, Simon a répliqué : Felix, ne l'écoute pas.

Eileen a cessé d'appliquer du mascara à Felix, qui a rouvert les yeux. Il s'est observé dans le miroir d'un air impassible puis il s'est levé. Au fait, est-ce que l'un de vous sait chanter ? Ils ont tourné la tête vers lui. Parfois, à ce genre d'événements, on chante. Mais il n'y a pas d'obligation, bien sûr. Alice a dit que Simon avait fait partie d'une chorale à Oxford, et Simon a répondu qu'il ne pensait pas que les gens à la fête auraient envie d'entendre les voix de basse du *Miserere* pendant quatorze minutes. Et toi, Eileen ? a demandé Felix. Tu sais chanter ? Elle était en train de refermer le mascara. Il la fixait, mais elle fuyait son regard. Non, a-t-elle répondu. Elle s'est levée en se passant les mains sur les hanches. Quand vous voulez, je suis prête.

Dans la voiture, Alice s'est assise à l'avant avec le gâteau sur une assiette recouverte de film alimentaire. Eileen et Simon se sont installés sur la banquette arrière en laissant de l'espace entre eux. Felix leur a jeté un coup d'œil dans le rétroviseur puis il a tambouriné joyeusement sur le volant avec ses doigts. Et tu fais quoi, comme trucs, à la salle de sport ? a-t-il demandé. Du rameur, ce genre d'appareils ? Simon a croisé son regard dans le rétroviseur et Alice a détourné la tête en souriant, ou bien en essayant de ne pas rire. Oui, je fais un peu de rameur, a répondu Simon. Felix a demandé s'il soulevait des poids et Simon a répondu que non, pas vraiment. Alice s'est mise à rire et a fait semblant de tousser. Qu'est-ce qu'il y a ? a demandé Eileen. Rien, a-t-elle répondu. Felix a mis son clignotant quand ils ont approché de l'embranchement de la route côtière en direction du village. Tu fais quelle taille ? a-t-il demandé. Par curiosité. Avec un sourire paresseux, Simon a regardé par la fenêtre. Vraiment sans vergogne, a commenté Alice. Je ne comprends pas, a dit Eileen. En se raclant la gorge, Simon a répondu à voix basse : Un mètre quatre-vingt-douze. Felix a souri. C'était juste une question. Un mètre quatre-vingt-douze. Maintenant, je sais. En tapotant de nouveau le volant, il a ajouté : Moi, je fais un mètre soixante-quinze. Pour ta gouverne. Depuis la banquette arrière, Eileen a dit qu'elle mesurait elle aussi un mètre soixante-quinze. Felix lui a jeté un coup d'œil par-dessus son épaule avant de se concentrer de nouveau sur la route. Ah ouais, a-t-il fait. C'est intéressant. C'est grand, pour une fille. Tout en contemplant les façades des maisons de vacances, Simon a dit : Je pense que c'est une bonne taille pour n'importe qui. Felix a ri. Merci, mec. Ils roulaient dans l'artère principale et ils ont dépassé la rue en direction de la salle de jeux. On n'est pas obligés de rester longtemps, a-t-il fait remarquer. À cette fête. J'ai dit que je faisais juste un saut. En mettant de nouveau son clignotant, il a ajouté : Et si quelqu'un dit du mal de moi, c'est qu'il ment. Simon a éclaté de rire. Les gens disent du mal de toi, d'habitude ? a demandé Eileen. Felix l'a regardée une nouvelle fois dans le rétroviseur avant de tourner à droite. Il y a des gens méchants partout, Eileen, a-t-il répondu. Soyons honnêtes, on ne peut pas plaire à tout le monde. Il a quitté la rue principale derrière l'église et, au bout de quelques minutes, il a fait halte devant un bungalow où plusieurs voitures étaient garées dans l'allée. En coupant le moteur, il a dit : Maintenant, comportez-vous normalement, OK ? Vous êtes pas là pour discuter de politique internationale et de trucs comme ça. Sinon, ils vont vous prendre pour des tarés. Alice s'est retournée sur son siège et a dit : Ne vous inquiétez pas, ses amis sont très gentils. Eileen a ajouté qu'elle n'y connaissait de toute façon rien en politique internationale.

Felix a sonné, et Danielle est venue ouvrir. Elle portait une courte robe d'été bleue et ses cheveux étaient lâchés sur ses épaules. Derrière elle, la maison était éclairée et bruyante. Elle les a fait entrer, et Felix a déposé un baiser sur sa joue en disant : Hé, joyeux anniversaire. Tu es très belle. Elle lui a fait signe de la main d'un air heureux. Depuis quand tu fais des compliments ? Alice a présenté Eileen et Simon, et Danielle a dit : Vous êtes tous si beaux, je suis jalouse. Entrez. Il y avait une cuisine carrelée après l'entrée, avec un plafonnier au-dessus de la table et une porte qui donnait sur le jardin. Sept ou huit personnes buvaient dans des gobelets en plastique et bavardaient. Du salon voisin s'échappaient de la musique et des rires. Sur la table, il y avait des canettes et des bouteilles vides ou encore intactes, un saladier rempli de chips, un tire-bouchon. Un grand homme debout près du frigo a dit : Felix Brady, t'étais passé où cette semaine ? Un autre qui fumait à la porte du fond a lancé : Il chevauchait sa nouvelle copine. Quand le premier a pointé le pouce vers Alice, le deuxième a fait une grimace d'excuse et il est rentré en disant : Je suis désolé, je t'avais pas vue. Alice a souri en disant que ce n'était pas grave. Attrapant une poignée de chips, Felix a fait un signe de tête par-dessus son épaule : Voilà ses amis. Soyez gentils avec eux, ils sont un peu bizarres. En jetant un coup d'œil à Eileen, Danielle a secoué la tête. Comment vous faites pour le supporter ? a-t-elle demandé. Laisse-moi t'offrir un verre. Alice avait déposé le gâteau sur le plan de travail et elle était en train de retirer le film alimentaire. Une femme a surgi du salon avec un jeune enfant dans les bras. Danielle, a-t-elle dit, on va partir, ce petit bonhomme tombe de sommeil. Danielle a posé sa main sur les boucles de l'enfant et l'a embrassé sur le front. Eileen, a-t-elle dit, je te présente mon précieux neveu, Ethan. Tu ne trouves pas qu'on dirait un ange ? La femme a tendu la main pour détacher l'une de ses boucles d'oreilles des petits doigts de l'enfant. Eileen a demandé quel âge il avait et la femme a répondu : Deux ans et deux mois. Gavin, le colocataire de Felix, se tenait devant le plan de travail avec Alice. Il lui demandait si elle avait fait le gâteau elle-même. Felix a sorti une cigarette roulée de son portefeuille et a proposé négligemment à Simon : Tu m'accompagnes dehors ?

Le jardin était plus frais et plus calme. Sur l'herbe, une femme, un homme et une petite fille jouaient au foot, ils avaient disposé des sweat-shirts pour marquer l'emplacement des cages. Felix s'est adossé au mur du jardin en allumant sa cigarette. Simon se tenait à côté de lui, il les regardait jouer. La maison était cachée par la masse sombre du garage. La petite fille courait de toutes ses forces entre les deux adultes en poussant maladroitement le ballon avec ses pieds. Tout en exhalant une bouffée de cigarette, Felix a demandé : Tu penses qu'Alice aurait le droit d'accueillir un chien chez elle ? Simon a jeté un coup d'œil tout autour de lui. Si elle achète la maison, elle peut faire tout ce qu'elle veut. Pourquoi, tu as un chien ? Felix a froncé les sourcils. Elle pense l'acheter ? Simon a marqué un silence. Oh, je ne sais pas. Je crois qu'elle m'en a parlé un soir au téléphone mais je me trompe peut-être. L'air intrigué, Felix a observé le bout incandescent de sa cigarette avant de tirer une autre bouffée. Puis il a dit : Ouais, j'ai une chienne. En fait, elle n'est pas vraiment à moi. Les anciens locataires l'ont abandonnée en partant, alors on l'a recueillie. Simon le regardait parler. Elle était très maigre, a ajouté Felix. Pas du tout en bonne santé. Et très peureuse. Elle voulait pas qu'on la caresse ni rien. Elle se cachait quand on lui donnait à manger et elle s'approchait de sa gamelle une fois qu'on était parti. Et elle avait des problèmes d'agressivité, aussi. Si tu t'approchais trop et qu'elle en avait pas envie, elle pouvait te choper, tu vois. Simon a hoché la tête. Il a demandé à Felix si, selon lui, la chienne avait été maltraitée. Difficile à dire, a répondu Felix. Peut-être que les précédents locataires la négligeaient. En tout cas, elle avait des problèmes, ça, c'est sûr. Il a tapoté sa cigarette et la cendre a dérivé lentement vers l'herbe. Mais elle a fini par se calmer. Elle a vu qu'on la nourrissait et qu'il ne lui arrivait rien, alors finalement, elle a accepté qu'on l'approche. Elle n'aime toujours pas que des inconnus la caressent, mais moi, elle m'adore. Simon souriait. C'est chouette, a-t-il dit. Ça fait plaisir à entendre. Felix a de nouveau soufflé sa fumée en faisant la grimace. Mais il a fallu du temps. À un moment donné, les autres ont voulu se débarrasser d'elle parce qu'elle se comportait trop mal et qu'on ne voyait aucune amélioration. C'est pas pour jouer les héros, mais j'ai tenu bon. Simon a dit en riant : Tu peux être un héros, ça me dérange pas. Felix a continué à fumer d'un air pensif. Je me demandais si j'aurais le droit de l'amener chez Alice, a-t-il ajouté. Certains propriétaires n'aiment pas ça. Mais si elle achète la maison, c'est différent. Je savais pas qu'elle y pensait. Dans le jardin, la petite fille avait réussi à marquer un but et l'homme la félicitait tout en la perchant sur ses épaules. Simon les regardait sans un mot. Felix a écrasé son mégot contre le mur pour l'éteindre. Puis il l'a lâché dans l'herbe. Alors, qu'est-ce qui s'est passé hier soir ? a-t-il demandé. Simon a regardé autour de lui. Comment ça ? Felix a toussoté. Entre Eileen et toi. T'es pas obligé de me le dire, mais si jamais t'as envie d'en parler… La petite fille courait dans le jardin vers la maison, le couple la suivait en discutant. L'homme leur a fait un signe de tête au passage et il a lancé : Comment va la vie, Brady ? Felix a répondu : Pas mal, merci. Ils sont rentrés en refermant la porte de la cuisine. Le jardin était vide à l'exception de Simon et Felix dans l'herbe derrière le garage. Au bout d'un long silence, Simon a commenté en regardant ses pieds : Je ne sais pas bien. Felix a éclaté de rire. Bon. Alors, moi, je vais te le dire. Quand on s'est couchés, tu es allé dans sa chambre, non ? Un peu plus tard, tu es retourné dans la tienne, et aujourd'hui, vous êtes tous les deux déprimés. C'est tout ce que je sais, alors explique-moi. Vous avez baisé ? Simon s'est passé la main sur le visage d'un air las. Oui. Aucune autre remarque n'a suivi, et Felix a dit : J'imagine que c'est pas la première fois. Simon a eu un sourire contrit. Non. Pas vraiment. Felix a mis ses mains dans ses poches en observant Simon. Et après ? Vous vous êtes disputés ? J'ai rien entendu. Ça devait être une dispute silencieuse. Simon se frottait la nuque avec la main. Non. On a discuté, c'est tout. Elle a dit qu'elle préférait qu'on reste amis. Et voilà. On ne s'est pas disputés. Felix le regardait fixement en haussant les sourcils. Putain de merde, a-t-il lâché. Elle t'a dit ça après avoir baisé ? Mais qui fait un truc pareil ? Simon a eu un rire gêné, il a laissé tomber la main et détourné le regard. On fait tous des choses qu'on ne devrait pas faire. Je crois qu'elle n'est pas heureuse, c'est tout. Felix a froncé les sourcils une ou deux secondes. Et c'est reparti. Tu te prends encore pour Jésus. Simon a eu un petit rire crispé. Non, car si ma mémoire est bonne, Jésus, lui, a résisté à la tentation. Felix a tendu la main en souriant pour caresser celle de Simon, et Simon l'a laissé faire. Le long de son poignet vers sa paume. Puis Felix a effleuré l'arrière de ses doigts. Quelques secondes se sont écoulées en silence. Simon a dit calmement : Alice est une très chère amie. Felix a ri et lâché sa main. C'est mignon. Qu'est-ce que ça veut dire ? Simon n'a pas bougé, il avait l'air calme et fatigué. Juste que je tiens énormément à elle. Je l'admire. Felix a de nouveau toussoté en secouant la tête. Tu veux dire que si je lui fais du mal, tu vas me foutre un coup de pied en pleine tête. Simon caressait son poignet là où Felix l'avait touché, l'encerclant avec sa main comme s'il avait mal. Non, ce n'est pas ce que je voulais dire, a-t-il répondu. Felix a bâillé en étirant les bras. Mais tu pourrais. Me décrocher la tête d'un coup de pied. Facilement. Il s'est tourné vers le jardin. Si c'est une si bonne amie à toi, pourquoi t'es jamais venu la voir depuis qu'elle est ici ? Surpris, Simon a répondu qu'il tentait de venir depuis février, mais qu'elle prétendait toujours qu'elle était absente ou que ça ne l'arrangeait pas. Je l'ai aussi invitée chez moi. Mais elle a dit qu'elle était occupée. J'avais l'impression qu'elle ne voulait pas me voir. Je ne dis pas ça pour l'accuser, je pense qu'elle voulait simplement prendre ses distances. On s'est beaucoup vus avant qu'elle quitte Dublin. Felix hochait la tête dans son coin. Quand elle était à l'hôpital, c'est ça ? Simon l'a observé un moment puis il a répondu : Oui. Felix a mis ses mains dans ses poches et fait quelques pas au hasard avant de se replacer face à Simon. Alors tout ce temps, tu l'as harcelée, tu disais que tu voulais venir la voir, et elle répondait non, je suis occupée ? Simon a confirmé : Oui mais comme je te l'ai dit, il n'y a pas de mal. Felix lui a adressé un sourire grimaçant. Ça ne t'a pas blessé ? Simon lui a rendu son sourire. Non, non. Je suis très mûr à propos de ce genre de choses. En donnant un coup de pied contre le mur, Felix a demandé : Comment elle était à l'hôpital ? Mal en point ? Simon a paru réfléchir à la question, puis il a répondu : Elle a l'air beaucoup mieux maintenant. Felix s'est éloigné, cette fois au-delà du garage pour jeter un coup d'œil à la maison. Bon, si tu la vois à l'intérieur, dis-lui que j'aimerais lui parler. Simon a hoché la tête et, pendant quelques secondes, il n'a rien dit, il n'a rien fait. Puis il s'est levé et il est rentré.

Debout dans la cuisine, Alice mangeait une part de gâteau dans une assiette en carton en compagnie de Danielle. En passant sa fourchette dessus, elle a dit : il n'a pas vraiment levé, mais il est quand même bon. Tout en refermant la porte derrière lui, Simon a dit qu'il avait l'air délicieux. Felix est dehors, a-t-il ajouté. Je crois qu'il veut te parler. Danielle a ri. Oh mon Dieu. Il est déjà bourré ? Il est toujours profond et sérieux quand il a bu. En se servant une part de gâteau, Simon a dit : Non, je ne pense pas qu'il ait bu. Mais c'est vrai qu'il était assez profond et sérieux. Alice a posé son assiette sur le plan de travail. Ça n'est pas de bon augure. Je reviens vite. Après son départ, Danielle a demandé à Simon ce qu'il faisait dans la vie, et il a commencé à lui raconter le Parlement, ce qui l'a fait rire. Quoi que tu imagines, c'est pire. Eileen était dans le salon en train de passer en revue le compte Spotify connecté aux enceintes, et un homme a dit par-dessus son épaule : De la vraie musique, s'il te plaît. En sortant dans le jardin, Alice a fermé la porte derrière elle et crié : Felix ? Il a surgi de derrière le garage. Hé. Je suis là. Les bras croisés, elle s'est avancée dans l'herbe. Il avait posé une feuille de papier à rouler sur le muret et prélevait une pincée de tabac d'une pochette en plastique. Tu sais pourquoi ils sont d'humeur bizarre ? Les deux autres. Ils ont couché ensemble hier soir, puis elle a changé d'avis et elle lui a dit qu'elle voulait qu'ils soient juste amis. C'est dingue, les drames dans ta maison. Appuyée contre le mur, Alice le regardait rouler sa cigarette. C'est Simon qui t'a raconté ça ? Il a humecté le papier pour refermer la cigarette d'un coup. Ouais. Pourquoi, qu'est-ce qu'elle t'a dit ? En le regardant allumer la cigarette, Alice a répondu : Elle a juste dit que c'était une erreur. Mais elle n'est pas entrée dans les détails. J'ai bien vu qu'elle était bouleversée, je n'ai pas voulu insister. En examinant ses ongles, elle a ajouté : Elle dit que c'est impossible de parler avec lui. Elle pense que dans sa famille, à force de réprimer les émotions, ça l'a détraqué. Il est incapable d'exprimer ce qu'il veut. Felix s'est mis à rire et à tousser. Putain, c'est hard. Je dirais pas que ça l'a détraqué. Moi, il me plaît bien. J'ai tenté un truc tout à l'heure avec lui, et il s'est mis à dire que tu étais son amie et qu'il t'admirait beaucoup. Mais j'ai bien vu qu'il était tenté. J'allais lui dire, mec, t'inquiète, ça la dérange pas. Alice a ri. Mon Dieu, c'est un agneau. Tu crois qu'il va perdre toute confiance en lui ? Felix a froncé les sourcils et répondu : Non. Il risque de perdre un peu goût à la vie. Mais pas sa confiance, je crois pas. Et c'est pas un agneau. Il est comme toi. Il manque pas de confiance, c'est juste qu'il déteste sa vie. Alice souriait en chassant des miettes sur sa robe. Je ne déteste pas ma vie. Felix a soufflé un nuage de fumée et négligemment agité la main pour le disperser. C'est pas ce que tu m'as dit. La dernière fois qu'on fumait une cigarette dehors. T'as oublié ? Avant Rome. Tu fumais, toi aussi, ce soir-là. Elle a remis ses cheveux derrière ses oreilles d'un air gêné. Non, non, je me souviens. Mais je t'ai dit que je détestais ma vie ? Felix a répondu qu'il en était sûr. Eh bien, peut-être que c'était vrai. Mais ce n'est plus le cas. Il n'a rien dit, il contemplait sa main en fumant. Puis il a repris : Tiens, regarde ce que je me suis fait au boulot aujourd'hui. Il a tendu le bras pour lui montrer la profonde entaille qui courait sous la jointure de son auriculaire. La blessure était plus sombre à présent, elle entamait son processus de cicatrisation, mais tout autour, la peau restait rouge et enflammée. En grimaçant, Alice s'est pris le visage entre les mains. Felix a tourné et retourné la blessure comme pour l'observer sous différents angles. Je ne m'en suis même pas rendu compte jusqu'à ce qu'il y ait du sang partout. Il a levé les yeux vers elle, vu sa tête et ajouté : Des trucs cons comme ça, ça arrive tout le temps, là-bas, mais j'ai pas eu trop mal. Elle a pris sa main et l'a posée sans un mot contre sa joue. Il a eu une sorte de petit rire.

Tu es gentille. Mais c'est juste une égratignure, j'aurais pas dû t'en parler.

Ça fait encore mal ?

Pas vraiment. Ça pique un peu quand je me lave les mains.

Ce n'est pas juste.

Rien n'est jamais juste avec toi.

La porte du jardin s'est ouverte, et Alice a laissé la main de Felix s'éloigner de sa joue sans pour autant la lâcher. Au bout de quelques instants, un homme est apparu. Il était grand avec des cheveux blond roux et il portait une chemise cintrée à motifs. En les voyant, il s'est mis à rire. Felix n'a rien dit.

J'interromps quelque chose ? a demandé l'homme.

Pas de souci, a répondu Felix. Je savais pas que tu viendrais ce soir.

L'homme a sorti des cigarettes de sa poche et en a allumé une.

Ça doit être la nouvelle petite amie. Alice, c'est bien ça ? Ils parlaient de toi à l'intérieur. Quelqu'un a trouvé un article sur toi sur le Net.

Elle a tourné les yeux vers Felix, mais il a évité son regard.

Ça alors, a-t-elle dit.

T'as plein de fans sur Internet, a ajouté l'homme.

Oui, je crois. Et aussi beaucoup de gens qui me détestent et qui me veulent du mal.

L'homme n'a pas réagi.

Ceux-là, je les ai pas vus, mais sans doute que tout le monde a des ennemis. Comment ça va, Felix ?

Je me plains pas.

Et comment tu as réussi à te dégoter une copine célèbre ?

Tinder.

L'homme a soufflé une bouffée de cigarette.

Ah ouais ? J'y passe ma vie, et je ne vois jamais de célébrités. Bon, tu nous présentes ou quoi ?

Alice a jeté un regard interrogateur à Felix, qui paraissait très détendu.

Alice, voici mon frère Damian. Pas besoin de lui serrer la main ni rien, tu peux juste faire un signe de tête de loin.

Elle a jeté un regard surpris au type.

Oh, ravie de faire ta connaissance. Vous ne vous ressemblez pas du tout.

Il a souri.

Je prends ça comme un compliment. J'ai entendu dire que vous étiez à Rome tous les deux il y a quelques semaines, c'est bien ça ? Tu lui as vraiment tapé dans l'œil, Alice. D'habitude, les petits séjours romantiques, c'est pas trop son truc.

J'étais en voyage pour le boulot et Felix m'a tenu compagnie, c'est tout.

Damian semblait trouver l'échange de plus en plus amusant.

Il a assisté à des événements pour ton bouquin, aussi ?

À certains, oui.

Ça alors. En plus d'autres trucs, il doit avoir appris à lire depuis la dernière fois que je l'ai vu.

Même pas, a dit Felix. Pourquoi je me donnerais cette peine, puisqu'elle me lit les meilleurs passages ?

Sans prêter attention à son frère, Damian a dévisagé Alice avec une certaine curiosité. Après avoir à nouveau tiré sur sa cigarette, il a dit : Tu viens de passer des années un peu dingues, non ?

Sans doute, oui.

J'ai une copine qui est une grande fan de toi. Elle a dit que ton film sortait bientôt, c'est ça ?

Poliment, Alice a répondu : Ce n'est pas vraiment mon film, il est juste tiré de l'un de mes livres.

En posant sa main dans le dos d'Alice, Felix a dit : Tu l'ennuies à parler de ce genre de choses. Elle aime pas ça.

Imperturbable, Damian a hoché la tête en souriant.

Ah bon. S'adressant à Alice, il a poursuivi : Tu sais que c'est pas de la gentillesse, pas vrai ? Et qu'il n'a aucune idée de qui tu es. Il a jamais lu un livre de sa vie.

Elle est entourée de gens qui lisent, a dit Felix. Et ils passent leur temps à l'emmerder.

Damian a tiré une nouvelle fois sur sa cigarette. Au bout d'un moment, il a dit à Alice : Tu sais qu'il m'évite ?

Alice s'est tournée vers Felix, qui regardait ses pieds en secouant la tête.

À la mort de notre mère, on a hérité de sa maison, a poursuivi Damian. Tous les deux. Maintenant, on veut la vendre. Jusque-là, tu me suis ? T'es une femme intelligente, je n'en doute pas. Mais je ne peux pas vendre s'il n'appose pas sa signature sur chaque document. Et ces dernières semaines, il s'est volatilisé. Il ne répond pas à mes appels, ni à mes messages, rien. C'est dû à quoi, d'après toi ?

Alice a répondu avec calme que ce n'était pas ses affaires.

On pourrait penser qu'il serait content de toucher un peu d'argent, a insisté Damian. Dieu sait qu'il en a souvent manqué.

Il y a d'autres saloperies que tu veux dire sur moi tant que t'y es ? a lancé Felix.

Continuant à l'ignorer, Damian a repris d'un air songeur : Tom Heffernan lui a filé un paquet de thunes à un certain moment. Un vieux gars qui vit au village avec sa femme. Je me demande bien pourquoi. Quel est le lien, tu le sais, toi ?

Felix secouait à nouveau la tête. Il a jeté son mégot. Dans la lumière déclinante du soleil couchant, son visage était écarlate.

Écoute, tu m'as l'air d'une fille sympa, a remarqué Damian. Peut-être un peu trop ? Alors voilà mon conseil, ne le laisse pas se foutre de ta gueule.

Je me demande ce qui te fait croire que je pourrais avoir besoin de tes conseils sur comment je mène ma vie, a répondu froidement Alice.

Felix est parti dans un éclat de rire sauvage. Damian a gardé le silence quelques instants, se contentant de tirer sur sa cigarette. Puis il a ajouté : Tu te crois plus maligne que tout le monde, c'est ça ?

Oh, je crois que je m'en sors pas mal.

D'un air soulagé, et sans cesser de sourire, Felix a dit : Allez, Damian. Je passe demain en allant au boulot et on règle ça, OK ? Tu pourras arrêter de me harceler. Ça te va ?

Parfait, a répondu Damian sans détourner les yeux d'Alice.

Il a laissé tomber sa cigarette dans l'herbe.

Bon courage à tous les deux.

Il les a contournés et il est rentré. La porte a claqué derrière lui. Felix s'est avancé derrière le garage comme pour vérifier qu'il était vraiment parti puis il a entrelacé ses doigts sur sa nuque. Elle l'a observé.

Ouais, a-t-il lâché. Damian. Je sais pas si je te l'ai déjà dit, mais on se déteste.

Non.

Ah, désolé.

Felix a laissé ses mains pendre au bout de ses bras. Il regardait toujours la porte par laquelle son frère avait disparu. Un battant en bois avec des carreaux jaunes.

On n'était déjà pas très potes, mais quand maman est tombée malade… Je vais pas entrer dans les détails parce qu'on y passerait la nuit. Ça fait des années qu'on s'entend plus. Si j'avais su qu'on allait tomber sur lui, je t'aurais fait un petit topo.

Elle a continué à garder le silence. Il s'est retourné vers elle, l'air inquiet ou malheureux.

Au fait, je sais lire. Je sais pas pourquoi il me traite d'analphabète et tout ça. Je suis pas génial en lecture, mais je sais lire. De toute façon, je pense pas que ça t'intéresse vraiment.

En effet.

Il a toujours été plus fort que moi à l'école, alors ça l'amuse de raconter ça. Il fait partie de ces gens qui se sentent obligés de rabaisser les autres pour avoir l'impression d'être grands. Maman le lui disait souvent, et il n'aimait pas ça. Mais on s'en fout. Le truc débile, c'est que ça m'atteint. Là, je suis énervé.

Je suis désolée.

Il s'est tourné vers elle.

Tu n'y es pour rien. Tu t'en es bien tirée. J'aurais pu suivre votre petit échange pendant encore longtemps, c'était drôle. L'avantage que tu sois intimidante, c'est que c'est agréable quand tu le fais avec d'autres.

Elle a baissé les yeux vers le sol et dit doucement : Je n'aime pas ça.

Ah bon ? Un petit peu, quand même.

Non.

Alors pourquoi tu le fais ?

Intimider les gens ? Je ne le fais pas exprès.

Il a froncé les sourcils.

Mais tu sais y faire. Tu fous la trouille. Tu vois de quoi je parle. Je ne te reproche rien.

Tu vas peut-être avoir du mal à le croire, mais quand je rencontre des gens, j'essaie d'être gentille, en fait.

Il a laissé échapper un glapissement et en réponse, Alice a poussé un soupir en s'appuyant contre le mur et en se cachant les yeux.

C'est si drôle que ça ?

Si tu veux être gentille, pourquoi tu fais tout le temps des remarques cinglantes ?

Pas tout le temps.

Non, quand ça t'arrange. Je dis pas que tu es méchante

ou quoi que ce soit. Juste qu'on n'a pas envie de te marcher sur les pieds.

Elle a répondu sèchement : Oui, tu as été très clair sur ce point.

Il a paru sonné et s'est tu quelques instants. Puis il a dit doucement : Bon sang, je me prends des coups de tous les côtés ce soir.

Elle a incliné la tête comme si elle était découragée ou fatiguée, mais elle n'a rien dit.

Tu n'es pas la personne la plus facile à vivre, a-t-il ajouté, mais ça, tu le sais.

Felix, c'est trop te demander d'arrêter de critiquer ma personnalité ? Je ne vais pas à la pêche aux compliments. Tu n'es pas obligé de dire quoi que ce soit sur moi. C'est juste que je ne trouve pas que ce genre de commentaires soient particulièrement constructifs.

Il l'a regardée pendant quelques secondes d'un air hésitant.

D'accord. Je voulais pas te contrarier.

Elle n'a pas répondu. Comme le silence semblait le mettre mal à l'aise, il a enfoui ses mains dans ses poches puis les a ressorties.

C'est exactement ce que disait Damian, a-t-il repris. Tu penses que je ne t'apprécie pas à ta juste valeur. Il a peut-être raison.

Elle a continué à se taire en regardant ses pieds. Il avait l'air agité, irritable, anxieux.

Tu vois, tu as l'habitude qu'on te traite autrement. Que les gens te reconnaissent et pensent que tu es vraiment importante et tout ça. Alors quand je te traite normalement, ça ne va pas. Je pense que tu trouveras quelqu'un qui t'appréciera mieux et que ça te rendra plus heureuse.

Au bout d'un long moment, elle a dit : Si ça te va, j'aimerais rentrer à l'intérieur.

Il a baissé les yeux, la mine sombre.

Je ne peux pas t'en empêcher.

Elle a remonté la pelouse en direction de la maison. Avant qu'elle atteigne la porte, il s'est raclé la gorge et il a lancé : Tu sais, quand je me suis fait mal à la main tout à l'heure, la première chose que j'ai pensée, c'est : Je parie que ça ne va pas plaire à Alice.

Elle s'est retournée pour répondre : Ben tu avais raison.

Ouais. Et c'est agréable d'avoir quelqu'un qui s'inquiète pour ça. Je me fais charcuter tous les quinze jours là-bas, et ce n'est pas comme si j'avais beaucoup de gens qui me disaient : Oh, ça doit te faire mal, qu'est-ce qui s'est passé ? Peut-être qu'il y a certaines choses chez toi que je suis incapable d'apprécier, et des fois, j'aime pas le ton que tu as avec moi, je le reconnais. Mais imaginons que tu sois seule dans ta maison, si tu ne vas pas bien, si tu te fais mal, je voudrais le savoir. Et si tu avais envie que je vienne m'occuper de toi, je le ferais. Je suis sûr que tu ferais pareil. Ça ne te suffit pas pour rester avec moi ? Peut-être que c'est pas assez pour toi, mais pour moi, si.

Ils ont échangé un regard.

Laisse-moi y réfléchir, a conclu Alice.

Un bourdon s'était immiscé dans le salon et deux amies de Danielle criaient et riaient en essayant de le faire sortir par la fenêtre. Simon était assis à la table de la cuisine avec Gemma, la cousine de Danielle, qui tenait sur ses genoux la petite footballeuse du jardin. Et tu préfères l'école ou les vacances ? lui demandait Simon. Face au plan de travail, Eileen versait de la vodka dans un gobelet en plastique tandis que le type avec lequel elle parlait disait : C'est pas super, mais ça se laisse voir. Felix et Alice sont rentrés par la porte du jardin. Felix s'est servi une part de gâteau d'anniversaire et Alice a remis son cardigan en disant joyeusement : C'est un beau et grand jardin que vous avez là. Puis, d'un geste distrait et affectueux, elle a posé une main sur l'épaule de Simon, qui a levé les yeux vers elle avec un petit sourire étonné, mais aucun d'eux n'a parlé.

À vingt-deux heures, Danielle a fait tinter une cuillère sur un verre pour annoncer qu'ils allaient maintenant chanter quelques chansons. Peu à peu, la pièce est devenue silencieuse, les conversations se sont tues, des gens sont arrivés du salon. Un cousin de Danielle a entonné « She Moved Through the Fair ». Ceux qui connaissaient les paroles l'ont accompagné tandis que d'autres fredonnaient sur la mélodie. Depuis la porte, Eileen observait Simon adossé au frigo près d'Alice, un verre de vin à la main. Puis Danielle a demandé à Felix de leur chanter quelque chose. Allez, Felix, « Carrickfergus », a demandé Gavin. Felix a eu un bâillement nonchalant. Je vais vous chanter « La fille d'Aughrim », a-t-il déclaré. Il a posé son assiette en carton puis, après s'être raclé la gorge, il s'est mis à chanter. Il avait une voix claire et mélodieuse avec une pureté tonale qui emplissait la pièce, montait puis retombait si bas qu'elle en avait presque la qualité du silence. Alice l'observait depuis l'autre bout de la cuisine. Il se tenait presque sous le plafonnier de sorte que ses cheveux, son visage et sa silhouette élancée et penchée étaient baignés de lumière, ainsi que ses yeux sombres et sa bouche. À cause de sa voix basse, ou des paroles, ou peut-être d'un souvenir que faisait remonter cette mélodie, les yeux d'Alice se sont emplis de larmes. Il l'a dévisagée un instant puis a détourné le regard. Sa voix ressemblait étrangement à celle qu'il avait d'habitude, les intonations étaient les mêmes, mais avec des profondeurs qui, tout à coup, résonnaient. Alice s'est mise à pleurer et son nez à couler. Elle a souri d'une telle absurdité, mais ses larmes ont continué à rouler sur ses joues, et elle s'est essuyé le nez avec les doigts. Elle avait le visage rose et luisant. La chanson a pris fin et, après un silence, les acclamations et les applaudissements ont retenti. Gavin a mis ses doigts dans sa bouche et sifflé d'un air approbateur. Felix s'est appuyé contre l'évier en regardant Alice, et elle lui a rendu son regard avec une sorte de haussement d'épaules presque gêné. Elle s'est séché les joues avec les mains. Il souriait. Tu l'as fait pleurer, a dit Gavin. Les gens se sont tournés vers Alice, elle a voulu rire, mais ce rire a semblé s'accrocher dans sa gorge. Elle se séchait à nouveau le visage. Tout va bien, a dit Felix. Danielle a demandé si quelqu'un voulait chanter autre chose, mais personne ne s'est proposé. Pas facile de passer après ça, a lancé quelqu'un. Gemma, la cousine de Danielle, a suggéré « The Fields of Athenry », mais les gens ont repris leurs conversations. Felix s'était faufilé jusqu'à la table où il remplissait de vin un gobelet en plastique. En le tendant à Alice, il a dit : Ça va, tu es sûre ? Elle a hoché la tête et il lui a frotté le dos pour la réconforter. Ne t'inquiète pas, a-t-il dit. Ce sont généralement les vieilles dames qui pleurent dans ce genre de moments, mais on ne t'en veut pas. Tu ne savais pas que je chantais, hein ? C'était mieux avant que je me bousille la voix à cause de la clope. Il parlait avec légèreté voire insouciance en lui caressant le dos, comme s'il ne prêtait pas vraiment attention à ce qu'il disait. Regarde, Simon, lui, il ne pleure pas, a-t-il dit. Je ne l'impressionne pas. En souriant, Simon a répondu à voix basse : Un homme aux multiples talents. Alice a lâché un petit rire en prenant une gorgée. Petit effronté, a dit Felix. Depuis l'embrasure du salon, Eileen les regardait,

Felix avait la main sur le dos d'Alice, Simon était à côté d'elle, ils discutaient tous les trois. Par les fenêtres, le ciel s'assombrissait encore plus et la vaste terre pivotait lentement sur son axe.

28

Quand ils ont quitté la maison de Danielle, il faisait nuit noire et il n'y avait aucun réverbère dans la rue. Eileen a activé la lampe de son téléphone pour qu'ils retrouvent leur chemin. À l'intérieur de la voiture, toutes portières fermées, l'atmosphère était calme et chaleureuse. Felix, tu as une belle voix quand tu chantes, a dit Eileen. Il a allumé les phares et passé la marche arrière. Oui, j'ai chanté ça pour toi, a-t-il répondu. Enfin, pour vous, puisque vous êtes tous les deux de là-bas, non ? D'Aughrim. C'est bien ça ? En fait, je ne comprends pas trop les paroles de cette chanson. Je pensais que c'était un homme qui chantait pour une femme, mais à cause du refrain, je crois que c'est plutôt une femme. Qui dit que son bébé a froid dans ses bras. C'est sans doute l'une de ces vieilles chansons avec plein de versions successives. En tout cas, l'air est triste. Simon a demandé si Felix jouait d'un instrument ou s'il ne faisait que chanter, et Felix a répondu : Un peu. Surtout du violon. S'il le faut, je m'en sors à la guitare. J'ai quelques potes qui se produisent dans les mariages, des trucs comme ça. Je les ai déjà accompagnés, mais point de vue musical, c'est nul. Tu passes ta soirée à jouer du Céline Dion, des morceaux de ce genre. Alice a dit qu'elle ne soupçonnait pas du tout qu'il était musicien.

Ici, tout le monde l'est, a-t-il déclaré. Y a qu'à Dublin que les gens n'ont pas l'oreille musicale. Sans vouloir vous vexer. En jetant un coup d'œil à Alice avant de reporter son attention sur la route, il a lancé : Alors comme ça, tu envisages d'acheter la maison ? Je savais pas. Depuis la banquette arrière, Eileen a levé les yeux. Pardon ? Alice, heureuse, un peu ivre, était en train de se mettre du baume sur les lèvres. Oui, j'y songe. Mais je n'ai encore rien décidé. Eileen a éclaté de rire et Alice s'est retournée. Mais c'est génial, a dit Eileen. Je suis contente pour toi. Tu vas t'installer en province. Alice l'a regardée d'un air perplexe. Eileen, je suis déjà installée en province. On parle de la maison que j'occupe actuellement. Eileen a souri en secouant la tête. Mais pour de bon, a-t-elle insisté. Tu es venue ici en vacances et là, tu vas, genre, rester en vacances pour toujours. Pourquoi pas, après tout ? Simon regardait Eileen, et Eileen souriait toujours à Alice. Sérieusement, a ajouté Eileen. C'est génial. Cette maison est incroyable. Avec ces plafonds si hauts, waouh. Alice hochait lentement la tête. C'est vrai. Mais je n'ai pris aucune décision pour l'instant. Elle a rangé son baume à lèvres dans son sac. Je ne sais pas pourquoi tu dis que je suis en vacances, a-t-elle ajouté. Chaque fois que je pars à cause du travail, tu m'envoies un mail pour me reprocher de ne pas être à la maison. Eileen a de nouveau ri, mais elle avait le visage livide. Je suis désolée. Je m'en rends compte maintenant, je n'avais pas pris la mesure de la situation. Simon continuait à la regarder. Elle s'est tournée vers lui avec un sourire éclatant quoique peu sincère, comme pour dire : Quoi ? Felix a fait remarquer que, avant d'acheter la maison, Alice devrait faire venir un expert pour l'examiner, et Alice a dit qu'il y avait de toute façon beaucoup de travaux à prévoir. Ils sont passés devant l'hôtel et son hall éclairé, puis ils ont pris la route côtière.

À la maison, Eileen a filé dans sa chambre tandis que les autres étaient encore dans l'entrée. Elle avait les lèvres pâles et le souffle court en allumant sa lampe de chevet. La fenêtre sombre reflétait faiblement l'ellipse grise de son visage. Elle a fermé le rideau d'un coup sec, faisant crisser les crochets sur la tringle. En bas, Alice disait : Non, non, pas moi. Simon lui a répondu d'une voix basse et indistincte, puis ils ont ri, des rires aigus qui ont gravi l'escalier. Eileen a enfoncé ses doigts dans ses paupières fermées. Le bruit de la porte du frigo s'ouvrant doucement, un cliquetis comme un bruit de verre. Elle a commencé à dénouer la ceinture de sa robe en lin froissé qui s'était détendu au fil de la journée et avait pris l'odeur de la crème solaire ainsi que de son déodorant. En bas, le bruit d'une porte qui s'ouvre. Elle a fait glisser la robe de ses épaules en inspirant profondément par le nez et en expirant entre ses lèvres, puis elle a enfilé une chemise de nuit à rayures bleues. Il y avait moins de bruit en bas à présent, les voix s'entremêlaient. Assise au bord du lit, elle a entrepris de détacher ses cheveux. En bas, quelqu'un marchait dans le couloir en sifflotant. Elle a retiré une longue pince à cheveux noire qui a cliqueté sur la table de nuit. Elle avait la mâchoire crispée, et ses molaires grinçaient les unes contre les autres. Dehors, le bruit de la mer, sourd, répétitif, et du vent qui soufflait faiblement dans les feuilles des arbres denses et épanouies. Une fois ses cheveux lâchés, elle les a peignés grossièrement avec ses doigts puis s'est allongée sur le lit et a fermé les yeux. En bas, il y a eu un claquement sec comme celui d'une bouteille qu'on débouche. Elle a rempli ses poumons d'air, serré les poings puis les a rouverts en tendant les doigts sur l'édredon, deux fois, trois fois. De nouveau, la voix d'Alice. Et les deux autres qui riaient à ses propos. Eileen s'est relevée d'un coup. Elle a attrapé une robe de chambre jaune matelassée sur le dos d'une chaise et l'a enfilée. Tout en descendant, elle a noué lâchement la ceinture autour de sa taille. Au bout du couloir, la porte de la cuisine était fermée, la lumière allumée, et un parfum doux et pesant flottait dans l'air. Elle a posé sa main sur la poignée de la porte. Alice disait : Oh, je ne sais pas, pas depuis plusieurs mois. Eileen a ouvert la porte. La pièce était chaude dans la lumière tamisée, Alice assise à un bout de la table, Felix et Simon ensemble sur le banc contre le mur en train de se passer un joint. Ils ont levé la tête vers Eileen d'un air surpris et un peu méfiant alors qu'elle se tenait dans l'embrasure, vêtue de sa robe de chambre. Elle a rassemblé son courage et leur a adressé un sourire.

Je peux me joindre à vous ?

Je t'en prie, a répondu Alice.

En attrapant une chaise, Eileen a demandé : Vous parliez de quoi ?

Felix lui a passé le joint par-dessus la table.

Alice était en train de nous parler de ses parents.

Eileen a pris une petite bouffée et a expiré en hochant la tête, tout dans son visage et son maintien montrant les efforts qu'elle faisait pour être gaie.

Tu connais déjà l'histoire, a dit Alice à Eileen. Tu les as rencontrés.

Hum. Il y a longtemps. Mais continue.

En se tournant vers les autres, Alice a poursuivi : Avec ma mère, c'est moins compliqué, parce qu'elle et mon frère sont ultra proches. De toute façon, ma mère ne m'a jamais beaucoup aimée.

Ah bon ? a dit Felix. C'est bizarre. Ma mère, elle m'aimait. J'étais son petit garçon chéri. C'est triste, parce que je me suis avéré être un raté. Mais va savoir pourquoi, elle m'adorait.

Tu n'es pas un raté, a dit Alice.

À Simon, Felix a demandé : Et toi ? Tu étais le petit garçon à sa maman ?

Je suis fils unique, a répondu Simon. Bien sûr, ma mère était très attachée à moi. Elle l'est toujours. Il faisait tourner la base de son verre de vin sur la table. Mais ce n'est pas la relation la plus facile pour moi. Je pense qu'elle est parfois un peu perdue et frustrée vis-à-vis de ce que je suis. Par rapport à ma carrière, aux décisions que j'ai prises. Elle a des amis avec des enfants de mon âge, ils sont tous médecins ou avocats, et ils ont eux-mêmes des enfants. Moi, je suis toujours assistant parlementaire et sans petite amie. Je n'en veux pas à ma mère de ne pas me comprendre. Je ne sais pas ce que j'ai fait de ma vie, moi non plus.

Felix a toussoté en demandant : Mais tu as un boulot assez important, non ?

Simon a promené son regard autour de lui comme si la question était étonnante, et il a répondu : Oh, mon Dieu, non. Pas du tout. Non que ma mère soit obsédée par le statut social, d'ailleurs. Je suis sûr qu'elle aurait aimé avoir un fils médecin, mais je ne pense pas qu'elle soit déçue que ça ne soit pas le cas. Felix lui a tendu le joint, qu'il a accepté. En réalité, on n'a jamais de conversation sérieuse. Elle n'aime pas quand les choses deviennent sérieuses, elle veut que tout le monde s'entende bien. Je crois qu'en fait, je l'intimide. Ce que je me reproche. Il a pris une petite bouffée et, après avoir exhalé, il a ajouté : Chaque fois que je pense à mes parents, je me sens coupable. Ce n'est pas leur faute, mais je ne suis pas le fils qu'il leur fallait.

Ce n'est pas non plus ta faute, a dit Alice.

Eileen suivait attentivement l'échange, la mâchoire contractée, mais toujours avec un petit sourire.

Et toi, Eileen ? a demandé Felix. Tu t'entends bien avec tes parents ?

La question a paru la prendre de court.

Oh, a-t-elle fait. Puis, après un silence : Ça peut aller. J'ai une sœur folle dont ils ont tous les deux peur. Elle a fait de ma vie un enfer quand on était petites. Mais sinon, ça va.

Ta sœur qui s'est mariée, a dit Felix.

Oui, Lola. Elle n'est pas méchante, juste compliquée. Quoique, parfois un peu méchante quand même. Elle était très populaire à l'école alors que moi, j'étais une pauvre fille. Je n'avais pas d'amis. Avec le recul, je pense que j'aurais pu me suicider. J'y songeais sans arrêt. Vers quatorze ou quinze ans, j'ai essayé de me confier à ma mère, mais elle m'a répondu que je n'avais aucun problème dans la vie, que j'en rajoutais. Eileen a eu une hésitation, et elle a regardé fixement le plateau vide de la table. Puis elle a repris : Je pense que je l'aurais fait si, à quinze ans, je n'avais pas rencontré quelqu'un qui a accepté d'être mon ami. Il m'a sauvé la vie.

Simon a prononcé tranquillement : Si c'est vrai, tu m'en vois ravi.

Felix s'est redressé, surpris.

Quoi ? C'était toi ?

Eileen souriait désormais avec plus de naturel, même si elle était toujours un peu pâle et qu'elle avait les traits tirés. Mais elle semblait heureuse de raconter à nouveau cette histoire.

Petits, on était voisins. Un été, à l'époque où il était étudiant, Simon est venu donner un coup de main à mon père à la ferme. Je ne sais pas pourquoi. Je suppose que tes parents t'avaient dit de le faire ?

D'une voix basse et enjouée, Simon a répondu : Non, c'est plutôt qu'à l'époque, je venais de terminer *Anna Karénine*, alors je voulais travailler dans une ferme pour faire comme Lévine. Tu sais, comme quand il fauche l'herbe avec une faucille ou un outil de la sorte et qu'il se met à croire en Dieu. J'ai oublié les détails, mais c'était l'idée.

Eileen riait en se passant la main dans les cheveux.

Tu es vraiment allé travailler pour Pat à cause d'*Anna Karénine* ? Je n'en avais aucune idée. Mais j'imagine que si tu étais Lévine, nous, on était les moujiks. En s'adressant aux autres, elle a poursuivi : Bref, c'est comme ça que Simon et moi sommes devenus amis. J'étais l'une des petites paysannes qui vivaient en bordure du domaine de sa famille. Avec indulgence, Simon a murmuré : Je ne vois pas les choses comme ça. Eileen a balayé son intervention d'un geste de la main. Évidemment, nos parents se connaissent. Ma mère fait un complexe d'infériorité vis-à-vis de la mère de Simon. Chaque année, au réveillon de Noël, Simon et ses parents viennent boire un verre chez nous et, avant leur arrivée, on doit récurer la maison de fond en comble. On met des serviettes spéciales dans les toilettes, ce genre de choses.

Toujours en train de fumer, adossé au mur, Felix a demandé : Et ils pensent quoi d'Alice ?

Eileen l'a regardé.

Qui ça, mes parents ?

Il a hoché la tête.

Eh bien, ils se sont vus plusieurs fois. Mais ils ne se connaissent pas vraiment.

Avec un sourire, Alice a déclaré : Ils ne m'apprécient pas.

Felix a ri.

Ah bon ?

Eileen a secoué la tête.

Non, ce n'est pas vrai. Ce n'est pas qu'ils ne t'apprécient pas. Seulement, ils ne te connaissent pas très bien.

Ils n'ont jamais aimé qu'on vive ensemble pendant nos études, a repris Alice. Ils auraient préféré qu'Eileen soit amie avec de gentilles filles de la classe moyenne.

Eileen a laissé échapper un souffle et un rire rauque. À Felix, elle a dit : Je pense qu'ils trouvent qu'Alice a une personnalité un peu compliquée.

Et maintenant que j'ai du succès, ils me le reprochent, a dit Alice.

Je ne sais pas d'où tu sors ça, a dit Eileen.

Ils n'aimaient pas que tu viennes me voir à l'hôpital. Je me trompe ?

Eileen secouait à nouveau la tête en tirant distraitement sur son lobe d'oreille.

Ça n'avait rien à voir avec ton succès.

Et avec quoi, alors ? a demandé Alice.

Felix semblait avoir oublié le joint, qu'il a laissé s'éteindre entre ses doigts. En levant les yeux vers lui, Eileen a expliqué : Quand Alice est rentrée de New York, elle ne me l'a pas dit. Pendant des semaines, je n'arrêtais pas de lui envoyer des mails et des messages auxquels elle ne répondait jamais, j'étais de plus en plus inquiète, et même paniquée à l'idée qu'il lui soit arrivé quelque chose. Alors qu'en fait, elle habitait à cinq minutes de chez moi. En pointant le doigt sur Simon, elle a dit : Lui, il savait. J'étais la seule à ne pas être au courant. Elle lui avait dit de ne pas me le dire, alors il a dû supporter mes complaintes tout en sachant qu'au même moment, elle habitait dans cette putain de Clanbrassil Street.

D'une voix contenue, Alice a dit : De toute évidence, ce n'était pas le meilleur moment de ma vie.

Eileen a hoché la tête avec le même sourire forcé.

Ouais. Mais pour moi non plus. Le garçon avec qui j'étais depuis trois ans était en train de me quitter, je n'avais nulle part où aller, ma meilleure amie ne me parlait plus et mon meilleur ami se comportait de façon très bizarre parce qu'il était tenu de garder le secret.

Eileen, a calmement dit Alice : Avec tout le respect que je te dois, j'étais en pleine dépression, au sens psychiatrique du terme.

Oui, je sais. Je m'en souviens parce que, quand tu es entrée à l'hôpital, je suis allée te voir presque tous les jours.

Alice n'a rien dit.

La raison pour laquelle mes parents n'aimaient pas que j'aille te rendre si souvent visite n'avait rien à voir avec ton succès, a poursuivi Eileen. Ils pensent simplement que tu n'es pas une très bonne amie. Tu te souviens, quand tu es sortie de l'hôpital, tu m'as annoncé que tu quittais Dublin pour quelques semaines afin de te reposer ? Et maintenant, j'apprends que tu ne partais pas pour quelques semaines, mais pour toujours. Ce que tout le monde a compris, sauf moi. Mais bien sûr, tu n'as pas ressenti le besoin de m'en informer. Je suis juste l'idiote qui a mis son compte à découvert en prenant des bus tous les jours pour aller te voir à l'hôpital. Tu comprends, c'est pour cette raison que mes parents diraient que tu ne te soucies pas vraiment de moi.

Simon avait baissé la tête pendant qu'Eileen parlait, mais Felix a continué à les regarder. Alice ne quittait pas la table des yeux, et il y avait deux taches colorées sur ses joues.

Tu n'as aucune idée de ce que j'ai traversé, a dit Alice.

Eileen a ri d'un rire aigu et cassant.

Et moi, je ne peux pas dire exactement la même chose ?

Alice a fermé les yeux et les a rouverts.

C'est vrai, a-t-elle dit. Un type que tu n'aimais même pas vraiment t'a quittée. Ça a dû être dur.

Depuis l'autre bout de la table, Simon a dit : Alice.

Non, a insisté Alice. Aucun de vous n'a la moindre idée de ce que j'ai vécu. Alors vous n'avez pas le droit de me faire la morale. Aucun d'entre vous ne comprend quoi que ce soit à ma vie.

Eileen s'est levée, a laissé sa chaise basculer par terre et claqué la porte de la cuisine. Simon s'est redressé, et Alice lui a lancé un regard impassible.

Vas-y. C'est elle qui a besoin de toi, pas moi.

En se retournant vers elle, Simon a répondu d'une voix douce : Mais ça n'a pas toujours été le cas, si ?

Va te faire foutre, a dit Alice.

Il a soutenu son regard.

Je sais que tu es en colère. Mais je pense que tu sais aussi que tu es injuste.

Tu ne sais rien de moi.

En baissant les yeux vers la table, il a eu l'air de faire un petit sourire. D'accord, a-t-il dit. Il s'est levé et a quitté la cuisine en fermant doucement la porte derrière lui. Alice a posé le bout des doigts sur ses tempes, comme prise de migraine, puis elle est allée rincer son verre à l'évier. On ne peut faire confiance à personne, a-t-elle déclaré. Chaque fois que tu penses être tranquille, tu te fais attaquer. Le pire de tous, c'est Simon.

Tu sais ce qui cloche chez lui ? Ça s'appelle le complexe victimaire. Je suis sérieuse. Il n'a besoin de personne, et il pense que ça le rend supérieur aux autres. Alors qu'en réalité, il mène juste une triste petite vie tout seul dans son appartement à se seriner qu'il est une bonne personne. Quand j'étais vraiment mal, je l'ai appelé une nuit et il m'a emmenée à l'hôpital. C'est tout. Et maintenant, je dois en entendre parler chaque fois que je le vois. Et lui, qu'est-ce qu'il a fait de sa vie ? Rien. Au moins, moi, j'ai contribué à quelque chose en ce monde. Et il se croit supérieur parce qu'une nuit il a décroché son téléphone. Il se lie d'amitié avec des gens instables pour se valoriser. Souvent des femmes plus jeunes que lui. Si elles n'ont pas d'argent, c'est encore mieux. Tu sais qu'il a six ans de plus que moi. Et qu'est-ce qu'il a fait de sa vie ?

Felix, qui avait gardé le silence jusque-là, était toujours assis sur le banc, dos au mur, sa bouteille de bière à la main. Tu l'as déjà dit, a-t-il répliqué. Rien. Mais moi non plus, alors je sais pas pourquoi tu crois que ça m'intéresse. Alice se tenait face au plan de travail, elle le voyait dans le reflet de la fenêtre. Bientôt, il s'est rendu compte qu'elle le fixait, et leurs regards se sont croisés. Qu'est-ce qu'il y a ? a-t-il dit. Tu me fais pas peur. Elle a baissé les yeux. C'est peut-être parce que tu ne me connais pas vraiment, a-t-elle rétorqué. Il a eu un rire désinvolte. Elle n'a rien dit. Il a continué à l'observer de dos pendant quelques secondes. Le visage blême, elle a saisi un verre à vin vide sur l'égouttoir et l'a tenu dans sa main quelques instants avant de le lâcher sur le carrelage. La coupe du verre s'est brisée avec fracas en heurtant le sol tandis que le pied presque intact a roulé en direction du frigo. Il l'observait en silence et sans bouger. Si tu t'imagines que tu peux te faire du mal, a-t-il dit, laisse tomber. Tu vas juste te donner en spectacle et tu ne te sentiras pas mieux après. Elle avait les mains sur le plan de travail, les yeux fermés. Elle a répondu avec calme : Non, ne t'inquiète pas. Je ne ferai rien tant que vous êtes là. Il a levé les sourcils et baissé les yeux vers sa bière. Je ferais mieux de rester dans le coin, dans ce cas. Elle avait les jointures blanches là où elle agrippait le plan de travail. Je pense sincèrement que t'en as rien à foutre que je vive ou que je meure, a-t-elle dit. Felix a pris une gorgée de bière et dégluti avant de répondre : Je devrais être furieux que tu me parles comme ça. Mais à quoi bon ? C'est pas vraiment à moi que tu parles, de toute façon. Dans ta tête, là, tu continues à lui parler à elle. Alice s'est penchée vers l'évier, le visage entre les mains, et il s'est levé pour la rejoindre. Sans se retourner, elle a dit : Putain, Felix, ne m'approche pas ou je te frappe. Je te le jure. Il s'est arrêté au niveau de la table tandis qu'elle restait là, la tête entre les mains. Quelques instants se sont écoulés sans qu'ils parlent. Finalement, il s'est éloigné et il a tiré une chaise, récupérant certains des plus gros éclats de verre éparpillés sur les tomettes. Pendant quelques secondes, elle est restée à l'évier comme si elle ne l'avait pas entendu s'approcher, puis elle est allée s'asseoir sans lui jeter un regard. Elle frissonnait et claquait des dents. En poussant un gémissement très bas, elle a dit : Oh, mon Dieu. J'ai l'impression que je vais me tuer. Il la regardait depuis la table de la cuisine. Moi aussi, j'ai déjà eu cette impression, a-t-il dit. Mais je ne l'ai pas fait. Et tu ne le feras pas non plus. Elle a levé les yeux vers lui avec une expression effrayée, coupable, honteuse. Tu as sans doute raison. Je suis désolée. Il a un peu souri et baissé les yeux. Tout va bien, a-t-il dit. Au fait, ça compte pour moi que tu vives ou que tu meures. Tu sais bien. Elle a continué à le regarder de longues secondes, ses yeux se déplaçant sur sa silhouette, ses mains, son visage. Je suis désolée. J'ai honte de moi. Je pensais… Je ne comprends pas, je croyais que je commençais à aller mieux. Je suis désolée. Il s'est assis sur la table. Oui, tu vas mieux. C'est juste une petite… comment ils appellent ça, une rechute. T'es sous médocs ? Tu prends des antidépresseurs, des trucs comme ça ? Elle a hoché la tête. Oui, du Prozac. Il a baissé les yeux vers elle avec bienveillance. Ah ouais ? Tu t'en sors plutôt bien, alors. Quand j'en prenais, j'avais plus du tout de libido. Elle a ri, et ses mains tremblaient comme si elle était soulagée d'avoir échappé à une catastrophe. Felix, je n'arrive pas à croire que je t'ai dit que j'allais te frapper. J'ai l'impression d'être un monstre. Je ne sais pas quoi te dire. Je suis tellement désolée. Il l'a regardée avec calme. Tu voulais pas que je m'approche, c'est tout. Tu savais pas vraiment ce que tu disais. Et souviens-toi, tu es un cas psychiatrique. Confuse, elle a baissé les yeux vers ses mains tremblantes. Mais je croyais que tout ça, c'était derrière moi. Il a haussé les épaules et sorti son briquet de sa poche. Eh non. C'est long, tu sais. Elle s'est caressé les lèvres en le regardant. Quand est-ce que tu as pris du Prozac ? Sans lever les yeux, il a répondu : L'année dernière, pendant un mois ou deux, puis j'ai arrêté. Et crois-moi, j'ai fait des trucs bien pires que casser quelques verres de vin. Je me bagarrais tout le temps. Je faisais n'importe quoi. Il a passé le pouce sur la molette du briquet. Ça va s'arranger entre ton amie et toi. Alice a regardé ses genoux et dit : Je ne sais pas. Je pense que c'est l'une de ces amitiés où il y en a toujours une qui se soucie beaucoup plus de l'autre. Il a appuyé sur le bouton-poussoir pour déclencher la flamme, puis l'a relâché. Tu penses qu'elle ne se soucie pas de toi ?

Alice regardait toujours ses genoux en lissant sa robe avec ses mains. Si. Mais ce n'est pas pareil. Il a quitté la table et s'est avancé jusqu'à la porte du fond en évitant les plus gros morceaux de verre. Il a ouvert le battant en grand, s'est appuyé contre le cadre et a observé le jardin humide en respirant l'air frais de la nuit. Pendant un moment, aucun d'entre eux n'a parlé. Puis Alice s'est levée et elle a sorti une pelle et une balayette du placard sous l'évier pour ramasser les bris de verre. Les plus petits avaient glissé jusque sous le radiateur, entre le frigo et le plan de travail, ils scintillaient d'un éclat argenté à la lumière. Ensuite, elle a vidé le contenu de la pelle sur une feuille de papier journal qu'elle a refermée et mise à la poubelle. Appuyé contre le montant de la porte, Felix regardait dehors. Tu penses la même chose de moi, a-t-il fait remarquer. C'est intéressant. Elle l'a regardé en se redressant. Quoi ? Il a pris une profonde inspiration et expiré avant de répondre. Tu penses qu'Eileen ne se soucie pas de toi autant que tu te soucies d'elle. Tu penses la même chose de moi, que tu te soucies plus de moi que l'inverse. C'est peut-être pour ça que tu as fini par m'apprécier, je sais pas. Des fois, je me dis que tu te détestes. Venir vivre ici toute seule, sans voiture ni rien, et t'embarquer dans une histoire avec un inconnu rencontré sur une appli, on pourrait croire que tu cultives ton malheur. Peut-être que tu as envie que quelqu'un abuse de toi et te fasse du mal. Et là, ça serait logique que ça soit moi, parce que tu te dis que je suis comme ça. Ou que je suis quelqu'un qui pourrait avoir envie de ça. Debout à l'évier, elle ne disait rien. Il a hoché la tête lentement. Mais je ne vais pas faire ça. Si c'est ce que tu cherches, ben, désolé. Il s'est raclé la gorge et il a ajouté : Et je pense pas que tu m'apprécies plus que moi. Je pense qu'on s'apprécie pareil. Je sais que je le montre pas tout le temps, mais je peux essayer de m'améliorer. Je vais le faire. Je t'aime, tu comprends ? Elle avait l'air étrangement ahurie, une main sur la joue. Même si je suis un cas psychiatrique, a-t-elle dit. Il a ri, s'est redressé et a refermé la porte. Oui. On l'est tous les deux.

Après avoir quitté la cuisine, Simon était monté à l'étage et il avait attendu devant la porte de la chambre d'Eileen. À l'intérieur, il entendait des sanglots rauques ponctués de halètements. Il a frappé tout doucement, et elle n'a plus fait de bruit. Hé, a-t-il dit, c'est moi. Je peux ? Les pleurs ont repris. Il a ouvert la porte et il est entré. Eileen était couchée en position fœtale, une main dans les cheveux, l'autre sur les yeux. Simon a refermé la porte et s'est assis au bord du matelas, près de la tête de lit. Je n'arrive pas à croire que ma vie se résume à ça, a-t-elle dit. Il la regardait d'un air compatissant. Viens ici. Elle s'est remise à sangloter en se tenant les cheveux comme si elle voulait se les arracher. D'une voix grave, elle a dit : Tu ne m'aimes pas. Elle ne m'aime pas. Je n'ai personne dans ma vie. Personne. Je n'arrive pas à croire que je doive supporter ça. Je ne comprends pas. Il a posé sa grosse main carrée sur sa tête. Qu'est-ce que tu racontes ? Bien sûr que je t'aime. Viens ici. Pendant un moment, elle s'est frotté le visage en diagonale sans un mot puis, toujours tendue et furieuse, elle s'est approchée et a posé sa tête sur ses genoux. C'est mieux, a-t-il dit. Elle fronçait les sourcils en se frottant les yeux. Je gâche tout ce qui m'arrive de bien dans la vie. Tout. Il a continué à lui caresser les cheveux en lissant les mèches humides éparpillées sur son visage. Avec Alice, j'ai tout gâché, a-t-elle poursuivi. Et avec toi aussi. Elle a laissé échapper un nouveau sanglot en se cachant les yeux. Il a déplacé sa main sur son front et ses cheveux. Tu n'as rien gâché. Sans avoir l'air d'entendre, elle a fait une pause pour respirer et elle a repris : Quand on buvait des verres hier soir en ville… Elle s'est interrompue à nouveau pour respirer, puis elle a repris, non sans un certain effort : Pour une fois dans ma vie, je me sentais vraiment heureuse. Je me le suis même dit sur le moment : pour une fois, je me sens heureuse. Des fois, j'ai l'impression que je suis punie, que c'est comme si Dieu me punissait. Ou que je me punissais moi-même, je ne sais pas. Parce que chaque fois que je me sens bien, ne serait-ce que cinq minutes, il faut que quelque chose de terrible arrive après. Comme chez toi, l'autre soir, quand on regardait la télé. J'aurais dû savoir qu'après ça, tout irait de travers parce que j'étais sur ton canapé à me dire : Je ne sais plus quand je me suis sentie aussi heureuse. Chaque fois que quelque chose de bon m'arrive, après, il faut que tout s'écroule dans ma vie. Peut-être que c'est moi, peut-être que je déclenche ça toute seule. Je ne sais pas. Aidan ne me supportait pas. Et maintenant, Alice ne me supporte plus, ni toi. Simon a murmuré : Mais bien sûr que si. Eileen a essuyé les larmes qui coulaient encore de ses yeux d'un geste impatient. Je ne sais pas, peut-être que je ne suis pas une si bonne personne que ça. Peut-être que je ne pense pas aux autres comme à moi-même. Comme avec toi. Pour ce que j'en sais, tu es plus malheureux que moi, mais tu ne te plains jamais. Et tu es toujours gentil avec moi. Toujours. Là, je suis encore en train de pleurer sur tes genoux. Quand est-ce que tu as pleuré sur mes genoux ? Jamais. Il a observé avec tendresse les taches de rousseur sur sa pommette et son oreille rose vif. C'est vrai. Mais on est différents. Et ne t'inquiète pas, je ne suis pas malheureux. Parfois je suis triste, rien de plus. Elle a hoché la tête sans la relever de ses genoux. Mais je ne prends pas soin de toi comme tu prends soin de moi. Il passait lentement son pouce sur sa pommette. Eh bien, peut-être que je ne suis pas très doué pour laisser les gens prendre soin de moi. Les pleurs d'Eileen s'étaient apaisés. Elle est restée dans la même position sans parler. Puis elle a demandé : Pourquoi ? Il a eu un sourire gêné. Je ne sais pas. De toute façon, je crois qu'on parlait de toi, non ? Elle a tourné la tête vers lui. J'aimerais que, pour une fois, on parle de toi, a-t-elle dit. Il est resté silencieux tout en la regardant. Je suis désolé que tu aies l'impression que Dieu te punit. Ce n'est pas quelque chose qu'il ferait, je ne crois pas. Elle l'a considéré quelques secondes puis elle a dit : Dans le train, l'autre jour, j'ai écrit un mail à Alice où je disais : J'aurais aimé que Simon me demande en mariage il y a dix ans. Il s'est tu, apparemment en pleine réflexion. Tu avais dix-neuf ans. Aurais-tu accepté une telle proposition ? Elle a lâché un petit rire en haussant les épaules, les yeux brûlants et gonflés. Si j'avais été maligne, oui. Mais je ne sais pas si j'étais maligne à cet âge. Je pense que j'aurais trouvé ça très romantique, alors va savoir. J'aurais eu une meilleure vie, tu sais. Que celle-là. Il a hoché la tête avec un sourire ironique et un peu triste. Moi aussi, je suis désolé. Elle lui a pris la main et ils sont restés silencieux. Je sais qu'Alice t'a bouleversée. Elle passait le pouce sur ses jointures. Dans la cuisine ce matin, Felix m'a demandé pourquoi je n'étais pas venue la voir plus tôt. J'ai commencé à répondre : Qu'est-ce qui empêchait Alice de venir me voir ? Qu'est-ce qu'elle foutait ? Ce n'est pas comme si elle était débordée. Elle aurait pu prendre un train pour me rendre visite. Si elle m'aime tant, pourquoi elle est venue vivre ici, d'abord ? Personne ne l'a obligée. C'est comme si elle s'était débrouillée pour que ce soit compliqué de se voir, et que maintenant, elle entretient sa tristesse en prétendant que je ne me soucie pas d'elle. Alors que c'est elle qui est partie. Moi, je ne voulais pas qu'elle parte. À cette dernière remarque, Eileen s'est remise à pleurer, le visage entre les mains. Je ne voulais pas qu'elle parte, a-t-elle répété. Simon lui caressait les cheveux sans rien dire. La tête toujours baissée, elle a dit d'une voix douloureuse : S'il te plaît, ne m'abandonne pas. En lui glissant une mèche de cheveux derrière l'oreille, il a murmuré : Non, jamais. Bien sûr que non. Pendant une minute ou deux, elle a continué à pleurer, et il a bercé sa tête sur ses genoux. Finalement, elle s'est rassise au bord du lit en se séchant le visage avec sa manche. Je n'ai jamais été très doué pour ça, a-t-il déclaré. Laisser les gens s'occuper de moi. Avec un petit rire, elle a dit : Tu n'as qu'à faire comme moi. Je suis une experte. Il a souri en regardant distraitement ses genoux. J'ai sans doute peur d'imposer quelque chose. En fait, je n'aime pas avoir l'impression que quelqu'un fait quelque chose parce que je le veux, parce qu'il se sent contraint de le faire. Peut-être que je ne suis pas très clair. Ce n'est pas que je n'ai envie de rien. Il y a évidemment des choses dont j'ai envie, beaucoup, même. Il s'est tu en secouant la tête. Je ne m'exprime pas correctement. Elle l'a dévisagé. Mais Simon, tu ne me laisses jamais t'approcher. Tu vois ce que je veux dire ? Quand j'approche, tu me repousses. Il s'est éclairci la voix en examinant ses mains. On en reparlera. Je sais que tu es bouleversée à propos d'Alice, alors on n'est pas obligés de discuter de ça maintenant. Elle fronçait les sourcils, ce qui créait un léger pli entre ses yeux. Et voilà, c'est comme si tu me repoussais encore. Il s'est efforcé de sourire. J'étais en train de me faire à l'idée que rien ne se passerait plus jamais entre nous. Non que c'était facile. Mais d'une certaine manière, c'était plus facile que l'incertitude. Il se massait la paume à la base du pouce. Si j'ai fait quelque chose pour toi, en réalité, c'était pour moi, pour être près de toi. Et si je suis honnête, j'ai voulu sentir que tu avais besoin de moi, que tu ne pouvais pas te passer de moi. Tu comprends ? Je ne pense pas être très clair. En fait, tu as fait beaucoup plus pour moi que je n'en ai jamais fait pour toi. Et j'ai davantage besoin de toi, aussi. J'ai plus besoin de toi, beaucoup plus, que tu n'as besoin de moi. Il a laissé échapper un soupir. Elle l'observait en silence. Il a continué d'une voix lointaine, presque comme s'il se parlait à lui-même : Mais peut-être que je dis ce qu'il ne faut pas. J'ai beaucoup de mal à parler de ça. Il a de nouveau soufflé et porté une main à son front. Elle a continué à le regarder, elle se contentait de l'écouter sans un mot. Enfin, il a levé les yeux vers elle et il a dit : Je sais que tu as peur. Peut-être que tu pensais vraiment tout ce que tu as dit sur nous, que tu voulais qu'on soit juste amis, et si c'est le cas, je l'accepte. Mais je pense que tu as peut-être dit ça, au moins en partie, parce que tu espérais que je proteste. Comme si je devais dire : Je t'en supplie, Eileen, ne fais pas ça, je suis amoureux de toi depuis toujours, je ne sais pas comment vivre sans toi. Ou va savoir ce que tu voulais que je dise. Je ne dis pas que ce n'est pas vrai, bien sûr que c'est vrai. Peut-être que quand tu t'énerves contre Alice en lui reprochant de ne pas se soucier de toi, c'est la même idée. À un certain niveau, tu as envie qu'elle dise : Mais Eileen, je t'aime beaucoup, tu es ma meilleure amie. Le problème, c'est que tu sembles attirée par des personnes pas très douées pour te donner les réponses que tu attends. N'importe qui aurait pu te dire – en tout cas, Felix et moi – qu'Alice n'allait pas réagir comme ça. Et c'est peut-être pareil avec moi. Si tu me dis que tu ne veux pas de moi, je risque de me sentir blessé et humilié, mais je ne vais pas te supplier. Et je pense qu'au fond, tu le sais. Mais ensuite, tu as l'impression que je ne t'aime pas, ou que je ne veux pas de toi parce que tu n'obtiens pas cette réponse de ma part – une réponse dont tu sais fondamentalement que tu ne l'auras pas, parce que je ne suis pas le genre de personne à pouvoir te la donner. Je ne sais pas. Ce n'est pas pour me justifier ou trouver des excuses à Alice. Je sais que, selon toi, je prends toujours sa défense, mais je crois que dans ces moments-là, en fait, c'est moi que je défends. Parce que je me reconnais en elle, que j'ai de la peine pour elle. Je la vois te pousser dans tes retranchements alors qu'elle n'en a pas envie, et que ça la blesse. Je connais ce sentiment. Si tu penses vraiment ce que tu dis sur le fait de vouloir qu'on ne soit qu'amis, je le respecterai. Je ne suis pas facile à vivre, je le sais. Mais si tu crois qu'il y a une chance que je puisse te rendre heureuse, j'aimerais que tu me laisses essayer. Parce que c'est la seule chose que je souhaite vraiment dans la vie. Elle a passé les bras autour de lui et pressé son visage dans son cou en murmurant des mots que lui seul pouvait entendre.

Lorsque Alice a atteint le pied de l'escalier quelques minutes plus tard, Eileen surgissait sur le palier. Dans la faible lumière du couloir, elles se sont figées, Eileen en haut des marches qui regardait vers le bas, Alice en bas, qui regardait vers le haut, leurs visages anxieux, méfiants, douloureux, comme en miroir. Quelques secondes se sont écoulées. Puis elles se sont rejointes au milieu de l'escalier et se sont serrées très fort dans les bras. Alice a dit : Je suis désolée, je suis désolée. Et Eileen a dit : Ne t'excuse pas, c'est moi qui suis désolée, je ne sais pas pourquoi on s'est disputées. Elles riaient toutes les deux, des rires étranges et hoquetants, elles s'essuyaient le visage en répétant : Je ne sais même pas pourquoi on s'est disputées. Je suis désolée. Elles se sont assises sur l'escalier, dos au mur, épuisées, Alice une marche plus bas qu'Eileen. Tu te souviens à la fac, quand on s'est disputées et que tu m'as écrit une lettre méchante ? a dit Eileen. Sur une feuille de cours. J'ai oublié le contenu, mais je sais que ce n'était pas gentil. Alice a de nouveau hoqueté, cette fois plus faiblement. Tu étais ma seule amie, a-t-elle dit. Tu avais d'autres amis, mais moi, je n'avais que toi. Eileen a pris sa main pour entrelacer leurs doigts. Elles sont restées assises sans parler, ou alors se contentant de se remémorer de vieilles anecdotes, des disputes idiotes, des gens qu'elles connaissaient, des choses dont elles avaient déjà ri ensemble. De vieilles conversations ressassées. Puis de nouveau le silence. Je veux que tout soit comme avant, a dit Eileen. Qu'on soit à nouveau jeunes, qu'on habite l'une près de l'autre, que rien ne change. Alice a eu un sourire triste. Même si certaines choses changent, on peut quand même être amies ? a-t-elle demandé. Eileen a passé un bras autour des épaules d'Alice. Si tu n'étais pas mon amie, je ne saurais pas qui je suis. Alice a posé le visage sur le bras d'Eileen en fermant les yeux et dit : Je comprends. Moi non plus. Pendant un temps, je ne savais plus. Eileen a baissé les yeux vers la petite tête blonde d'Alice nichée sur la manche de sa robe de chambre. Moi non plus, a-t-elle dit. Il était deux heures et demie du matin. Dehors, un crépuscule astronomique. Un croissant de lune à peine visible au-dessus de la mer sombre. La marée qui revenait avec un faible bruit répétitif sur le sable. Autre temps, autre lieu.

29

Hello,

Voici en pièce jointe l'article avec mes commentaires. Ça se lit très bien, mais je me demande si tu ne pourrais pas intervertir les deux paragraphes centraux ? De cette façon, la partie biographique arriverait plus tard. Dis-moi ce que tu en penses. JP ne t'a jamais fait de commentaires ? Je crois qu'il serait d'une aide bien plus utile que moi !

J'ai tellement perdu la notion du temps que, hier soir, allongée dans mon lit, je me suis dit : Ça doit faire presque un an qu'Eileen et Simon sont venus ici pour la première fois. Et ce n'est que peu à peu, en me rendant compte que j'étais sous notre grosse couette bien chaude plutôt que sous une couverture d'été légère que je me suis rappelé qu'on est presque en décembre, et que dix-huit mois ont donc passé depuis votre visite de l'été précédent. Dix-huit mois !! Et ça va continuer comme ça pour le reste de notre vie ? Le temps qui se dissout dans un brouillard épais et sombre, les événements de la semaine dernière qui semblent s'être produits il y a des années, et ceux de l'année dernière, hier. J'espère que c'est un effet secondaire du confinement et non la conséquence de l'âge. À propos : Joyeux anniversaire en retard. Je t'ai envoyé un cadeau par la poste, mais je ne sais pas du tout quand ni même s'il va arriver…

Rien de très nouveau de notre côté. Felix va aussi bien qu'on peut l'espérer. Il continue à avoir des épisodes de désespoir quant à la pandémie, et il laisse parfois entendre que, si ça dure encore longtemps, il ne répondra plus de ses actes. Mais ensuite, en général, il se calme. Il fait les courses pour des personnes âgées du village, ça lui donne plein d'occasions de se plaindre des personnes âgées, et il passe aussi du temps au jardin communautaire à faire du compost, puis à se plaindre de la fabrication du compost, etc. Pour ma part, la différence entre le confinement et la vie normale est (de façon déprimante ?) minime. Quatre-vingts à quatre-vingt-dix pour cent de mes journées sont identiques à ce qu'elles auraient été en temps normal : je travaille à la maison, je lis, j'évite les gens. Mais il s'avère que même une quantité minimale de socialisation, c'est très différent de l'absence totale de socialisation. Un dîner tous les quinze jours, c'est différent de l'absence totale de dîners. Bien sûr, tu continues à me manquer énormément, et ton cher et tendre aussi. Le voir aux infos l'autre soir, ç'a été le grand frisson. Felix est convaincu que la chienne l'a reconnu car elle a aboyé, mais entre toi et moi, elle aboie tout le temps devant la télé.

Je ne sais pas si tu as suivi l'affaire, mais il y a environ un mois, j'ai donné une interview par mail. Le journaliste m'a demandé ce que mon compagnon pensait de mes livres et, sans réfléchir, j'ai répondu qu'il ne les avait jamais lus. Alors évidemment, c'est devenu le titre de l'interview : « Alice Kelleher : mon compagnon ne lit pas ce que j'écris » – ensuite, Felix a vu un tweet qui disait « Comme c'est terrible… elle mérite mieux ». Il me l'a montré sur son téléphone un soir sans faire de commentaire, et quand je lui ai demandé ce qu'il en pensait, il s'est contenté de hausser les épaules. Au début, je me suis dit : c'est un parfait exemple de cette « culture du livre » creuse et imbue d'elle-même qui n'est que mépris pour celles et ceux qui ne lisent pas. Mais ensuite je me suis ravisée : en fait, c'est là l'exemple d'une personne a priori normale et saine d'esprit dont le jugement a été déréglé par le concept de célébrité. Une personne qui croit pour de bon que, parce qu'elle a vu ma photo et lu mes romans, elle me connaît personnellement – et qu'elle sait mieux que moi ce qui est bon pour moi. Et quoi de plus normal ! C'est normal pour elle non seulement d'avoir ces drôles d'idées, mais aussi de les exprimer en public et de recevoir en retour des commentaires positifs et de l'attention. Elle ne voit pas du tout qu'elle est, à ce tout petit égard, vraiment folle, parce que tout le monde autour d'elle est aussi fou qu'elle. Les gens sont incapables de faire la différence entre une personne dont ils ont entendu parler et une personne qu'ils connaissent pour de bon. Ils croient que les sentiments que leur inspire celle qu'ils m'imaginent être – intimité, ressentiment, haine ou pitié – sont aussi réels que ceux qu'ils éprouvent pour leurs amis. Je me demande si le culte des célébrités n'a pas métastasé de façon à combler le vide laissé par la religion. Comme s'il y avait à présent une tumeur maligne là où se trouvait autrefois du sacré.

Dans la série des nouvelles qui n'en sont pas, la saga de mes soucis de santé se poursuit. L'un dans l'autre, je souffre presque tous les jours. Quand je suis dans de bonnes dispositions, je me dis que c'est une conséquence du stress et de l'épuisement de ces dernières années, que ça passera avec du temps et de la patience. Quand je suis de mauvaise humeur, je pense : Ça y est, maintenant, ma vie, c'est ça. J'ai beaucoup lu sur le « stress » dans les publications médicales. Toutes semblent s'accorder sur le fait que c'est aussi mauvais pour la santé que la cigarette, et qu'au-delà d'une certaine dose, c'est la garantie de conséquences majeures sur la santé. Pourtant, le seul traitement recommandé, c'est de l'éviter. Ce n'est pas comme l'anxiété ou la dépression pour lesquels ton médecin peut te prescrire un traitement qui permette d'atténuer les symptômes. C'est comme prendre de la drogue – tu n'es pas censé le faire, et si jamais tu le fais, tu dois chercher à en prendre le moins possible. Il n'existe aucun médicament pour soigner ce problème, aucune solution thérapeutique tangible. Il ne faut pas être stressé, voilà tout ! Et c'est important, sinon tu peux te rendre gravement malade ! Bref, d'un point de vue étiologique, j'ai l'impression d'être enfermée dans une pièce enfumée avec des milliers de personnes qui me hurlent dessus jour et nuit depuis des années sans que j'y comprenne rien. Je ne sais pas quand ça se terminera, ni combien de temps il faudra pour que je me sente mieux, ni si ce sera un jour le cas. D'un côté, je sais que le corps humain a d'incroyables capacités de résilience. D'un autre, mes solides ancêtres paysans ne m'ont pas vraiment préparée à une carrière de romancière célèbre et méprisée. Qu'en penses-tu ? Retour progressif à un état de santé physique correct ? Ou acceptation progressive d'une mauvaise santé chronique qui peut présenter de nouvelles opportunités de développement spirituel ?

À ce propos, quand Felix a vu que je t'écrivais, il a dit : Tu devrais lui dire que tu es catholique, maintenant. C'est parce qu'il m'a récemment demandé si je croyais en Dieu, et que je lui ai répondu que je n'en savais rien. Après ça, il a secoué la tête toute la journée et il a fini par dire que si un jour j'entrais au couvent, je ne devais pas espérer sa visite. Inutile de te dire que je n'ai aucune intention de me retirer dans un couvent, et que, d'ailleurs, je ne suis même pas catholique. À tort ou à raison, j'ai seulement l'impression qu'il y a quelque chose de sous-jacent à tout. Lorsque quelqu'un tue ou blesse, ça débouche bien sur « quelque chose », non ? Ce ne sont pas que des atomes qui voltigent pour former diverses configurations dans l'espace. Je ne sais pas si mon propos est clair mais j'ai l'impression qu'il est important de ne pas faire de mal aux autres, y compris dans son propre intérêt. Felix est évidemment plus ou moins d'accord avec ça, mais il a fait remarquer (à juste titre) qu'aucune personne ne commet de tuerie de masse uniquement parce qu'elle ne croit pas en Dieu. Pourtant, je pense de plus en plus que c'est parce que, d'une manière ou d'une autre, cette personne croit en Dieu – elle croit en un Dieu qui est le principe de bonté et d'amour caché partout. Une bonté inconditionnelle, une bonté qui ne dépend pas de nos désirs, qui ne se préoccupe pas de savoir si quelqu'un voit ou sait. Si c'est ça, Dieu, alors Felix dit : Ce n'est qu'un mot, c'est tout. Bien sûr, cette idée n'inclut pas le paradis, les anges et la résurrection du Christ – mais peut-être que ces choses aident en quelque sorte à nous mettre en contact avec sa signification. Peut-être que, depuis le début de l'humanité, la plupart de nos tentatives pour décrire la différence entre le bien et le mal sont défaillantes, cruelles et injustes, néanmoins cette différence subsiste au-delà de nous, au-delà de toutes les cultures, au-delà de chaque personne vivante ou morte. On passe notre vie à traquer cette différence et à vivre en fonction, à tenter d'aimer les autres plutôt que de les haïr, rien d'autre ne compte sur terre.

Mon livre avançait par à-coups, mais il est maintenant presque au point mort. Bien sûr, mon tempérament sanguin m'a empêchée de voir des mauvais présages dans la tournure des événements. Haha ! Mais cette fois, je vais tout faire pour ne pas me persuader que mon cerveau est foutu et que je n'écrirai plus jamais de roman. Le jour où ça deviendra vrai, je n'imagine pas à quel point je serai contente d'avoir déjà consacré autant de temps à ce sujet. Je sais pourtant qu'à bien des égards, j'ai de la chance. Et s'il m'arrive de l'oublier, je me rappelle que Felix est en vie, que Simon et toi, vous êtes en bonne santé, et je me sens alors merveilleusement et presque effroyablement chanceuse et je prie pour que rien n'arrive jamais à aucun d'entre vous. Maintenant, écris-moi pour me donner de tes nouvelles.

30

Alice,

Merci beaucoup pour tes commentaires, et aussi pour le cadeau d'anniversaire qui est arrivé juste à temps. Il est évidemment d'une grande générosité. Désolée de ne te répondre que maintenant, mais je sais que tu me pardonneras car j'ai une nouvelle importante et confidentielle. Confidentielle pour le moment, mais elle ne le restera pas très longtemps, comme tu vas le découvrir. La voici : Je suis enceinte. J'en ai eu la certitude il y a quelques jours. J'ai découpé l'emballage plastique d'un test de grossesse avec des ciseaux de cuisine et j'ai fait pipi sur le bâtonnet avant que Simon rentre d'une audience à laquelle il devait assister en personne. Après avoir découvert que le test était positif, je me suis assise à la table de la cuisine et j'ai fondu en larmes. J'ignore pourquoi. Ça n'a pas été un choc, mon médecin m'avait fait arrêter la pilule depuis plusieurs mois et j'avais trois semaines de retard. Je ne t'ennuierai pas avec la manière dont je suis tombée enceinte – je suis sûre qu'à ce stade de notre amitié, aucun comportement irresponsable de ma part ne te surprendra, mais je me contenterai de dire que même Simon est humain. Bref, je n'avais aucune idée de quand il allait rentrer – dans une heure, deux, peut-être beaucoup plus tard, peut-être que j'allais passer la soirée seule – et au moment où je pensais ça, j'ai entendu sa clef dans la serrure. Il m'a vue assise à la table sans rien faire, et je lui ai demandé de s'asseoir. Il m'a observée pendant ce qui m'a paru un long moment, puis, sans un mot, il s'est exécuté. Avant même que je dise quoi que ce soit, j'ai compris qu'il savait. Je lui ai annoncé que j'étais enceinte et il m'a demandé ce que je comptais faire. Aussi étrange que ça puisse paraître, je n'y avais pas pensé jusqu'à ce qu'il me pose la question. Il faut dire que je n'avais eu que quelques minutes, et tout ce à quoi j'avais pensé, c'était à là où il se trouvait – au travail ou sur le chemin du retour, était-il passé à la pharmacie ou au supermarché ? – et dans combien de temps il serait là. Quand il m'a posé la question, je n'ai pas eu besoin de réfléchir, j'avais la réponse. Je lui ai dit que je voulais ce bébé. Il a fondu en larmes en disant qu'il était très heureux. Et je l'ai cru, car moi aussi, je l'étais.

Alice, est-ce la pire décision de ma vie ? Peut-être que oui. Si la grossesse se passe bien, le bébé naîtra début juillet, ce sera peut-être encore le confinement et je devrai accoucher toute seule à l'hôpital pendant une pandémie mondiale. Même en mettant de côté cette préoccupation immédiate, ni toi ni moi n'avons confiance dans le fait que la civilisation humaine telle que nous la connaissons perdurera au-delà de notre existence. Mais là encore, peu importe, de toute façon, des centaines de milliers de bébés naîtront le même jour que mon hypothétique enfant. Leur avenir est tout aussi important que l'avenir de celui-ci, qui ne se distingue que par sa relation avec moi et l'homme que j'aime. Là où je veux en venir, c'est que les enfants naissent de toute façon, et que dans le grand ordre des choses, ça n'aura pas beaucoup d'importance que l'un d'entre eux soit à lui et moi. Dans tous les cas, nous devons tenter de bâtir un monde dans lequel ils pourront vivre. Et bizarrement, j'ai envie d'être du côté des enfants et de leurs mères au lieu de me placer comme simple observatrice lointaine qui spécule sur leurs meilleurs intérêts. Soit dit en passant, je ne prétends pas qu'il en soit de même pour tout le monde. Je pense seulement, tout en ignorant pourquoi, que ça compte pour moi. Et puis, je ne supporterais pas l'idée d'avorter uniquement parce que j'ai peur du changement climatique. Pour moi (et peut-être seulement pour moi) ce serait insensé, une façon de me mutiler par un geste de soumission envers un avenir supposé. Je refuse d'appartenir à ce mouvement politique où j'envisage mon corps avec suspicion et terreur. Peu importe ce qu'on pense ou ce qu'on craint pour l'avenir de la civilisation, les femmes continueront à avoir des bébés partout dans le monde, ma place est parmi elles, et tout enfant que je pourrais avoir a la sienne parmi eux. Je sais, d'un point de vue vaguement rationnel, que ça n'a aucun sens. Mais c'est ce que je ressens, et ça, je sais que c'est vrai.

L'autre question, qui te semblera peut-être encore plus difficile – j'aimerais savoir ce que tu penses ! s'il te plaît, réponds-moi vite ! – est la suivante : Est-ce que je suis apte à être parent. D'un côté, je suis en bonne santé, j'ai un compagnon qui me soutient et qui m'aime, on est à l'abri du besoin, j'ai des amis et une famille formidables, je suis dans le début de la trentaine. Je ne connaîtrai sans doute jamais de meilleures conditions. D'un autre côté, Simon et moi ne sommes ensemble que depuis dix-huit mois (!), on vit dans un deux-pièces, on n'a pas de voiture, et je suis une idiote qui, récemment encore, a fondu en larmes parce qu'elle n'arrivait à répondre à aucune des premières questions de l'émission *University Challenge*. Est-ce un modèle adéquat pour un enfant ? Quand, dans ma journée, j'ai déplacé des virgules, préparé le dîner et fait la vaisselle, je me sens tellement fatiguée que je pourrais physiquement m'enfoncer dans le sol pour ne plus faire qu'un avec la terre. Est-ce ça, une personne prête à avoir un enfant ? J'en ai discuté avec Simon, il dit que se sentir fatiguée le soir est probablement normal quand on a trente ans, qu'il ne faut pas s'inquiéter, et que « toutes les femmes » ont des crises de larmes. Même si je sais que ce n'est pas vrai, je trouve ses croyances paternalistes sur les femmes charmantes. Parfois, je me dis qu'il fera un père idéal – calme, fiable et jovial –, alors peu importe à quel point je suis nulle, l'enfant s'en sortira. Et il est tellement ravi qu'on ait un bébé – je vois déjà à quel point il est heureux et fier, combien il est excité à cette idée –, c'est galvanisant. Quand je songe à quel point il m'aime, j'ai du mal à croire qu'il y a du mauvais en moi. Puis je me dis que les hommes sont parfois stupides à propos des femmes. Mais peut-être qu'il a raison – peut-être que je ne suis pas si mauvaise, peut-être même que je suis une bonne personne, et qu'on sera une famille heureuse. Certains y parviennent, non ? À avoir une famille heureuse. Je sais que ça n'a pas été le cas pour toi dans l'enfance, ni pour moi. Mais je suis quand même heureuse que nous soyons nées, Alice. Quant à l'appartement, Simon dit de ne pas s'inquiéter, qu'il suffira d'acheter une maison dans un quartier moins cher. Bien sûr, il a encore glissé l'idée du mariage, que si jamais je…

Tu m'imagines, moi, mère, épouse et propriétaire d'une petite maison dans les Liberties ? Avec des traces de crayons de couleur sur le papier peint et des Lego par terre. Rien que d'écrire ça, ça me fait rire. Reconnais que ça ne me ressemble pas du tout. L'année dernière, je ne pouvais même pas m'imaginer être avec Simon. Pas seulement à cause de ce que nos familles allaient dire et de ce que nos amis allaient penser. Je ne pouvais tout simplement pas concevoir qu'on soit heureux ensemble. Je me disais que ce serait comme le reste de ma vie – triste et difficile – parce que je suis quelqu'un de triste et difficile. Mais si je l'ai été, ce n'est plus le cas. La vie change plus vite que je ne le croyais. On peut avoir une existence misérable pendant longtemps, puis heureuse. Ce n'est pas tout l'un ou tout l'autre. La vie n'est pas gravée dans un sillon appelé « personnalité » qu'on suit jusqu'au bout. Pourtant, je le pensais vraiment. Chaque soir maintenant, quand on arrête de travailler, Simon met les infos pendant que je prépare à dîner, ou j'allume les infos pendant qu'il cuisine, et on discute des dernières décisions en matière de santé publique, des rumeurs sur le cabinet comparées à ce que Simon a vraiment entendu dire en off au cabinet, ensuite, on dîne, on fait la vaisselle, je lui lis un chapitre de *David Copperfield* sur le canapé, puis on regarde les bandes-annonces sur différentes plateformes pendant une heure jusqu'à ce que l'un s'endorme, ou les deux, et on va au lit. Le matin, je me réveille avec la sensation presque douloureuse d'être heureuse. Parce que je vis avec quelqu'un que j'aime et que je respecte, qui m'aime et qui me respecte – ça a changé ma vie. Bien sûr, la situation est effroyable en ce moment, tu me manques terriblement, ma famille me manque, les fêtes, les lancements de livres et les sorties au cinéma, mais tout ça signifie que j'aime ma vie, que je suis excitée à l'idée de la retrouver, de sentir qu'elle reprendra, que de nouvelles choses continueront à arriver, que rien n'est terminé.

J'aimerais avoir ton avis là-dessus. J'ignore comment ça va se passer, ce que je vais ressentir, comment les journées s'écouleront, si j'aurai toujours envie d'écrire, si j'en aurai le temps, ce qu'il adviendra de ma vie. Je suppose qu'avoir un enfant est la chose la plus banale qui soit. Et c'est ce que je cherche – prouver que la chose la plus banale pour les humains n'est pas la violence ou la cupidité mais l'amour et l'attention. Le prouver à qui ? Telle est la question. À moi, peut-être. En tout cas, personne d'autre n'est au courant, et on ne l'annoncera pas avant plusieurs semaines. Tu peux le dire à Felix si tu en as envie, bien sûr, ou alors Simon peut lui apprendre la nouvelle par téléphone. Alice, je sais que ce n'est pas la vie que tu avais imaginée pour moi – acheter une maison et avoir des enfants avec un garçon que je connais depuis l'enfance. Ce n'est pas la vie que j'imaginais pour moi non plus. Mais c'est la vie que j'ai, et la seule. Au moment où je t'écris ce mail, je suis très heureuse.

Tout mon amour.

Remerciements

Le titre original de ce livre est la traduction anglaise d'un vers du poème de Friedrich Schiller « Die Götter Griechenlandes » (« Les dieux de la Grèce ») publié pour la première fois en 1788. En allemand, le vers est le suivant : *Schöne Welt, wo bist du ?* Franz Schubert a mis en musique un fragment de ce poème en 1819. *Beautiful World, Where Are You ?* était aussi le nom de la Biennale 2018 de Liverpool à laquelle je me suis rendue à l'occasion du Liverpool Literary Festival en octobre cette année-là.

Je tiens à remercier plusieurs personnes de leur soutien pendant que j'écrivais ce livre. Avant tout, mon mari, grâce à qui je peux vivre et travailler comme je le fais. John, je ne peux exprimer par écrit qu'une petite partie de l'amour et du bonheur que tu mets dans ma vie. Mais je tiens aussi à saluer mes amies Aoife Comey et Kate Oliver. Je suis chaque jour reconnaissante de votre amitié et je ne pourrai jamais assez vous en remercier.

J'ai aussi une immense gratitude envers John Patrick McHugh, dont les formidables premiers retours m'ont permis de prendre une nouvelle direction dont j'avais grand besoin pour ce livre. Je suis également redevable à mon éditrice Mitzi Angel qui, dès le début, m'a aidée à y voir plus clair dans ce roman et à l'améliorer. Je tiens également à remercier Alex Bowler pour ses remarques perspicaces et pertinentes.

En outre, mes remerciements personnels et professionnels à Thomas Morris et à mon agente et chère amie Tracy Bohan. Pour les discussions qui m'ont aidée à résoudre les divers problèmes du livre et, dans certains cas, à répondre à des questions factuelles et pratiques, j'aimerais remercier – en plus des personnes déjà mentionnées ci-dessus – Sheila, Emily, Zadie, Sunniva, William, Katie et Marie.

J'ai passé un moment magique à travailler à ce roman à Santa Maddalena en Toscane. Je tiens à remercier Beatrice Monti della Corte von Rezzori et la Fondation Santa Maddalena pour leur générosité qui m'a permis de participer à une telle résidence. Ainsi que Rasika, Sean, Nico, Kate, Fredrik – comment pourrais-je jamais vous remercier pour ces semaines de rêve ?

Je tiens également à souligner l'appui du Centre Cullman de la Bibliothèque publique de New York où j'ai bénéficié d'une bourse d'écriture entre 2019 et 2020. Mes remerciements vont non seulement à son personnel extraordinaire mais aussi à mes « camarades de promotion », notamment Ken Chen, Justin E.H. Smith et Josephine Quinn. L'article de Josephine sur l'effondrement de l'âge du bronze, qui date de 2016 (« Your own ships did this! », *London Review of Books*), influence clairement la réflexion d'Eileen dans le chapitre 16 (même si, bien sûr, toutes les erreurs sont celles d'Eileen et les miennes).

Enfin, à tous ceux qui ont travaillé à la publication, la diffusion ou la vente de ce livre, mes plus chaleureux remerciements.

Les Éditions Points s'engagent pour la protection de l'environnement et une production française responsable

Ce livre a été imprimé en France, sur un papier certifié issu de forêts gérées durablement, chez un imprimeur labellisé Imprim'Vert, marque créée en partenariat avec l'Agence de l'eau, l'ADEME (Agence de l'environnement et de la maîtrise de l'énergie) et l'UNIIC (Union nationale des industries de l'impression et de la communication).

La marque Imprim'Vert apporte trois garanties essentielles :

- La suppression totale de l'utilisation de produits toxiques
- La sécurisation des stockages de produits et de déchets dangereux
- La collecte et le traitement de produits dangereux

RÉALISATION : NORD COMPO À VILLENEUVE-D'ASCQ
IMPRESSION : CPI FRANCE
DÉPÔT LÉGAL : AOÛT 2023. N° 152532 (3053088)
IMPRIMÉ EN FRANCE

Éditions Points

DERNIERS TITRES PARUS

P5564. L'Apiculteur d'Alep, *Christy Lefteri*
P5565. L'Enfant des tempêtes, *Mélanie Guyard*
P5566. Carole & Clark, *Vincent Duluc*
P5567. Le Vallon des lucioles, *Isla Morley*
P5568. L'homme qui peignait les âmes, *Metin Arditi*
P5569. Le Printemps des maudits, *Jean Contrucci*
P5570. La Forêt aux violons, *Cyril Gely*
P5571. Paris fantasme, *Lydia Flem*
P5572. Qu'à jamais j'oublie, *Valentin Musso*
P5573. Trio, *William Boyd*
P5574. Slade House, *David Mitchell*
P5575. Normal People, *Sally Rooney*
P5576. Au pays des mensonges, *Edgar Keret*
P5577. Le mont Blanc n'est pas en France, *Olivier Marchon*
P5578. J'étais un autre et vous ne le saviez pas, *Olivier Mas*
P5579. Que votre moustache pousse comme la broussaille *suivi de* Quand le pou éternuera, *Muriel Gilbert*
P5580. La Maison du commandant, *Valerio Varesi*
P5581. Serial Bomber, *Robert Pobi*
P5582. L'Art de mourir, *Ambrose Parry*
P5583. Un flic bien trop honnête, *Franz Bartelt*
P5584. Le Second Disciple, *Kenan Görgün*
P5585. Maldonnes, *Serge Quadruppani*
P5586. L'Ami des ombres, *Alex North*
P5587. Resurrection Bay, *Emma Viskic*
P5588. En eaux dangereuses, *Donna Leon*
P5589. Disparaître / Dans la nature, *Evan Ratliff*
P5590. Trente Grammes, *Gabrielle Massat*
P5591. Heartbreak Hotel, *Jonathan Kellerman*
P5592. Mort aux hypocrites, *Petros Markaris*
P5593. Koba, *Robert Littell*
P5594. La Famille, *Suzanne Privat*
P5595. Un roman mexicain : l'affaire Florence Cassez *Jorge Volpi*
P5596. Ressac, *Diglee*
P5597. Amours inconditionnelles, *Blanche de Richemont*
P5598. Crise d'asthme, *Edgar Keret*
P5599. Le Bois de la nuit, *Djuna Barnes*
P5600. Les Plus Belles Histoires de l'escroquerie *Christian Chavagneux*
P5601. Fatal Baby, *Nicolas Jaillet*

P5602. Femmes d'aventure, *Priscilla Telmon, Daphné Buiron Justine Muzik, Aurore Asso, Katell Faria, Mélusine Mallender, Catherine maunoury, Isabelle Autissier*
P5603. Manuel de dressage *suivi de* Truite de fond *Percival Everett, Anne-Laure Tissut*
P5604. Un continent derrière Poutine, *Anne Nivat*
P5605. La Mafia d'État, *Vincent Jauvert*
P5606. Le Nouveau Modèle français, *David Djaiz*
P5607. Vraiment peindre, *Gérard Garouste, Catherine Grenier*
P5608. Le Courage de la nuance, *Jean Birnbaum*
P5609. La France sous nos yeux, *Jérôme Fourquet*
P5610. Des ballerines de Papicha, *Kaouther Adimi*
P5611. Le Cri du Kalahari, sur les terres inviolées d'Afrique *Mark et Delia Owens*
P5612. Nouvelles ukrainiennes, *Emmanuel Ruben*
P5613. Milwaukee Blues, *Louis-Philippe Dalembert*
P5614. L'Éternel Fiancé, *Agnès Desarthe*
P5615. Un autre eden, *Bernard Chambaz*
P5616. Les Vilaines, *Camila Sosa Villada*
P5617. Thésée, sa vie nouvelle, *Camille de Toledo*
P5618. La France goy, *Christophe Donner*
P5619. La Porte du voyage sans retour ou Les Cahiers secrets de Michel Adanson, *David Diop*
P5620. L'Infinie Comédie, *David Foster Wallace*
P5621. Changer / Méthode, *Édouard Louis*
P5622. Jacqueline, Jacqueline, *Jean-Claude Grumberg*
P5623. Rêver debout, *Lydie Salvayre*
P5624. Blizzard, *Marie Vingtras*
P5625. L'Enfant céleste, *Maud Simonnot*
P5626. Kukum, *Michel Jean*
P5627. Memorial Drive, *Natasha Trethewey*
P5628. Être un homme, *Nicole Krauss*
P5629. S'il n'en reste qu'une, *Patrice Franceschi*
P5630. Fenua, *Patrick Deville*
P5631. Au printemps des monstres, *Philippe Jaenada*
P5632. Marcel Proust. Mélanges, *Roland Barthes*
P5633. La Dame couchée, *Sandra Vanbremeersch*
P5634. La Légende du baron rouge, *Stéphane Koechlin*
P5635. Quand on n'a que la terre et autres recueils *Abdourahman Waberi*
P5636. Le Serment, *Arttu Tuominen*
P5637. Indio, *Cesare Battisti*
P5638. L'Eau rouge, *Jurica Pavičić*
P5639. Analphabète, *Mick Kitson*
P5640. Larmes de fond, *Pierre Pouchairet*
P5641. L'inspecteur Sadorski libère Paris, *Romain Slocombe*

P5642. L'Os de Lebowski, *Vincent Maillard*
P5643. The Big Sea, *Langston Hughes*
P5644. Nous n'avons pas vu passer les jours
Simone Schwarz-Bart, Yann Plougastel
P5645. Comedian Rhapsodie, *Thomas Vdb*
P5646. Le Pansement Schubert, *Claire Oppert*
P5647. Beaux Jours, *Joyce Carol Oates*
P5648. La Nuit, le Sommeil, la Mort, les Étoiles
Joyce Carol Oates
P5649. La Pâqueline ou les mémoires d'une mère monstrueuse
Isabelle Duquesnoy
P5650. La Dixième Muse, *Isabelle Koszelyk*
P5651. Les Élucubrations d'un homme soudain frappé
par la grâce, *Édouard Baer*
P5652. Ténèbre sur Innsmouth, *Howard Phillips Lovecraft*
P5653. Commonplace Book, *Howard Phillips Lovecraft*
P5654. Comme un ciel en nous, *Jakuta Alikavazovic*
P5655. Mémoires flous, *Jim Carrey, Dana Vachon*
P5656. La Semaine perpétuelle, *Laura Vazquez*
P5657. Les Occasions manquées, *Lucy Fricke*
P5658. Alegria, *Manuel Vilas*
P5659. Pour que je m'aime encore, *Maryam Madjidi*
P5660. Le Conteur, la Nuit et le Panier, *Patrick Chamoiseau*
P5661. Rien à déclarer, *Richard Ford*
P5662. Nourrir la bête, *Al Alvarez*
P5663. Recueil des méchancetés et autres traits d'esprit.
D'Alphonse Allais à Margaret Thatcher
François-Xavier Testu
P5664. Proust. Instantanés. Extraits de La Recherche choisis et
commentés, *Philippe Delerm*
P5665. Genre : fluide et autres recueils, *Charles Dantzig*
P5666. Livre de la Miséricorde, *Leonard Cohen*
P5667. Nous sommes maintenant nos êtres chers
Simon Johannin
P5668. Un tueur sur mesure, *Sam Millar*
P5669. Pour chaque moment de la vie, *Chögyam Trungpa*
P5670. L'Autre Art contemporain. Vrais artistes et fausses
valeurs, *Benjamin Olivennes*
P5671. Vivre la nuit, rêver le jour, *Christophe*
P5672. Histoires de vie, *Edgar Morin, Laure Adler*
P5673. Yes We Cam, *Jean Le Cam*
P5674. Mal de mères. Dix femmes racontent le regret d'être
mère, *Stéphanie Thomas*
P5675. The White Darkness, *David Grann*
P5676. En toute confidence, *Line Renaud*
P5677. L'Emprise, *Marc Endeweld*

P5678. Les Infiltrés, *Matthieu Aron, Caroline Michel-Aguirre*
P5679. Voyage aux frontières de la vie, *Nathalie A. Cabrol*
P5680. Le Pain perdu, *Edith Bruck*
P5681. Poussière dans le vent, *Leonardo Padura*
P5682. Les Nuits bleues, *Anne-Fleur Multon*
P5683. À la française, *Bill Buford*
P5684. Notre part de nuit, *Mariana Enriquez*
P5685. Seul entouré de chiens qui mordent, *David Thomas*
P5686. Le Goût des garçons, *Joy Majdalani*
P5687. Prophète, *suivi de* Le Jardin du Prophète, *Khalil Gibran*
P5688. Les Maisons vides, *Laurine Thizy*
P5689. Voyage au bout de l'enfance, *Rachid Benzine*
P5690. Les Heures pâles, *Richard Gaitet*
P5691. Les Années sans soleil, *Vincent Message*
P5692. Capitale de la douleur, *Paul Eluard*
P5693. De la plume et de l'épée, *Souleymane Diamanka*
P5694. Cette couleur-là. Poèmes choisis, *Tracy K. Smith*
P5695. Ida, *Gertrude Stein*
P5696. La Forcenée. La trilogie de K, *Serge Quadruppan*
P5697. Dix âmes, pas plus, *Ragnar Jónasson*
P5698. Tais-toi et meurs, *Alain Mabanckou*
P5699. La Cour des mirages, *Benjamin Dierstein*
P5700. Sororité, Chloé Delaume, *Collectif*
P5701. Le Regard féminin. Une révolution à l'écran, *Iris Brey*
P5702. Le Sexe selon Maïa. Au-delà des idées reçues *Maïa Mazaurette*
P5703. Testo Junkie. Sexe, drogue et biopolitique *Paul B. Preciado*
P5704. Le Corps des femmes. La bataille de l'intime *Camille Froidevaux-Metterie*
P5705. Un appartement sur Uranus, *Paul B. Preciado*
P5706. Ces hommes qui m'expliquent la vie, *Rebecca Solnit*
P5707. Les Couilles sur la table, *Victoire Tuaillon*
P5708. La Crise de la masculinité. Autopsie d'un mythe tenace *Francis Dupuis-Deri*
P5709. Les Argonautes, *Deborah Levy*
P5710. Moi les hommes, je les déteste, *Pauline Harmange*
P5711. Présentes, *Lauren Bastide*
P5712. Seins. En quête d'une libération, *Camille Froidevaux-Metterie*
P5713. Actions scandaleuses et Rébellions quotidiennes *Gloria Steinem*
P5714. L'homme préhistorique est aussi une femme *Marylène Patou-Mathis*
P5715. La Terreur féministe. Petit éloge du féminisme extrémiste *Irene*
P5716. Quatrième Génération, *Wendy Delorme*

P5899. Comment dire non. Savoir refuser sans offenser
William Ury
P5900. Comment négocier avec les gens difficiles
William Ury
P5901. Tu seras mon père, *Metin Arditi*
P5902. Burgundy, *Mélanie Michaud*
P5903. Les Sirènes d'Es Vedrá, *Tom Charbit*
P5904. La Graine ardente. Poésie complète
Luis Sepúlveda
P5905. Les filles qui mentent, *Eva Björg Ægisdóttir*
P5906. Alba Nera, *Giancarlo De Cataldo*
P5907. Le Premier Homme du monde, *Raphaël Alix*
P5908. Dans la peau d'une plante. 70 questions impertinentes sur la vie cachée des plantes, *Catherine Lenne*
P5909. My Body, *Emily Ratajkowski*
P5910. Je suis le feu, *Max Monnehay*
P5911. La promesse, *Damon Galgut*
P5912. À ceux qui sont partis, à ceux qui sont restés
Parinoush Saniee
P5913. Huriya par Huriya, *Huriya*
P5914. La Stupeur, *Aharon Appelfeld*
P5915. Les Chiens de faïence, *Thomas Louis*
P5916. Barroco bordello, *Thierry Clermont*
P5917. Cardiff, près de la mer : quatre récits à suspense
Joyce Carol Oates
P5918. Faites-moi plaisir, *Mary Gaitskill*
P5919. La Fosse aux âmes, *Christophe Molmy*
P5920. Le Lac magique, *Yaël Cojot-Goldberg*
P5919. La Fosse aux âmes, *Christophe Molmy*
P5921. Éloge de l'irrévérence, *Richard Malka, Georges Kiejman*
P5922. Jusqu'au bout de la peur, *Geoffrey Moorhouse*
P5923. De nouveaux endroits, *Lucile Génin*
P5924. Les Secrets de la mer Rouge, *Henry de Monfreid*
P5925. Ma vie souterraine. Mémoires d'un spéléologue
Norbert Casteret
P5926. Les Enquêtes d'Hannah Swensen
Volume 1 : Meurtres et pépites de chocolat
Joanne Fluke
P5927. Les Enquêtes d'Hannah Swensen
Volume 2 : Meurtres et charlottes aux fraises
Joanne Fluke
P5928. Évidemment Martha, *Meg Mason*
P5929. Journal de nage, *Chantal Thomas*
P5930. Résine, *Ane Riel*
P5931. Sans loi ni maître, *Arturo Pérez-Reverte*
P5932. Tu ne seras plus mon frère
Christian Blanchard

P5933. La Main de Dieu, *Valerio Varesi*
P5934. Summit, *Mo Malø*
P5935. Green Man, *David Klass*
P5936. Bonjour Pa'. Lettres au fantôme de mon père *Ariane Ascaride*
P5937. La Bête dans la jungle *suivi de* L'Autel des morts *Henry James*
P5938. Le Pays aux longs nuages, *Christine Féret-Fleury*
P5939. Une époque formidable, *Kiley Reid*
P5940. Georges Bernanos, la colère et la grâce, *François Angelier*
P5941. Des ombres dans la nuit, *Jonathan Kellerman*
P5942. La Poule et son cumin, *Zineb Mekouar*
P5943. L'Homme du Grand Hôtel, *Valentin Musso*
P5944. Un long, si long après-midi, *Inga Vesper*
P5945. À gauche du lit, *Iman Bassalah*
P5947. La Consule assassinée, *Pierre Pouchairet*
P5948. Les Masques éphémères, *Donna Leon*
P5949. Patagonia route 203, *Eduardo Fernando Varela*
P5950. Anne de Windy Willows, *Lucy Maud Montgomery*
P5951. Le Fils du professeur, *Luc Chomarat*
P5952. Route One, *Michel Moutot*
P5953. Girl Power, *Hubert Artus*
P5954. Sira, le retour à Tanger, *María Dueñas*
P5955. L'Affaire Myosotis, *Luc Chartrand*
P5956. La Fureur de la rue, *Thomas H. Cook*
P5957. Partie italienne, *Antoine Choplin*
P5958. Où es-tu monde admirable, *Sally Rooney*
P5959. Le Commerce des Allongés, *Alain Mabanckou*
P5960. Au vent mauvais, *Kaouther Adimi*
P5961. Nous nous aimions, *Kéthévane Davrichewy*
P5962. Deux Secondes d'air qui brûle, *Diaty Diallo*
P5963. Beyrouth-sur-Seine, *Sabyl Ghoussoub*
P5964. Le Pouvoir rhétorique. Apprendre à mieux convaincre et à décrypter les discours, *Clément Viktorovitch*
P5965. Vivance, *David Lopez*
P5966. Les Presque Sœurs, *Cloé Korman*
P5967. Aké, les années d'enfance, *Wole Soyinka*
P5968. Patte blanche, *Kinga Wyrzykowska*
P5969. La Femme du deuxième étage, *Jurica Pavičić*
P5970. À la recherche de Milan Kundera, *Ariane Chemin*
P5971. Les Sacrifiés, *Sylvie le Bihan*
P5972. Tenir sa langue, *Polina Panassenko*
P5973. Chelsea Girls, *Eileen Myles*
P5974. L'Espion qui venait du livre, *Luc Chomarat*
P5975. La Septième Croix, *Anna Seghers*
P5976. Gueules d'ombre, *Lionel Destremau*

P5977. Correctrice incorrigible. Un bonbon sur la langue et autres curiosités du français, *Muriel Gilbert*
P5978. La Peau du dos, *Bernard Chambaz*
P5979. Je sais qui l'a tué, *Steve Mosby*
P5980. Une rétrospective, *Juan Garcia Vasquez*
P5981. Poids plume, *Mick Kitson*
P5982. Maikan, *Michel Jean*
P5983. Tombeaux, *Annette Wieviorka*
P5984. J'étais le collabo Sadorski, *Romain Slocombe*
P5985. La Clé anglaise. Français-Anglais, les faux-amis *Jean Max Thomson*
P5986. Crossroads, *Jonathan Franzen*
P5987. Sisyphe est une femme. La marche du cavalier *Geneviève Brisac*
P5988. Les Enchanteurs, *Geneviève Brisac*
P5989. Au plus beau pays du monde, *Tahar Ben Jelloun*
P5990. Au nom du temple. Israël et l'irrésistible ascension du messianisme juif, *Charles Enderlin*
P5920. Le Lac magique, *Yaël Cojot-Goldberg*
P6000. Nu avec Picasso, *Enki Bilal*
P6002. New York, aller et retour, *Raymond Depardon, Philippe Séclier*
P6050. Alice Zeniter, une écrivaine au travail *Richard Gaitet, Alice Zeniter*
P6051. Nicolas Mathieu, un écrivain au travail *Richard Gaitet, Nicolas Mathieu*
P6500. Sa Majesté mène l'enquête
Tome 1 : Bal tragique à Windsor
S.J Bennett
P6501. Sa Majesté mène l'enquête
Tome 2 : Bain de minuit à Buckingham
S.J Bennett
P6502. Au service secret de Marie-Antoinette
Tome 1 : L'Enquête du Barry
Frédéric Lenormand
P6503. Au service secret de Marie-Antoinette
Tome 2 : Pas de répit pour la Reine
Frédéric Lenormand
P6504. Au service secret de Marie-Antoinette
Tome 3 : La mariée était en Rose Bertin
Frédéric Lenormand
P6505. Au service secret de Marie-Antoinette
Tome 4 : La Femme au pistolet d'or
Frédéric Lenormand
P6506. Les Dames de Marlow enquêtent
Tome 1 : Mort compte triple
Robert Thorogood